OEUVRES

COMPLETES

DE

VOLTAIRE.

OEUVRES

COMPLETES

DE

VOLTAIRE.

TOME SOIXANTE-TROISIEME.

DE L'IMPRIMERIE DE LA SOCIÉTÉ LITTÉRAIRE-
TYPOGRAPHIQUE.

1 7 8 5.

RECUEIL

DES LETTRES

DE M. DE VOLTAIRE.

1775–1778.

RECUEIL

DES LETTRES

DE M. DE VOLTAIRE.

LETTRE PREMIERE.

A M. CHRISTIN, *avocat à Saint-Claude.*

Le 9 de janvier.

Celui qui a l'impertinence de vivre encore dans —— Ferney, accablé de maladies; celui qui ne cessera jamais de vous aimer tant qu'il respirera; celui qui s'intéresse plus que jamais aux esclaves que vous allez rendre libres; celui qui espère faire encore ses pâques une fois avec vous avant de mourir, vous embrasse très-tendrement, mon cher ami, vous et toute votre famille.

Vous savez, sans doute, que quelqu'un ayant dit, devant le roi, que M. *Turgot* n'allait jamais à la messe, M. de *Maurepas* a répliqué qu'en récompense M. l'abbé *Terrai* y allait tous les jours. *V.*

LETTRE II.

A M. LE COMTE D'ARGENTAL.

16 de janvier.

Mon cher ange, je fens la grandeur de vos pertes, et je fens auffi que, dans mon miférable état, je ne puis être au nombre de ceux qui, par leur préfence, par leur affiduité et par leur zèle, font à portée de verfer quelque confolation dans votre belle ame. Il eft certain que, fi je puis avoir au printemps un peu de force, et fi je fuis sûr d'être entièrement ignoré, je viendrai me jeter entre vos bras. Ne pourriez-vous point trouver quelque façon de me mettre à portée de venir vivre quelque temps pour vous feul, avant que je meure? Si, par exemple, M. le duc de *Praflin* allait à Praflin au printemps, fi vous y alliez paffer une quinzaine de jours, s'il voulait avoir la bonté de me donner une chambre bien chaude dans ce château que j'ai habité fi long-temps, je viendrais vous y trouver et jouir de vos bontés et des fiennes, fans être tenté d'entrer dans Paris. J'abandonnerais volontiers pour vous ma colonie qui demande mes foins continuels du foir au matin. Vous feriez ma confolation beaucoup plus que je ne ferais la vôtre; car vous avez perdu la plupart de vos amis, et j'ai perdu les trois quarts de moi-même.

Si je ne puis vous apporter mon douloureux et trifte individu, accablé par la vieilleffe, et n'ayant que la mort en perfpective, je vous enverrai du

moins trois ou quatre petits enfans que j'ai faits en
dernier lieu pour vous amuſer. J'ai grand'peur qu'ils
ne me ſurvivent pas; mais, en y travaillant, je vous
avais toujours devant les yeux. Je me diſais toujours:
Cela pourra-t-il plaire à M. d'*Argental*? Il faut ſavoir
à préſent comment je pourrai vous faire tenir cette
petite famille. N'avez-vous point, vous et M. de
Thibouville, quelque ami contre-ſignant? pourrais-je
envoyer trois exemplaires à M. le duc de *Praſlin*?
j'attends ſur cela vos ordres. Vous autres gens de
Paris, vous n'êtes nullement exacts en correſpon-
dance. Par exemple, M. de *Thibouville* m'avait écrit
qu'il avait envoyé chez le banquier *Tourton* pour une
chaîne de montre, et il ſe trouve aujourd'hui que
c'eſt chez le banquier *Germani*. Pourvu qu'on ſorte
de chez ſoi à l'heure des ſpectacles, il ſemble que
toutes les affaires du monde ſoient faites.

Je demande pardon à M. de *Thibouville* de cette
obſervation.

Ce qui regarde mon jeune pruſſien eſt plus ſérieux.
Le roi de Pruſſe commence à ſentir tout ſon mérite;
et, en effet, les progrès que cet officier a faits chez
moi dans l'art du génie et du deſſin ſont étonnans.
J'ai ſenti tous les inconvéniens de purger ſa contumace. J'ai prié, il y a long-temps, M. d'*Ornoi*
d'abandonner la lecture de l'énorme fatras qu'il a
entre les mains. Il faudrait commencer par prouver
démonſtrativement que ce procès abominable n'a
été entamé que par une cabale contre madame de
Brou, abbeſſe de Villancourt; il faudrait prouver
que des témoins ont été ſubornés: un tel procès
durerait quatre ou cinq ans, épuiſerait les bourſes

des plaideurs et la patience des juges, et je mourrais de décrépitude avant qu'on obtînt quelque arrêt qui mît au moins les chofes en règle.

La révifion des *Calas* a duré trois années ; celle des *Sirven* en a duré fept, et je ferai mort probablement dans fix mois.

Nous nous bornons pour le préfent à demander un fauf-conduit pour une année. J'envoie le modèle du fauf-conduit à madame la ducheffe d'*Enville* et à monfieur l'ambaffadeur de Pruffe ; ce modèle doit être préfenté et réformé. C'eft, ce me femble, M. le comte de *Vergennes* qui doit le figner, puifqu'il eft adreffé à un étranger qui eft réputé être actuellement de fervice à Véfel. J'ai joint à ce modèle réformable de fauf-conduit, un petit bout de requête auffi réformable. On pourra mettre aifément le tout, dans la forme ufitée, au bureau des affaires étrangères.

Je vous fupplie donc, mon très-cher ange, de voir ces papiers chez madame la ducheffe d'*Enville*, et de nous aider de vos confeils et de vos bons offices. Il me femble que ce fauf-conduit, motivé par le deffein apparent de venir purger fa contumace, ne peut être refufé, et que c'eft prefque une chofe de droit. Je me flatte que M. le comte de *Maurepas*, perfuadé par les juftes raifons de madame la ducheffe d'*Enville*, engagera M. le comte de *Vergennes* à donner le fauf-conduit le plus favorable. Ce jeune homme affurément mérite mieux que cette petite grâce ; mais enfin c'eft toujours beaucoup fi nous l'obtenons. Nous aurons du moins après cela le temps de préfenter une requête au roi, qui pourra couvrir les juges et les témoins d'un opprobre éternel, fi cette

requête eſt aſſez intéreſſante et aſſez bien faite pour
aller à la poſtérité, et pour effrayer les fanatiques à
venir.

Cette affaire, mon cher ange, eſt après vous ma
grande paſſion. C'eſt en me dévouant pour venger
l'innocence que je veux finir ma carrière. Daignez
m'aider dans le dernier de mes travaux. *V*.

LETTRE III.

A M. DIONIS DU SEJOUR,

*De l'académie des ſciences, qui lui avait envoyé ſon
Eſſai ſur les comètes.*

A Ferney, le 18 de janvier.

MONSIEUR,

JE vous remercie, avec beaucoup de ſenſibilité et
un peu de honte, de l'utile et beau préſent que vous
daignez me faire. Je reſſemble aſſez à ce vieux animal
de baſſe-cour à qui on donna un diamant ; la pauvre
bête répondit qu'il ne lui fallait qu'un grain de
millet.

Autrefois, Monſieur, j'aurais pu ſuivre vos calculs ;
mais à quatre-vingts et un ans, accablé de maladies,
je ne puis guère m'en tenir qu'à vos réſultats. Je les
trouve ſi probables que je ne compte pas après vous.
Je ſuis très-perſuadé qu'aucune comète ne peut
prendre aucune planète en flanc. Vous décidez un
grand procès ; vous donnez un arrêt par lequel le

A 4

—— genre-humain confervera long-temps fon héritage ;
1775. refle à favoir fi l'héritage en vaut la peine.

Je ne crois pas, non plus, que nous acquérions
jamais un nouveau fatellite qui ferait, ce me femble,
un domeftique fort importun, et qui troublerait
furieufement les fervices que nous rend celui que
nous avons depuis fi long-temps.

Pour les Arcadiens qui fe croyaient plus anciens
que la lune, il me femble qu'ils reffemblaient à ces
rois d'Orient qui s'intitulaient *coufins du foleil*. Je veux
croire que ces meffieurs d'Arcadie avaient inventé la
mufique, *foli cantare periti Arcades ;* mais ces bonnes
gens n'apprirent que fort tard à manger du gland,
et il eft dit qu'ils fe nourrirent d'herbe pendant des
fiècles.

Vous en favez, *Newton* et vous, un peu plus que
ces Arcades et que toute l'antiquité enfemble.

Je fouhaite que *Newton* ait raifon, quand il foup-
çonne qu'il y a des comètes qui tombent dans le
foleil pour le nourrir, comme on jette des buches
dans un feu qui pourrait s'éteindre. *Newton* croyait
aux caufes finales, j'ofe y croire comme lui ; car
enfin la lumière fert à nos yeux, et nos yeux
femblent faits pour elle. Toute la nature n'eft que
mathématique. Vous la voyez toute entière avec les
yeux de l'efprit, et moi qui ai perdu les miens, je
m'en rapporte entièrement à vous.

J'ai l'honneur d'être avec l'eftime que je vous dois,
et avec une refpectueufe reconnaiffance, Monfieur,
votre, &c.

LETTRE IV.

A M. DE LA CROIX, *avocat*,

Qui lui avait envoyé plusieurs de ses mémoires.

A Ferney, 21 de janvier.

IL semble, Monsieur, qu'en adoucissant les maux de ma vieillesse, et en consolant ma solitude par la lecture de vos agréables ouvrages, vous ayez voulu me priver du plaisir de vous en remercier. Vous ne m'avez point donné votre adresse. Il y a plusieurs personnes à Paris qui portent votre nom, quoiqu'il n'y ait que vous qui le rendiez célèbre.

Je hasarde mes remercîmens chez votre libraire. Il a imprimé peu de mémoires aussi bien faits. Ceux pour la Rosière sont les premiers, je crois, qui aient introduit les grâces dans l'éloquence du barreau. Celui de *Delpech* me semble disputer les probabilités avec beaucoup de vraisemblance ; car les hommes ne peuvent juger que par les probabilités. La certitude n'est guère faite pour eux ; et voilà pourquoi j'ai toujours pensé que notre code criminel est aussi absurde que barbare. Il n'y a guère de tribunal en France qui n'ait rendu des jugemens affreux et iniques, pour avoir mal raisonné, plutôt que pour avoir eu l'intention de condamner l'innocence.

J'ai l'honneur d'être avec toute l'estime et la reconnaissance que je vous dois, Monsieur, votre, &c.

Voltaire.

LETTRE V.

A M. LE COMTE D'ARGENTAL.

22 de janvier.

M ON cher ange, quand vous m'aurez donné une adreſſe, je vous enverrai quelque choſe pour vous amuſer ou pour vous ennuyer. En attendant, voici le projet de la petite pancarte que nous demandons à M. de *Vergennes*. Nous ne voulons aucune autre grâce pour le préſent. Nous vous ſupplions avec la plus vive inſtance de nous appuyer auprès de madame la ducheſſe d'*Enville*. Dites-lui, je vous en conjure, que nous n'aurions voulu implorer que ſes bontés. Nous n'attendons rien que de la généroſité de ſon cœur; mais nous n'avons pu nous empêcher de donner part de nos demandes au miniſtre du roi de Pruſſe, parce qu'il a un ordre exprès du roi ſon maître de ſolliciter en faveur de notre infortuné jeune homme. Mais c'eſt ſur madame d'*Enville* que nous fondons toutes nos eſpérances; et c'eſt vous, mon cher ange, qui nous avez ouvert cette voie du ſalut. Conſommez votre ouvrage; tâchez de nous faire avoir un ſauf-conduit bien honorable, et qui ne ſoit pas dans la forme commune. Puiſſé-je vous amener mon très-eſtimable infortuné qui eſt, ſans doute, actuellement à Véſel, comme St *François-Xavier* était en deux lieux à la fois, et comme cela eſt très-commun parmi nous! Après cela nous verrons

à loifir s'il eft permis à un juge de village de folliciter pendant trois mois de faux témoignages pour
perdre de jeunes gens de feize à dix-fept ans, parce
qu'ils étaient parens de madame de *Brou*, abbeffe
de Villancourt, et que cette abbeffe n'avait pas voulu
donner une penfionnaire de fon couvent, très-riche,
au fils de ce vilain juge, en mariage.

Nous verrons s'il eft permis à ce deteftable juge
de choifir pour affeffeur un marchand de bois reconnu
pour fripon, condamné comme tel par des fentences
des confuls, qui a été autrefois procureur, et qui n'a
jamais été gradué.

Nous verrons s'il eft loyal à trois miférables de
cette efpèce, de faire à trois enfans un procès criminel
de fix mille pages, et de finir par donner la queftion
ordinaire et extraordinaire à ces enfans, par leur
arracher la langue avec des tenailles, par leur couper
le poing fur un poteau, par les jeter tout vivans dans
un bûcher compofé de deux voies de bois de compte
et de deux voies de fagots à doubles liens.

Nous verrons fi *Pâquier*, petit-fils d'un crieur du
châtelet, s'eft immortalifé en rapportant au parlement ce procès de fix mille pages, pendant que le
premier préfident dormait.

Nous verrons fi le *bien jugé*, qui n'a paffé que de
deux voix, n'eft pas le plus infernalement mal jugé.

Nous aurons, je l'efpère, des preuves évidentes
de tout ce que je vous dis, et nous les mettrons fous
les yeux du roi et de l'Europe entière; mais commençons par notre fauf-conduit. Je ne puis rien, je
ne veux rien, j'abandonne tout fans ce préalable; je
veux finir par-là ma carrière. Ne croyez, ne confultez

—— aucun bavard d'avocat, qui vous cite *Papon* et *Loyſel*,
1775. comme ſi *Papon* et *Loyſel* avaient été des rois légiſla-
teurs. Ne conſultez, mon cher ange, que votre raiſon
et votre cœur.

Dites, je vous en conjure, à M. de *Condorcet* tout
ce qui eſt dans ma lettre.

C'eſt pour le coup que je me mets à l'ombre de
vos ailes, et que j'y veux mourir.

LETTRE VI.

A M. LE CHEVALIER DE FLORIAN.

A Ferney, 22 de janvier.

Le vieux malade de Ferney remercie bien ſenſible-
ment M. de *Florianet*, il l'embraſſe de tout ſon cœur;
il lui écrit ſur ce petit papier imperceptible pour
épargner à un jeune officier, très-médiocrement payé,
un port de lettre conſidérable.

M. de *Florianet* a eu bien des tantes, mais il n'en
a point eu de plus aimable que celle d'aujourd'hui.
Il verra, quand il ſera à Ferney, une ſœur de ſa nouvelle tante, âgée d'environ ſeize ans, et qui ſerait
très-digne de commettre un inceſte avec M. de
Florianet, ſi elle n'était pas retenue par ſon extrême
pudeur. Il eſt vrai que cette pudibonde demoiſelle
va rarement à la meſſe, parce qu'elle s'y ennuie, et
qu'elle n'entend pas encore le latin; mais vous la cor-
rigerez, et vous pourriez bien abandonner pour elle
mademoiſelle *Dupuits* qui vous aimait ſi tendrement

et fi violemment. Le nez de mademoifelle *Dupuits* ne fe réforme point encore, mais fes doigts acquièrent une foupleffe merveilleufe au clavecin.

Voilà tout ce que je puis vous mander de votre famille, dont j'ai l'honneur d'être un peu par ricochet. Je vous donne ma bénédiction *in quantum poſſum et in quantum indiges. V.*

LETTRE VII.

A M. LE BARON DE CONSTANT DE REBECQUE.

25 de janvier.

LE moribond de quatre-vingts et un ans eſt dans fon lit, Monfieur, tout comme vous l'avez vu; mais avant de mourir, il vous enverra ce Don Pèdre qui eſt d'un jeune homme : vous vous en apercevrez bien à fon ſtyle qui n'eſt pas encore formé.

J'ai eu le bonheur de voir au chevet de mon lit monfieur votre fils. Il me paraît plus formé que l'auteur de Don Pèdre; il eſt très-aimable et digne de vous.

Je vous remercie infiniment des deux jeunes gens condamnés à rendre un crucifix de grand chemin, pour en avoir brifé un autre; rien n'eſt plus juſte. Vous me donnez envie de connaître M. le bailli de Rue (*). On y va un peu plus vertement chez les Velches; on inflige la peine des parricides. C'eſt une autre efpèce de juſtice qui eſt toute divine : car

(*) M. d'*Alt.*

un crucifix de bois étant DIEU, et DIEU étant notre père, il eſt clair que celui qui a caſſé la tête au crucifix, a caſſé la tête à ſon père ; donc le ſupplice des parricides lui eſt dû très-légitimement.

Je mourrai en admirant cette juriſprudence, mais en vous aimant.

LETTRE VIII.

A MADAME DE SAUVIGNI.

A Ferney, 25 de janvier.

Vous ne ſauriez croire, Madame, quel plaiſir vous m'avez fait, en voulant bien m'envoyer le mémoire de M. *Gerbier*. Je m'intéreſſe à ſa gloire, et je ne vois pas comment on pourrait l'attaquer après la lecture d'un tel écrit. Il eſt ſage et vigoureux ; il ne court point après l'eſprit, il ne court qu'après la vérité ; il la ſaiſit avec la vraie éloquence qui n'eſt pas celle des jeux de mots. J'ai été fort aiſe de ne point trouver là le verbiage éternel du barreau. La plupart des avocats parlent toujours comme l'*Intimé*.

Je viens de recevoir, Madame, une lettre de M. le maréchal de *Richelieu* ; il n'eſt pas homme à verbiage. Il a la bonté de me promettre les petits payemens que ma ſituation très-embarraſſante me forçait de lui demander. Je me trouvais tellement preſſé, que j'avais oſé vous importuner de mes miſérables affaires ; j'en ſuis bien honteux : mais je me

voyais noyé, et je m'adreſſais à Ste *Geneviéve.* Je
ſuis actuellement dans mon lit, pendant que M. et
madame de *Florian* dînent chez votre ami M. *Tronchin.*

Madame de *Florian* eſt plus aimable que jamais.
Elle ſoutient ſon état avec eſprit, avec dignité et
avec grâces. *Cabanis* la dirige ; il eſt au fait des
maladies des dames plus que perſonne. Elle s'eſt
accoutumée à notre ſolitude philoſophique et à
notre vilain climat ; rien n'a paru la dégoûter :
cela eſt d'un bien bon eſprit. On voit bien par qui
elle a été élevée. Elle a une ſœur de quinze à ſeize
ans, dont je voudrais bien être le précepteur ; mais
elle n'en a pas beſoin, et on n'élève pas les filles
quand on a quatre-vingts et un ans.

J'ai vu la comédie italienne du conclave. Il n'y
a ni gaieté ni eſprit ; mais c'eſt toujours beaucoup
qu'on ſe moque du conclave à Rome.

Agréez toujours, Madame, le tendre reſpect du
vieux malade de Ferney. *V.*

1775.

LETTRE IX.

A MADAME

LA MARQUISE DU DEFFANT, .

A Ferney, 25 de janvier.

PARDON, Madame, pour *Gluck* ou pour le chevalier *Gluck*. Je croyais vous avoir mandé qu'une
dame qui eft affez belle, et qui a une voix approchante
de celle de mademoifelle *le Maure*, m'avait chanté
un récitatif mefuré de ce réformateur, et qu'elle
m'avait fait un très-grand plaifir, quoique je fois
auffi fourd qu'aveugle quand les neiges viennent
blanchir les Alpes et le mont Jura.

Je vous demande pardon d'avoir eu du plaifir, et
d'en avoir eu par un *Gluck*. Il fe peut que j'aye eu
tort; il fe peut auffi que les autres morceaux de cë
Gluck ne foient pas de la même beauté. De plus, je
fens bien qu'il entre un peu de fantaifie dans ce
qu'on appelle goût en fait de mufique. J'aime encore
les beaux morceaux de *Lulli*, malgré tous les *Glucks*
du monde.

Mais venons, je vous en prie, à l'affaire que
vous voulez bien protéger. Je me fuis mis aux pieds
de madame la ducheffe d'*Enville; je* ne compte que
fur elle; je n'aurai d'obligation qu'à elle. Nous
demandons un fauf-conduit, et rien autre chofe;
mais comme ces fauf-conduits fe donnent par M. de
Vergennes aux affaires étrangères, il a fallu abfolument commencer par avoir un congé du roi de

Pruffe,

1775.

Pruffe, et en donner part à fon ambaffadeur, d'autant plus que le roi de Pruffe lui-même a recommandé vivement mon jeune homme à ce miniftre.

Nous attendons de la protection de madame la ducheffe d'*Enville* que nous obtiendrons, en termes honorables, ce fauf-conduit fi néceffaire; le temps fera le refte. Ce fera peut - être une chofe auffi curieufe qu'affreufe de voir comment un petit juge de province, voulant perdre madame de *Brou* abbeffe de Villancourt, fuborna des faux témoins, et nomma pour juger avec lui un procureur devenu marchand de bois et de vin, condamné aux confuls pour des friponheries.

C'eft ce cabaretier qui condamna, lui troifième, deux enfans innocens au fupplice des parricides. On ne le croirait pas : vous ne m'en croirez pas vous-même, en vous fefant lire ma lettre; cependant rien n'eft plus vrai.

Cette étrange fentence fut confirmée au parlement de Paris, à la pluralité des voix. Il y avait fix mille pages de procédures à lire : il fallait ce jour-là écrire aux *claffes*, et minuter des remontrances. On ne peut pas fonger à tout. On fe dépêcha de dire que le marchand de bois avait *bien jugé ;* et ces deux mots fuffirent pour brifer les os de ces deux enfans, pour leur arracher la langue avec des tenailles, pour leur couper la main droite, pour jeter leur corps tout vivant dans un feu compofé de deux voies de bois et de deux charrettes de fagots. L'un fubit ce martyre en perfonne, l'autre en effigie : mais le temps vient où le fang innocent crie vengeance.

Cet exécrable affaffinat eft plus horrible que celui

—— des *Calas* : car les juges des *Calas* s'étaient trompés fur les apparences, et avaient été coupables de bonne foi ; mais ceux d'Abbeville ne fe trompèrent pas ; ils virent leur crime et ils le commirent. Je crois vous avoir déjà dit, Madame, à peu-près ce que je vous dis aujourd'hui ; mais je fuis fi plein que je répète.

Mon grand malheur eft que je défefpère de vivre affez long-temps pour venir à bout de mon entreprife ; mais je l'aurai du moins mife en bon train. Les parties intéreffées achèveront ce que j'ai commencé.

Pour écarter l'horreur de ces idées, je vous demande comment je pourrais m'y prendre pour vous faire tenir un chiffon qui vous ennuiera peut-être. Il eft dédié à un homme que vous n'aimez point, à ce qu'on dit ; c'eft M. d'*Alembert* : mais vous pardonnerez fans doute à un académicien qui dédie un ouvrage à l'académie fous le nom de fon fecrétaire. Si vous ne l'aimez pas, vous l'eftimez, et il vous le rend au centuple.

Moi je vous eftime et je vous aime de toutes les forces de ce qu'on appelle mon ame. *V.*

LETTRE X.

A M. LE MARECHAL DUC DE RICHELIEU.

A Ferney, 25 de janvier.

PARDONNEZ-MOI, je vous en supplie, de vous avoir importuné si indiscrétement; mais, en vérité, Monseigneur, pouvais-je imaginer que les préliminaires de cette maudite affaire avec madame de *Saint-Vincent* vous coûteraient quarante mille livres? La justice, dit-on, devait se rendre gratis avant la renaissance des anciens parlemens. Quel gratis que quarante mille francs d'entrée de jeu, et cela parce que l'on a voulu vous voler!

Ce n'était qu'à la dernière extrémité que j'avais recours à vos bontés, ayant mis presque tout mon bien sur M. le duc de *Virtemberg*, sur M. le duc de *Bouillon* et sur le roi, et n'étant payé de personne; ayant eu l'impertinence de bâtir une espèce de jolie petite ville, et étant accablé par les demandes continuelles de trente manufacturiers qu'il faut soutenir. Ma tête, qui n'est pas plus grosse que rien, ne pouvait porter tous ces fardeaux, et j'étais au désespoir, lequel désespoir était encore augmenté par la mort du notaire *Laleu* qui, par quelques avances, m'empêchait de me jeter par la fenêtre.

J'ai bien mal pris mon temps auprès de vous, je l'avoue; mais votre indulgence me rassure.

Je vois bien de la fermentation à Paris, malgré la musique de *Gluck*, et malgré les comédies que donne

—— *Henri IV* au théâtre français , au théâtre italien et
1775. aux marionnettes. Vous êtes accoutumé depuis
long-temps aux changemens de fcènes: mais la véritable gloire , les grands fervices rendus , et un peu
de philofophie , font une bonne égide contre tous
les coups de la fortune. Vous êtes actuellement
comme les évêques qui fe difpenfent de la réfidence
pour venir plaider à Paris. Je fuis perfuadé que , fi
au lieu de dépenfer quarante mille francs , et peut-
être quatre-vingts mille , pour faire condamner une
catin friponne , vous lui aviez donné dix mille francs
d'aumône , elle vous aurait demandé pardon à
genoux et par écrit ; mais il n'eft plus temps , il faut
pourfuivre cette déteftable affaire qui vous coûtera
plus qu'elle ne vaut.

J'aime mieux les canons de Fontenoi , les fourches
de Clofter-Seven , Minorque et Gènes ; ce font-là
vos vrais billets au porteur.

Si vous aviez le temps de vous amufer ou de
vous enhuyer , je pourrais bien vous envoyer quelque chofe dans peu de jours ; ce ferait la lie de mon
vin. Il vous paraîtrait peut-être plat ou aigre ; et
d'ailleurs je tremble toujours de prendre mal mon
temps.

Agréez , je vous en conjure , mon très - tendre
refpect , en quelque temps que ce puiffe être. *V.*

LETTRE XI.

A MADAME

LA DUCHESSE D'ENVILLE.

Janvier.

MADAME,

JE me jette à vos pieds cette fois-ci bien férieufement, et je vous conjure d'achever, par votre protection, de rendre la vie et l'honneur au plus
innocent, au plus fage, au plus modefte et plus
malheureux gentilhomme de France.

Il ne s'agit plus actuellement d'aucune formalité
de loi, ni d'aucune lettre en chancellerie. Il demande
au roi un fauf-conduit d'une année, comme vous le
verrez par les petits papiers ci-joints. Il lui faudra
en effet une année entière, au moins, pour débrouil-
ler tout le chaos de cette abominable aventure; et le
roi fon maître voudra bien me le confier encore,
fuppofé que je vive.

Ce n'eft point à moi à prévoir s'il cherchera à
entrer dans le fervice de France, ou s'il reftera à
celui du roi de Pruffe. Tout ce que je fais, c'eft
qu'il eft un très-bon officier et un bon ingénieur.
Il eft fuppofé réfider à Véfel, et il ne peut fe montrer en France qu'avec un fauf-conduit. Nous en
demandons un qui foit à peu-près fuivant le modèle
que nous préfentons.

B 3

1775.

Cette petite grâce, qui ne tire à aucune consé-quence, dépend entièrement du miniftre des affaires étrangères; et je fuis bien sûr que ce miniftre fera tout ce que M. le comte de *Maurepas* voudra.

Daignez donc, Madame, en parler à M. de *Maurepas* quand vous le verrez. Permettez qu'on mette cette bonne action dans la lifte de celles que vous faites tous les jours, quoique cette lifte foit un peu longue.

J'ai l'honneur d'être avec le plus profond refpect et la plus vive reconnaiffance, Madame, &c.

LETTRE XII.

A M. LE BARON DE GOLTZ,

MINISTRE DU ROI DE PRUSSE, *à Paris*.

Janvier.

MONSIEUR,

Le roi de Pruffe continue à honorer de fa pro-tection M. d'*Etallonde*, et nous comptons fur la vôtre. Il ne nous faut actuellement qu'un fauf-con-duit à peu-près tel que nous ofons en préfenter le modèle. Une grâce fi légère ne peut fe refufer, et M. d'*Etallonde* en a un befoin effentiel pour aller lui-même dans fa ville rechercher les pièces effen-tielles qui lui manquent. Elles démontreront fon inno-cence et les manœuvres infernales dont on s'eft fervi pour faire condamner deux jeunes gentilshommes, pleins de mérite, à des supplices plus horribles que ceux dont on punit les parricides.

Nous avons déjà six mille pages de la procédure, et cela ne suffit pas, à beaucoup près. Vous auriez gagné quatre ou cinq batailles en bien moins de temps que cet exécrable procès n'a été jugé.

Le sauf-conduit dépend de M. le comte de *Vergennes*. M. le comte de *Maurepas* a trop de grandeur d'ame et trop de bonté pour s'y opposer. Vous aurez, Monsieur, la satisfaction d'avoir conservé la vie, l'honneur et la fortune à un jeune gentilhomme digne de servir sous vous.

J'ai l'honneur d'être avec respect et reconnaissance,
Monsieur ,
de votre Excellence , &c.

LETTRE XIII.

A M. LE DUC DE LA ROCHEFOUCAULD.

Janvier.

MONSEIGNEUR,

JE vous conjure, sans préambule, de vous joindre à madame la duchesse votre mère pour une très-bonne action. Je ne connais pas de meilleur moyen de vous plaire. Vous verrez, par un petit papier que j'ai l'honneur de lui envoyer, qu'il n'est question que de rendre l'honneur, la fortune et la vie, par cinq ou six mots, à un jeune gentilhomme plein de mérite. La chose dépend de M. de *Vergennes* qui ne refusera rien à M. le comte de *Maurepas*, et M. de *Maurepas* vous refusera encore moins.

Si l'aventure du chevalier de *la Barre* vous a fait frémir d'horreur, la protection que vous et madame la duchesse d'*Enville* donnerez à son ami infortuné nous fera verser des larmes de joie.

J'ai l'honneur d'être avec un profond respect,

Monseigneur, &c.

LETTRE XIV.

A MADAME DE SAINT-JULIEN.

1 de février.

C'EST bien vous, Madame, qui êtes ma patronne et ma véritable protectrice. Ma dernière volonté est de me jeter à vos pieds ; mais ce ne peut être que de mon lit à la bride de votre cheval ; et il y a cent vingt-cinq lieues entre lui et moi.

J'ai l'honneur de vous envoyer, par la voie que vous m'avez indiquée, le dernier radotage de ma vieillesse, et je vous supplie de ne le pas lire ; car, vivant ou mourant, je ne veux pas vous ennuyer. Je ne pense plus guère, mais mes dernières pensées seront pour vous avec la plus respectueuse et la plus tendre reconnaissance.

Le vieux malade et radoteur de Ferney, V.

LETTRE XV.

A M. DE LA LANDE.

A Ferney, 6 de février.

En tibi norma poli et divæ libramina molis;
Computus en Jovis, &c.

Voilà, Monsieur, ce que *Halley* disait à *Newton*, et ce que je vous dis.

Je reçus hier le plus beau présent qu'on m'ait jamais fait. J'ai passé tout un jour et presque toute une nuit à lire le premier volume, et j'ai entamé le second.

C'est, je crois, la première fois qu'on a lu tout de suite un livre d'astronomie. Vous avez trouvé le secret de rendre la vérité aussi intéressante qu'un roman.

Je vous demanderais pourtant grâce pour *Alexandre* à qui vous reprochez d'avoir été effrayé d'une éclipse de lune, avant la bataille d'Arbelles. *Plutarque* ne lui impute pas tant de faiblesse et tant d'ignorance.

Quinte-Curce dit, au contraire, que l'armée (qui n'était pas composée de philosophes) fut prête à se soulever contre *Alexandre*, *jam pro seditione res erat.* Le roi fit rassurer ses soldats par les mages égyptiens qu'il avait auprès de lui, et marcha aux ennemis immédiatement après l'éclipse.

Comment en effet le disciple d'*Aristote* aurait-il ignoré la cause de ce phénomène si ordinaire, et comment *Alexandre* aurait-il connu la terreur ?

Après avoir demandé grâce pour ce prince, je ne vous la demanderai pas pour les pères de l'Eglife qui ont nié les antipodes ; je ne la demanderai pas pour l'ami *Pluche*, qui va toujours chercher dans la langue hébraïque (qu'il ne favait pas) les raifons des chofes qui n'ont jamais exifté.

J'aimerai furtout bien mieux me confirmer avec vous dans le fyftême démontré par *Newton*, que d'attribuer aux anciens, quels qu'ils foiént, des connaiffances aftronomiques dont ils n'ont jamais eu que des foupçons très-vagues.

Enfin, Monfieur, je trouve dans votre livre de quoi m'inftruire et me plaire à tout moment. J'ai prefque oublié, en le lifant, tous les maux dont je fuis accablé. Je ferai bientôt privé pour jamais de ce grand fpectacle du ciel qui eft actuellement couvert de brouillards, du moins dans notre pays. Il fait plus beau fans doute fur les bords du Nil et fur ceux de l'Euphrate, que dans le voifinage du lac de Genève. Il y a trois mois que je fuis dans mon lit ; et fans vous je n'aurais renouvelé connaiffance avec aucune planète.

Vous aviez daigné me promettre que vous honoreriez Ferney d'un obélifque et d'une méridienne. Je ne crois pas vivre affez pour entreprendre cet ouvrage ; je me bornerai, cette année, à bâtir des granges de ce que vous appelez pizay (*) (fi je ne me trompe.)

Si vous aviez un moment à vous, je vous fupplierais de me dire à qui je dois m'adreffer

_____
(*) Pizay eft une terre argileufe, battue entre des planches, et dont on fait des maifons dans la Breffe.

pour avoir un bon ouvrier avec lequel je ferais mon marché.

Je vous demande bien pardon de cette importunité.

Je ne fais pas comment j'ofe vous parler des chofes terreftres, après tout ce que je viens de lire.

Agréez, je vous prie, Monfieur, la reconnaiffance et la refpectueufe eftime de votre, &c.

Le vieux malade de Ferney.

Permettez-moi de préfenter mes refpects à M. et à madame de *Maron* (*).

LETTRE XVI.

A MADAME

LA MARQUISE DU DEFFANT.

27 de février.

J'AI été très-mal, Madame, depuis près d'un mois. Je le fuis encore, et je ne fais pas trop comment je fuis en vie. Je crois qu'il eft arrivé la même chofe à Don Pèdre qu'à moi; cependant je vous en envoie une feconde édition, parce que j'apprends dans mon lit qu'il n'y a plus d'exemplaires de la première à Genève.

(*) Madame de *Maron*, baronne de Meillonnaz, qui demeure à Bourg-en-Breffe, a fait huit tragédies de quinze à dix-huit cents vers chacune, et deux comédies en vers. M. de *Voltaire*, qui en a vu quelques-unes, leur a donné des applaudiffemens. La modeftie de l'auteur l'a empêché de les publier, ainfi qu'un grand nombre de lettres que M. de *Voltaire* lui avait adreffées, et qu'elle n'a point voulu communiquer par le même motif.

Tout eſt allé, je crois, à Paris. Vous recevrez pro-bablement l'exemplaire de l'édition nouvelle, par M. d'*Ogni*.

Je vous conſeille de ne vous jamais faire lire de vers ; car outre qu'on en eſt fort las, ils ſont trop difficiles à lire. Vous trouverez mieux votre compte avec de la proſe. Je vous prie même de lire une note qui ſe trouve à la fin de la Tactique dans le même recueil. Elle eſt aſſez intéreſſante pour ceux qui n'aiment pas qu'on égorge le genre-humain pour de l'argent.

Le nombre infini de maladies qui nous tuent, eſt aſſez grand ; et notre vie eſt aſſez courte pour qu'on puiſſe ſe paſſer du fléau de la guerre.

Je finirai bientôt ma carrière au coin de mon feu. Etendez la vôtre, Madame, auſſi loin que vous le pourrez ; jouiſſez de tous les plaiſirs que votre triſte état vous permet. Le mot de plaiſir eſt bien fort, j'aurais dû dire conſolations, et même conſolations paſſagères ; car il n'en reſte rien, lorſqu'au ſortir d'un grand ſouper on ſe retrouve avec ſoi-même, et qu'on paſſe la nuit à ſe rappeler en vain ſes premiers beaux jours. Tout eſt vanité, diſait l'autre. Eh ! plût à Dieu que tout ne fût que vanité ! mais la plupart du temps tout eſt ſouffrance. J'en ſuis bien fâché, mais rien n'eſt plus vrai.

Ma lettre eſt un peu de *Jérémie ;* j'aimerais mieux être *Anacréon.* Je vous prie de me pardonner mes lamentations, et de croire que le bon homme *Jérémie,* au milieu de ſes montagnes, vous eſt auſſi tendrement attaché que s'il avait le bonheur de vous voir tous les jours.

Le vieux malade de Ferney.

LETTRE XVII.

A M. LE COMTE D'ARGENTAL.

8 de mars.

Pardon, mon cher ange; ce n'eſt pas ma faute ſi j'ai tâté un peu de l'agonie aux approches de l'équinoxe, ſelon ma louable coutume. J'ai été bien ſot quand j'ai cru être au moment où je ne vous reverrais plus. Je ne veux pas perdre l'eſpérance qui eſt toujours au fond de ma boîte de *Pandore*.

J'avais fait relier une nouvelle édition de Don Pèdre et compagnie pour M. de *Thibouville*, je ne ſais plus comment faire pour la lui envoyer. Il y a long-temps qu'elle eſt toute prête. Eſt-il poſſible qu'il n'ait pas un contre-ſeing de quelque intendant des poſtes à ſon ſervice? ces pauvres Pariſiens ne s'aviſent jamais de rien. Je prends le parti de la lui envoyer par la diligence de Lyon, empaillée comme un pâté.

Le Kain a mandé qu'il avait une vieille Eryphile de moi; c'eſt une eſquiſſe aſſez mauvaiſe de la Sémiramis. Il ferait ridicule que ce croquis parût, et il n'eſt pas moins à craindre qu'il ne paraiſſe.

Je me flatte que mon cher ange me ſauvera de cette petite honte.

Il faut que je vous conte que j'avais envoyé un vaiſſeau dans l'Inde, avec quelques aſſociés; le tonnerre eſt tombé ſur notre vaiſſeau et a tout fracaſſé. J'ai, Dieu merci, un anti-tonnerre à Ferney dans

1775.

mon jardin. Vous favez que cela s'appelle un con-
ducteur ; avec cette précaution on n'a rien à craindre
fur terre. C'en ferait trop d'avoir à la fois affaire au
tonnerre fur la mer des Indes et dans mon parterre :
les dévots fe moqueraient trop de moi.

Je confeille à *Beaumarchais* de faire jouer fes factums , fi fon Barbier ne réuffit pas.

Adieu, mon cher ange ; je n'en peux plus, permettez que je vous embraffe bien tendrement avec
le peu de force qui me refte. *V.*

LETTRE XVIII.

A M. LE CHEVALIER DE CHATELLUX.

10 de mars.

J'APPRENDS ,, Monfieur , que vous faites à M. de
Châteaubrun l'honneur de lui fuccéder. S'il ne s'était
pas preffé de vous céder fa place , je vous aurais
demandé la préférence. J'ai été fi malade, depuis près
de deux mois , que j'ai cru que je le gagnerais de
vîteffe , et alors je me ferais recommandé à vos
bontés. L'académie me devient plus chère que jamais.

Je ne fais fi vous avez reçu , Monfieur , une petite
édition de cette efquiffe de Don Pèdre, qu'un génevois devait mettre de ma part à vos pieds. S'il ne
vous l'a pas remife , voudriez-vous avoir la bonté
de me dire comment je pourrais m'y prendre pour
vous rendre cet hommage que mon état très-douloureux m'empêche de vous préfenter moi-même ?

Pardonnez à ma terre épuifée fi elle ne porte pas
de meilleurs fruits. Rien ne ferait plus propre à me
rajeunir que de venir vous faire ma cour, de vous
entendre à votre réception, et de partager l'honneur
que vous nous faites.

S'il eft vrai que la *Raifon* ait paffé par Paris, dans
fes petits voyages, elle doit y refter pour vivre avec
l'auteur de *la Félicité publique*. Ce n'eft pas une
médiocre confolation pour moi de voir mon opinion
fur cet ouvrage fi bien confirmée. M. de *Malesherbes*
a dit que ce livre était digne de votre grand-père; et
moi j'ai l'infolence de vous dire que votre grand-
père, tout votre grand-père qu'il eft, en était incapable, malgré fon génie et fon éloquence. Je penfai
ainfi, lorfque j'ignorais que la *Félicité* venait de vous.
Je n'ai jamais changé d'avis, et certainement je n'en
changerai pas.

La *Raifon* èt la *Vérité* fa fille fe recommandent
à vos bontés; et moi chétif qui voudrais bien être
de la famille, je me mets à vos pieds.

Le vieux malade de Ferney.

LETTRE XIX.

A M. BOURGELAT.

A Ferney , 18 de mars.

MES maladies continuelles , Monfieur , m'ont empêché de vous remercier plutôt du mémoire utile et digne de vous , que vous avez eu la bonté de m'envoyer. Il y a quatre-vingts et un ans que je fouffre et que je vois tout fouffrir et mourir autour de moi. Tout faible que je fuis , l'agriculture eft toujours mon occupation. J'étais étonné qu'avant vous les bêtes à cornes ne fuffent que du reffort des bouchers , et que les chevaux n'euffent pour leurs *Hippocrates* , que des maréchaux ferrans. Les vrais fecours manquent dans les pays les plus policés. Vous avez feul mis fin à cet opprobre fi pernicieux.

Les animaux , nos confrères , méritaient un peu plus de foin , furtout depuis que le Seigneur fit un pacte avec eux , immédiatement après le déluge. Nous les traitons , malgré ce pacte , avec prefque autant d'inhumanité que les Ruffes , les Polonais et les moines de Franche-Comté traitent leurs payfans , et que les commis des fermes traitent ceux qui vont acheter une poignée de fel ailleurs que chez eux.

Je voudrais qu'on cherchât des préfervatifs contre les maladies contagieufes de nos beftiaux , dans le temps qu'ils font en bonne fanté , afin de les effayer quand ils font malades. On pourrait alors , fur une centaine de bœufs attaqués , éprouver une douzaine

de

de remèdes différens, et on pourrait raifonnablement
efpérer que de ces remèdes il y en aurait quelques- 1775.
uns qui réuffiraient.

Il y a, dans le moment préfent, une maladie con-
tagieufe en Savoie, à une lieue de chez moi. Mon
préfervatif eft de n'avoir aucune communication
avec les peftiférés, de tenir mes bœufs dans la plus
grande propreté, dans de vaftes écuries bien aérées,
et de leur donner des nourritures faines.

La dureté du climat que j'habite entre quarante
lieues de montagnes glacées d'un côté, et le mont
Jura de l'autre, m'a obligé de prendre pour moi-
même des précautions qu'on n'a point en Sibérie.
Je me prive de la communication avec l'air extérieur,
pendant fix mois de l'année. Je brûle des parfums
dans ma maifon et dans mes écuries ; je me fais un
climat particulier, et c'eft par-là que je fuis parvenu,
à une affez grande vieilleffe, malgré le tempérament
le plus faible et les affauts réitérés de la nature.

Le grand malheur des payfans eft d'être imbécilles, et un autre malheur eft d'être trop négligés : on
ne fonge à eux que quand la pefte les dévafte, eux
et leurs troupeaux ; mais pourvu qu'il y ait de jolies
filles d'opéra à Paris, tout va bien. Je vous ferai très-
obligé, Monfieur, de vouloir bien me continuer vos
bontés, quand vous communiquerez au public des
connaiffances dont il pourra profiter.

LETTRE XX.

A M. LE COMTE D'ARGENTAL.

18 de mars.

MON cher ange, le vieux malade avertit qu'il y a un paquet d'une nouvelle édition, arrivé depuis long-temps par la diligence ou par la poste à l'adresse de M. de *Thibouville*. Il doit l'avoir reçu ou l'envoyer chercher.

Je suis bien vieux, je l'avoue ; mais j'ai plutôt fait une tragédie que des arrangemens pour la faire parvenir à Paris. Il y a quatre éditions de Don Pèdre, dont deux que je ne connais pas. Cela pourrait prouver qu'il y a encore des gens qui aiment les vers passablement faits, et que l'univers entier n'est pas uniquement asservi aux doubles croches.

Le rôle de *Léonore* plaît à toutes les dames de province, mais ces dames ne disposent pas des suffrages de Paris. *Linguet*, dans une de ses feuilles, a eu la témérité de comparer la scène de don *Pèdre* et de *Guesclin* à celle de *Sertorius* et de *Pompée ;* mais on ferait très-mal de jouer cette pièce au tripot de Paris, qu'on appelait autrefois le théâtre français. Il faudrait un *Baron* et une *le Couvreur* avec *le Kain*. Ce n'est pas là une pièce de spectacle et d'attitudes ; et vous n'avez précisément que *le Kain* dans Paris.

L'affaire de mon jeune homme me tient bien davantage au cœur. Je suis très-content de la manière dont le roi son maître en use. J'ai découvert

des chofes affreufes, infames, exécrables, qui feront
dreffer les cheveux à la tête de tous ceux qui ont 1775.
encore des cheveux. L'aventure des *Calas* eft une
légère injuftice et une petite méprife pardonnable,
en comparaifon des manœuvres infernales dont j'ai la
preuve en main, et que nous ne produirons qu'avec
la difcrétion la plus convenable, et une fimplicité
qui n'offenfera aucun magiftrat, mais qui tou-
chera tous les cœurs, et furtout ceux comme le
vôtre. Je crois que je ne finirai que par prendre le
public pour juge. Le jeune homme, qui eft une des
plus fages têtes que j'aye jamais connues, fera fon
mémoire lui-même. Il ne parlera point comme les
avocats éloquens qui *invoquent* une loi et un témoignage, qui apportent des raifons *victorieufes*, qui
parlent de l'ordre moral et politique, et de l'*ordre des
avocats*, et qui l'emportent de beaucoup fur maître
Petit-Jean; mais il convaincra tous les efprits par
le récit fimple de la vérité qui a été jufqu'ici entièrement ignorée.

Adieu, mon cher ange; mon trifte état m'empêche de relire ma lettre. *V.*

C 2

LETTRE XXI.

A M. DE VAINES,

PREMIER COMMIS DES FINANCES.

A Ferney, par Lyon, 18 de mars.

Vous me faites, Monſieur, un préſent qui m'eſt bien cher. J'avais déjà le portrait de M. *Turgot* ; mais j'ai fait encadrer celui que je tiens de vos bontés, et je l'ai mis au chevet de mon lit ; à cauſe des vers de M. de *la Harpe*. Non-ſeulement ces vers ſont bons, mais ils ſont vrais ; ce qui arrive fort rarement à meſſieurs les contrôleurs généraux. J'ai placé cette eſtampe vis-à-vis celle de *Jean Cauſeur*. Ce n'eſt pas que *Jean Cauſeur* vaille M. *Turgot* ; mais c'eſt qu'on l'a gravé à l'âge de cent trente ans. Quoique je me ſois confiné au pied des Alpes, entre la Savoie et la Suiſſe, j'aime encore aſſez la France pour ſouhaiter que M. *Turgot* vive autant que *Jean Cauſeur*.

Je vous fais bien bon gré, Monſieur, de cultiver les belles-lettres qui ſont d'ordinaire l'oppoſé de votre adminiſtration. L'agriculture, dont je fais profeſſion, n'y eſt pas ſi contraire ; mais l'aridité des calculs eſt preſque toujours l'ennemie mortelle de la littérature. Heureux les eſprits bien faits qui touchent à la fois à ces deux bouts !

Je vous remercie de vos bontés. J'ai l'honneur d'être avec l'eſtime la plus reſpectueuſe, Monſieur, votre &c. *Voltaire.*

LETTRE XXII.

A M. LE MARECHAL DUC DE RICHELIEU.

25 de mars.

Vous êtes pair du royaume, monfeigneur le Maréchal; et quoique vous ayez fait le métier de *Mars* plus que celui de *Barthole*, vous devez favoir les lois mieux que moi, fuppofé qu'il y ait des lois en France, et que tout ne foit pas livré à la chicane et à la fantaifie du moment.

Je conviens que votre affaire eft défagréable et importune, mais elle n'eft que cela. Il faut être enragé pour feindre de n'être pas convaincu de la vérité de tout ce que votre avocat allégue. Il eft vrai qu'il faut trop de contention d'efprit pour démêler ces preuves. La clarté dans les affaires eft le premier devoir auquel il faut s'attacher, en quelque genre que ce puiffe être.

Au refte, quelque avocat que vous euffiez choifi, il me paraît impoffible qu'on rende jamais votre affaire douteufe. Il eft démontré qu'on vous a volé, et que pour vous voler on a été fauffaire.

Je ne vois dans tout cela qu'un feul petit défagrément, c'eft la bonté dont madame de *Saint-Vincent* fe vante que vous l'avez honorée en paffant, quoiqu'elle ne foit ni affez jeune ni affez jolie pour mériter tant de politeffe; mais cette condefcendance que vous avez eüe pour elle ne mérite qu'une

C 3

chanfon , et des fauffaires voleurs méritent un peu mieux.

Je vous avouerai que tout ce procès me fait moins de peine que votre fituation préfente ; mais vous avez de la fageffe et de la fermeté , vous con- naiffez les hommes , vous avez de grandes dignités , de très-beaux établiffemens , et furtout de la gloire que rien ne pourra vous ôter.

Je fuis forcé de m'occuper à préfent d'une affaire mille fois plus cruelle et plus affreufe , qui n'a pas la même célébrité que la vôtre , parce qu'elle ne concerne pas des gentilshommes d'un rang auffi élevé que vous ; mais elle eft par elle-même ce que je connais de plus flétriffant pour la France , et de plus abominable après la boucherie des chevaliers du Temple , et après la Saint-Barthelemi. Il y a des horreurs qui font ignorées dans Paris , où l'on ne s'occupe que de frivolités , de menfonges , de calom- nies , de tracafferies et d'opéra comiques ; tout le refte eft étranger aux Parifiens. Si on apprenait à dix heures du matin que la moitié du globe a péri , on irait à cinq heures au fpectacle , et on arran- gerait un fouper.

Vous favez très-bien que les hommes ne méritent pas qu'on recherche leur fuffrage ; cependant on a la faibleffe de le défirer ce fuffrage qui n'eft que du vent. L'effentiel eft d'être bien avec foi-même , et de regarder le public comme des chiens qui tantôt nous mordent et tantôt nous lèchent.

Je vous écris toute cette vaine morale , de mon lit où je fuis confiné depuis long - temps. Jouiffez du bonheur ineftimable d'avoir confervé votre fanté à

1775.

foixante et dix-huit ans. Songez à tout ce que vous avez vu mourir autour de vous ; vous êtes en tout fens fupérieur aux autres hommes.

Confervez-moi vos bontés pour les deux ou trois minutes que j'ai encore à vivre, c'eft-à-dire à fouffrir. *V.*

L E T T R E X X I I I.

A M. LE CHEVALIER DELISLE.

25 de mars.

Vous m'avez écrit, Monfieur, des chofes bien plaifantes. Je reçois fouvent de gros paquets de livres nouveaux ; je les jette dans le feu, et je lis vos lettres pour me confoler. Il me paraît que vous voyez le monde, et que vous le peignez tel qu'il eft, c'eft-à-dire en ridicule. Je fuis bien malade ; mais fi vous voulez que je meure gaiement, faites-moi la grâce de m'écrire lorfque vous trouverez le genre-humain bien impertinent, et que vous aurez du loifir pour vous en moquer.

J'ai été fur le point d'aller trouver mes **deux con-frères** *Dupré de Saint-Maur* et *Châteaubrun.* Les préparatifs de ce voyage qui n'a pas eu lieu, ne m'ont pas permis de vous écrire. J'imagine que je dois à votre lettre le petit répit que j'ai obtenu. Vous avez adouci tous mes **maux.** J'ai beaucoup d'obligation à monfieur l'abbé qui porte votre nom, d'avoir dit :

Choifeul eft agricole, et Voltaire eft fermier.

C 4

il femble par ce vers que je fois le fermier de M. le duc de *Choifeul*. Plût à Dieu que je le fuffe ! je lui rendrais bon compte ; je ne le tromperais pas comme quelques-uns peut-être l'ont pu tromper. J'aurais le bonheur de le voir et de l'entendre. Je tiens la condition de fon fermier pour une des meilleures de ce monde, et je l'aimerais beaucoup mieux que celle de fermier général. Vous avez un fort bien fupérieur à ces deux fermes : vous êtes fon ami, et vous méritez bien de l'être.

Je vous remercie bien, Monfieur, de m'avoir envoyé le dernier mémoire de M. le comte de *Guines.* Il femble que les mémoires fignés *Tort*, foient des armes parlantes. Jamais aucun tort ne m'a paru plus évident. J'ai la vanité de croire que D I E U m'avait fait pour être avocat. Je vois que, dans toutes les affaires, il y a un centre, un point principal contre lequel toutes les chicanes doivent échouer. C'eft fur ce principe que j'ofai me mêler des procès criminels, affreux et abfurdes, intentés contre les *Calas*, les *Sirven*, *Montbailli*, contre M. de *Morangiés*.

Je tiens la caufe de M. le maréchal de *Richelieu* pour infaillible, par le même principe. Je crois même qu'il eft impoffible à fes ennemis de penfer autrement. Je fuis perfuadé que, fi les juges fe trompent fi fouvent, c'eft que les formes ne leur permettent guère de pefer les probabilités. Ils oppofent une loi équivoque à une autre loi équivoque, tandis qu'il faudrait oppofer raifon à raifon, et vraifemblance à vraifemblance. Tout procès eft un problème, il faut avoir l'efprit un peu géométrique pour le réfoudre.

La mort eft un problème auffi, je le réfoudrai

bientôt ; mais il m'eſt démontré qu'en attendant je
vous ſerai attaché, Monſieur, avec la plus vive
reconnaiſſance.

Vous m'en avez écrit de bonnes ; mais vous qui
parlez, avez-vous lu le livre de *Necker* (*) ? et ſi
vous l'avez lu, l'avez-vous entendu tout courant ?

LETTRE XXIV.

A MADAME

LA MARQUISE DU DEFFANT.

30 de mars.

J'AI pu vous dire, Madame, *j'ai été très-mal, je le
ſuis encore.*

1°. Parce que la choſe eſt vraie.

2°. Parce que l'expreſſion eſt très-conforme, autant
qu'il m'en ſouvient, à nos déciſions académiques.
Ce *le* ſignifie évidemment, je ſuis très-mal encore.
Ce *le* ſignifie toujours la choſe dont on vient de parler.
C'eſt comme quand on vous dit : Etes-vous enrhu-
mées, Meſdames ? elles doivent répondre : Nous le
ſommes ou nous ne le ſommes pas. Il ſerait ridicule
qu'elles répondiſſent : Nous les ſommes ou nous ne
les ſommes pas.

Ce *le* eſt neutre en cette occaſion, comme diſent
les doctes. Il n'en eſt pas de même quand on vous
demande : Etes-vous les perſonnes que je vis hier à
la comédie du Barbier de Séville, dans la première

(*) Contre la liberté du commerce des blés.

loge? vous devez répondre alors : Nous les sommes ; parce que vous devez indiquer ces personnes dont on vous parle.

Etes-vous chrétienne ? je le suis. Etes-vous la juive qui fut menée hier à l'inquisition ? je la suis. La raison en est évidente. Etes-vous chrétienne ? je suis cela. Etes-vous la juive d'hier, &c. ? je suis elle.

Voilà bien du pédantisme, Madame ; mais vous me l'avez demandé : et vous ferez de moi tout ce que vous voudrez, excepté de me faire venir à Paris. Mon imagination m'y promène quelquefois, parce que vous y êtes ; mais la raison me dit que je dois achever ma vie à Ferney. Il faut se cacher au monde, quand on a perdu la moitié de son corps et de son ame, et laisser la place à la jeunesse. Il y a et il y aura toujours à Paris beaucoup de jeunes gens qui font et qui feront très-joliment des vers ; mais ce n'est pas assez de les faire bons, il leur faut un je ne sais quoi qui force à les retenir par cœur, ou à les relire malgré qu'on en ait, sans quoi cent mille bons vers sont de la peine perdue.

Je suis indigné, depuis quelques années, de la prose de Paris, et surtout de la prose des avocats qui parlent presque tous comme maître *Petit-Jean*. Les factums contre M. de *Guines* et contre M. de *Richelieu* m'ont paru le comble de l'absurdité. Celui de M. de *Richelieu* était un peu ennuyeux, mais au moins il était fort raisonnable.

J'espère que, quand mon jeune homme sera obligé d'en faire un, il pourra être assez intéressant ; mais probablement cette pièce de théâtre ne se jouera pas sitôt.

Adieu, Madame; diffipez-vous, foupez; mais fur-tout digérez, dormez, vivez avec le monde dont vous ferez toujours le charme. Daignez me conferver toujours un peu d'amitié, cela confole à cent lieues. *V.*

1775.

LETTRE XXV.

A M. DE LA HARPE.

31 de mars.

Je ne croyais pas, mon cher fucceffeur, que du *Belloi* fût mourant, lorfque je l'ai prefque affocié avec vous; mais je crois avoir bien fait fentir la prodigieufe différence que je mets entre vous et lui. C'eft l'impératrice de Ruffie qui me mandait que, de tous les auteurs français de ce temps-ci, vous étiez prefque le feul qu'elle entendît couramment; et qu'il y avait deux langues en France, dont l'une était la vôtre, et l'autre était celle du galimatias. Vous voyez bien qu'à la longue le vrai mérite perce, et que le galimatias tombe.

Vous voilà, à la fin, à votre place, malgré la canaille des *Fréron*, des *Clément* et des *Sabatier*. Vous avez de la gloire et un commencement de fortune. On dira de vous comme à *Tibulle* :

Gratia, fama, valetudo contingit abundè,
Et mundus victus, non deficiente crumenâ.

Connaiffez-vous M. de *Vaines*, premier commis ou chef des bureaux de celui qui penfe et qui permet qu'on penfe? Pourriez-vous m'envoyer par lui Menzicof, afin que je ne meure pas fans avoir eu cette confolation ? Je vous avertis que mon heure arrive, et que quand même je ferais à l'agonie, je fentirai le mérite de la pièce tout auffi bien que la famille royale. Soyez très-sûr que vous ne rifquez rien, qu'on vous la renverra fans tarder et fans abufer de la confidence. C'eft une bonne action que vous devez faire ; il faut avoir pitié des mourans.

Je fais bien qu'il n'y a d'acteurs à la comédie que *le Kain*; mais je fais bien auffi que, fi vous faites des vers comme *Racine*, vous déclamez comme lui. Je me fouviendrai toujours du *le voici*, et de la façon dont vous récitâtes tout le refte.

Pour *Corneille*, il récitait fes vers comme il les fefait : tantôt ampoulé, tantôt à faire rire.

Vous formerez des acteurs et des actrices ; c'eft un point important pour le parterre : cela fubjugue.

Le chiffon dont vous me parlez, intitulé Don Pèdre, n'a jamais été fait pour être joué. Il était fait pour une centaine de vers qu'on a retranchés, et pour certaines gens un peu dangereux dont on parlait avec une liberté helvétique. Ce changement gâte tout, énerve tout; et il n'y a pas grand mal. Il y en aurait eu beaucoup fi on n'avait pas été obligé, à quatre-vingts et un ans, de facrifier à cette fotte vertu qu'on appelle prudence : le vieillard a mis un bâillon à l'homme de vingt ans.

Allons, courage, mon cher ami ; vous êtes dans la force de votre génie. Je vous dirai toujours :

Macte animo ; generofe puer ; fic itur ad aftra.

Je n'en peux plus, mais vous me ranimez. *V.*

LETTRE XXVI.

A M. PARMENTIER.

A Ferney, le 1 d'avril.

J'AI reçu, Monfieur, les deux excellens mémoires que vous avez bien voulu m'envoyer, l'un fur les pommes de terre, défiré du gouvernement, l'autre fur les végétaux nourriffans, couronné par l'académie de Befançon. Si j'ai tardé un peu à vous remercier, c'eft que je ne mangerai plus de pommes de terre dont j'ai fait du pain très-favoureux, mêlé avec moitié de farine de froment, et dont j'ai fait manger à mes agriculteurs dans un temps de difette, avec le plus grand fuccès. Mais quatre-vingts et un ans furchargés de maladies, ne me permettent pas d'être bien exact à répondre; je n'en fuis pas moins fenfible à votre mérite, à l'utilité de vos recherches et au plaifir que vous m'avez fait.

J'ai l'honneur d'être avec tous les fentimens que je vous dois, Monfieur, &c.

LETTRE XXVII.

A M. LE COMTE D'ARGENTAL.

3 d'avril.

Mon cher ange, je commence par vous envoyer une lettre de madame de *Luchet*, qui vous mettra bien mieux au fait de vos dix mille livres que je ne pourrais faire.

Vous verrez enfuite comme la calomnie me pour-fuit jufqu'au dernier de mes jours.

Il y a donc des gens affez barbares pour avoir dit que je me porte bien! Je fuis à peu-près comme cette madame de *Moncu*, qui écrivait : *Moncu eft un affez vilain trou, mais on fe divertit quelquefois dans le voifinage.*

Il eft vrai que M. de *Florian*, qui a une charmante petite maifon dans Ferney, donna il y a quelque temps un grand fouper à madame de *Luchet*, où elle joua une ou deux fcènes de proverbes ; mais affuré-ment je n'y étais pas. Je ne mange plus avec perfonne; je ne fors de ma chambre que quand il y a un rayon de foleil. J'attends doucement la mort, et je remercie, comme *Epictète*, l'Etre des êtres de m'avoir fait jouir pendant quatre-vingts et un ans, du beau fpectacle de la nature. J'ai abandonné totalement Don Pèdre et du Guefclin. Je n'avais jamais fait cette tragédie pour être jouée, mais feulement pour y fourrer foixante ou quatre-vingts vers que j'ai enfuite très-prudem-ment retranchés. Il me fuffit que ce petit ouvrage ne foit pas méprifé par les gens qui penfent.

A l'égard de notre jeune homme pour qui vous avez tant de bonté, je voudrais feulement que vous puffiez aller lire chez M. de *Beaumont* la confultation que M. d'*Ornoi* a dû lui remettre. Il n'y a pas pour une demi-heure de lecture. Vous y verrez des horreurs et des bêtifes des prétendus juges d'Abbeville, toutes prouvées légalement, papier fur table; toutes pires que les abominations du jugement des *Calas* et des *Sirven*, et dont on s'eft bien donné de garde de laiffer échapper un mot dans la procédure, qui non-feulement eft nulle, mais qui eft très-puniffable. Nous ne voulons fur cela que le fentiment des avocats de Paris, auquel nous joindrons celui des jurifconfultes de l'Europe, depuis Mofcou jufqu'à Milan : cela nous fuffira. Nous ne voulons ni efter à droit, ni demander grâce. Nous avons obtenu la dignité d'aide de camp d'un roi qui eft le premier général de l'Europe, et le pofte de fon ingénieur. Il ne convient pas à un homme de cet état de s'avilir pour obtenir en France le droit de jouir un jour d'une légitime de cadet de Normandie, qui ne vaut pas la peine qu'on y penfe. Je vous réponds qu'il ne manquera point; mais la confultation des avocats nous eft abfolument néceffaire.

Echauffez fur cela, je vous en prie, M. d'*Ornoi* et M. de *Beaumont*; qu'ils écrivent feulement au bas de notre mémoire que, les chofes fuppofées comme nous les avançons, la procédure eft nulle, et que nous fommes en droit de demander la révifion. Je vais écrire à mon petit gros neveu.

Je vous embraffe, mon cher ange, avec l'amitié la plus refpectueufe, la plus tendre et la plus vieille. *V.*

LETTRE XXVIII.

A M. LAUS DE BOISSI,

Qui lui avait envoyé une seconde édition de sa critique des Trois siècles.

A Ferney, 14 d'avril.

JE vous dois, Monsieur, des éloges et des remercî-mens, et je me serais acquitté de ces deux devoirs plutôt que je ne fais, si une maladie très-dangereuse que ma nièce a essuyée, pendant un mois entier, dans notre hermitage, n'avait pas demandé tous mes soins et tout mon temps. Je sens vivement tout ce que je vous dois. La vieillesse peut ôter les talens, mais elle laisse au cœur la sensibilité.

Je crois que vous avez rendu service à tous les honnêtes gens, en fesant connaître un mal-honnête homme qui s'est fait secrétaire d'une cabale infame d'hypocrites, et qui, après avoir commenté *Spinosa*, est devenu valet de prêtre pour de l'argent. Votre ouvrage est celui de la vertu qui écrase la friponnerie.

J'ai l'honneur d'être, &c.

Voltaire.

LETTRE

LETTRE XXIX.

A M. LE COMTE D'ARGENTAL.

16 d'avril.

Mon cher ange, je reçois votre lettre du 10 d'avril. Madame de *Luchet* n'eft plus que garde-malade : vous l'avez vue marquife très-plaifante et très-amufante ; mais les mines de fon mari ont un peu alongé la fienne. Ce mari eft, à la vérité, un homme de con-dition , plus marquis que le marquis de . . . . . ; mais il a bien plus mal fait fes affaires que . . . . . . Il eft actuellement à Chambéry , et ni lui ni fa femme ne m'ont pleinement inftruit de leur défaftre. Il y a dans toutes les confeffions un péché qu'on n'avoue pas.

J'avais cru long-temps que la maladie de madame *Denis* n'était qu'un rhume ordinaire ; nous n'avons été détrompés que depuis le premier jour d'avril. La maladie a été depuis ce temps-là très-férieufe et très-inquiétante jufqu'au 16. Je ne commence à être un peu raffuré que d'aujourd'hui ; nous avons été dans des tranfes continuelles. Malheureufement je ne fuis bon à rien avec mes quatre-vingts et un ans et ma conftitution déplorable ; je ne fuis qu'un vieux malade qui en garde un autre , et qui s'acquitte fort mal de cette fonction. Jugez fi je fuis en état de courir après une foixantaine de vers épars dans une vieille copie mife dès long-temps au rebut et à moi-tié brûlée; *altri tempi* , *altre cure*. La tête me tourne, mon cher ange, de l'affaire de notre jeune homme ;

il eſt plus ſage que moi ; il eſt tranquille ſur ſon ſort, et moi je m'en meurs.

Il y a peut-être quelque légère différence entre ſon mémoire et l'extrait de M. d'*Ornoi*. Je lui mande qu'il peut aiſément corriger ces petites erreurs en deux traits de plume ; mais nous ne fondons point du tout notre conſultation ſur des interrogatoires faits par des ſcélérats à des enfans intimidés. Nous la fondons principalement ſur l'illégalité puniſſable avec laquelle un procureur marchand de cochons, ſoi - diſant avocat, et déclaré non admiſſible en cette qualité par un acte juridique de tous les avocats du ſiége, a oſé ſe porter pour juge dans une affaire criminelle, et verſer le ſang innocent de la manière la plus barbare. Voilà notre grief, ou plutôt le crime que nous dénonçons, et dont nous n'avons que trop de preuves. Pourquoi s'attacher à des minuties, quand il s'agit d'un objet auſſi important ?

Ce fait ne ſe trouve certainement pas dans l'énorme procédure dont M. d'*Ornoi* a bien voulu faire l'extrait. Il a lu cet extrait à monſieur le garde des ſceaux ; mais il ne lui a point parlé du ſeul objet principal dont il s'agit ; et voilà ce qui arrive dans preſque toutes les affaires.

Nous venons de découvrir un mémoire fait en 1766, pour trois co-accuſés dans cet infame procès criminel ; mémoire qui ne fut malheureuſement imprimé avec la conſultation des avocats que quelque temps après l'arrêt du parlement. La conſultation eſt ſignée par huit avocats, *Cellier*, d'*Outremont*, *Muyart de Vouglans*, *Gerbier*, *Timbergue*, *Benoît*, *Turpin*, *Linguet*.

Les moyens de nullité sont très-bien discutés dans le mémoire et dans la consultation. C'est dans ce mémoire, pages 16 et 17, qu'il est dit expressément *que la compagnie des avocats d'Abbeville s'est opposée par un acte juridique à la réception* de notre prétendu avocat, prétendu juge, réellement procureur, et marchand de cochons et de bœufs.

C'est là qu'il est dit que des sentences des consuls d'Abbeville enjoignent à ce procureur marchand, à ce juge aussi infame que barbare, de produire ses livres de comptes.

Y a-t-il rien de plus monstrueux, mon cher ange? y a-t-il rien qui doive plus exciter l'indignation du roi et de son garde des sceaux? faut-il chercher d'autres preuves de l'injustice la plus horrible, et d'un assassinat plus prémédité? pourquoi n'en a-t-on pas parlé à M. de *Miromesnil?* hélas! c'était la seule chose qu'il lui fallait dire. N'est-il pas palpable que ce misérable marchand de bestiaux n'avait été choisi pour assassiner juridiquement d'*Etallonde* et *la Barre*, que par la vengeance du conseiller nommé *Saucourt*, qui voulait perdre, à quelque prix que ce fût, des enfans innocens, et se venger sur eux de trois procès que les pères de ces enfans et madame *Faydeau de Brou* lui avaient fait perdre?

Ce sang innocent crie, mon cher ange; et moi je crie aussi, et je crierai jusqu'à ma mort. Je crie à vous: je vous dis, vous êtes ami de MM. *Target* et de *Beaumont*; parlez-leur, je vous en conjure. Je suis outré, je suis désespéré. Quoi! le sage et brave d'*Etallonde* ne pourra pas trouver en 1775 un avocat, tandis que des enfans accusés des mêmes choses que

——— lui en ont trouvé huit en 1766 ? Cela eſt affreux,
1775. cela eſt incompréhenſible. Il n'y a donc plus ni raiſon
ni humanité dans le monde.

Au nom de cette humanité qui eſt dans votre
cœur, parlez à M. *Target*, dites-lui tout ce que je
vous dis. Je vous répète que nous ne voulons point
de lettres de grâce ; que grâce, de quelque manière
qu'elle ſoit tournée, ſuppoſe crime, et que nous n'en
avons point commis. De plus, grâce exige qu'on la
faſſe entériner à genoux, et c'eſt ce que nous ne
ferons jamais. Il n'y a ni l'ombre de la juſtice, ni de
la pitié, ni de la raiſon dans tout ce qu'on m'a écrit
ſur cette aventure exécrable.

Comment voulez-vous, mon cher ange, que dans
l'efferveſcence où eſt l'intérieur de ma pauvre vieille
machine, je vous parle à préſent de l'édition in-4°
du *Corneille* ? Il y a ſans doute beaucoup de choſes
nouvelles dans les notes ; mais ces choſes-là, vous
les ſavez mieux que moi. Vous ſavez combien les
froids raiſonnemens alambiqués, écrits en ſtyle bourgeois, ſont impertinens dans une tragédie ; que le
bourſouflé eſt encore plus condamnable, que l'im-
propriété continuelle des expreſſions eſt ridicule, &c.
J'ai fait ſentir tous ces défauts dans la nouvelle édition, et j'ai dû le faire ; j'ai dû n'avoir aucune con-
deſcendance pour le mauvais goût et pour la mauvaiſe
foi de ceux qui m'avaient fait des reproches trop
injuſtes. J'ai dit enfin la vérité dans toute ſon étendue,
comme elle doit toujours être dite. De *Tournes* et
Panckoucke qui ont fait cette édition, ne m'en ont
donné qu'un ſeul exemplaire ; ſi j'en avais deux, il
y a long-temps que vous auriez le vôtre.

1775.

Je ne puis, mon cher ange, finir ma lettre, sans vous dire un mot fur l'homme dont j'avais pris le parti (*), et dont vous me parlez. M. de *Malesherbes*, qui eft affurément une belle ame, m'a mandé que c'était ce même homme qui avait déterminé l'arrêt funefte dont l'Europe a eu tant d'horreur; que fans lui les voix auraient été partagées. Je me tais, et je me tairai fur cet homme; mais cette nouvelle a achevé de m'accabler. Je me jette entre vos bras. *V.*

LETTRE XXX.

A MADAME

LA MARQUISE DU DEFFANT.

19 d'avril.

Vous me donnez donc, Madame, une charge de médecin confultant dans votre maifon. J'en fuis bien indigne: je ne fuis que le compagnon de vos mifères, et compagnon d'ignorance de tous les autres médecins. Si vous aviez un livre difficile à trouver, qui eft intitulé Queftions fur l'encyclopédie, je vous prierais de vous faire lire l'article *Médecine* qui eft affez drôle, mais qui paraît bien approchant de la vérité.

Je fuis de l'avis d'un médecin anglais qui difait à la ducheffe de *Marlboroug*: Madame, ou foyez bien fobre, ou faites beaucoup d'exercice, ou prenez

(*) M. *Pafquier.*

D 3

—— souvent de petites purges domestiques, ou vous serez bien malade.

J'ai suivi les principes de ce médecin, et je ne m'en suis pas mieux porté ; cependant, vous et moi, nous avons vécu assez honnêtement, en prévenant les maladies par un peu de casse. Je fais monder la mienne, et je la fais un peu cuire. Elle fait beaucoup plus d'effet, lorsqu'elle n'est pas cuite, et qu'elle est fraîchement mondée. Ma dose est d'ordinaire de deux ou trois petites cuillerées à café ; et on peut en prendre deux fois par semaine, sans trop accoutumer son estomac à cette purge domestique.

Quelquefois aussi je fais des infidélités à la casse en faveur de la rhubarbe : car je fais grand cas de tous ces petits remèdes qu'on nomme minoratifs, dont nous sommes redevables aux Arabes de qui nous tenons notre médecine et nos almanachs. Vous savez peut-être que, pendant plus de cinq cents ans, nos souverains n'eurent que des médecins arabes ou juifs ; mais il fallait que le fou du roi fût chrétien.

Je reviens à la purge domestique, tantôt casse, tantôt rhubarbe ; et je dis hardiment que ce sont des fruits dont la terre n'est pas couverte en vain, qu'ils servent à la fois de nourriture et de remèdes ; et qu'il faut bénir DIEU de nous avoir donné ces secours dans le plus détestable des mondes possibles.

Je vous dis encore que nous ne devons pas tant nous dépiter d'être un peu constipés, que c'est ce qui m'a fait vivre quatre-vingts et un ans, et que c'est ce qui vous fera vivre beaucoup plus long-temps. On souffre un peu quelquefois, je l'avoue ; mais, en général, c'est notre loi de souffrir de manière ou d'autre. Je m'acquitte parfaitement de ce devoir ; et , tout réfigné que je fuis , je me donne actuellement au diable dans mon lit , pendant que madame *Denis* eft dans le fien , depuis quarante jours , avec la fièvre et une fluxion de poitrine. Je fuis prêt d'ailleurs à vous figner tout ce que vous me dites , excepté la trop bonne opinion que vous voulez bien avoir de votre vieux confrère en maladies.

Il y a long-temps que j'ai eu le bonheur de paffer quinze jours avec M. *Turgot.* Je ne fais ce qu'on lui permettra de faire ; mais je fais que je fais plus de cas de fon efprit que de celui de *Jean-Baptifle Colbert* et de *Maximilien de Rofni.* Je ne crains pour lui que deux chofes , les financiers et la goutte. Ce font deux terribles fortes d'ennemis ; il n'y a que les moines qui foient plus dangereux.

Je vous quitte pour aller au chevet du lit de ma malade.

Supportez la vie , Madame , et confervez-moi vos bontés.

A propos , Madame , ou hors de propos , auriez-vous entendu parler d'une lettre en vers d'un prétendu chevalier de *Morton* à M. le comte de *Treffan* , qu'il a eu la faibleffe de faire imprimer avec fa réponfe , le tout orné de notes inftructives ? Ce *Morton* dit que

.... Les hommes font d'étranges machines ,
Quand fiers des feux folets d'un inftinct perverti,
Ils vont perfécutans l'écrivain fans parti ,
Qui veut de leur raifon réparer les ruines.

Enfuite il dit que M. de *Treffan* rendait plus piquans les foupers d'*Epicure, Staniflas*, père de la feue reine, *Stanislas* ferait certainement bien étonné de s'entendre nommer *Epicure*, lui qui ne donna jamais à souper. Presque tous les vers de cette belle épître font dans ce goût. Et voilà ce que M. de *Tressan*, de plusieurs académies, a cru être de moi : voilà à quoi il a répondu par une épître en vers : voilà ce qu'il dit avoir été extrêmement approuvé par MM. d'*A*.... *C*.... et *M*....

J'ai eu beau lui écrire que M. le chevalier de *Morton* était un détestable poëte, il n'en démord point. Il me dit que je fuis trop modeste. Il fait courir dans Paris cet imprimé, d'ailleurs très-dangereux, dans lequel on met fur la même ligne *Numa* et le roi de Prusse, *Montagne* et *Vanini*, *Socrate* et l'*Aretin*.

Il y a quelques vers heureux, jetés au hasard dans ce mauvais ouvrage fait aux petites maisons, et surtout des vers très-hardis, qui passent à la faveur de leur témérité. M. de *Tressan* distribue à ses amis la demande et la réponse. Que voulez-vous que je dise? La rage d'imprimer ses vers est une étrange chose ; mais ce n'est pas à moi de la condamner. J'ai passé ma vie à tomber dans cette faute, et je fuis puni par où je fuis coupable.

Mais, bon Dieu ! que le bon goût est rare !

L E T T R E X X X I.

A M. LE COMTE D'ARGENTAL.

1 de mai.

Mon cher ange, vous avez raifon, et vous êtes très-aimable dans tout ce que vous me dites le 22 d'avril 1775; *contrà fic argumentor*.

Madame *Denis* eft auffi fenfible qu'elle doit l'être à vos bontés. Elle fe porte mieux ; mais la convalefcence fera difficile et longue : ce n'eft pas un grand malheur, quand on a été fi dangereufement malade.

Madame de *Luchet* ne peut rien vous écrire touchant fes affaires et les vôtres, par la raifon qu'elle n'y entend rien. Elle n'a jamais fongé, et ne fongera qu'à rire. Son pauvre mari cherche de l'or. Mais toujours rire, comme le veut fa femme, ou s'enrichir dans des mines, comme le croit le mari, c'eft la pierre philofophale, et cela ne fe trouve point.

Il me paraît auffi difficile d'arranger les affaires de notre jeune officier que d'enrichir M. de *Luchet*. Perfonne ne s'entend, perfonne n'agit de concert dans cette cruelle affaire. Tout ce que je puis vous dire, c'eft que le jeune homme ne peut rien accepter, rien faire, fans les ordres précis de fon maître. Il nous paraît qu'on veut nous fervir malgré nous, et d'une manière qui ne peut nous convenir. On ne veut pas nous entendre, et nous ne pouvons pas tout dire. Pour moi, je ne dois point paraître ; vous connaiffez ma pofition, et vous fentez bien que je ne dois agir à découvert qu'auprès de celui qui peut feul bien réparer les malheurs de notre jeune homme, et qui devrait déjà l'avoir fait, quand ce ne ferait que pour couvrir d'opprobre les fcélérats fur lefquels il penfe comme vous et moi. Enfin je ne vous dis rien fur cette affaire, parce que j'aurais trop à vous dire.

En voici une autre très-défagréable, qui feule fuffirait pour m'empêcher de me montrer dans l'affaire du jeune homme. Un de nos philofophes, exceffivement imprudent, quoiqu'il n'en ait pas l'air, et qui fait des vers, quoique ce ne foit pas fon métier, s'avife d'écrire à M. de *Treffan* une épître fous le nom du chevalier de *Morton*, et me fait parler dans cette épître comme fi c'était moi qui l'écrivais. Il me fait dire les chofes les plus hardies, les plus déplacées et les plus dangereufes. M. de *Treffan* a la fimplicité de me croire l'auteur de cette rapfodie, dans laquelle il eft très-ridiculement loué. Il me répond du même ftyle ; il fait imprimer ces fottifes. C'eft une étrange conduite pour un lieutenant général des armées, âgé de foixante et douze ans. L'auteur de la lettre du chevalier de *Morton* eft certainement le plus coupable. C'eft un homme très-bien intentionné pour la bonne caufe ; mais il la fert bien mal en croyant lui faire du bien.

J'ignore fi cette fottife a fait quelque bruit à Paris. M. de *Treffan*, à qui j'ai lavé la tête d'importance, m'a mandé qu'il en a fait parler à monfieur le garde des fceaux ; mais en fefant parler, on aura fait dire encore quelques nouvelles impertinences.

Je ne fais plus que faire ni que dire à tout cela ;
il faudrait que je vinffe prendre de vos leçons huit
ou dix jours à Paris ; mais ni l'état de madame *Denis*,
ni le mien, ni mes forces, ni mes chagrins ne me
permettent cette confolation. Je ne goûte que celle
d'être encore aimé de vous à cent lieues ; mais faudra-t-il donc que je meure fans vous avoir embraffé ?

LETTRE XXXII.

A MADAME DE SAINT-JULIEN.

5 de mai.

*R*ACLE arrive, Madame ; c'eft à vous qu'il doit
tout. Vous n'avez jamais eu qu'une paffion véritable,
celle de faire du bien ; tout le refte n'a été que paf-
fades. Si vous aviez été à Dijon, vous auriez prévenu
l'émeute criminelle qui a été excitée fous main par
les ennemis de M. *Turgot*.

Si vous venez fur les lifières de notre Bourgogne,
vous rendrez la vie à madame *Denis* et à moi. Elle
eft encore bien malade ; mais pour moi je fuis incu-
rable, et je n'attends que la mort, après quatre-vingts
ans de fouffrances, et foixante ans de perfécution.
Vous trouveriez l'oncle et la nièce chacun dans un
coin de fon hôpital ; père *Adam* dans fon grenier,
uniquement occupé de fon déjeûner, de fon dîner
et de fon fouper ; ce brave jeune homme pour qui
vous avez daigné vous intéreffer, foutenant fon

malheur avec une patience héroïque ; madame de *Luchet*, qui était venue ici pour deux jours, et qui est établie intendante de l'hôpital depuis deux mois; son mari, qu'elle fait venir, et qui ne trouvera pas plus d'or dans Ferney qu'il n'en a trouvé dans toutes les mines qu'il a fouillées. Notre maison est un lazaret. Il n'y a que vous qui puissiez la rendre supportable; mais nous n'osons nous flatter que vous veniez embellir le séjour de la souffrance et de la tristesse. J'éprouve toutes les calamités attachées à la décrépitude. Je ne puis ni manger avec personne, ni même parler. Si vous me ressuscitiez, ce serait le plus grand de vos miracles.

Vous avez vu bien des changemens dans votre capitale ; ils se sont étendus jusqu'à nos déserts.

Notre héros, dont vous me parlez, doit être plus affligé de quelques-uns de ces changemens, que de la friponnerie insolente et absurde d'une provençale. Elle aurait mieux fait de contrefaire le style de sa bisaïeule, madame de *Sévigné*, que de contrefaire l'écriture de celui qu'elle appelle toujours son cousin. Je ne connais ni la provençale ni la bordelaise. On dit que cette bordelaise est despotique. Vous aimez à l'être, Mesdames; et ce n'est pas pour rien que le conte de Ce qui plaît aux dames a fourni un opéra comique. Je crois que votre ami aurait mieux fait de s'en tenir à être tout doucement le maître chez lui; mais puisque *Hercule* a été subjugué, pourquoi les gens délicats ne le feraient-ils point? Il y a peu de personnes qui sachent se procurer une vieillesse heureuse et respectée. On se traîne comme on peut au bout de sa carrière : tout cela est bien triste. Il

n'y a que vous , Madame , dont les bontés adouciffent un peu les chagrins dont je fuis environné. Je
ferai pénétré jufqu'au dernier moment de tout ce que
vous valez , et de la reconnaiffance que je vous dois.

LETTRE XXXIII.

A M. DE VAINES.

8 de mai.

IL eft digne des Velches de s'oppofer aux grands
deffeins de M. *Turgot* ; et vous , Monfieur , qui êtes
un vrai français , vous êtes auffi indigné que moi de
la fottife du peuple. Les Parifiens reffemblent aux
Dijonais qui , en criant qu'ils manquaient de pain ,
ont jeté deux cents fetiers de blé dans la rivière. Les
mêmes Dijonais ont écrit que le ftyle du bourguignon
Crébillon était plus coulant que celui de *Racine* , et
qu'*Alexis Piron* était au-deffus de *Molière* : tout cela
eft digne du fiècle.

Nous n'avons point encore à Genève le fatras du
génevois *Necker* , contre le meilleur miniftre que la
France ait jamais eu. *Necker* fe donnera bien de garde
de m'envoyer fa petite drôlerie. Il fait affez que je ne
fuis pas de fon avis. Il y a dix-fept ans que j'eus le bonheur de poffér , pendant quelques jours , M. *Turgot*
dans ma caverne. J'aimai fon cœur , et j'admirai fon
efprit. Je vois qu'il a rempli toutes mes vues et toutes
mes efpérances. L'édit du 13 de feptembre me paraît
un chef-d'œuvre de la véritable fageffe et de la

véritable éloquence. Si *Necker* penfe mieux et écrit mieux, je crois dès ce moment *Necker* le premier homme du monde; mais jufqu'à préfent je penfe comme vous.

Je fuis pénétré de vos bontés, Monfieur, et de votre manière de penfer, de fentir et de vous exprimer. *V.*

LETTRE XXXIV.

A M. CHRISTIN.

14 de mai.

MON cher ami, c'eft dommage que vous ne foyez point à Ferney; vous partageriez la fête qu'on donne jeudi, 18 du mois, pour la convalefcence de madame *Denis.* Nous avons des compagnies d'infanterie, de cavalerie, des cocardes, des timbales, des violons, et trois cents couverts en plein air; mais on vous donnera une plus belle fête en Franche-Comté, quand vous aurez brifé pour jamais les fers des citoyens enchaînés par des moines.

M. *Necker*, agent de Genève à Paris, vient de publier un gros volume contre la liberté du commerce des grains, et cela tout jufte dans le temps de la fédition ambulante qui eft allée de Pontoife à Paris et à Verfailles, jetant dans la rivière tout ce qu'elle trouvait de blé et de farine, pour avoir de quoi manger.

Je vous embraffe de tout mon cœur, mon cher *Cicéron* du mont Jura. *V.*

LETTRE XXXV.

A MADAME

LA MARQUISE DU DEFFANT.

Ferney, 17 de mai.

Vous êtes la plus heureuse femme de votre triste
fort, Madame, puisque les confitures du roi de Maroc
vous font du bien ; car fachez que l'on fert de la
caffe fur la table du roi de Maroc, comme chez nous
de la gelée de pomme ou de grofeille. Soyez sûre que
les tempéramens chez qui la digeftion eft un peu
lente et l'efprit prompt, et à qui la caffe fait un bon
effet, durent d'ordinaire plus long-temps que les
corps frais et dodus ; cela eft fi vrai que je vis encore,
après avoir fouffert quatre-vingts et un ans prefque
fans relâche.

Donnez la préférence à la caffe, puifque *Molière*
a décidé que *de bonne caffe eft bonne* ; mais en la louant
comme elle le mérite, permettez-moi de vous dire
qu'il ne faut pas abfolument méprifer la rhubarbe.

Tous les médecins de la faculté, mes confrères,
s'ils font un peu philofophes, conviendront que les
mêmes principes agiffent dans la caffe et dans la
rhubarbe. Ce font les parties les plus volatiles et les
plus piquantes qui purgent. J'avoue, car il faut être
jufte, que la caffe, outre fes fels volatils, a quelque
chofe d'onctueux dont la rhubarbe eft privée ; et c'eft
en quoi cette caffe mérite la préférence : mais le

——— fublime de la médecine domeftique eft, à mon gré, d'avoir un jour dans le mois confacré à la rhubarbe.

Je quitte ma robe de médecin pour vous parler des Filles de Minée. Je vous jure que je n'ai envoyé ces trois bavardes à perfonne. C'eft une indifcretion de *Cramer* dont je fuis très-fâché. J'en effuie bien d'autres ; c'eft ma deftinée.

J'envoie pour vous cette mauvaife plaifanterie de feu *la Vifclède* à M. *Delifle*. Elle ne lui coûtera rien. Elle vous coûterait un écu, et elle ne le vaut pas.

Je voudrais favoir fi vous avez lu le livre de M. *Necker* fur les blés. Bien des gens difent qu'il faut une grande application pour l'entendre, et de profondes connaiffances pour lui répondre.

Il paraît un écrit fur l'agriculture, qui eft beaucoup plus court et quelquefois plus plaifant ; il y a même quelques vérités. Je pourrai vous le procurer dans quelques jours. Je tâche de vous amufer de loin, ne pouvant m'approcher de vous. Ma colonie demande continuellement ma préfence réelle. C'eft un fardeau qu'il faut porter ; il eft pénible. Ne foyez jamais fondatrice, fi vous voulez avoir du temps à vous.

Encore une fois, Madame, avalons la lie de nos derniers jours auffi doucement que les premiers verres du tonneau. Il n'y a point pour nous d'autre philofophie. La patience et la caffe ! voilà donc nos feules reffources ! j'en fuis fâché.

Madame *Denis* vous remercie de vos bontés ; elle l'a échappé belle. *V.*

LETTRE

LETTRE XXXVI.

A M. LE COMTE D'ARGENTAL.

1 de juillet.

Quoi! mon cher ange, je ne vous avais point envoyé de diatribe! pardonnez à un malade octogénaire qui ne fait plus ce qu'il fait. M. de *Chabanon* me confole et me fait un plaifir extrême, car il me parle toujours de vous. Il dit que vous avez marié un très-eftimable neveu à une femme charmante, et que vous êtes auffi heureux que vous pouvez l'être. Pour moi, je fuis heureux de votre bonheur; c'eft la feule façon dont je puiffe l'être avec ma déteftable fanté.

Au refte, cette diatribe n'eft qu'une plaifanterie; et je fuis bien honteux de m'être égayé fur une chofe auffi férieufe, depuis que j'ai lu des lettres de M. *Turgot* fur le même fujet. Ah! mon cher ange, ce M. *Turgot*-là eft un homme bien fupérieur; et s'il ne fait pas de la France le royaume le plus floriffant de la terre, je ferai bien attrapé. J'ai la plus grande envie de vivre pour voir les fruits de fon miniftère. Je fuis encore tout ému de ces lettres que j'ai lues. Je ne connais rien de fi profond, ni de fi fin, de fi fage et de fi éloigné des idées communes.

Vous avez dû recevoir une lettre d'un goût différent, que M. de *Luchet* vous a écrite. Son génie ne me paraît pas de la trempe de celui de M. *Turgot*, et je plaindrais un royaume, s'il était gouverné par un *L...*; fa femme même ne pourrait lui fervir de premier miniſtre. La folie de l'une eſt gaie, la folie de l'autre eſt ſérieuſe. Leurs créanciers ne tireront pas un ſou de ces deux folies-là. Tous deux ont quitté Ferney. Je ſuis actuellement entre *Chabanon* et l'abbé *Morellet*, deux hommes également faits pour vous plaire. Figurez-vous que nous attendons *le Gros* qui vient jouer Orphée dans notre tripot auprès de Genève. J'ai bien peur de n'être pas en état de voir cet opéra; mais je ne regretterai jamais Orphée autant que je vous regrette.

Il faut encore que je vous diſe un petit mot ſur la grâce que vous prétendez que je dois abſolument obtenir pour mon jeune étranger. Non, mon cher ange, non, jamais je ne ſouffrirai qu'on faſſe grâce à qui n'eſt point coupable. Tout ce qu'on peut demander, c'eſt qu'on faſſe grâce aux juges.

Que je voudrais vous embraſſer, vous parler de tout cela, vous conſulter, vous contredire! mais je ne puis que vous aimer avec une paſſion malheureuſe qui ne finira qu'avec ma vie.

LETTRE XXXVII.

AU MEME.

10 de juillet.

JE vous ai rendu compte, mon cher ange, le 7 de ce mois, des lettres que j'avais adreffées à M. de *la Reynière* pour vous et pour M. le maréchal de *Duras*. Je vous ai dit, et je vous redis, combien j'ai été affligé que ces lettres ne vous foient pas parvenues.

Je vous ai de plus envoyé des Filles de Minée par le même M. de *la Reynière*, et je vous adreffe aujourd'hui, par la même voie, un mémoire affez intéreffant, qui m'eft tombé entre les mains, et qui ne me paraît pas fait pour tout le monde.

Vous faurez que le roi de Pruffe appelle l'auteur de ce mémoire auprès de fa perfonne, qu'il le nomme fon ingénieur, le fait capitaine, et affure fa fortune. Il a accompagné ces grâces fingulières d'une lettre également tendre et philofophique, dans laquelle il fe propofe de réparer par l'humanité toutes les horreurs du fanatifme.

Il faut vous dire qu'il répare auffi tous les jours, par de petites attentions flatteufes, le moment de mauvaife humeur qu'il eut autrefois avec moi.

Vous conclurez de tout ce que je vous dis, que mon jeune homme ne doit ni ne peut chercher ailleurs fa juftification et fon bien-être. Sa requête eft la première qu'on ait jamais préfentée pour ne rien demander du tout. Elle n'eft faite que pour

1775.

inſpirer l'horreur de la perſécution, et pour fortifier les bons ſentimens des eſprits raiſonnables.

J'ai vu des gens, qu'on croyait peu ſenſibles, s'attendrir à cette lecture,

> Et dans le même inſtant, par un effet contraire,
> Leur front pâlir d'horreur et rougir de colère.

L'homme en queſtion n'envoie qu'à M. *Turgot* une de ces requêtes. Il ne ſait s'il en doit faire préſenter à M. le comte de *Maurepas* et à M. de *Miromeſnil*. Ne montrez la vôtre à perſonne, ſurtout ſi vous jugez qu'il y ait quelques mots qui puiſſent déplaire. Nous attendons votre jugement avec impatience.

Je vous embraſſe de mes faibles bras, mon cher ange, avec plus de tendreſſe et plus de confiance en vos bontés que jamais. *V.*

LETTRE XXXVIII.

A M. DODIN, *avocat à Paris.*

A Ferney, 12 de juillet.

JE ne puis trop vous remercier, Monſieur, du mémoire intéreſſant et plein d'une éloquence ſolide que vous avez bien voulu m'envoyer. Je préſume que M. *Mazière*, à la ſeule lecture de votre mémoire, s'empreſſera de donner généreuſement un dédommagement convenable à votre client.

1775.

M. de *Servan*, avocat général de Grenoble, a démontré dans une grande caufe que *la loi naturelle crie dans tous les cœurs : Tu es homme, répare le mal que tu as fait à un homme.* L'erreur ne difpenfe point de cette loi. Parce qu'un homme s'eſt trompé, un autre en doit-il fouffrir ?

M. *Mazière* doit payer votre client, et l'embraffer.

Je crois d'ailleurs, Monfieur, que vous rendez un vrai fervice à la nation, en vous élevant contre le fecret des procédures. Vous favez que tous les procès s'inftruifaient publiquement chez les Romains, nos premiers légiflateurs ; cette noble jurifprudence eft en ufage en Angleterre.

Le fecret en matière criminelle n'a été reçu en France que par une méprife. On s'imagina en lifant le code, à l'article *De teftibus*, que *teftes intrare judicii fecretum* fignifiait *les témoins doivent dépofer fecrétement ;* et il fignifie, *les témoins doivent entrer dans le cabinet du juge.* Un folécifme a établi cette cruelle partie de notre jurifprudence, dans laquelle il y a tant de chofes à réformer.

Je me flatte que vous ferez un jour la gloire du barreau, et que vous contribuerez plus que perfonne à cette réforme tant défirée.

J'ai l'honneur d'être, avec toute l'eftime que vous infpirez, Monfieur, votre &c.

LETTRE XXXIX.

A M. DE CHABANON.

3 d'augufte.

MON très-aimable ami, votre ouvrage contre l'efprit de parti eft encore une fois un très-bon ouvrage; mais il n'eft pas étonnant que les malades de la rage fe fâchent contre leur médecin. Ils vous remercieront un jour de les avoir guéris. Pour moi, je vous remercie dès ce moment d'avoir voulu me guérir de ma paffion pour la retraite; mais je tiens plus que jamais à cette paffion que mon âge et mes maux m'ont rendue néceffaire. Quoi! vous voudriez faire rentrer un vieux boiteux dans la falle du bal? vous dites que vous méditez une fugue dans mes déferts, et vous me propofez de quitter mes déferts pour le fracas de Paris! cela n'eft pas conféquent, mon cher ami : d'ailleurs vous fentez bien qu'il ne faut pas laiffer foupçonner à perfonne que je puiffe avoir befoin de la moindre faveur pour venir danfer dans votre tripot avec mes béquilles : rien ne m'empêcherait de faire cette fottife, fi j'en avais envie.

Il n'y a jamais eu d'exclufion formelle. J'ai toujours confervé ma charge, avec le droit d'en faire les fonctions. Si je demandais permiffion, ce ferait faire croire que je ne l'ai pas.

Que les dieux ne m'ôtent rien,
C'eft tout ce que je leur demande.

Les dieux ne me prieront pas, fans doute, de venir
dans leur olympe, et je ne les prierai pas de m'y
donner une place. Mon unique défir eft d'être oublié
dans ma folitude, non pas oublié de tout le monde ;
car je défire bien vivement que, vous et M. d'*Argental*,
vous vous fouveniez toujours de moi : je vous prierai
même de parler quelquefois de votre vieux malade
à M. de *Malesherbes*, qui eft révéré dans mon
hôpital comme à Paris.

1775.

Ma vieille voix chevrotante ne fera pas entendue
au milieu des concerts de fes louanges. Je dis pour
lui *vivat*, avant de mourir ; c'eft tout ce que je puis
faire. Je vous en dis autant. Je vous dis furtout,
vive felix, car *vivere* tout fec eft bien peu de chofe.

Sachez qu'on vous regrette à Ferney tout autant
qu'à Saconay. *V.*

LETTRE XL.

A M. LE MARECHAL DUC DE RICHELIEU.

4 d'augufte.

JE viens de baigner dans ce moment les ailes de
Papillon-philofophe (*) dans de petits bains fort jolis.
Elle n'eft point du tout papillon en amitié, et je puis
dire, fans aucune fineffe, qu'on doit être très-sûr
qu'elle n'avait aucun tort, quand elle ne reçut pas
une certaine vifite. Il y avait deux carroffes dans fa
cour depuis quelques heures. La perfonne qui l'accufe
de légéreté fur les apparences, arriva chez elle un

(*) Madame de *Saint-Julien*.

E 4

—— moment avant qu'on donnât l'ordre de laiſſer entrer. C'eſt cette mépriſe qui a occaſionné un ſoupçon aſſez vraiſemblable. Il arrive ſouvent qu'on cherche fineſſe où il n'y en a point du tout. Je réponds ſur ma vie de l'innocence du *Papillon*. Je réponds de la ſincère amitié qu'elle a pour le héros ; elle prend le plus grand intérêt à tout ce qui le regarde.

On croit bien que nous avons traité à fond l'affaire du héros. Elle penſe que l'on fera naître autant d'incidens que l'on pourra, et qu'on ne cherchera qu'à laſſer la patience d'un homme qui doit être déjà très-las de toutes les difficultés qu'on a fait naître dans une affaire ſi ſimple.

Le réſultat de nos converſations eſt que les quatre canons de Fontenoi, Gênes, Cloſter-Seven et Port-Mahon, ont fait naître un peu d'envie, qu'on s'y eſt bien attendu, et que madame *Pernelle* avait raiſon quand elle diſait que l'envie ne mourait jamais.

Papillon d'ailleurs a un cœur charmant, incapable d'inconſtance en amitié. Pour moi, hibou que je ſuis, je dois reſter et mourir dans mon trou. J'y forme des vœux pour le bonheur du héros ; et je ſuis bien perſuadé que ce bonheur ne ſera point traverſé par les lignes qu'une provençale a écrites ſur une vitre. *V*.

LETTRE XLI.

A M. LE COMTE D'ARGENTAL.

4 d'augufte.

IL eſt certain, mon cher ange, qu'il n'y a eu nulle négligence de la part de M. de *la Reynière*, et qu'il n'a point reçu les paquets. C'eſt un myſtère ſacré qu'il n'eſt pas permis à un profane comme moi d'approfondir.

Papillon-philoſophe eſt actuellement ſur les fleurs de Ferney, et bat des ailes. *Papillon* a inſtruit le hibou de bien des choſes que le hibou ignorait.

J'ai réparé le malheur de mes paquets, en écrivant en droiture à M. le maréchal de *Duras*, et en lui demandant bien pardon d'une méprife dont je n'ai pas été coupable.

S'il eſt vrai, mon cher ange, qu'il y eût place pour *Cicéron*, pour *Catilina* et pour *Céſar*, dans les fêtes qu'on prépare pour les princeſſes des pays ſubjugués autrefois par ce *Céſar*, je compterais ſur vos bontés auprès de monſieur le maréchal dont vous êtes l'ami. Votre ſuffrage ſeul ſuffirait pour le déterminer, et je vous aurais l'obligation d'être compté dans Verſailles parmi ceux qui cultivent les lettres avec quelque honneur. J'aurais grand beſoin qu'on me regardât comme un homme qui s'eſt appliqué à travailler dans l'école de *Corneille*, et non pas comme un écrivain de livres ſuſpects.

Papillon-philosophe m'a appris que la petite cabale du *bon fens*, m'attribuait ce cruel et dangereux ouvrage. Je réponds à cette imputation:

> Seigneur, je crois furtout avoir fait éclater
> La haine des forfaits qu'on ofe m'imputer.

J'ai toujours regardé les athées comme des fophiftes impudens; je l'ai dit, je l'ai imprimé. L'auteur de *Jenni* ne peut pas être foupçonné de penfer comme *Epicure. Spinofa* lui-même admet dans la nature une intelligence fuprême. Cette intelligence m'a toujours paru démontrée. Les athées, qui veulent me mettre de leur parti, me femblent auffi ridicules que ceux qui ont voulu faire paffer St *Auguflin* pour un molinifte.

Vous voyez qu'amis et ennemis ont également cherché à donner mauvaife opinion de moi dans le ciel et fur la terre. Je ne fais plus où me fauver; je fuis pourtant à l'ombre de vos ailes, et probablement le diable ne viendra pas me prendre là; vous lui diriez *vade retrò*.

Le neveu du pape *Rezzonico* eft venu me voir, malgré ma mauvaife réputation; je compte plus fur vous à la cour de France que fur lui à la cour de Rome. Je vous conjure donc, mon cher ange, d'engager le premier gentilhomme de la chambre à faire ce que vous avez fi bien imaginé. Rien n'eft plus aifé, et ces bagatelles réuffiffent quelquefois. Cela peut contribuer à me laiffer finir tranquillement ma vie: mais vous, mon cher ange, fongez que votre amitié me la fait paffer heureufement; fongez que vous êtes toujours ma première confolation, foit

1775.

de près, foit de loin. Je vous embraffe plus tendrement que jamais, mon cher ange; madame *Denis* fe
joint à moi. *Papillon-philofophe* paraît vous aimer
autant que nous vous aimons; et moi, qui me crois
plus philofophe que *Papillon*, je me vante de l'emporter fur elle en fentimens pour vous.

Je me flatte que cette lettre arrivera à bon port.

LETTRE XLII.

A M. DE VAINES.

7 d'augufte.

JE fuis enchanté que mon jeune homme vous ait
paru fage. On me dit que M. *Turgot* a été auffi
content que vous; ces deux fuffrages appuyés de
celui de M. de *Condorcet* doivent fuffire. Il n'y a
plus rien à demander à perfonne; j'ai toujours
penfé que c'était affez que la vérité fût connue des
philofophes tels que vous. Nous ne cherchons point
à plaire aux affaffins en robe. Ceux qui préfèrent le
temps où nous fommes à celui de M. *Colbert*, ont
évidemment raifon dans un point effentiel; c'eft
qu'il n'y avait pas fous ce miniftre un homme en
votre place, qui eût votre goût et votre philofophie.

Je vais faire chercher à Laufane toutes les petites
bagatelles dont vous vous êtes amufé et dont on a
fait un recueil. Je vous les enverrai par petites parties numérotées, afin de ne pas groffir les paquets;
et je vous fupplierai de me mander feulement : J'ai

―――― reçu le numéro 1, le numéro 2, &c. : les paquets feront fous l'enveloppe de M. *Turgot*.

M. de *Condorcet* m'a envoyé la lettre d'un fermier de Picardie ; ce fermier eft un homme de très-grand fens et de très-bonne compagnie ; je voudrais bien fouper avec lui.

Confervez, Monfieur, vos bontés pour le pauvre malade.

LETTRE XLIII.

A M. LE BARON DE CONSTANT DE REBECQUE.

9 d'augufte.

JE fuis enchanté, Monfieur, de vos lettres et de vos reproches ; mais pour ces reproches fi aimables, je vous jure que je ne les mérite pas. Si j'avais eu l'envie et le pouvoir de faire un tour dans le pays de Vaud, ce ferait affurément à Fantaifie que je donnerais la préférence, quand le feigneur de Fantaifie ferait dans fon château ; mais mon trifte état ne me permet pas de pareilles courfes. Il faut que j'attende chez moi, tout doucement, la fin de mes maladies, dont la mort a bien l'air de me délivrer bientôt.

Je ne compte point finir comme votre brave aumônier. Il ne m'appartient pas de mourir en *Caton*, n'ayant pas vécu comme lui. Au refte, je ne fuis point furpris que votre homme fe foit ennuyé à la lecture du livre de *Formey* contre le fuicide, au point d'être tenté de faire le contraire de ce que ce bavard recommande. A l'égard de votre jeune homme

qui s'eſt donné tant de coups de canif, c'eſt aſſuré- ——
ment un mauvais raiſonneur ; car pourquoi faire en 1775.
cinquante fois ce qu'on peut faire en une.

En général je ne blâme perſonne , et je trouve
très-bon qu'on ſorte de ſa maiſon quand elle déplaît;
mais je voudrais qu'on attendît au moins huit jours :
car perſonne n'eſt ſûr de penſer de la même façon
huit jours de ſuite ſur ces choſes-là.

On commence à imiter en France votre gouvernement ſuiſſe. On veut ménager le peuple ; on le
délivre des corvées : tout le monde crie, *hoſanna* !
Pour moi, je ſuis comme *Gilles* le niais qui fait ſes
petits tours à ſix pouces de terre, pendant que les
voltigeurs danſent dans la moyenne région de l'air.
J'ai la vanité d'achever ma petite ville , quoique je
ſois très-ſûr de mourir à la peine.

Je vous embraſſe, je vous regrette, et je vous prie
de me conſerver votre amitié.

LETTRE XLIV.

A M. CHRISTIN.

12 d'auguſte.

Vos quinze pages, mon cher ami, diſent beaucoup plus et beaucoup mieux que les gros mémoires
des autres avocats. Je n'ai jamais rien vu de ſi bien
fait que votre nouvel écrit. La ſeule choſe qui me
faſſe un peu de peine , c'eſt ce malheureux aveu de
vingt-quatre communiers en 1684 : j'ai toujours peur

que cette pièce ne ferve de prétexte contre vos excel-
lentes raifons. Vous avez des ennemis dangereux,
vous combattez l'intérêt de tous les feigneurs, et
furtout des moines. J'efpère tout des bonnes raifons
que vous alléguez, et je crains tout de l'artifice de
nos adverfaires.

Madame de *Saint - Julien* eft ici. Elle écrit à
madame de *Grosbois*. Si vous perdez, elle vous foutiendra au confeil. Enfin on pourra obtenir du
miniftère l'abolition d'un ufage qui déshonore la
France. Le confeil eft compofé d'hommes juftes et
vraiment philofophes. Celui qui vient de fupprimer
les corvées pourrait bien fupprimer l'efclavage. On
vous en aura la première obligation. J'attends la
grande journée du 19. Combattez, mon cher ami; je
lève les mains au ciel. *V.*

LETTRE XLV.

A M. L'ABBÉ BAUDEAU,

Auteur des Ephémérides du citoyen.

Le . . . . .

JE ne puis affez vous remercier, Monfieur, de la
bonté que vous avez de me faire envoyer vos *Ephémérides.* Les vérités utiles y font fi clairement énoncées,
que j'y apprends toujours quelque chofe, quoiqu'à
mon âge on foit d'ordinaire incapable d'apprendre.
La liberté du commerce des grains y eft traitée
comme elle doit l'être; et cet avantage ineftimable

ferait encore plus grand, fi l'Etat avait pu dépenfer en canaux de province à province la vingtième partie de ce qu'il nous en a coûté pour deux guerres dont la première fut entièrement inutile, et l'autre funefte. S'il y a jamais eu quelque chofe de prouvé, c'eft la néceffité d'abolir pour jamais les corvées. Voilà deux fervices effentiels que M. *Turgot* veut rendre à la France ; et en cela fon adminiftration fera très-fupérieure à celle du grand *Colbert*. J'ai toujours admiré cet habile miniftre de *Louis XIV*, bien moins pour ce qu'il fit que pour ce qu'il voulut faire ; car vous favez que fon plan était d'écarter pour jamais les traitans. La guerre plus brillante que fage de 1672, détruifit toute fon économie. Il fallut fervir la gloire de *Louis XIV* au lieu de fervir la France ; il fallut recourir aux emprunts onéreux, au lieu d'impofer un tribut égal et proportionné, comme celui du dixième.

Que la France foit adminiftrée comme l'a été la province de Limoges, et alors cette France fortant de fes ruines, fera le modèle du plus heureux gouvernement.

Je fuis bien content, Monfieur, de tout ce que vous dites fur les entraves des artiftes, fur les maîtrifes, fur les jurandes. J'ai fous mes yeux un grand exemple de ce que peut une liberté honnête et modérée en fait de commerce, auffi-bien qu'en fait d'agriculture. Il y avait dans le plus bel afpect de l'Europe après Conftantinople, mais dans le fol le plus ingrat et le plus mal-fain, un petit hameau habité par quarante malheureux dévorés d'écrouelles et de pauvreté. Un homme, avec un bien honnête, acheta

—— ce territoire affreux , exprès pour le changer. Il commença par faire deffécher des marais empeftés; il défricha; il fit venir des artiftes étrangers de toute efpèce , et furtout des horlogers qui ne connurent ni maîtrife , ni jurande , ni compagnonage , mais qui travaillèrent avec une induftrie merveilleufe , et qui furent en état de donner des ouvrages finis à un tiers meilleur marché qu'on ne les vend à Paris.

M. le duc de *Choifeul* les protégea avec cette nobleffe et cette grandeur qui ont donné tant d'éclat à toute fa conduite.

M. d'*Ogni* les foutint par des bontés fans lefquelles ils étaient perdus.

M. *Turgot* voyant en eux des étrangers devenus français , et des gens de bien devenus utiles , leur a donné toutes les facilités qui fe concilient avec les lois.

Enfin , en peu d'années , un repaire de quarante fauvages eft devenu une petite ville opulente , habitée par douze cents perfonnes utiles , par des phyficiens de pratique , par des fages dont l'efprit occupe les mains. Si on les avait affujettis aux lois ridicules inventées pour opprimer les arts , ce lieu ferait encore un défert infect , habité par les ours des Alpes et du mont Jura.

Continuez , Monfieur , à nous éclairer , à nous encourager , à préparer les matériaux avec lefquels nos miniftres élèveront le temple de la félicité publique.

J'ai l'honneur d'être avec une reconnaiffance refpectueufe ,

Monfieur , &c.

LETTRE

LETTRE XLVI.

A M. DE LA HARPE.

15 d'auguste.

Malgré votre belle imagination, mon cher ami, vous n'imaginez pas le plaisir que vous me faites en m'apprenant que vous avez les deux prix. Vous faites de vos ennemis *scabellum pedum tuorum*. Vous marchez au temple de la gloire sur le dos et sur le ventre des *Frérons* et des *Cléments*. Vous jugez avec quelle impatience tous ceux qui sont à Ferney attendent vos épîtres en vers, et votre éloge en prose du maréchal de *Catinat*.

Savez-vous bien que je suis tenté de venir me mettre dans un petit coin, à la première représentation de Menzicof? Mes entrailles paternelles s'émeuvent de tendresse à chacun de vos succès. Vous devez être à présent dans le fracas des triomphes, des complimens et des nouveaux amis. Les récompenses de la cour seront pour Fontainebleau. *Fréron* en mourra de rage, s'il ne meurt pas d'indigestion au cabaret : ce sera *Apollon* qui aura tué le serpent *Python*.

Il est vrai que Ferney devient une ville singulière et assez jolie ; mais je désespère de vous y voir. Vous ne quitterez plus jamais Paris ; vous y serez nécessaire. Il semble que le nouveau ministère soit exprès pour vous. Vous avez dans M. de *Vaines* un ami bien digne de l'être. Je lui ai envoyé le Cri du sang innocent, et cette diatribe dont vous me parlez. Tout cela eſt un peu de la moutarde après dîné.

Le jeune homme qui feſait crier le ſang innocent, et qui a demeuré chez moi un an, n'a plus à crier. Le roi ſon maître vient de réparer la barbarie juridique de *meſſieurs* : il l'appelle auprès de ſa perſonne; il lui donne une compagnie, une place d'ingénieur, et une penſion. Cela vaut mieux qu'une réviſion de procès, dont l'événement eſt toujours douteux, ou qu'une grâce honteuſe qui exige des cérémonies infames.

Si M. de *Vaines* ne vous a pas remis ces deux petits ouvrages, je vais lui en envoyer d'autres.

Je vous embraſſe dans la joie de mon cœur.

LETTRE XLVII.

A M. L'ABBÉ MORELLET.

31 d'auguſte.

M ON cher philoſophe, je vous dirai d'abord que je ſuis pénétré de reconnaiſſance et de joie. M. de *Trudaine* daigne accorder à notre petite province plus de grâces que je n'avais oſé en demander. J'ai vu, par la lettre dont il m'a honoré, qu'il connaît mieux les malheurs et les beſoins du pays de Gex que moi-même. Nos états l'ont remercié et ont ſouſcrit leur ſoumiſſion à ſes ordres. Ils attendent avec impatience l'effet de ſes bontés, et la déclaration du roi, afin que ſon exécution commence au

premier d'octobre prochain, qui eſt la fin de la première année du bail actuel des fermes.

J'uſe , mon cher ami, de la permiſſion que vous
m'avez donnée. Je m'adreſſe à vous avec nos états , et
je vous ſupplie d'obtenir de M. de *Trudaine* qu'il
daigne nous faire ſentir l'effet de ſes bontés à cette
époque du premier d'octobre , temps auquel nous
pourrons nous pourvoir commodément de ſel , de
tabac et d'autres denrées néceſſaires. Vous aurez
doublé le bienfait de M. de *Trudaine* , en nous prou-
vant par les faits que qui oblige vîte , oblige deux
fois.

Les commis des fermes ayant déjà entendu parler
des bienfaits qu'on nous fait eſpérer , nous font les
plus horribles avanies. Ils jouent de leur reſte , et
je ne ferais pas étonné s'il y avait tôt ou tard du
ſang répandu.

On n'en répandra pas pour la diatribe; mais il
me ſemble que les démarches qu'on a faites font
une inſulte à M. *Turgot* , de la part des mêmes gens
qui donnèrent de l'argent , il y a quelques mois ,
pour ameuter la populace. C'eſt l'eſprit de la ligue
qui voudrait perſécuter le duc de *Sulli*. Des fripons
ont voulu donner des croquignoles à M. *Turgot* ſur
le nez de *la Harpe.* (*)

Madame *Denis* vous fait les plus ſincères complimens. Nous paſſons les jours à vous regretter.

Adieu, protecteur de Ferney , du commerce, de
la liberté et de la raiſon. *V.*

(*) Le parlement avait ſévi contre M. de *la Harpe* à l'occaſion d'un
extrait de la *diatribe à l'auteur des Ephémérides* , inſeré dans le *Mercure.*.

LETTRE XLVIII.

A M. DE VAINES.

31 d'augufte.

M. de *Trudaine*, Monfieur, a répondu au mémoire que j'eus l'honneur de vous envoyer, il y a quelques mois, et que monfieur le contrôleur général lui remit. Il daigne nous offrir plus et mieux que notre province ne demandait. Nos états ont fur le champ fait leur foumiffion et leurs remercîmens. Je vous prie de vouloir bien lire la copie de la lettre que je viens d'écrire au maire de Gex, fubdélégué de l'intendance, et l'un des fyndics de nos états.

Les citoyens de notre nouvelle petite ville de Ferney nous donnèrent, ces jours paffés, une fête qui ne fentait point fon village de province. Des princes et des princeffes de l'empire y affiftèrent; nos Fernéfiens tirèrent à l'arquebufe pour des prix. L'un de ces prix était une médaille d'or gravée à Ferney, portant d'un côté le bufte de M. *Turgot*, et de l'autre ces mots enfermés dans une couronne d'olivier, *regni tutamen*. Madame de *Saint-Julien*, héroïne de fon métier, fœur de M. le marquis de *Gouvernet*, commandant de Bourgogne, laquelle eft en poffeffion de tuer toutes les perdrix du roi, a gagné le prix de l'arquebufe, et porte à fon cou la médaille de M. *Turgot*.

Je vous remercie tendrement, Monfieur, de vos lettres du 21 et 25 d'augufte, que les Velches ont

appelé août. Il y a encore parmi ces Velches des
barbares bien fots et bien ridicules ; puiffent de
dignes français comme vous corriger cette déteftable
engeance !

LETTRE XLIX.

A M. LE BARON D'ESPAGNAC,

*Qui lui avait envoyé l'Eloge du maréchal de Catinat,
fait par M. l'abbé d'Efpagnac, fon fils.*

A Ferney, 3 de feptembre.

L E jeune homme, Monfieur, que vous intitulez
bachelier en théologie, me paraît bachelier dans
votre grand art de la guerre, et plus fait pour remplir la place du maréchal de *Catinat*, que celle d'un
père de l'Eglife. Il a trop d'efprit et d'imagination
pour s'en tenir feulement à la forbonne. Je ne puis
trop reconnaître la bonté que vous avez eue de m'envoyer fon ouvrage. On croirait que l'auteur a fait
plufieurs campagnes, et qu'il a paffé plus d'un
quartier d'hiver à la cour.

Je vous remercie du fond de mon cœur, vous et
cet illuftre bachelier ; quand je fonge que les maréchaux de *Catinat* et de *Saxe* ont été immortalifés
dans la même maifon, et que c'eft à elle que je dois
une lecture fi intéreffante, je me fens pénétré de
reconnaiffance autant que de plaifir.

F 3

1775. J'ai l'honneur d'être avec refpect, du maréchal de camp et du bachelier,

.Monfieur,

le très-humble et très-obéiffant ferviteur.

Le vieux malade.

LETTRE L.

A M. DE LA HARPE.

5 de feptembre.

MON cher et illuftre ami, je vous avoue que, lorfque je lus l'*Eloge de Fénélon*, je crus fermement que vous n'iriez jamais au-delà. L'*Eloge de Catinat* m'apprend que je me fuis trompé. Je dis aujour-d'hui que vous ne ferez jamais mieux, et vous me détromperez encore à la première occafion.

J'en dis à peu-près autant de vos vers. Vous voilà, ma foi, mon cher ami au premier rang ; et remarquez, je vous prie, que les hommes de DIEU vous éprouvent toutes les fois qu'on vous couronne.

L'aventure de *Jofeph* contrôleur général des finances d'un *Pharaon*, pris pour St *Jofeph* le digne époux de *Marie*, eft une des bonnes fcènes d'*Arlequin* qui aient jamais été jouées. Des gens bien inftruits m'affurent que cette énorme bêtife eft le fruit de la cabale qui cherche à mordre les talons de M. *Turgot*, lorfqu'elle eft écrafée par fes vertus. Que DIEU nous conferve M. *Turgot* et M. de *Malesherbes!* les méchans et les fots ne feront plus à craindre.

Bonfoir, mon digne ami ; que votre bonheur foit égal à votre gloire. Buvez à ma fanté avec M. de *Vaines*, je m'en porterai mieux.

LETTRE LI.

A M. L'ABBÉ MORELLET.

8 de feptembre.

PHILOSOPHE bienfefant, je vous prie de vouloir bien me dire fi vous croyez que l'affaire de notre petit pays puiffe être terminée à la fin de ce mois. Vous êtes notre avocat, notre rapporteur, notre protecteur auprès de M. *Turgot* et de M. de *Trudaine*.

Si jamais vous revenez vers notre Ferney, nous irons au-devant de vous avec la croix et la bannière. Nous vous conjurons de preffer l'effet des bontés de M. de *Trudaine*. Il avait déjà entrepris, il y a quelques années, l'ouvrage de notre liberté ; mais les fermiers généraux, guidés par leur intérêt qu'ils aimaient et qu'ils ne connaiffaient pas, avaient rendu fes bonnes intentions inutiles. Il eft aujourd'hui en état de donner la loi à ces meffieurs, et j'efpère que vous triompherez d'eux comme de la compagnie des Indes.

Ayez la bonté de me mander où vous en êtes de votre triomphe.

Je fuis bien étonné que votre forbonne n'ait pas

1775.

fulminé un petit décret contre une certaine diatribe : mais n'êtes-vous pas charmé d'un conseiller du parlement qui a pris *Joseph* le contrôleur général de *Pharaon* pour St *Joseph* le père putatif de notre Seigneur JESUS-CHRIST ?

Je vous salue en icelui ; je vous embrasse de tout mon cœur, avec la plus tendre reconnaissance. *V.*

LETTRE LII.

A M. DU PONT.

10 de septembre.

MONSIEUR,

LE maçon et l'agriculteur du mont Jura, à qui vous avez bien voulu écrire une lettre flatteuse et consolante, est si sensible à votre bonté qu'il en abuse sur le champ.

Je vous dirai d'abord qu'il n'y a peut-être point de pays en France où l'on ait ressenti plus vivement que chez nous tout le bien que les intentions de M. *Turgot* devaient faire au royaume. Tout petits que nous sommes, nous avons des états, et ces états ont pris de bonne heure toutes les mesures nécessaires pour assurer la liberté du commerce des grains et l'abolition des corvées. Ce sont deux préliminaires que j'ai regardés comme le salut de la France.

Nous avons célébré, au milieu des masures antiques que je change en une petite ville assez agréable, les bienfaits du ministère. Ma colonie a donné des prix de l'arquebufe dans nos fêtes. Ce prix était une médaille d'or, repréfentant M. *Turgot* gravé au burin. Madame de *Saint-Julien*, fœur de notre commandant, a remporté ce prix. Tout cela nous a encouragés à demander la diftraction de notre petit pays d'avec les fermes générales ; projet ancien que M. de *Trudaine* avait déjà formé, et qui eft auffi utile au roi qu'à notre province.

M. *Turgot* a renvoyé notre mémoire à M. de *Trudaine*, lequel en conféquence nous a fait fes propofitions. Nous les avons acceptées fans délai, et fans y changer un feul mot, et nous les avons tous fignées avec la plus vive et la plus refpectueufe reconnaiffance.

Voilà l'état où nous fommes. Les états m'ont chargé de fupplier M. *Turgot* de vouloir bien, s'il eft poffible, nous donner, pour le premier d'octobre, fes ordres pofitifs, fuivant lefquels nous prendrons nos arrangemens, et nous ferons les fonds pour payer à la ferme générale l'indemnité à elle accordée pour fubvenir à la confection des chemins fans corvées, et pour acquitter annuellement les dettes de la province. Nous payerons tout avec allégreffe, et nous regarderons le bienfaiteur de la France comme notre bienfaiteur particulier.

J'avoue, Monfieur, que tout cela me paraît plus intéreffant que le gouvernement du patriarche *Jofeph*, contrôleur général de *Pharaon*, qui vendait au roi fon maître les marmites et les perfonnes de fes fujets.

J'apprends que vous êtes affez heureux, M. *Turgot* et vous, pour loger fous le même toit. Je m'adreffe

à vous pour vous prier de l'inſtruire de nos intentions, de notre ſoumiſſion et de notre reconnaiſſance.
Ayez la bonté de faire un mot de réponſe.

J'ai l'honneur d'être, &c. *V.*

LETTRE LIII.

A M. LE COMTE D'ARGENTAL.

15 de ſeptembre.

MON cher ange, DIEU me devait madame de
Saint-Julien. Elle a fait pendant deux mois la moitié
de mon bonheur, et vous auriez fait l'autre, ſi mon
Ferney, qu'on veut actuellement nommer *Voltaire*,
avait été plus près de Paris. Je ne ſais ſi vous auriez
gagné le prix de l'arquebuſe que madame de *Saint-
Julien* a remporté; cela vaut bien un prix de l'académie françaiſe: c'était une médaille d'or, repréſentant
M. *Turgot* gravé au burin par un de nos meilleurs
artiſtes. Nous attendons à tout moment une pancarte
de ce M. de *Sulli-Turgot*, pour tirer notre petit pays
des griffes de meſſieurs les fermiers généraux, et pour
nous rendre libres, après quoi je mourrai content : mais
je vous avoue que mon bonheur a été furieuſement
écorné par la ridicule et abſurde équipée de ceux
qui ont demandé la proſcription d'une certaine diatribe uniquement faite à l'honneur du roi et de ſon
miniſtre.

Je ſuis encore plus étonné de la faibleſſe qu'on a
eue de céder à cet orage impertinent. Il m'a ſemblé

que cette condefcendance du gouvernement n'était
ni fage ni honnête ; et qu'il ne fallait pas donner 1775.
gain de caufe à nos ennemis, dans les affaires qui ne
les regardent en aucune façon. Ce qui me confolera
quand je partirai de ce monde , c'eft que j'y laifferai
une petite pépinière d'honnêtes gens qui s'étend et
fe fortifie tous les jours , et qui à la fin obligera les
fripons et les fanatiques à fe taire. Je ne verrai pas
ces beaux jours , mais j'en vois l'aurore.

Il nous eft venu de Chambéry un des grands
officiers de *Monfieur*, M. le marquis de *Montefquiou*,
qui fait des chanfons charmantes ; j'imagine qu'il
n'a pas peu contribué à infpirer le goût des lettres
à fon maître ; et, de la littérature à la philofophie,
il n'y a pas bien loin : cela donne de grandes
efpérances. Il faudra bien qu'à la fin la bonne compagnie gouverne. Les monftres eccléfiaftiques fub-
fifteront puifqu'ils font rentés ; mais, petit à petit,
on limera leurs dents , et on rognera leurs ongles.
Je laiffe à mes contemporains des limes et des
cifeaux.

On m'a dit, mon cher ange, que M. le maréchal de *Duras* fefait jouer à Fontainebleau quelques-unes de mes profanes tragédies. Si cela eft vrai,
il faudra que j'aye l'honneur de l'en remercier. Malgré la répugnance que j'ai toujours à parler de mes
ouvrages, j'aurai un fenfible plaifir à le remercier
de fes bontés. Je vous fupplie de vouloir bien me
dire fi la chofe eft vraie. Vous aurez le plaifir de
revoir *le Kain ;* je ne fais pas comment le roi de
Pruffe l'a traité. Les uns difent qu'il lui a fait préfent de vingt mille francs ; les autres prétendent

qu'il ne lui a donné que des louanges ; et il y a des gens qui vont jufqu'à dire que *le Kain* n'a eu ni louanges ni argent. Vous voyez combien il eft diffi-cile d'écrire l'hiftoire.

Je n'ai point encore de nouvelles de l'arrivée du martyr d'Abbeville à Potfdam ; j'ofe toujours me flatter qu'il y réuffira dans fon métier , autant que *le Kain* dans le fien , et qu'on lui fera un fort heureux , quand ce ne ferait que pour faire honte et dépit aux Velches.

J'efpère que , fi fon horrible aventure peut paffer à la poftérité , l'Europe aura le plaifir de nous voir couverts d'opprobre ; c'eft une confolation quand on ne peut pas fe venger.

Ma véritable confolation , mon cher ange , eft dans votre amitié , dans celle de *Papillon-philofophe*, qui eft beaucoup plus philofophe que papillon, dans votre bonne fanté qui me fait fupporter mes maladies continuelles , dans votre âge qui eft encore bien loin du mien , dans votre fageffe qui vous promet une longue vie.

Adieu ; je vous embraffe le plus tendrement du monde , et malheureufement de cent quarante lieues ou environ. *V.*

LETTRE LIV.

A M. LE COMTE DE SCHOMBERG,

MARÉCHAL DES CAMPS ET ARMÉES DU ROI, &c.

A Ferney, 15 de feptembre.

MONSIEUR,

J'AI été un peu piqué que M. *Guibert* ne m'ait pas honoré d'un exemplaire de fon *Eloge* de M. le maréchal de *Catinat*. J'ai été fi charmé de cet ouvrage, que je pardonne à l'auteur fon indifférence pour moi. Je trouve dans ce difcours une grande profondeur d'idées vraies, nobles, fines et fublimes, des morceaux d'éloquence très-touchans, une fierté courageufe, et l'enthoufiafme d'un homme qui afpire en fecret à remplacer fon héros : ce fentiment perce à chaque page.

Le difcours de M. de *la Harpe* eft digne d'un académicien plein d'efprit, d'éloquence et de goût; l'autre eft d'un génie guerrier et patriotique. Ces deux ouvrages valent bien le maufolée du maréchal de *Saxe*. J'avoue que nos difcours pour l'académie, du temps de *Louis XIV*, n'approchaient pas de ceux qu'on fait aujourd'hui; c'eft l'effet de la vraie philofophie : elle a donné plus de force et de vérité à nos efprits. Je ne fais ici, Monfieur, que vous dire ce que vous favez mieux que moi. C'eft à vous qu'il appartient de juger lequel de ces deux portraits eſt le plus reſſemblant ; vous êtes du métier de ce grand-homme. Ce n'eſt pas à moi d'en parler avant vous ; je me borne à vous remercier de votre ſou- venir, à vous demander la continuation de vos bontés, et à vous préſenter mon ſincère et tendre reſpect.

LETTRE LV.

A MADAME DE SAINT-JULIEN.

21 de ſeptembre.

CE n'eſt plus à mon *Papillon-philoſophe* que j'écris, c'eſt à ma philoſophe bienfeſante, c'eſt à la protec- trice de la colonie et à la mienne. Nos dragons (1), notre corps d'artillerie (2) ſont dans les regrets autant que madame *Denis* et moi. Je puis me vanter d'être le plus affligé de tous. Je joins à la douleur de me voir privé de vous celle de craindre une injuſtice pour l'ami *Racle*, et de n'être point du tout raſſuré ſur le ſort de la colonie. J'eus hier une occa- ſion d'écrire à l'intendant, et je lui mandai tout ce que je crus de plus propre à le convaincre et à le toucher en faveur de ce *Racle*. Il me renverra, ſans doute, à M. de *Trudaine*, et c'eſt heureuſement nous renvoyer à vous.

Le ſort de notre colonie entière, celui de *Racle*, le bâtiment de la maiſon dauphine, tout eſt entre

(1) M. *Dupuits*, capitaine de dragons.
(2) M. d'*Etallonde*, ingénieur.

les mains de notre protectrice. Ce fera elle qui
obtiendra qu'on rende juftice à *Racle*, et que le
confeil accorde à notre petite province la liberté
qu'on nous a promife, et fans laquelle nous ne
pouvons exifter.

L'abbé *Morellet* m'avait promis de m'inftruire exac-
tement de nos affaires; mais je n'ai pas reçu un mot
de lui fur la demande de nos états; peut-être eft-il
à la campagne; peut-être auffi M. *Turgot* ne veut-il
pas fe compromettre avec les fermiers généraux, dans
un temps où il voit des factions fe former contre lui.

M. de *Vaines*, votre voifin, n'eft que médiocrement
informé de cette affaire, et ne m'en a rien écrit; fi
elle était de fon département, j'ofe préfumer qu'elle
ferait faite. Nous n'avons d'efpérance qu'en ma confo-
latrice. Nous devrons tout à cette éloquence rapide,
à la vivacité, à la chaleur qu'elle met dans fes
bons offices, au talent fingulier qu'elle a d'animer
la tiédeur des miniftres, et de les intéreffer à faire
du bien.

Je me doute bien que vous avez plus d'une affaire,
en arrivant à Paris; mais je fais auffi que votre
univerfalité fuffit à tout. Je demanderais pardon à
un autre de lui parler d'affaires dans la première
lettre que je lui écris à fon retour à Paris; mais j'ai
cru flatter votre grande paffion en vous parlant de
faire du bien. J'ai fatisfait à la mienne en interro-
geant *Racle* fur votre fanté, fur vos fatigues, fur la
route que vous preniez. Nous ne nous entretenons
que de vous dans la colonie; nous la trouvons
déferte; nous fommes tout étonnés de ne vous plus
voir, en trois ou quatre lieux à la fois, courir, monter,

descendre, revenir, tantôt en femme, tantôt en homme, ou en oiseau, ou en philosophe, dormant dans un manteau ou perchant sur une branche.

Je suis retombé dans toutes les langueurs de mon âge depuis que, pour notre malheur, vous avez trouvé des chevaux à Saint-Genis; et si je suis en vie au printemps ce sera à vous que j'en aurai l'obligation. *V.*

P. S. A propos, Madame, vous êtes partie pendant que je dormais. Voilà comme *Thésée* quitta *Ariane;* mais c'est ici *Ariane* qui s'enfuit. J'ai été bien sot à mon réveil.

Tout l'hermitage auquel vous êtes apparue se met à vos pieds. Vous nous avez donné de beaux jours que nous n'oublierons jamais. Daignez agréer mon respect et mon regret.

LETTRE LVI.

A M. LE COMTE D'ARGENTAL.

22 de septembre.

MON cher ange, j'ai reçu le 20 votre lettre du 4, et M. le marquis de *Montesquiou* était déjà retourné à la noce, après nous avoir charmés par la bonté de son cœur, et par les grâces naturelles de son esprit.

Papillon-philosophe, beaucoup plus philosophe que papillon, part dans l'instant, et vous apportera mon cœur dans un petit billet. Moi je vous envoie

cette

cette rapfodie, que je tiens de M. *Laffichard* lui-
même.

Ne me calomniez point, mon cher ange. Je n'ai
point dit qu'*Aufrefne* foit au-deffus de *le Kain*, mais
qu'il aurait pu le furpaffer, s'il avait plus travaillé, et
s'il avait eu un bon confeil; mais je tiens M. *Turgot*
fupérieur à *Colbert* et à *Sulli*, s'il continue.

Faut-il donc mourir fans vous embraffer? cela
eft dur.

LETTRE LVII.

A MADAME DE SAINT-JULIEN.

1 d'octobre.

Vous avez dû, Madame, recevoir une grande
lettre de moi, le jour même que vous aviez la bonté
de m'écrire un billet charmant, qui met l'efpérance
et la joie dans toute la colonie. Madame *Denis*, et
moi, et nos dragons, et notre corps d'artillerie, nous
fommes tous à vos pieds. Le petit mot que M. de
Fargès vous a dit, nous a rendu la vie. Les foldats de
l'armée de meffieurs les fermiers généraux, et leurs
braves officiers débitaient que les bontés de M. *Turgot*
pour nous avaient été vivement cenfurées par le
confeil, et que nous étions des efclaves révoltés qui
avaient perdu leur procès, ainfi que les efclaves du
mont Jura. Nous avons été en conféquence plus
perfécutés que jamais. Je venais même d'écrire à

M. *Turgot* une longue lettre de doléance, lorfque j'ai reçu votre billet de confolation.

Je fais bien qu'il fe pourrait faire que M. de *Fargès* vous eût dit une nouvelle vraie, et que deux jours après cette nouvelle fe fût trouvée fauffe. Les chofes changent fouvent du pour au contre en peu de temps. L'abbé *Morellet* même, qui m'a écrit en même temps que vous, ne me dit rien de pofitif; cependant vous me raffurez, car c'eft fur vous que je fonde le bonheur du refte de ma vie.

Vous êtes comme les déeffes et les faintes du temps paffé, qui ne parcouraient le monde que pour faire du bien.

Je ne puis croire que le petit défagrément qu'on a fait effuyer à M. de *la Harpe*, ait pu déranger les projets de M. *Turgot* et de M. de *Trudaine* fur la colonie que vous protégez. Il me femble qu'au contraire ces deux belles ames doivent être affermies dans leur deffein de rendre une province heureufe, en attendant qu'ils puiffent en faire autant du refte du royaume.

Nous travaillons toujours à force; nous bâtiffons réellement une ville, dans l'efpoir que vous viendrez l'embellir quelquefois de votre préfence. M. *Racle* ne s'eft point découragé par les difficultés qu'il effuie; il ne doute de rien avec votre protection. Les maifons s'élèvent de tous côtés, les jardins vont fe planter; on prétend que tout fera prêt au milieu du printemps pour vous recevoir. Nos troupes iront au-devant de vous fur la frontière. J'efpère bien les accompagner, quoique je n'aye pas trop bon air fous les armes. Nous vous érigerons des trophées dans tous les endroits où les commis avaient leurs bureaux. Nous crierons, *Mont-Joye et la Tour-du-Pin.*

Daignez toujours agréer, Madame, la refpectueufe tendreffe du vieux malade de Ferney. *V.*

LETTRE LVIII.

A M. CHRISTIN.

1 d'octobre.

JE reçois, mon cher ami, votre lettre du 28 de feptembre, et celle de Verfailles. J'admire votre courage ét celui de vos cliens. Je penfe comme M. *Campi;* mais je vous avoue que je ne fuis pas auffi intrépidé que lui. Il croit que, fi vous en appelez au confeil, on ordonnerait que le parlement de Befançon rendît compte des motifs de fon arrêt, et fît voir qu'il a jugé fur les titres, en conformité des ordres du roi. Mais qui pourrait empêcher alors le parlement de dire: Nous avons jugé fur ces titres mêmes; on nous a produit vingt reconnaiffances de mortaillables; nous avons vu les fignatures de vingt députés des communautés? Les juges paraîtraient avoir décidé très-équitablement, et avoir accompli les ordres du confeil à la lettre.

Il faudrait alors difputer la validité de ces fignatures, et ce ferait un nouvel abyme dans lequel vous vous plongeriez. Les juges, devenus vos parties, vous traiteraient avec la plus grande rigueur. Vous appefantiriez toutes vos chaînes, au lieu de les brifer: voilà ce que je crains.

G 2

Je fuis très-perfuadé qu'il n'y a que monfieur de *Malesherbes* et M. *Turgot* capables de feconder vos vues généreufes. Ils ont des amis dignes d'eux, qui leur repréfenteront l'horreur de la fervitude où l'on gémit encore dans un pays qu'on nomme libre. M. de *Malesherbes* fera animé par l'exemple de fon grand oncle, le préfident de *Lamoignon* ; M. *Turgot* le fecondera avec toute la nobleffe et la fermeté de fon ame ; *Louis XVI* fe fera un devoir d'imiter *Saint-Louis* : c'eft ce que j'efpère, et c'eft ce qu'il faut tenter. Nous y travaillerons très-vivement, et nous aurons pour nous tout Paris, fans exception. Cela vaut mieux que d'avoir contre nous tout Befançon, en nous préfentant fous la trifte forme de gens qui plaident contre leurs juges.

Laiffez-moi rendre la liberté au petit pays de Gex, avant d'ofer tenter de la rendre aux deux Bourgognes. On nous mande de Paris que l'affaire de Gex eft confommée, et que nous aurons dans peu les ordres du roi. L'efpérance eft toujours accompagnée de crainte. Je tremble encore des difficultés que les *foixante* autres rois de France pourront nous faire. Mais enfin foyez fûr que, fi nous réuffiffons dans cette petite affaire, nous entamerons fur le champ la grande. Tout nous affure du fuccès, avec des miniftres tels que MM. *Turgot* et de *Malesherbes*, et avec un roi équitable, tel que nous avons le bonheur de l'avoir. Nous engagerons d'abord les amis des miniftres à leur parler, avec la plus grande force, en faveur de l'humanité. Je vous prierai de venir faire un tour à Ferney, et nous rédigerons enfemble un mémoire.

Vous pourrez cependant lier une espèce d'instance au conseil, au nom des main-mortables condamnés au parlement de Besançon. Cette instance, qui ne sera point suivie, servira seulement de préparation au grand édit du roi, qui doit déclarer que ses sujets n'appartiennent qu'à lui, et ne sont point esclaves des moines. En un mot, tout nous est favorable; l'exemple de la Sardaigne, à qui la France vient de s'unir par trois mariages, les sentimens de M. de *Malesherbes* et de M. *Turgot*, l'équité et la magnanimité du roi. Je ne crois pas que nous puissions jamais être dans des circonstances plus heureuses.

Consolons-nous, mon cher ami, et espérons.

Nous avons eu à Ferney mademoiselle votre sœur et madame *Morel.* Nous nous flattons que madame *Morel* viendra au printemps habiter la ville de Ferney, si elle est libre. C'est une femme qui a autant de courage que vous.

Je vous embrasse très - tendrement, mon cher ami. *V.*

P. S. Vous souvenez-vous, mon cher ami, du nom de celui qui vous manda de Bar, il y a quelques années, l'aventure du nommé *Martin*, qu'on s'avisa de rouer sur quelques indices qui sont souvent trompeurs, lequel *Martin* fut quelques jours après reconnu innocent ? vous souviendriez-vous du bailliage lorrain où se fit cette exécution, et de la date de cette affaire ? savez-vous où est actuellement celui qui vous en donna des nouvelles ? Il y a un conseiller au parlement de Paris, que vous connaissez et qui vous aime, parce qu'il aime la vérité et la justice; il veut s'informer de tout ce qui concerne ce pauvre *Martin*, et rendre, s'il fe peut, fervice à fa malheureufe famille. Ne négligeons pas cette occafion, en attendant que nous puiffions fervir nos main-mortes.

LETTRE LIX.

A M. LE MARECHAL DUC DE RICHELIEU.

1 d'octobre.

*P*APILLON-*philofophe* ne paffera point l'hiver à Ferney; elle eft à Paris où elle s'occupe de rendre des fervices effentiels à la patrie que j'ai choifie, et à la petite colonie que j'ai eu l'infolence et le bonheur de fonder. Soyez sûr, Monfeigneur, qu'elle vous eft très-attachée, et que ce *Papillon* eft d'ailleurs un très-honnête homme, tirant à la vérité des coups de fufil merveilleufement, mais effentiel dans la fociété.

Je n'ai jamais vu tant de fimplicité à la fois et tant de vivacité; il ne lui manque que d'étudier l'algèbre pour reffembler à madame *du Châtelet*. Je n'ofe encore me flatter que vous faffiez ce qu'elle a fait, que vous honoriez notre ville naiffante de votre préfence. Je n'aurais plus rien à défirer dans ce monde que je vais quitter bientôt, malgré toutes vos plaifanteries.

Je vous avouerai que je fuis un peu fcandalifé du nom de barbouilleur que vous donnez fi libéralement aux deux peintres du maréchal de *Catinat*; mais j'ofe être un peu de votre avis fur l'orgueilleufe modeftie dont parlait madame de *Maintenon*, et que vous démêlez fi bien.

Je fuis furtout de votre opinion fur ce ton décifif avec lequel l'un des deux peintres rabaiffe *Louis XIV* et le maréchal de *Villars*. Vous conviendrez que celui qui a remporté le prix à notre académie s'eft exprimé plus modeftement. Si jamais vous pouviez vous réfoudre à lire les anciens difcours compofés pour les prix de cette académie, vous feriez étonné de la prodigieufe différence qui fe trouve entre ces vieilles déclamations et celles qu'on fait aujourd'hui. C'eft en cela furtout que notre fiècle eft fupérieur au fiècle paffé.

J'aurais voulu que M. de *Guibert* n'eût point immolé le maréchal de *Villars* au *père la penfée*. Ce qu'il dit contre le héros de Denain, votre ancien ami et un peu votre modèle, me fait fouvenir de M. *Folard* qui, dans fes *Commentaires fur Polybe*, dit : *Le maréchal de Villars après avoir donné le change aux ennemis, attaqua le corps qui était dans Denain, le fit tout entier prifonnier de guerre, s'empara de Marchiennes, et prit cinq villes en deux mois; je n'aurais rien fait de tout cela.*

Vous connaiffez parfaitement les hommes; mais permettez-moi de vous dire que vous êtes un peu trop difficile fur notre académie dont vous êtes le doyen, et dont il n'appartenait qu'à vous d'être le foutien et le véritable protecteur. Je vous ouvre mon cœur. J'ai été très-affligé, et je le fuis encore, que vous ayez un peu gourmandé des hommes libres, qui penfent et qui parlent, qui même ont une grande influence fur l'opinion publique. J'ai été cent fois tenté de vous le dire, il y a deux ans. Je fuccombe aujourd'hui

G 4

à la tentation. Je voudrais qu'ils puſſent revenir à vous, et ſe réunir autour de leur chef; cela ne ſerait pas difficile.

Pardonnez-moi ma ſincérité, en faveur de mon tendre et reſpectueux attachement. Je penſe que tous les gens de lettres auraient dû être à vos pieds comme à ceux de votre grand oncle, d'autant plus qu'en vérité les gens de lettres d'aujourd'hui ont en général beaucoup plus de lumières que ceux d'autre-fois. On a moins de génie que dans le ſiècle de *Louis XIV*, moins de vrai talent, moins de grâce et de politeſſe; mais on a beaucoup plus de connaiſ-ſances : notre philoſophie n'eſt pas à mépriſer.

Soyez heureux autant que vous méritez de l'être; jouiſſez de votre gloire qui ne ſera jamais affaiblie par les chicanes odieuſes d'un procès auquel vous ne deviez pas vous attendre, et que perſonne n'aurait jamais pu prévoir.

Conſervez vos bontés pour le plus ancien de vos ſerviteurs, qui mourra en vous aimant et en vous reſpectant. *V.*

LETTRE LX.

A MADAME DE SAINT-JULIEN.

3 d'octobre.

Mon papillon est un aigle, mon papillon est un phénix, mon papillon a volé à tire d'ailes pour faire du bien. La lettre qu'elle daigna m'écrire en arrivant, et celle du 27 de septembre, nous ont remplis d'étonnement, de joie, de reconnaissance, d'attendrissement. Nous sommes à vos pieds, Madame, avec toute la colonie et tous les entours.

Figurez-vous que des commis des fermes avaient répandu le bruit que les bontés de M. *Turgot*, pour le petit pays de Gex, avaient été grièvement censurées au conseil du roi. Je venais d'écrire à M. *Turgot*, et de lui exposer mes plaintes, lorsque votre lettre m'a rassuré. Les commis jouent de leur reste. Ils ont en dernier lieu usé de la même générosité qu'ils montrèrent à votre recommandation, lorsqu'ils extorquèrent quinze louis d'or à de pauvres passans dont vous aviez pitié. Il n'y a pas long-temps qu'une femme de mon voisinage, venant d'acheter des langes à Genève, et en ayant enveloppé son enfant, les employés des fermes, sous la conduite d'un nommé *Moreau*, saisirent ces langes, sous prétexte qu'ils étaient neufs, et maltraitèrent la femme qui leur reprochait avec des cris et des larmes d'exposer à la mort son enfant tout nu.

Il n'y a guère de jour qui ne soit marqué par des vexations affreufes fur cette frontière, et on craint encore de fe plaindre.

M. de *Chabanon*, qui était venu nous voir avant le temps où vous avez honoré Ferney de votre préfence, fut témoin des infultes que firent ces employés de Saconay à la fupérieure des hofpitalières de Saint-Claude, et à trois de fes religieufes, dont ils levèrent les jupes publiquement.

De tels excès fuffiraient affurément pour déterminer le miniftère à délivrer de ces brigands fubalternes le petit pays que vous protégez. La ferme générale ne retire aucun profit de ces rapines journalières, tout eft pour les commis; ils font autorifés à voler, et ils ufent de leur droit dans toute fon étendue. Il n'y a qu'un homme comme M. *Turgot* qui puiffe mettre fin à ces pillages continuels; il n'y a que vous d'affez noble et d'affez courageufe pour lui en repréfenter toute l'horreur, et pour feconder fes vertus patriotiques. Vous pouvez mettre fous fes yeux, et fous ceux de M. de *Trudaine*, le tableau fidelle de tout ce que je viens de vous expofer. Vous accélèrerez infailliblement l'effet de leurs bontés, et vous mettrez le comble aux vôtres.

Il y a dans la maifon de M. *Turgot* un chevalier *Dupont*, en qui ce digne miniftre a de la confiance, et qui la mérite. Il travaille beaucoup avec lui. Si vous pouviez avoir la bonté de le voir, ce ferait, je crois, mettre la dernière main à votre ouvrage. Vous êtes notre protectrice, et cette colonie eft la vôtre.

Les fupérieurs de nos commis leur ont mandé, en dernier lieu, qu'ils pouvaient être tranquilles, qu'il y avait trois provinces qui demandaient la même grâce que nous, et qu'on ne l'accorderait à aucune, parce que les conféquences en feraient trop dange-reufes. Je ne fais quelles font ces provinces : je n'en connais point qui foit comme la nôtre entourée de trois Etats étrangers et féparés de la France par des montagnes prefque inacceffibles.

J'oferais encore vous fupplier, Madame, d'avoir une converfation avec M. de *Vaines*. Cette affaire, il eft vrai, n'eft pas de fon département ; mais tout eft de fon réffort, quand il s'agit de faire des chofes juftes. Je lui écris pour lui dire que vous aurez avec lui un entretien. Cette affaire eft fi importante que nous n'avons aucun moyen à négliger ni aucun inftant à perdre. Toutes les autres dont votre univer-falité a daigné fe charger doivent laiffer paffer notre colonie la première, fans préjudice pourtant à celle de M. *Racle*, car celle-là tient au public ; et quand M. *Racle* fera payé par le roi, votre colonie fera bien plus floriffante. Elle vous donne mille bénédictions, et elle compte fur l'effet de vos promeffes, comme fur fon évangile ; car vous favez que ce mot évangile fignifie bonne nouvelle.

Agréez, Madame, mon tendre refpect, *V.*

LETTRE LXI.

A LA MEME.

5 d'octobre.

PROTEGEZ bien Ferney, Madame ; car il peut devenir quelque chofe de bien joli. Figurez-vous qu'hier le bas de votre maifon était illuminé, que toute votre ville l'était, depuis le fond du jardin du château jufqu'aux défrichemens, et jufqu'au grand chemin de Meyrin ; que toutes les troupes étaient fous les armes, et efcortaient quarante-cinq carroffes, au bruit du canon. Il y eut un très-beau feu d'artifice, et la journée finit comme toutes les journées, par un grand fouper.

Vous me demanderez pourquoi tout ce tintamarre ? c'était, ne vous déplaife, pour M. *Saint-François d'Affife*. Et pourquoi tant de fracas pour ce faint ? c'eft qu'il eft mon patron, et que ce n'était pas ce jour-là la fête de monfieur *St Julien*, car on en aurait fait davantage pour lui. *Saint-François* fe met toujours aux pieds de *Saint-Julien*.

Nos ennemis continuent toujours d'affurer que notre affaire ne fe fera point ; que le confeil n'eft point de l'avis de M. *Turgot*, et qu'on n'ira pas changer les ufages du royaume pour un petit pays auffi chétif que le nôtre. Je les laiffe dire, et je m'en rapporte à vous. Ils crient que M. de *Trudaine* a déjà voulu une fois tenter ce changement, et n'a pu réuffir; et moi je fuis sûr qu'il réuffira, quand vous lui aurez parlé.

J'accable de lettres notre protectrice. J'ai tant de plaifir à lui parler du bien qu'elle nous fait, que j'oublie même de lui demander pardon de la vivacité de mes importunités. Elle fait que je fuis encore plus occupé d'elle que de fes bienfaits. Elle fait que mon cœur, tout vieux qu'il eft, eft peut-être encore plus fenfible aux grâces que pénétré de reconnaiffance. Elle fait combien j'aimerais à lui écrire, quand même je n'aurais point de remercîmens à lui faire.

Agréez, Madame, les refpects de votre ville, et furtout les miens. *V.*

LETTRE LXII.

A LA MEME.

8 d'octobre.

NOTRE protectrice me mande, par fa lettre d'un lundi fans date, qu'elle n'a point reçu de lettre de moi, ce qui ferait le comble de l'ingratitude. Je ne fuis point coupable de ce crime. L'ami *Wagnière* eft témoin qu'il en a écrit trois.

J'envoie aujourd'hui de nouvelles explications à monfieur le contrôleur général et à M. de *Trudaine.* J'écris à M. l'abbé *Morellet.* Je leur renouvelle à tous l'acceptation pure et fimple que j'ai faite, conjointement avec les états. Je leur réitère l'affurance pofitive que nous ne demandons rien au-delà de ce qu'on a daigné nous offrir.

La feule difficulté qui refte, mais qui eft très-grande, eft la fomme exorbitante de quarante mille livres que les fermiers généraux demandent. Il eft certain qu'il ferait impoffible à la province, très-pauvre et très-furchargée, de payer feulement la moitié de cette fomme annuelle : c'eft ce que j'ai repréfenté le plus fortement que j'ai pu. Je me flatte que M. *Turgot* ne fouffrira pas une vexation fi injufte. Il fait que, dans les années les plus lucratives, jamais les extorfions les plus violentes n'ont pu produire fept mille francs aux fermiers généraux. Une armée de pandoures n'oferait pas nous demander une contri-bution de quarante mille livres.

La nouvelle répandue que monfieur le contrôleur général avait pitié de notre petite province, redouble les perfécutions des commis ; elles font horribles. Nous fommes punis bien cruellement du bien qu'on veut nous faire. Il ne nous refte que l'efpérance. Monfieur le contrôleur général eft jufte et ferme ; notre protectrice eft animée et perfévérante ; nous fommes loin de perdre courage.

Le plan de M. de *Trudaine* eft trop beau pour l'abandonner. Il ferait utile à la province et au royaume. Déjà, fur la fimple promeffe du miniftère, nous avons jeté les fondemens d'un grand com-merce ; nous bâtiffons d'amples magafins pour toutes les marchandifes des pays méridionaux, qui arriveront par Genève. Nous revenons à la vie ; vous ne fouf-frirez pas qu'on nous tue.

Notre protectrice pourrait-elle engager monfieur fon frère à venir avec elle expliquer toutes ces chofes à M. *Turgot* et à M. de *Trudaine* ? ne ferait-il pas digne de lui de montrer l'intérêt qu'il prend à une province qui eſt ſous ſes ordres ?

Vous ſentez , Madame , combien il eſt doux de tenir tout de vos bontés et de votre perſévérance. Je ſuis à vos pieds plus que jamais. *V.*

LETTRE LXIII.

A M. DE LA HARPE.

10 d'octobre.

Oui , par les envieux un génie excité ,
Au comble de ſon art eſt mille fois monté.
Plus on veut l'affaiblir , plus il croît et s'élance.

Voilà votre ſituation, mon cher ami; voilà ce que doivent penſer tous vos amis de l'académie. Vous aurez encore quelques malheureux contradicteurs, juſqu'à ce que vous donniez vous-même les prix que vous avez tant de fois remportés. Heureuſement votre courage eſt égal à votre génie. M. d'*Alembert* a paſſé par les mêmes épreuves. Je ne ſais quel poliſſon de Saint-Médard l'a appelé *Rabſacès* et *bête puante :* et voyez, s'il vous plaît, comment l'abbé d'*Aubignac* , prédicateur ordinaire du roi, a traité *Pierre Corneille*. Vous m'avouerez que ces exemples ſont conſolans. Avouez encore que les noms de M. de *Maleſherbes* et de M. *Turgot* ont un peu plus de poids dans la balance que ceux de vos petits ennemis.

Je m'imagine que vous les oubliez bien , dans vos

agréables orgies, avec un homme tel que M. de *Vaines*, avec MM. d'*Alembert*, *Suard*, *Saurin*, &c. Soyez sûr que vos détracteurs n'approchent pas de la bonne compagnie. Je me flatte que l'hiver prochain la Sibérie et la Perse vous vengeront pleinement des infectes de Paris. Leur bourdonnement ne sera pas entendu parmi les battemens de mains. Je suis bien fâché d'être si vieux et si faible. Si je pouvais revenir à l'heureux âge de soixante et dix ans, avec quel empressement ne ferais-je pas le voyage de Paris pour vous entendre! Vous allez relever le théâtre français tombé dans une triste décadence. Il me semble qu'il se forme un nouveau siècle. Les petites persécutions que la littérature essuie encore, ne sont qu'un reste de la fange des derniers temps. Elle ne vient point jusqu'à vous, malgré le trépignement de l'envie. Vous vous élevez trop haut.

Sub pedibusque videt nubes et sidera Daphnis.

Ne pouvant voir la première représentation de Menzicof, j'y enverrai un jeune homme qui aime vos vers passionnément, et qui m'en rapportera des nouvelles. Mais si l'hiver me tue avant les représentations, je vous prie très-instamment de me succéder, et de dire nettement à l'académie que telle est ma dernière volonté, et que je la prie très-humblement d'être mon exécutrice testamentaire. *V.*

LETTRE

LETTRE LXIV.

A MADAME DE SAINT-JULIEN.

10 d'octobre.

CELLE-CI eſt la cinquième, Madame; ainſi je préſume que vous en avez reçu quatre. Nous avons été honorés de quatre des vôtres.

Je commencerai par vous dire que vos petits embarras ſur la maiſon que M. de *Saint-Julien* devait acheter pour vous, et ſur le teſtament de feu M. de *Gouvernet*, ne changeront rien au palais la Tour-du-Pin dans le pré de la Glacière. Tous les arrangemens ont été pris avec M. *Racle*, pour que le corps de la maiſon ſoit fini avant l'hiver. Il le ſera infailliblement, et on y travaille tous les jours avec ardeur. Les embelliſſemens et les ameublemens dépendront enſuite de votre goût, de votre magnificence et d'une ſage économie. Nous nous flattons de revoir dans les beaux jours notre protectrice, notre *Papillon-philoſophe*, qui fait cent lieues ſur ſes ailes légères ſans ſe fatiguer, et qui le lendemain va ſolliciter nos affaires, même en oubliant les ſiennes.

Je vous ai mandé, par ma dernière lettre du 8 d'octobre, que j'écrivais à monſieur le contrôleur général, à M. de *Trudaine*, à M. l'abbé *Morellet* et à M. *Dupont*. Je leur ai dit bien formellement que nos états s'en rapportent à leurs bontés; qu'ils ne demandent rien au-delà de ce que le miniſtère leur accorde; qu'ils prient ſeulement M. *Turgot* et

Correſp. générale. Tome XII. H

M. de *Trudaine* de confidérer que l'indemnité annuelle de cinquante mille francs, demandée par la ferme générale, ferait une écorcherie dont il n'y a point d'exemple. J'ai fait voir, par un mémoire, que pendant plufieurs années notre petit pays a été à charge aux fermiers généraux, et que dans les années les plus lucratives ils n'en ont jamais retiré au-delà de fept mille francs. Je leur en ai offert quinze au nom des états, en nous foumettant d'ailleurs à la décifion du miniftère. Je l'ai écrit à notre protectrice; je le répète, parce que cela me paraît très-néceffaire.

J'écarte furtout la prétendue demande d'acheter le fel de la ferme générale au prix de Genève, et de prendre une fomme fur ce fel pour payer les dettes de la province. Cette idée ferait entièrement contraire aux vues de M. *Turgot* et de M. de *Trudaine*, qui veulent que la terre paye toutes les dépenfes, parce que tous les revenus viennent d'elle.

Enfin, ayant accepté purement et fimplement les offres généreufes de M. de *Trudaine*, et nous foumettant avec reconnaiffance à fes décifions, nous avons le plus jufte fujet d'efpérer un plein fuccès de l'entreprife protégée par vous.

Je prends la liberté de baifer, très-humblement et avec refpect, les ailes brillantes du *Papillon-philofophe*. Qu'il ne dédaigne pas les fentimens du vieux hibou qui fera à fes pieds tant qu'il refpirera. *V.*

LETTRE LXV.

A M. DUPONT.

10 d'octobre.

J'AI reçu, Monfieur, votre lettre datée du Trembley, 2 d'octobre, et j'ai bien des grâces à vous rendre. Ce fera à vous que notre petite province aura l'obligation d'être la première qui montre à la France qu'on peut contribuer aux befoins de l'Etat, fans paffer par les mains de cent employés des fermes générales. Ce fera fur nous que M. de *Sulli-Turgot* fera l'effai de fes grands principes.

Je ne fais qui a pu imaginer que nous démandions à prendre le fel de la ferme à bas prix, pour en tirer un petit profit qui fervirait à payer nos dettes, et qu'on appelle *crue*.

Il eft vrai que ce fut, il y a près de quinze ans, une propofition de nos états ; mais je m'y fuis oppofé de toutes mes forces dans cette dernière conjoncture ; et nos états s'en remettent abfolument aux vues et à la décifion de monfieur le contrôleur général.

Tout ce que M. de *Trudaine* a bien voulu nous propofer de concert avec lui, a été accepté avec la plus refpectueufe reconnaiffance.

Il ne s'agit donc plus que de fixer la fomme annuelle que notre province payera aux fermes géné-rales pour leur indemnité.

Il eft prouvé, par le relevé de dix années des

H 2

—— bureaux qui défolent le pays de Gex, que la ferme a été quelquefois en perte, et que jamais elle n'a retiré plus de fept mille livres de profit.

Meffieurs les fermiers généraux demandent aujourd'hui quarante à cinquante mille livres annuelles de dédommagement. La province ne les a pas ; et fi elle les avait, fi elle les donnait, à qui cet argent reviendrait-il ? ce ne ferait pas au roi, ce ferait aux fermiers. Nous donnerions, nous autres pauvres Suiffes, quarante à cinquante mille francs à des parifiens, pour nous avoir vexés jufqu'à préfent par une armée de commis ! Il leur eft très-indifférent que leurs gardes foient au milieu de nos maifons, ou fur la frontière. Comment peuvent-ils exiger de nous cinquante mille francs que nous n'avons pas, fous prétexte qu'ils fe donnent la peine de placer leurs gardes ailleurs ?

Nous avons offert quinze mille francs ; cette fomme eft le double de ce qu'ils ont gagné dans les années les plus lucratives.

Nous attendons l'ordre de monfieur le contrôleur général avec la plus grande foumiffion.

Je vous fupplie, Monfieur, de vouloir bien lui rendre compte de nos fentimens et de notre conduite, et même de lui montrer cette lettre, fi vous le jugez à propos.

Quant aux natifs génevois, bannis de la république depuis l'efpèce de guerre civile de Genève, et retirés à Verfoy, ils ne font qu'au nombre de trois ou quatre. Il n'y en a que deux qui travaillent en horlogerie, et qui foient utiles. Un troifième, qui fe nomme *Bérenger*, fe mêle de littérature, et a eu quelquefois l'honneur de vous écrire. Il a fait une hiſtoire de Genève, dont le conſeil de la république a été très-irrité.

1775.

Le quatrième s'eſt fait marchand de liqueurs, et ne réuſſit point dans ce commerce. Ce marchand étant banni de la république par un arrêt de tous les citoyens aſſemblés, avec défenſe de mettre les pieds dans Genève, ſous peine de mort, ſurprit, il y a quelque temps, un paſſe-port de monſieur le commandant de Bourgogne, et entra dans Genève à la faveur de ce paſſe-port. Monſieur le commandant l'ayant ſu, ordonna à M. *Fabry*, maire de Gex, de retirer le papier que le marchand avait ſurpris : le génevois refuſa d'obéir. M. *Fabry* envoya deux gardes de la maréchauſſée pour retirer ce paſſe-port.

Voilà l'état des choſes ſur cette petite affaire. Vos réflexions ſur la demande de ces Génevois ſont dignes de votre ſageſſe.

J'oſe féliciter la France et mon petit pays de Gex, que M. *Turgot* ſoit miniſtre, et qu'il ait un homme tel que vous auprès de lui.

J'ai l'honneur d'être avec une tendre et reſpectueuſe reconnaiſſance, votre &c.

H 3

LETTRE LXVI.

A M. DE MALESHERBES,

MINISTRE D'ETAT.

A Ferney, 12 de novembre.

VOUS ne vous contentez pas, Monseigneur, des bénédictions de la France; vous étendez vos bontés jusqu'aux frontières de la Suisse. J'étais dans un état assez douloureux; après un de ces petits avertissemens que la nature donne souvent aux gens de mon âge, lorsque madame de *Rosambo* a daigné faire une apparition dans ma retraite avec monsieur votre gendre, et les cousins issus de germain de *Télémaque*. J'ai vu chez moi deux familles de grands-hommes; et quoique mon état ne m'ait pas permis de jouir de cet honneur autant que je l'aurais voulu, je me suis senti consolé autant qu'honoré. Vous avez joint à cet avantage que je vous dois, une lettre charmante, dont vous me permettrez de vous faire les plus sincères et les plus tendres remercîmens. Madame de *Rosambo* est comme vous, Monseigneur; elle porte la consolation par-tout où elle paraît, elle tient de vous le don d'attirer tous les cœurs autour d'elle.

Je crains d'abuser des momens que vous donnez au bien public, en vous parlant des obligations que je vous ai, et de la bonté généreuse avec laquelle

vous en avez daigné ufer envers moi; mais ces bontés
ne fortiront jamais de ma mémoire.

J'ai l'honneur d'être avec le plus fincère et le plus
profond refpect, Monfeigneur, votre &c.

LETTRE LXVII.

A M. L'ABBÉ MORELLET.

14 de novembre.

Ils difent, mon cher philofophe forbonique, que
je fuis tombé en apoplexie; cela pourrait bien être.
C'eft pauvre chofe que l'homme, et il eft ridicule à
un homme auffi maigre que moi d'avoir une pareille
aventure. Quoi qu'il en foit, je prends la liberté
de vous envoyer pour mon teftament un mémoire
que je recommande à vos bons offices. Il faut qu'avant
de mourir je tâche de fervir ma petite province :
elle fera fans doute tout ce que le miniftère ordon-
nera, et le fera avec joie et reconnaiffance ; mais il
me femble que ce mémoire démontre que l'indemnité de trente mille livres pour la ferme générale eft
un peu trop forte. Si ces trente mille livres étaient
pour le roi, nous ne ferions pas de repréfentations ;
mais c'eft cinq cents livres pour la poche de chacun de
meffieurs les foixante fermiers généraux. Ce n'eft rien
pour eux, et c'eft un fardeau immenfe pour nous.

Au refte, ce n'eft pas moi qui parle, c'eft le pays ;
je n'ouvre la bouche que pour remercier.

Un orage fuivi d'un déluge, a détruit deux de

H 4

mes maifons; et ce qui eft bien pis, a failli à noyer la fille de M. de *Malesherbes* , qui daignait paffer par Ferney pour s'aller promener en Suiffe.

Pour la maifon que mon ame habite , elle fera bientôt en cannelle ; mais tant que j'y logerai , je vous ferai tendrement attaché. Madame *Denis* vous en dit autant , et certainement nous vous aimons tous deux de tout notre cœur. *V.*

LETTRE LXVIII.

A MADAME DE SAINT-JULIEN.

14 de novembre.

LE feç apoplectique reçoit aujourd'hui, par les mains de M. *Craffy* , une lettre de la protectrice. Il a expliqué fon affaire à madame *Denis* et à moi. Vous fouvenez-vous , Madame , des lettres de M. le chevalier de *Boufflers* à madame fa mère, et celle où il lui conte fa converfation avec M. de *Sarobert* ? *La cavalerie du roi , mort-dieu , battait par-tout les ennemis du roi ; ils nous avaient enveloppés , jarni-dieu; mais nous fommes entrés dedans comme dans du beurre , facre-dieu.*

Mais , Madame , il ne m'a rien dit ni de vos affaires , ni de votre maifon , ni de votre procès dont vous ne me parlez pas. Vous daignez vous intéreffer à nous , à notre petit pays ; vous le protégez auprès des miniftres , et vous vous oubliez vous-même pour nous fecourir.

J'écrirai à votre très-aimable et refpectable duc,

puisqu'il le veut bien permettre, et que vous me ——— flattez que ma lettre sera bien reçue. Cette lettre sera mon testament que mon cœur dictera.

Mon cher *Wagnière*, qui a eu l'honneur de vous écrire, a pu vous mander combien ce cœur est sensible, mais que ma tête n'est pas trop bonne. Le petit accident qui m'est arrivé laisse toujours des bourdonnemens dans le cerveau et dans l'esprit, qui font une peine extrême à l'ame immortelle.

J'envoie pourtant un mémoire à M. de *Trudaine*, qui est un peu raisonné, et dans lequel même il y a de l'arithmétique; et si vous le permettez, j'en mettrai une copie à vos pieds, pour vous faire voir que je peux encore arranger des idées, quand le soleil n'est pas couché.

L'abbé *Morellet* m'a mandé que monsieur le contrôleur général était résolu à nous faire acheter notre liberté trente mille livres par an, pour l'indemnité de la ferme générale. Je sais bien que cette liberté n'a point de prix; mais je représente humblement que, si on pouvait nous la faire payer un peu moins cher, on nous la rendrait encore plus précieuse. Cependant nous en passerons sans doute par tout ce que M. *Turgot* et M. de *Trudaine* ordonneront.

Les maisons de la république de Ferney n'avancent guère. Nous avons eu un déluge qui a failli à noyer la fille de M. de *Malesherbes* allant en Suisse par Ferney. Cet orage a jeté bas une de nos maisons, du grenier à la cave, et en a fort endommagé une autre. Nous ne pourrons réparer nos malheurs qu'au printemps. Nous espérons que vous nous ramènerez les beaux jours.

Père *Adam* foutient toujours que ce brave général, qui eft à préfent miniftre de la guerre (*), a commencé par être jéfuite, et il le dit fi pofitivement que j'en doute; mais fi la chofe eft vraie, cela fait voir qu'on peut fe méprendre dans la jeuneffe fur le choix d'un état. Nous avons eu des évêques qui avaient été moufquetaires.

Ce jeune *Morival*, qui a eu l'honneur de vous faire fa cour à Ferney, a commencé, comme vous favez, fa carrière d'une manière plus funefte. Il eft actuellement très-bien auprès du roi de Pruffe, qui fe fait un honneur et un mérite de réparer les horreurs que ce jeune homme a éprouvées dans fon enfance de la part de certains monftres. Ferney lui a porté bonheur. Je ferai heureux auffi quand vous reviendrez embellir ce féjour de votre préfence, s'il m'appartient encore de prononcer ce nom de bonheur, dans le trifte état où la nature m'a réduit. *V.*

(*) M. le comte de *Saint-Germain.*

LETTRE LXIX.

A MADAME

LA MARQUISE DU DEFFANT.

26 de novembre.

PUISQUE vous dites, Madame, à M. d'*Argental*

Atis comblé d'honneurs n'aime plus Sangaride.

Je vous dirai :

Eglé ne m'aime plus et n'a rien à me dire.

Car j'aime autant *Quinault* que vous : je ne fuis pas de ces pédans qui le trouvent fade, et qui le condamnent pour avoir parlé d'amour lorfqu'il en devait parler. Je le regarde comme le fecond de nos poëtes pour l'élégance, pour la naïveté, la vérité et la précifion.

Il eft très-vrai que vous n'avez plus rien à me dire, puifque vous ne m'écrivez point ; mais il n'eft pas vrai que je fois comblé d'honneurs ; je ne le fuis que de ridicules, et c'eft toujours par fes amis qu'on eft maltraité.

M. d'*Argental* s'obftine à me croire tombé dans une efpèce d'apoplexie pour avoir été gourmand ; et le fait eft que mon accident me prit après avoir été un jour fans manger. Il m'appelle auffi commiffaire départi par le roi auprès des fermiers généraux,

—— pendant que je fuis opprimé départi par ces meffieurs.

Voulez-vous, Madame, que je vous parle vrai?
mon département eft l'abyme du néant éternel où je
vais bientôt entrer.

Je lis tous les ouvragés philofophiques de *Cicéron*
fur ce fujet plus ufé qu'aifé, et je ne vous confeille
pas de les lire ; car, quoique ce grand-homme foit
très-éloquent, il ne nous apprend rien du tout.
L'abbé de *Chaulieu* avait précifément mon âge quand
il eft mort, et il n'en a pas appris davantage.

Les fuites de mon accident m'ont paru fi férieu-
fes, que je n'ai pas voulu faire mon voyage fans
prendre la liberté de dire adieu à celle que vous
appeliez votre grand'maman (*). Comme il faut fe
réconcilier dans ces momens-là, j'avais fur le cœur
l'injuftice de fon mari qui me croyait un petit
ingrat. J'étais affurément bien éloigné de l'être; mais
je n'ai pas mieux réuffi auprès de votre grand'maman
qu'auprès de vous. Vous me croyez comblé d'honneurs, et elle me croit plein de ménagemens : elle
fe moque de mes honneurs et de mon apoplexie.

Jugez fi dans cet état j'ai eu des chofes bien amufantes à vous dire ? je ne favais aucune nouvelle ni
de l'opéra comique, ni de l'affemblée du clergé.

Mais vous, Madame, qui vivez dans le centre
des plaifirs et des grandes affaires, comment voulez-
vous qu'un pauvre folitaire ofe vous écrire du fond de
fes déferts et de fes neiges, privé de toute fociété et de
prefque tous fes fens, lorfque vous en avez encore
quatre excellens. C'eft à vous à réveiller les gens qui

(*) Madame la ducheffe de *Choifeul.*

1775.

s'endorment auprès de leur tombeau , mais ce n'eſt pas à eux de vous importuner de leurs rêveries ; il faut qu'ils ſoient diſcrets , et qu'ils attendent vos ordres. Il n'y a que les vampires de dom *Calmet* qui viennent lutiner les vivans.

Soyez très-ſûre que , ſi j'ai perdu tout ce qui fait vivre , paſſions , amuſemens , imagination , et toutes les bagatelles de ce monde , je vous reſte ſérieuſement attaché , et que je le ferai tant que mes petites apoplexies me le permettront. Je vous regarderai comme la perſonne de mon ſiècle qui eſt le plus ſelon mon cœur et ſelon mon goût , ſuppoſé que j'aye encore goût et cœur. Je vous demanderai vos bontés comme la première de mes conſolations , et je dirai : C'eſt auprès d'elle que j'aurais voulu paſſer ma vie. *V.*

LETTRE LXX.

A M. LE COMTE D'ARGENTAL.

26 de novembre.

Il faut donc que je vous diſe , mon cher ange ; que ſi madame *du Deffant* ſe plaint de moi par un vers de *Quinault* , je me ſuis plaint d'elle par un vers de *Quinault* auſſi. Je crois qu'actuellement nous ſommes les ſeuls en France qui citions aujourd'hui ce *Quinault* qui était autrefois dans la bouche de tout le monde.

Je ne ſais quel auteur je vous citerai pour me plaindre à vous de votre acharnement à m'accuſer de gourmandife. Je veux bien que vous fachiez que je n'avais pas mangé depuis vingt-quatre heures, lorfque mon accident m'arriva. Cette petite aventure a des fuites affez défagréables, et je n'ai de fecours que dans la patience.

Ma dignité de commiffaire départi fe trouve apparemment dans le même roman que mon indigeftion. Il eft trifte d'être à la fois apoplectique et ridicule.

Je croyais, quand je vous ai parlé de Menzicof, qu'on le jouait déjà à la comédie françaife. Je n'ai point ofé importuner M. le duc de *Duras* en faveur de *Cicéron* et de *Catilina*; j'ai cru qu'il n'était pas trop féant, dans l'état où je fuis, de difputer une place dans le tripot comique : cependant, fi vous jugez que la chofe foit convenable, je vous obéirai felon ma coutume. Je crains feulement que cette démarche ne foit hafardée pendant les repréfentations du Prince-pâtiffier.

J'ai à vous parler d'une autre nouvelle, qui eft affez intéreffante, felon ma façon de penfer, c'eft de la perfécution que l'on fufcite à l'abbé *Raynal*. On dit qu'il a été obligé de difparaître. Heureufement fon livre ne difparaîtra pas. Eft-il vrai qu'on en veut à ce livre et à la perfonne de l'auteur? Les janféniftes et les pharifiens fe font réunis, *et fuerunt amici ex illa hora*. Il n'y aura donc plus moyen chez les Velches de penfer honnêtement, fans être expofé à la fureur des barbares! cette idée me trouble jufque dans la paix de ma retraite, et aux portes de la paix éternelle où je vais bientôt entrer. Je me flatte qu'au moins l'abbé *Raynal* trouvera des amis. Dieu veuille

qu'on ne foit pas forcé à lui chercher des vengeurs
qu'on ne trouverait pas !

Adieu, mon cher ange ; aimez toujours un peu
celui qui eft à vous depuis environ foixante et dix
ans. *V*.

LETTRE LXXI.

A M. DE TRUDAINE.

A Ferney, 8 de décembre.

MONSIEUR,

Nos petits états s'affembleront lundi 11 du mois;
je m'y trouverai, moi qui n'y vais jamais. J'y verrai
quelques curés qui repréfentent le premier ordre de
la France, et qui regardent comme un péché mortel
l'affujettiffement de payer trente mille francs à la
ferme générale. Ils auront beau dire que les publicains font maudits dans l'Evangile; je leur dirai qu'il
faut vous bénir, et que vous êtes le maître à qui les
publicains et eux doivent obéiffance.

Je leur remontrerai qu'il faut accepter votre édit,
purement et fimplement, comme on acceptait la
bulle.

Mais, Monfieur, il faut que je vous envoye une
lettre que je viens de recevoir de M. *Fabry*, l'un de
nos fyndics. Il écrit comme un chat ; mais peut-être
a-t-il raifon de fe plaindre des fermiers généraux
qui, en 1760, portèrent, par une exagération excef-
five, le produit des traites et gabelles, dans le pays

—— de Gex, à vingt-trois mille fix cents livres ; et qui,
1775. par une autre exagération, le portent cette année-ci à
foixante mille livres : *Pofitis ponendis , et ablatis*
auferendis.

Je ne faurais guère accorder ces affertions avec
la dernière idée de nos états , qui m'affuraient,
comme j'ai eu l'honneur de vous le mander, que le
profit net des fermiers généraux n'allait avec nous
qu'à fept ou huit mille livres. S'il faut que vous foyez
obligé continuellement , vous , Monfieur , et monfieur
le contrôleur général , de réformer tous les mémoires
dont la cupidité humaine vous peftifère , je vous
plains de paffer fi triftement votre temps.

Mais notre chétive province eft peut - être auffi
un peu à plaindre d'être obligée de donner cinq
cents francs par an à chacune des foixante colonnes
de l'Etat , qui font des colonnes d'or. Nous ne fommes que d'argile , et notre argile encore ne vaut rien.
Quand on y a femé un grain , il ne meurt pas , à la
vérité, pour renaître, comme l'Evangile le difait ; mais
il ne rend jamais que trois pour un aux pauvres
cultivateurs *qui euntes ibant et flebant mittentes femina*
fua.

Enfin , Monfieur , cette opération eft la vôtre ;
c'eft celle de M. *Turgot.* Ou je mourrai à la peine ,
ou lundi prochain la plus petite de toutes les cohues
fignera fon remercîment ; mais nous empêcherez-
vous de vous demander l'aumône ? on la doit aux
pauvres, c'eft par-là qu'on rachète fes péchés. Certainement les fermiers généraux en ont fait ; et quand
ils nous donneront cinq ou fix mille francs par an
fur les trente mille livres , pour entrer dans le
royaume

royaume des cieux, ils feront un très-bon marché. ——
Je propose cette bonne œuvre à monsieur le contrô- 1775.
leur général. Qu'il mette dans l'édit vingt-cinq mille
francs au lieu de trente, cela est très-aisé ; et meffieurs des fermes ne pousseront pas plus de cris de
douleur que nous autres gueux nous en pousserons
de joie.

Pardonnez à cette exhortation chrétienne. Elle
n'a rien de commun avec l'acceptation solennelle que
nous devons faire dans la grande ville de Gex, &c.

LETTRE LXXII.

A M. TURGOT,

MINISTRE D'ETAT, CONTROLEUR GENERAL DES FINANCES.

Décembre.

Monseigneur le contrôleur général est supplié
de daigner jeter un coup d'œil sur les demandes
des états du pays de Gex. Ces demandes consistent :

I.

Dans la permission de faire venir toutes les marchandises de Marseille avec la même exemption de
droits dont Genève jouit, attendu que cette exemption seule a réduit le pays de Gex à n'avoir jamais
aucun marchand français, et à la nécessité de se
pourvoir à Genève de toutes les choses nécessaires à
la vie. Cette différence prodigieuse entre une ville

—— étrangère et un pays appartenant au roi, a mis les
1775. Génevois en état de se faire plus de sept millions de
rente sur les finances de sa Majesté, et d'être en
possession, avec le sieur *Geoffrin*, de la manufacture
des glaces de Saint-Gobin et de Paris.

I I.

Monseigneur le contrôleur général verra que ce
petit pays paye à sa Majesté environ cent trente mille
livres par année, sans qu'aucune communauté ait pu
faire le moindre profit, excepté la colonie établie
à Ferney.

I I I.

Il verra que ce pays très-pauvre a été obligé d'emprunter cent trente-quatre mille livres, pour réparer
les pertes occasionnées par les corvées.

I V.

Il verra ce que coûte à la ferme générale la foule
d'employés inutiles établis dans le pays de Gex.

V.

Il verra le bénéfice que ce pays propose à la ferme
générale, et ce qu'il demande au sujet du sel et du
tabac.

Les états de Gex attendront très-respectueusement
les ordres de monseigneur.

LETTRE LXXIII.

A MADAME DE SAINT-JULIEN.

A Ferney, 14 de décembre.

JE n'ai point encore eu un plus beau sujet d'écrire à notre protectrice. C'était mardi, 12 de ce mois, que je devais lui mander notre triomphe sur ceux qui s'opposaient au salut du pays, et qui avaient mis des prêtres dans leur parti. Mon ame commanda à mon corps de la suivre aux états. J'allai à Gex, tout malingre et tout misérable que j'étais. Je parlai, quoique ma voix fût entièrement éteinte. Je proposai au clergé d'accepter la bulle *unigenitus* de M. *Turgot*, c'est-à-dire la taxe de trente mille livres, purement et simplement, avec une *reconnaissance respectueuse*. Tout fut fait, tout fut écrit comme je le voulais. Mille habitans du pays étaient dans les environs aux écoutes, et soupiraient après ce moment comme après leur salut, malgré les trente mille livres. Ce fut un cri de joie dans toute la province. On mit des cocardes à nos chevaux, on jeta des feuilles de laurier dans notre carrosse. Nos dragons accoururent en bel uniforme, l'épée à la main. On s'enivra par-tout à votre santé, à celle de M. *Turgot* et de M. de *Trudaine*. On tira nos canons de poche toute la journée.

Je devais donc, Madame, vous écrire tout cela le mardi ; mais il fallut travailler à mille détails attachés à la grande opération ; il fallut envoyer des

—— paquets à Paris; j'étais excédé, et je m'endormis.
1775. Ma lettre ne partira donc que demain vendredi,
15 du mois; et vous verrez par cette lettre qu'il n'y
a point de joie pure dans ce monde : car pendant
que nous paffions doucement notre temps à remercier M. *Turgot*, et que toute la province était occupée à boire, les pandoures de la ferme générale, qui
ne doivent finir la campagne qu'au premier de janvier, avaient des ordres fecrets de nous faccager. Ils
marchaient par troupes au nombre de cinquante,
arrêtaient toutes les voitures, fouillaient dans toutes
les poches, forçaient toutes les maifons, y fefaient le
dégât au nom du roi, et obligeaient tous les payfans
à fe racheter pour de l'argent. Je ne conçois pas
comment on n'a point fonné le tocfin contre eux
dans tous les villages, et comment on ne les a pas
exterminés. Il eft bien étrange que la ferme générale,
n'ayant plus que quinze jours pour tenir leurs troupes chez nous en quartier d'hiver, ait pu leur permettre, et même leur ordonner des excès fi puniffables.
Les honnêtes gens ont été très-fages, et ont contenu
le peuple qui voulait fe jeter fur ces brigands comme
fur des loups enragés.

Puiffe M. *Turgot* nous délivrer de ces monftres
pour nos étrennes, comme il nous l'a promis!

Le palais Dauphin eft bien loin d'être couvert.
M. *Racle* nous avait flattés qu'il le ferait au premier
de novembre; mais tout s'eft borné à des préparatifs, et à piquer à coups de marteau de grandes
pierres de roche qui, à mon gré, ne conviennent
point du tout à une maifon de campagne. Il en a
fini entièrement une pour lui, qui contient de grands

magafins et des appartemens commodes, et qui coûte
quatre fois moins. Tout le monde eft perfuadé que 1775.
notre petit pays va s'enrichir et fe peupler. On s'em-
preffe en effet à me demander des maifons à toute
heure ; mais je ne bâtis pas comme *Amphion*, et je
n'ai plus de lyre. Tout va bientôt me manquer ; mais
j'aurai au moins achevé à peu-près mon ouvrage,
et je mourrai avec la confolation d'avoir été encouragé par vous.

Agréez l'attachement inviolable de votre protégé
V., qui eft à vous jufqu'à fon dernier foupir.

LETTRE LXXIV.

A M. BAILLY,

DE L'ACADEMIE DES SCIENCES.

A Ferney, le 15 de décembre.

J'AI bien des grâces à vous rendre, Monfieur ; car
ayant reçu le même jour un gros livre de médecine
et le vôtre (*), lorfque j'étais encore malade, je n'ai
point ouvert le premier ; j'ai déjà lu le fecond prefque tout entier, et je me porte mieux.

Vous pouviez intituler votre livre, *Hiftoire du ciel*,
à bien plus jufte titre que l'abbé *Pluche* qui, à mon
avis, n'a fait qu'un mauvais roman. Ses conjectures
ne font pas mieux fondées que celles de ce vieux fou
qui prétendait que les douze fignes du zodiaque
étaient évidemment inventés par les patriarches
juifs ; que *Rebecca* était le figne de la vierge, avant

(*) *Hiftoire de l'aftronomie ancienne.*

I 3

qu'elle eût époufé *Ifaac*; que le belier était celui qu'*Abraham* avait facrifié fur la montagne *Moria*; que les gémeaux étaient *Jacob* et *Efaü*, &c.

Je vois dans votre livre, Monfieur, une profonde connaiffance de tous les faits avérés et de tous les faits probables. Lorfque je l'aurai fini, je n'aurai d'autre empreffement que celui de le relire : mes yeux de quatre-vingt-deux ans me permettront ce plaifir. Je fuis déjà entièrement de votre avis fur ce que vous dites qu'il n'eft pas poffible que différens peuples fe foient accordés dans les mêmes méthodes, les mêmes connaiffances, les mêmes fables et les mêmes .fuperftitions, fi tout cela n'a pas été puifé chez une nation primitive qui a enfeigné et égaré le refte de la terre. Or, il y a long-temps que j'ai regardé l'ancienne dynaftie des brachmanes comme cette nation primitive. Vous connaiffez les livres de M. *Holwel* et de M. *Dow*; vous citez furtout ce bon homme *Holwel*.

. Vous devez avoir été bien étonné, Monfieur, des fragmens de l'ancien *Shaftabad*, écrit il y a environ cinq mille ans. C'eft le feul monument un peu antique qui refte fur la terre. Il a fallu l'opiniâtreté anglaife, pour le chercher et pour l'entendre. Je foupçonnais ce gouverneur de Calcuta d'avoir un peu aidé à la lettre; je m'en fuis informé au gouverneur de la compagnie anglaife des Indes, qui vint chez moi il y a quelque temps, et qui eft un des hommes les plus inftruits de l'Europe. Il m'a dit que M. *Holwel* était la vérité et la fimplicité même : il ne pouvait affez l'admirer d'avoir eu le courage et la patience d'apprendre l'ancienne langue facrée des brachmanes,

qui n'eft connue aujourd'hui que d'un petit nombre
de brames de Bénarès.

Enfin, Monfieur, je fuis convaincu que tout nous
vient des bords du Gange, aftronomie, aftrologie,
métempfycofe, &c.

Je ne puis affez vous remercier de la bonté dont
vous m'avez honoré.

Agréez, Monfieur, l'eftime la plus fincère et la
plus refpectueufe, &c.

Le vieux malade V.

LETTRE LXXV.

A MADAME DE SAINT-JULIEN.

20 de décembre.

IL fe pourrait faire, notre refpectable et chère
protectrice, qu'il y eût actuellement par les chemins
une lettre de vous, et même une de M. le marquis
de *la Tour-du-Pin*, à qui j'écrivis il y a quinze jours
pour le remercier de vos bontés et des fiennes, et
pour obtenir une permiffion authentique de me
chauffer dans fon gouvernement. Vous connaiffez le
fort l'Eclufe; ce n'eft pas la plus importante citadelle
du royaume, mais elle eft pour moi en pays ennemi,
et le major de la place ne laiffe pas paffer une buche
fans un ordre exprès du commandant de la province. Je me flatte que monfieur le commandant
aime trop madame fa fœur pour fouffrir que fon
protégé, qui n'a que la peau fur les os, meure de froid.

I 4

——— aux fêtes de Noël, à l'extrémité du royaume de France.

Vous remarquerez, s'il vous plaît, Madame, que nos poftes font tellement arrangées dans votre colonie, qu'il faut toujours vous faire réponfe avant d'avoir reçu votre lettre.

Le courier qui s'en va de chez nous part à neuf heures du matin, et le courier qui vient de chez vous n'arrive qu'à onze heures. Cela n'eft pas trop bien entendu, mais cela eft au nombre des cent mille petits abus trop légers pour être réformés.

Je vous écris donc, Madame, à neuf heures du matin, le 20 de décembre, en attendant que vers le midi j'aye la confolation de voir un peu de votre petite écriture.

Racle a de très-beaux magafins dans lefquels il y a de très-belle faïence. Nous avons réparé tous les défaftres que les ouragans et les inondations avaient caufés; mais pour Château-Dauphin il a été entièrement négligé, je crois vous l'avoir déjà mandé: ainfi je confeille à notre chère commandante, quand elle viendra honorer fa colonie de fa préfence, de ne point defcendre à Château-Dauphin où elle ne trouverait que des pierres qui ne font pas encore les unes fur les autres; mais il y a encore bien loin de la fin de décembre aux beaux jours où notre commandante pourra venir vifiter fon pays. Elle aura le temps de faire donner, par le clergé qu'elle gouverne, un bon bénéfice à ce grand garçon de *Varicourt*, qui eft un des plus beaux prêtres du royaume, et un des plus pauvres. Elle aura accommodé les difficiles affaires de M. de *Crafſy*; elle aura arrangé celles de

dix ou douze familles ; elle aura rapatrié M. de ———
Richelieu avec madame de *Saint-Vincent*, plutôt que 1775.
de venir dans notre misérable climat. Il faut me
résoudre à passer mon hiver dans les regrets. Je n'ai
pas encore le plaisir d'être délivré des pandoures de
messieurs les fermiers généraux. Leur armée est encore
à nos portes. Je ne peux pas dire :

Et mes derniers regards ont vu fuir les commis.

et je ne sais quand mes derniers regards seront con-
solés par votre présence.

LETTRE LXXVI.

A M. TURGOT.

22 de décembre.

MONSEIGNEUR,

Vous avez d'autres affaires que celles du pays de
Gex, ainsi je serai court.

Quand je vous ai proposé de sauver les ames de
soixante fermiers généraux pour une aumône d'environ cinq mille livres, c'était bon marché ; et c'était
même contre mon intention que je vous adressais ma
prière, parce que je crois fermement avec vous qu'il
faut les damner pour leurs trente mille livres.

Quand je suis allé à nos états, malgré mon âge
de quatre-vingt-deux ans et ma faiblesse, ce n'a été
que pour faire accepter purement et simplement vos
bontés, sans aucune représentation.

Si on en a fait depuis, pendant que je fuis dans mon lit, j'en fuis très-innocent, et de plus très-fâché.

Je ne me mêle que de ma petite colonie. Je fais bâtir plufieurs nouvelles maifons de pierres de taille que des étrangers, nouveaux fujets du roi, habiteront ce printemps.

Je défriche et j'améliore le plus mauvais terrain du royaume.

Je bénis, en m'éveillant et en m'endormant, M. le duc de *Sulli-Turgot*.

Si je devais mourir le 2 de janvier 1776, je voudrais avoir fait venir pour mes héritiers, le premier de janvier, dans ma colonie, du fucre, du café, des épices, de l'huile, des citrons, des oranges, du vin de Saint-Laurent, fans acheter tout cela à Genève.

Je vous fupplie de croire que, fi j'étais encore dans ma jeuneffe; fi, par exemple, je n'avais que foixante et dix ans, je ne vous ferais pas attaché avec plus d'admiration et de refpect.

LETTRE LXXVII.

A M. L'ABBÉ DE VITRAC,

*Sous-principal du collége de Limoges, des académies de
Montauban, Clermont-Ferrand, la Rochelle, &c.*

A Ferney, 23 de décembre.

JE vous dois des remercîmens, Monfieur, pour les
deux pièces d'éloquence que vous avez bien voulu
m'envoyer. Il eft très-beau de célébrer, au bout de
deux cents ans, la mémoire de ceux qui éclairèrent
leur fiècle, et qui ne méritaient pas d'être oubliés
du nôtre. L'*Eloge de* l'ancien *Dorat* vous a fourni
une occafion bien agréable de rendre juftice à M. *Dorat*
d'aujourd'hui.

Il y a un autre homme dont Limoges fe fouviendra
un jour avec une tendre reconnaiffance, et qui fait
actuellement autant de bien à la France qu'il en a
fait à votre patrie.

Permettez-moi une obfervation fur l'anecdote
dont vous parlez dans votre ouvrage. Vous fuppofez,
après tant d'autres, que *Charles IX* eft l'auteur de ces
beaux vers à *Ronfard :*

Tous deux également nous portons des couronnes, &c.

Il n'eft guère poffible que ces vers foient de la
même main qui écrivait à *Ronfard :*

Si tu ne viens demain me trouver à Pontoife,
Adviendra entre nous une bien grande noife.

On peut croire que ces derniers vers étaient de
1775. *Charles IX*, et que les autres étaient d'*Amiot*, fon
précepteur. Le malheureux prince qui commanda la
Saint-Barthelemi, n'était pas digne de faire de beaux
vers.

Il eft trifte que vous citiez dans vos notes un auffi
vil coquin que le *Sabatier de Caftres*.

J'ai l'honneur d'être, &c.

LETTRE LXXVIII.

A M. DE TRUDAINE.

A Ferney, 23 de décembre.

MONSIEUR,

Depuis l'acceptation unanime de vos bienfaits,
et notre prompte foumiffion à payer trente mille
livres d'indemnité à la ferme générale, j'apprends
des chofes dont je crois vous devoir donner avis.

Il vous fouvient qu'autrefois, lorfque vous étiez
près de faire à notre pays la même grâce, on fufcita
je ne fais quels ouvriers lapidaires de la ville de Gex
pour s'y oppofer. On fe fert aujourd'hui du même
artifice.

Ces prétendus lapidaires n'ont pas un pouce de
terrain dans la province. On m'affure même qu'on
a figné des noms de gens qui n'exiftent pas.

Je ne fais nulle réflexion fur cette manœuvre, je
la foumets à votre jugement et à vos ordres, ainfi
qu'à ceux de monfieur le contrôleur général.

Un nommé *la Gros* fort de chez moi dans le moment. Il propofe, conjointement avec le fieur *Sédillot*, receveur du fel de la province pour les fermiers généraux, et avec le fieur *la Chaux*, receveur du domaine, de fournir de fel le pays de Gex, au prix qui nous conviendra, et fe chargent de payer pour nous les trente mille livres à la ferme générale.

Il prétend que la république de Genève veut bien, dès à préfent, lui céder mille minots au même prix qu'elle les a reçus, pourvu que vous l'approuviez conjointement avec monfieur le contrôleur général.

Je lui ai demandé s'il avait parlé de cette affaire à M. *Fabry*, il m'a répondu que oui ; que M. *Fabry* a reçu fes offres avec tranfport, et qu'il n'attend que la confommation de l'affaire des franchifes pour tranfiger avec cette nouvelle compagnie au nom de la province, bien entendu que le marché fait avec cette compagnie n'empêcherait point les particuliers de fe pourvoir de fel où ils voudraient.

Il n'y a encore rien de figné entre cette compagnie et M. *Fabry*, fubdélégué de monfieur l'intendant.

Je me borne, Monfieur, à vous dire fimplement les faits, et à vous renouveler les juftes fentimens de ma reconnaiffance.

J'ai l'honneur d'être avec beaucoup de refpect, Monfieur, votre &c.

LETTRE LXXIX.

A M. L'ABBÉ MORELLET.

23 de décembre.

Il faut, Monſieur, que je vous conte nos aventures, parce que vous les ſavez, et que vous avez contribué plus que perſonne à nous délivrer d'eſclavage.

Vous ne penſez pas ſans doute que les hommes
ſoient plus ſages dans notre petit pays qu'ailleurs.
Nous ſommes, il eſt vrai, à l'abri de la grande
contagion de Paris ; mais nous avons nos maladies
épidémiques comme les autres, nous avons nos petites brigues, nos petits intérêts, nos diviſions, nos
ſottiſes, *tutto il mondo è fatto come la noſtra famiglia.*

Bien des gens ont prétendu qu'il fallait me jeter
dans le lac de Genève, pour avoir obtenu de monſieur *Turgot* la permiſſion de payer trente mille francs
d'impôts à meſſieurs les fermiers généraux. Il a fallu
que j'écriviſſe lettre ſur lettre pour ſupplier le miniſtre
de diminuer cette ſomme ; de ſorte que, dans cette
affaire, il a fallu me conduire comme dans les
aſſemblées du clergé, c'eſt-à-dire, agir contre ma
conſcience.

Cependant, quand il fallut aſſembler les états pour
accepter les bontés de monſieur le contrôleur général,
j'allai à cette aſſemblée, où d'ailleurs je ne vais jamais,
et j'eus le plaiſir de faire mettre dans les regiſtres :
*Nous acceptons unanimement, avec la reconnaiſſance la
plus reſpectueuſe.*

Je vous avertis que j'ai borné là ma miffion ; je ne veux aller ni fur les droits, ni fur les prétentions de perfonne. Je rentre dans ma colonie comme dans ma coquille. Je fuis affez content, pourvu que nous foyons libres au mois de janvier, et que notre petit pays puiffe commercer comme Genève avec les provinces méridionales du royaume.

Je fuis perfuadé que nos terres doubleront de prix dans un an. Elles commencent déjà à valoir beaucoup plus qu'on ne les eftimait auparavant. Ce feul mot de liberté du commerce réveille toute induftrie, anime l'efpérance, et rend la terre plus fertile. Encore une fois, je regarde ce petit effai de monfieur le contrôleur général, comme *experimentum in anima vili* ; mais affurément cette *anima vilis*, du moins la mienne, eft pénétrée, enchantée de tout ce que fait M. *Turgot*. C'eft le premier médecin du royaume ; et ce grand corps épuifé et malade lui devra bientôt une fanté brillante. Mais, je vous prie, qu'il nous donne la liberté entière du commerce au mois de janvier, fans quoi je ferai lapidé, moi qui vous parle, moi qui ai promis cette liberté en fon nom.

Nous avons les plus grandes obligations à M. de *Trudaine* ; je le fens plus que perfonne. Je fens furtout combien il eft doux de vous avoir pour ami, et de pouvoir vous parler à cœur ouvert.

Je ne fais rien de l'académie ; on dit que M. *Turgot* pourrait bien nous faire le même honneur que nous fit M. *Colbert* ; plût à Dieu ! mais vous, eft-ce que vous ne ferez pas un jour de la bande ?

Je vous embraffe bien tendrement.

Le vieux malade V.

LETTRE LXXX.

A M. D'ETALLONDE DE MORIVAL.

A Ferney , 27 de décembre.

MON cher ami, vous ne m'avez point accufé la réception de deux paquets de graine pour fa Majefté. Vous ne m'avez rien écrit au fujet des impertinences de la *Gazette du Bas-Rhin.* Je vous ai mandé que j'avais inftruit fa Majefté de cette affaire. Je dois vous dire de plus que l'avocat célèbre qui avait écrit en faveur des jeunes gens co-accufés, eft le feul qui foit pleinement inftruit des malverfations horribles qui furent commifes dans Abbeville. Il dit qu'elles furent portées à un excès inconcevable, et il compte dévoiler tous ces myftères d'iniquité dans un mémoire qui fervira beaucoup à la réforme de la jurifprudence.

Le préfent miniftère fous lequel nous avons le bonheur de vivre, a fort à cœur cette réforme nécef-faire. On y travaillera avec le plus grand zèle, et l'abominable mort de votre ancien ami ne fera pas oubliée.

C'eft tout ce que peut vous mander pour le préfent un pauvre malade qui n'en peut plus, et qui vous eft très-attaché. *V.*

LETTRE

LETTRE LXXXI.

A M. L'ABBÉ MORELLET.

A Ferney, 29 de décembre.

Je commence, Monsieur, par vous demander des nouvelles de votre procès de Rome, et puis je vous parlerai de notre procès de Gex dont vous voulez bien être le rapporteur. Je dirai toujours que messieurs les fermiers généraux ont demandé de nous une somme un peu trop forte; mais que nous sommes très-heureux d'en être quittes pour trente mille livres, grâces aux bontés de monsieur le contrôleur général. Il vivifie tout d'un coup notre petite province; il en fera autant du reste du royaume. L'abolition des corvées est surtout un bienfait que la France n'oubliera jamais.

Dites-moi, je vous prie, si le commencement de l'année 1776 serait un temps convenable pour demander l'abolition de la main-morte, après avoir obtenu l'abolition des bureaux des fermes. Le goût de la liberté augmente à mesure qu'on en jouit; mais ce n'est pas pour nous que nous présenterions cette requête, ce serait pour la Franche-Comté et pour quelques autres endroits du royaume, où la nature humaine est encore écrasée par la tyrannie féodale. Quel insupportable opprobre, mon cher philosophe, que de voir, à deux pas de chez moi, trente à quarante mille hommes de six pieds de haut, esclaves de quelques moines, et beaucoup plus esclaves que

Corresp. générale.   Tome XII.   K

s'ils étaient tombés entre les mains de messieurs de Maroc et d'Alger! Songe-t-on combien il est ridicule et horrible, préjudiciable à l'Etat et au roi, honteux pour la nature humaine, que des hommes très-utiles et très-nombreux soient esclaves d'un petit nombre de faquins inutiles? cela peut-il se souffrir après tant de déclarations de nos rois qui ont voulu que la servitude fût détruite, et que leur royaume fût celui des francs?

Nous avons un projet d'édit sous *Louis XIV*, minuté par le bisaïeul de M. de *Malesherbes*, pour détruire la main-morte, en indemnisant les seigneurs féodaux. Qui pourra s'opposer à cette entreprise, si M. de *Malesherbes* et M. *Turgot* veulent la faire réussir?

On propose, dit-on, beaucoup de nouveautés. Y en aura-t-il une aussi belle que celle de faire rentrer la nature humaine dans ses droits? Mandez-moi, je vous prie, ce que vous en pensez.

Ut jam nunc dicat, jam nunc debentia dici.

Un M. l'abbé de *Luberfac*, vicaire général de Narbonne, &c., vient de m'envoyer un grand in-folio sur tous les monumens faits et à faire, et surtout un grand arc de triomphe à la gloire de *Louis XVI*. Je ne connais point d'arc de triomphe comparable à celui dont je vous parle. Vous devriez bien en faire un sujet de conversation avec M. *Turgot*. N'oubliez pas, je vous prie, de lui dire que notre petit pays le bénit, comme le royaume en entier le bénira.

Je vous demande aussi en grâce de vous souvenir de moi auprès de M. de *Trudaine*; je suis pénétré de ses bontés.

Avez-vous vu madame de *Saint-Julien*? Je vous avais envoyé, il y a long-temps, un mémoire pour lui être communiqué ; mais tous nos mémoires deviennent aujourd'hui inutiles. Je crois la franchise du pays de Gex consommée, et que nous n'avons plus rien à faire qu'à chanter des *Te Deum*.

Au reste, je ne sais rien de ce qui se passe à Paris : je ne sais pas même qui succédera dans l'académie au frétillant abbé de *Voisenon*.

LETTRE LXXXII.

A M. DE LA HARPE.

Mon cher ami, j'étais bien en peine ; M. de *Vaines* m'annonçait, par sa lettre que je reçus le 17, votre Menzicof qui devait arriver par le même courier ; mais Menzicof s'est arrêté en chemin, je ne l'ai reçu que le 19 ; je l'ai lu sur le champ, et je le renvoie le même jour, car il faut être fidelle.

Madame *Denis* n'a pas pu le lire ; elle est très-malade dans sa Sibérie, depuis près d'un mois, et dans un état qui nous a fait trembler.

Je n'ai montré votre pièce à personne ; j'ai eu du plaisir pour moi tout seul. Vous voilà, mon cher ami, dans la force de votre talent ; la pièce est neuve, intéressante, fortement et élégamment écrite. En vérité, c'est l'ouvrage d'un esprit supérieur, et je vous remercie de tout mon cœur de me l'avoir fait connaître. Je ne suis pas de ces gens qui, en lisant une pièce de théâtre de leur ami, imaginent sur le

K 2

champ un plan différent de celui qu'ils lifent, et
qui critiquent tout ce qu'ils ne trouvent pas conforme
à leurs idées. Je me laiffe aller aux idées de l'auteur,
c'eft lui qui me mène. S'il m'émeut, s'il m'intéreffe,
fi fon enfemble et fes détails font fur moi une grande
impreffion, je ne le chicane pas, je ne fens que le
plaifir qu'il m'a donné.

Je n'ai plus qu'un fouhait à faire, c'eft qu'on
envoye en Sibérie les acteurs de Paris, qui font indignes de jouer votre pièce, et qu'on réforme entièrement le théâtre de Paris.

La maifon de Brandebourg s'enrichit actuellement
de nos dépouilles, comme dans la guerre de 1756.
Elle vous prend *le Kain* et *Clairon*. Il ne refte rien à
Paris, et le pauvre fiècle s'en irait fans vous dans le
néant.

Pourquoi n'auriez-vous pas une troupe de *Monfieur*,
comme il y en avait une du temps de *Louis XIV*?
cette troupe pourrait être fous vos ordres; vous
auriez-là un affez joli petit miniftère. C'eft une idée
qui me paffe par la tête, et qui ne me paraît pas
impraticable; il faut tout tenter plutôt que de dépen-
dre des comédiens.

Quelque chofe qui arrive, je vous regarde comme
le reftaurateur des belles-lettres. J'attends avec impatience, mon cher ami, le moment où vous parlerez
dans l'académie, et où vous ramènerez les Velches
au bon goût dont ils fe font tant écartés; vous en
ferez de vrais français.

Je vous embraffe du meilleur de mon cœur; je
vous aime autant que j'aime Menzicof. *V.*

LETTRE LXXXIII.

A M. TURGOT.

A Ferney, le 8 de janvier.

MONSEIGNEUR,

Un petit peuple devenu libre par vos bienfaits, ivre de joie et de reconnaissance, se jette à vos pieds pour vous remercier.

Je vous demanderai la permission d'implorer quelquefois votre protection et vos ordres en faveur de quelques personnes qui méritent bien vos bontés. Il y a, par exemple, le sieur *Sédillot*, ci-devant receveur du grenier à sel, lequel s'est conduit dans cette affaire avec un désintéressement inoui ; il a préféré hautement, dans l'assemblée des états, l'affranchissement de son pays à son intérêt particulier. Il y a le procureur du roi, nommé *Rouph*, pourvu anciennement de l'office de contrôleur du grenier à sel, homme de mérite, grand cultivateur, et chargé de dix enfans.

En attendant, je vous supplie de vouloir bien jeter un coup d'œil sur le mémoire ci-joint, seulement pour vous amuser, supposé que vous en ayez le temps. J'ai tâché, dans ce mémoire, de vous deviner ; mais je ne suis capable que de sentir vos bienfaits, et de vous témoigner mon inutile respect, mon inutile reconnaissance, mon inutile attachement.

Le vieux malade de Ferney. V.

K 3

Mémoire à M. Turgot.

LE petit pays de Gex n'a que dix lieues de furface. La terre n'y rend que trois pour un, et le tiers du pays eft en marécages.

Cependant, fans compter environ foixante et deux mille livres qu'il paye au roi par année en taille, capitation, vingtième, &c. il donne à la ferme générale, à commencer du premier janvier 1776, trente mille francs. Les regiftres des droits du domaine fe montent, année commune, à plus de vingt mille livres.

Ainfi ce pays aride et prefque incultivable, de dix lieues carrées, n'ayant aucun commerce, et n'étant point foumis au droit des aides, fournit à la ferme générale cinquante mille francs par an.

Si la France, dont l'étendue eft d'environ quarante mille lieues carrées, était aufli ftérile que le pays de Gex, aufli privée de commerce, fi elle ne payait point d'aides, et fi chaque terrain de même étendue que le pays de Gex payait à la ferme cinquante mille francs, il eft clair que la ferme aurait de ce feul article deux cents millions de revenu : elle en rend au roi environ cent trente ; fes frais et fon profit iraient à foixante et huit millions.

Mais le royaume étant environ trois fois plus riche, trois fois mieux cultivé, trois fois plus commerçant que le petit pays de Gex, doit probablement fournir à la ferme trois fois davantage à proportion.

Quand la ferme ne tirerait du royaume entier qu'une fois plus à proportion qu'elle tire du pays de

Gex, il paraît qu'elle tirerait de la France quatre cents millions.

Réduisons ces quatre cents millions à trois cents : voilà donc une somme énorme de trois cents millions que la ferme recueillerait en renonçant à la gabelle et au tabac, comme elle y a renoncé avec nous.

Il paraît donc que le roi ne retire pas de la France ce qu'il en pourrait tirer, quoique les peuples soient surchargés d'impôts.

On a donc lieu de présumer que l'intention du ministère est d'enrichir le roi et l'Etat, en simplifiant la recette, et en soulageant le peuple.

En voici un exemple et une preuve. Nos dix lieues carrées payent à présent trente mille francs à la ferme, et se pourvoient de sel où elles peuvent.

Je suppose que sa Majesté nous permettra de prendre du sel à Peccais en Languedoc ; nous en ferons venir cinq mille minots, tant pour notre consommation, que pour la santé de nos bestiaux, et pour l'engrais de nos terres, lesquelles étant d'une nature de terre à pot feraient fertilisées par le sel même, malgré l'ancien préjugé qui a fait du sel le symbole de la stérilité.

Si le roi nous laissait prendre cinq mille minots à Peccais, nous l'achèterions du roi dix sous le quintal, comme les fermiers généraux. Ainsi un pays de dix lieues de surface fournirait au roi, pour le seul achat du sel, deux mille cinq cents livres ; et la France entière, quatre mille fois plus étendue que le pays de Gex, en achèterait pour dix millions : et ce seul objet rendrait à la culture de la terre une armée immense de commis.

K 4

On ose croire que le ministère agit dans cette vue, et prépare toutes ses opérations suivant son grand principe de rendre la recette moins onéreuse, et de faire passer dans les coffres du roi les contributions des sujets avec les moindres frais possibles.

Ceux qui ne peuvent entrevoir que de loin une faible partie de ces projets, les bénissent et les admirent ; que feront ceux qui en sont les témoins ?

LETTRE LXXXIV.

A M. DE CHABANON.

A Ferney, 8 de janvier.

LORSQUE vous viendrez souper, Monsieur, à Saconay ou à Ferney, vous ne verrez plus de pandoures des fermes générales, fouillant des religieuses, et troussant leurs cottes sacrées. Ces petits scandales n'arriveront plus dans mon voisinage. Tous les alguazils de notre pays sont partis avec l'étoile des trois rois. Nous sommes libres aujourd'hui comme les Génevois et les Suisses, moyennant une indemnité que nous payons à la ferme générale. Je ne sais point de plus beau spectacle que celui de la joie publique ; il n'y a point d'opéra qui en approche.

Vous qui aimez M. *Turgot*, vous auriez été enchanté de le voir béni par dix mille de nos habitans, en attendant qu'il le soit de vingt millions de français. Il me semble qu'il fait un essai sur notre petite province. Le ministre de la guerre fait, de son

1776.

côté, des arrangemens auffi utiles. L'âge d'or commence; c'eft à vous de le chanter, je n'ai plus de voix; *vox quoque Mœrim deficit*. Mes fentimens pour vous ne fe reffentent point de ma décrépitude.

Madame *Denis*, qui eft prefque auffi malade que moi, vous fait mille complimens. *V.*

LETTRE LXXXV.

A M. DE VAINES.

11 de janvier.

IL faut, Monfieur, que je vous interrompe un moment. Il faut abfolument que je vous dife, au nom de dix à douze mille hommes, combien nous avons d'obligations à M. *Turgot*, à quel point fon nom nous eft cher, et dans quelle ivreffe de joie nage nôtre petite province. Je ne doute pas que ce petit effai de liberté et d'impôt territorial ne prépare de loin de plus grands événemens. La plus petite province du royaume ne fera pas fans doute la feule heureufe. Je fais bien qu'il y a de fameux déprédateurs qui redoutent la vertu éclairée; je fais que des fripons murmurent contre le bonheur public, qu'ils fe font écouter par leurs parafites. Ils crient que tout eft perdu, fi jamais le peuple eft foulagé et le roi plus riche; mais j'efpère tout de la fermeté du roi, qui foutiendra fon miniftre contre une cabale odieufe. Il a déjà confondu cette cabale, quand il a répondu à fes libelles, en vous nommant fon lecteur. Vous ne pourrez

—— jamais lui faire lire un meilleur ouvrage que ceux
auxquels vous travaillez fous les yeux de M. *Turgot*.

Confervez un peu de bienveillance pour votre
très-humble et très-obéiffant ferviteur.

Le vieux malade V.

LETTRE LXXXVI.

A MADAME DE SAINT-JULIEN.

11 de janvier.

JE ne jouis guère, ma belle protectrice, des triomphes
dont nous vous avons l'obligation. L'hiver nous défole,
madame *Denis* et moi. Vous feriez bien attrapée, fi
vous étiez obligée, comme nous, de ne pas fortir de
votre chambre. Nous fommes confolés par le bruit
des acclamations, par les cris de joie de toute une
province, et par les complimens que nous recevons
de tous côtés. Si on pouvait favoir à Paris le bon
effet que ce petit événement a produit dans le pays
étranger, la cabale qui s'élève contre M. *Turgot*
changerait bien de ton, et ferait forcée de chanter
fes louanges. C'eft une chofe honteufe et infame
qu'on ofe décrier dans Paris le miniftre le plus
éclairé et le plus intègre que la France ait jamais eu.
Ses ennemis ne pouvant défapprouver ce qu'il a fait,
s'occupent à blâmer ce qu'il fera. Qu'ils attendent
du moins les événemens pour s'en plaindre, à moins
qu'ils n'aient le don de prophétie.

Je ne fais comment vous êtes avec M. le maréchal

de *Richelieu.* Je vous demanderais votre protection
auprès de lui, s'il était affez heureux pour vous voir
fouvent. Il me femble que je fuis dans fa difgrâce
pour lui avoir écrit en faveur de quelques-uns de
nos académiciens, et pour lui avoir remontré qu'il
ne tenait qu'à lui de fe faire des partifans zélés de
ceux qui ont l'honneur d'être fes confrères, et auxquels il avait peut-être témoigné trop peu de bienveillance. Je vois qu'il eft comme les rois qui ne
veulent pas que les courtifans leur difent leurs
vérités.

1776.

Je crois M. le duc de *Choifeul* plus jufte. Je me
flatte qu'il rend juftice à la pureté de ma conduite et
aux fentimens de mon cœur; mais c'eft de vous
furtout, Madame, que j'attends mes plus chères
confolations. C'eft fur les ailes brillantes de mon
Papillon-philofophe que je fonde mes efpérances. Ne
reviendra-t-elle pas dans fon gouvernement, après
avoir voltigé tout l'hiver dans Paris? ne gagnera-t-elle
plus le prix des jeux au pied du mont Jura?

Je me chauffe en attendant avec le bois que monfieur
votre frère m'a permis de tirer du fond de notre petite
province; et les employés des fermes favent à préfent
de quel bois je me chauffe. Votre amitié et vos bontés
me rendraient le plus heureux des hommes, fi on
pouvait être heureux à quatre-vingt-deux ans avec
une fanté détestable; mais au moins avec l'amitié dont
vous m'honorez, je fuis fans doute moins malheureux. *V.*

LETTRE LXXXVII.

A M. LE MARQUIS DE THIBOUVILLE.

11 de janvier.

Mon cher Marquis, je vous fais bien bon gré de vous être à la fin humanisé avec moi, et de m'avoir écrit des lettres qui disent quelque chose. J'ai le malheur dans ma solitude de ne connaître ni *le Payfan perverti*, ni *le Célibataire*; mais je trouve plaisant que vous me recommandiez de ne montrer qu'à madame *Denis* ce que vous avez la complaisance de m'écrire. Messieurs les Parisiens s'imaginent toujours que le reste de la terre est fait comme le faubourg Saint-Germain et le quartier du Palais royal; et qu'au sortir de l'opéra les Suisses content les nouvelles du jour, avant de souper avec quinze ou vingt amis intimes. Ce n'est pas là ma façon d'être. Ma solitude n'est interrompue que par les acclamations de dix ou douze mille habitans qui béniffent M. *Turgot*.

Notre petite province se trouve à présent la seule en France qui soit délivrée des pandoures des fermes générales. Nous goûtons le bonheur d'être libres. Nous n'avons pas parmi nous un seul payfan perverti; et il n'y a peut-être que moi qui sache si l'on a joué *le Célibataire* et *le Connétable de Bourbon*.

Les déserteurs qui reviennent en foule, et qui passent par notre pays, chantent les louanges de M. de *Saint-Germain* comme nous chantons celles de M. *Turgot*. Je me doute bien qu'il y a quelques financiers dans Paris dont les voix ne fe mêlent point à nos concerts; nous favons que les fangfues ne chantent point; et nous ne nous embarraffons guère que ces meffieurs applaudiffent ou non aux opérations du meilleur miniftre des finances que la France ait jamais eu.

On dit qu'il court dans Paris une pafquinade intitulée : *Entretien du père Adam et du père Saint-Germain.* Je ne connais pas plus cette fottife que le *Payfan perverti.*

Madame *Denis* eft fort languiffante. L'hiver me tue et ne la corrigera point de fa pareffe.

Le vieux malade de Ferney vous écrit pour elle, et tous deux vous font tendrement attachés. *V.*

LETTRE LXXXVIII.

A M. TURGOT.

13 de janvier.

Pardonnez à un vieillard fes indifcrétions et fes importunités. Un des droits de votre place eft d'effuyer les unes et les autres.

Vous faites naître un beau fiècle dont je ne verrai que la première aurore. J'entrevois de grands changemens, et la France en avait befoin en tout genre.

J'apprends qu'en Tofcane on vient d'effayer l'ufage de vos principes, et qu'un plein fuccès en a juftifié la bonté.

On me dit qu'en France des gens intéreffés et

d'autres gens très-ingrats, qui vous doivent leur exiftence, forment une cabale contre vous. Je me flatte qu'elle fera diffipée. Mon efpérance eft fondée fur le caractère du roi et fur les vrais fervices que vous rendez à la nation.

Le petit pays de Gex eft à peine un point fur la carte ; mais vous ne fauriez croire les heureux effets de vos dernières opérations dans ce coin de terre. Les acclamations font portées jufqu'aux bords du Rhin. Vous ne vous en fouciez guère, mais je m'en foucie beaucoup, parce que j'aime votre gloire autant que vous aimez le bien public.

Permettez-moi, Monfeigneur, de vous préfenter, fur un papier féparé, des prières et des queftions fur lefquelles je n'ofe vous prier de me répondre. Mais je vous fupplie de me faire favoir vos volontés par M. *Dupont*.

Je numérote mes prières, afin que, pour épargner le temps et les paroles, on me réponde *ad primum*, *ad fecundum*, comme on fait en Allemagne, fi mieux n'aimez faire mettre vos ordres en marge.

Triomphez, Monfeigneur, des fripons et de la goutte ; confervez vos bontés pour le plus vieux de vos ferviteurs et le plus zélé de vos admirateurs : vous ne vous embarraffez guère de fon profond refpect.

Le vieux malade de Ferney. V.

I.

Les détachemens de l'armée des fermiers généraux ayant eu ordre de décamper le premier de janvier 1776, ont parcouru tout le pays de Gex, du premier de janvier au fix du mois, font entrés à force ouverte dans les maifons des habitans, les ont attaqués fur les grands chemins, en ont conduit plufieurs en prifon les fers aux mains, et les ont rançonnés comme en pays ennemi. On demande fi ces vexations étant atteftées par les curés de chaque paroiffe, et les procès verbaux étant préfentés, monfeigneur le contrôleur général permettra que l'argent extorqué par les commis de la ferme foit rendu par les états aux parties léfées, et retenu fur les trente mille livres qui doivent être payées à la ferme.

I I.

La république de Genève eft prête à fournir mille minots de fel au pays de Gex, en cas que monfeigneur le contrôleur général veuille bien figner que le roi ne défapprouve point ce fecours paffager que Genève confent de nous donner.

I I I.

Les états du pays de Gex demandent à acheter deux mille minots par année des fermiers généraux, au même prix que le Vallais achète fon fel. La ferme ne peut craindre que ces deux mille minots foient reverfés en fraude dans les pays voifins fujets à la gabelle, puifqu'il nous en faut environ quatre ou cinq mille minots, tant pour la confommation journalière des ménages, que pour la falaifon des fromages et des porcs, pour donner à tous les beftiaux, et même pour améliorer nos terres trop glaifeufes.

I V.

Monseigneur le contrôleur général aimerait-il mieux nous permettre de faire acheter du sel à Peccais au même prix que la ferme l'achète du roi, et de le faire venir nous-mêmes à nos frais ?

V.

Dans la répartition que nous ferons pour l'imposition de l'indemnité des trente mille livres à la ferme générale, et pour l'heureuse abolition des corvées, fera-t-il permis d'y comprendre les locataires, cabaretiers, qui font en assez grand nombre, et les autres locataires qui font commerce de bijouteries et de montres, quoiqu'ils n'aient pas de fonds territoriaux ?

V I.

La ferme générale ne retirant plus à Verfoy, frontière de France, le petit droit de transit pour les marchandises venant de Genève, de Suisse et d'Allemagne, et n'allant point en France, fera-t-il permis au pays de Gex de percevoir à son profit ce petit droit qui n'est payé que par des étrangers ?

V I I.

La tannerie étant presque entièrement tombée en France, et le pays de Gex ne possédant plus que trois tanneurs ; *Henri IV* ayant exempté ce pays de l'impôt sur la marque des cuirs, monseigneur le contrôleur général aura-t-il la bonté de maintenir cette exemption ?

VIII.

VIII.

La liberté du commerce des blés étant établie dans tout le royaume, les commis du pays de Gex retirés tous fur la frontière de cette petite province par delà le fort de l'Eclufe, fe font avifés d'arrêter tous les blés qui venaient du Bugey, et de la Franche-Comté à Gex. Le maire et fubdélégué de Gex leur a écrit que l'intention du miniftère était que tous les grains paffaffent librement. Monfeigneur le contrôleur général eft fupplié de vouloir bien nous faire donner un ordre par écrit pour laiffer paffer au fort de l'Eclufe, et par toutes nos autres frontières, notre blé, notre bois et notre comeftible, attendu que le 11 du mois ils ont rançonné tous les payfans qui apportaient du beurre, des œufs et du bois. Le pays fe flatte que monfeigneur voudra bien lui faire juftice.

LETTRE LXXXIX.

AU MEME.

Les habitans de la vallée de Chézery et de Lellex au mont Jura, frontière du royaume, repréfentent très-humblement qu'ils font ferfs des moines bernardins établis à Chézery.

Que leur pays appartenait à la Savoie, avant l'échange de 1760.

Que le roi de Sardaigne, duc de Savoie, abolit la fervitude en 1762, et qu'ils ne font aujourd'hui efclaves de moines que parce qu'ils font devenus français.

Correfp. générale. Tome XII. L

Ils informent monfeigneur que , tandis qu'il abolit les corvées en France , le couvent des bernardins de Chézery leur ordonne de travailler par corvées aux embelliffemens de cette feigneurie, et leur impofe des travaux qui furpaffent leurs forces, et qui ruinent leur fanté.

Ils fe jettent aux pieds du père du peuple.

LETTRE XC.

A M. BAILLY.

A Ferney , 19 de janvier.

J'OSE toujours, Monfieur, vous demander grâce pour les brachmanes. Ces Gangarides qui habitaient un fi beau climat, et à qui la nature prodiguait tous les biens, devaient, ce me femble, avoir plus de loifir pour contempler les aftres que n'en avaient les Tartares-kalcas et les Tartares-usbecks. Les autres Tartares portugais, efpagnols, hollandais, et même français, qui font venus ravager les côtes de Malabar et de Coromandel, ont pu détruire les fciences dans ce pays-là, comme les Turcs les ont détruites dans la Gréce. Nos compagnies des Indes n'ont pas été des académies des fciences.

Je n'ai pas de peine à croire que nos foldats envoyés dans l'Inde, et nos commis, encore plus cruels et plus fripons , aient un peu dérangé les études des écoles que *Zoroaftre* et *Pythagore* venaient confulter. Mais enfin nous n'avons point encore

brûlé Bénarès, les Espagnols n'y ont point établi
l'inquisition comme à Goa ; et l'on m'assure que dans
cette ville, qui est peut-être la plus ancienne du
monde, il y a encore de vrais savans.

Les Tartares vinrent plus d'une fois subjuguer ce
beau pays ; mais ils respectaient Bénarès ; et il y a
encore un grand pays voisin où ce qu'on appelle
l'âge d'or s'est conservé.

Il ne nous est jamais venu de la Scythie européane
et asiatique que des tigres qui ont mangé nos agneaux.
Quelques-uns de ces tigres, à la vérité, ont été un
peu astronomes quand ils ont été de loisir, après
avoir saccagé tout le nord de l'Inde ; mais est-il à
croire que ces tigres partirent d'abord de leurs tanières
avec des quarts de cercle et des astrolabes ? Rien n'est
plus ingénieux et plus vraisemblable, Monsieur,
que ce que vous dites des premières observations,
qui n'ont pu être faites que dans des pays où le plus
long jour est de seize heures et le plus court de huit :
mais il me semble que les Indiens septentrionaux,
qui demeuraient à Cachemire vers le trente-sixième
degré, pouvaient bien être à portée de faire cette
découverte.

Enfin ce qui me fait pencher pour les brachmanes,
c'est cette foule de témoignages avantageux que l'antiquité nous fournit en leur faveur. Ce sont les voyages
étonnans entrepris des bouts de l'Europe pour aller
s'instruire chez eux. A-t-on jamais vu un philosophe
grec aller chercher la science dans les pays de Gog
et de Magog ?

Il est vrai que les bramines d'aujourd'hui qui
demeurent à Tanjaour, ne sont que des copistes qui

1776.

1776.

travaillent de routine, et dont nous avons beaucoup dérangé les études; mais songez, je vous en prie, qu'il n'y a plus de *Platon* dans Athènes, ni de *Cicéron* dans Rome.

Ce que je sais certainement, c'est que vous citez des livres qui ne valent pas le vôtre, à beaucoup près; que je vous ai une extrême obligation de me l'avoir envoyé et de m'avoir instruit, et que je vous demande pardon d'avoir quelque scrupule sur un ou deux points. Le doute sert à raffermir la foi.

J'ai l'honneur d'être avec reconnaissance et avec l'estime la plus respectueuse, &c.

Le vieux malade V.

LETTRE XCI.

A M. DE TRUDAINE.

A Ferney, 26 de janvier.

MONSIEUR,

Vos bontés m'ont enhardi à vous faire de nouvelles sollicitations.

J'ai envoyé à monsieur le contrôleur général un petit mémoire de nos requêtes, pour être renvoyé à votre examen et à votre décision. J'ai malheureusement appris depuis qu'il avait un nouvel accès de goutte. J'attendrai le retour de sa santé et vos ordres.

Permettez-moi, Monsieur, de joindre à ce mémoire

de nouvelles fupplications que je vous préfente au nom de ma province.

Nous avons au revers du mont Jura, à trois ou quatre cents pieds fous neige, jufte au bout du chemin de la Faucille, un abyme qu'on appelle Lellex, peuplé d'environ deux cents malheureux que la nature a placés dans le pays de Gex, et que M. l'abbé *Terrai* en a détachés. Ils étaient nos compatriotes de temps immémorial. Ils prenaient leur fel à Gex. M. *Fabry*, notre fubdélégué, les fefait travailler aux corvées de Gex. Ils grimpaient l'abominable Faucille de Gex avec leurs outils, pour venir perdre leur temps aux chemins de Gex. M. l'abbé *Terrai* les a déclarés, en 1771, habitans de la banlieue de Belley qui eft à quinze lieues de Gex. Ces pauvres malheureux croient que vous pouvez défaire ce que M. l'abbé *Terrai* a fait, et rendre à la nature ce qu'on a voulu lui ôter. Ils crient, rendez-nous à Gex.

J'ai l'honneur de vous préfenter un petit croquis topographique, qui vous fera voir d'un coup d'œil que M. l'abbé *Terrai* n'était pas géographe. Les échanges faits avec le roi de Sardaigne ont été la caufe de ce péché contre nature.

Nous attendons vos ordres, Monfieur, jufqu'à ce que les nouveaux arrangemens qu'on projette vous laiffent le temps de jeter les yeux fur notre petit coin de terre.

J'ofe encore vous fupplier de daigner protéger nos tanneries, notre bois de chauffage, notre charbon, notre beurre, notre fromage. Nous avons compté que tous ces objets de première néceffité ne payeraient aucun droit, en vertu de nos trente mille livres. Ces

1776. trente mille livres, que nous donnons tous les ans, prouvent affez que nous ne fommes point province étrangère; et nos tanneurs croient furtout que nous ne devons rien à la compagnie des cuirs, attendu qu'ils ont été déclarés exempts de cet impôt par *Henri IV*. Ils prétendent, Monfieur, que les volontés d'*Henri IV* doivent vous être chères, à vous et à M. *Turgot*, plus qu'à perfonne.

J'aurais encore, fi je l'ofais d'autres requêtes à vous préfenter. Je vous dirais que nous fommes obligés d'envoyer à Belley, c'eft-à-dire à quinze lieues de chez nous, l'argent de notre capitation, de nos vingtièmes et de la taille de nos villages. Ne ferait-il pas raifonnable que nous euffions chez nous un receveur qui ferait paffer tout d'un trait nos contributions à Paris?

Ne ferait-il pas jufte de donner cet emploi à M. *Sédillot*, ci-devant receveur du grenier à fel, qui a féance dans nos états, qui pofsède une terre feigneuriale dans le pays, et qui, dans notre affaire avec les fermiers généraux, a préféré hautement le bien public à fon intérêt particulier?

Voilà, Monfieur, ce que je prendrais la liberté de vous propofer, parce que la chofe me paraît jufte.

Je vous demande pardon d'abufer de votre temps et de votre patience.

J'ai l'honneur d'être avec autant de refpect que de reconnaiffance, Monfieur, votre &c.

LETTRE XCII.

A M. DE FARGÈS,

CONSEILLER D'ETAT.

A Ferney, 26 de janvier.

MONSIEUR,

Vous vous êtes bien douté qu'étant au nombre des reconnaiffans, je ferais auffi au nombre des importuns. Les petites provinces fatiguent le miniftère comme les grandes.

Nous avons entre les deux plus horribles montagnes de l'Europe un petit abyme qu'on appelle Lellex, peuplé d'environ deux cents habitans, qui ont toujours été employés aux corvées de l'abominable chemin dit la Faucille. Ces malheureux ont toujours pris leur fel à Gex; ils étaient du pays de Gex, quand cette province appartenait au duc de Savoie.

Il a plu à M. l'abbé *Terrai* de les déclarer reffortiffans de Belley, quoique Belley foit à plus de quinze lieues, et que Gex ne foit qu'à une.

Il me femble que M. *Turgot* a autant de droit de les remettre dans l'état où la nature les a placés, que M. l'abbé *Terrai* en a eu de les en ôter.

Je joins, Monfieur, à la lettre que j'ai l'honneur de vous écrire, une carte fidelle de cet affreux coin de terre, et un ordre de M. *Fabry*, chevalier de l'ordre du roi et fubdélégué de Gex, donné à ces

L 4

—— malheureux en 1774. J'y joins auſſi un certificat d'un curé. Vous pourrez décider ſur ces pièces, quand il vous plaira.

Comme les tanneries du royaume et les papeteries, Monſieur, ſont auſſi ſous vos lois, permettez-moi de vous demander ſi vous voulez que ces manufactures payent des droits? n'avez-vous pas entendu qu'au moyen des trente mille livres que nous donnons, notre petite province ſerait délivrée de tous ces impôts? n'eſt-ce pas l'intention de monſieur le con-trôleur général?

Je lui ai envoyé un mémoire concernant nos autres griefs; mais malheureuſement j'ai appris au départ de mon paquet que notre bienfeſant miniſtre avait un nouvel accès de goutte.

J'apprends auſſi que ſes ennemis ont un nouvel accès de rage. Ils ſont comme les diables dont on dit que les tourmens redoublent quand DIEU veut faire du bien aux hommes.

Je me flatte, Monſieur, que, ſans écouter leurs cris, vous voudrez bien m'envoyer votre déciſion, et pardonner à mes importunités avec votre bonté ordinaire.

J'ai l'honneur d'être avec autant de reſpect que de reconnaiſſance, Monſieur, votre &c.

P. S. Je vous ſupplie de pardonner à mes yeux de quatre-vingt-deux ans, s'ils ne peuvent pas lire votre écriture. Ayez la bonté, Monſieur, de me donner vos ordres par un ſecrétaire; car, révérence parler, vous écrivez comme un chat.

Le parlement de Dijon vient enfin d'enregiſtrer

nos franchifes en fe réfervant de faire des remontrances au roi.

On me dit que M. *Turgot* eft très-mal. Si cela
eft, je fuis défefpéré, et je renonce à toute affaire.

LETTRE XCIII.

AU MEME.

9 de février.

MONSIEUR,

LA lettre dont vous m'honorez, du 31 de janvier,
reçue le fept de février, redouble la joie et les
acclamations de mes compatriotes.

Je commence par vous remercier au nom de douze
mille hommes de vos deux mille minots de fel.

Enfuite j'ofe vous prier, Monfieur, de vouloir
bien feulement montrer à monfieur le contrôleur
général, dans un moment de loifir, ce petit article-ci
par lequel je lui demande pour nos états la faveur
de les laiffer les maîtres d'affeoir la répartition des
trente mille livres pour les pauvres fermiers généraux.
Le fait eft qu'en général l'agriculture dans notre
canton eft à charge aux propriétaires, et qu'un
homme qui n'a point d'attelage pour labourer fon
champ, et qui emprunte la charrue et la peine
d'autrui, perd douze livres par arpent. Un gros marchand horloger peut gagner trente mille francs par
an. N'eft-il pas jufte qu'il contribue un peu à foulager
le pays qui le protége? Tout vient de la terre, fans

—— doute ; elle produit les métaux comme les blés : mais cet horloger n'emploie pas pour trente fous de cuivre et de fer au mouvement d'une montre qu'il vend cinquante louis d'or ; et ce cuivre et ce fer changé en acier fin , il le tire de l'étranger. A l'égard de l'or dont la boîte est formée , et des diamans dont elle est souvent ornée , on fait affez que notre agriculture ne produit pas de ces misères.

Nous nous proposons, Monfieur , de ne recevoir jamais au-delà de fix francs par tête de chaque maître horloger , et nous n'en recevrons pas davantage des autres marchands et des cabaretiers qui offrent tous de nous fecourir dans l'affaire des trente mille livres, et dans celle de l'heureuse abolition des corvées.

Quant à la néceffité abfolue de tirer nos grains de la Franche-Comté et du Bugey, ou de mourir de faim, fi quelques payfans abufent de cette permiffion, il fera aifé à monfieur le contrôleur général de limiter d'un mot la quantité de cette importation.

Pour les tanneries, j'ai cru, Monfieur, fur la foi de l'almanach royal qu'elles étaient fous vos ordres. Je me contente de repréfenter ici que les tanneries de Gex ont été déclarées exemptes de tous droits par le duc de *Sulli*, prédéceffeur immédiat de M. *Turgot*.

A l'égard des pauvres habitans de l'abyme nommé Lellex, cinq cents pieds fous neige au bas de la Faucille de Gex, déclarés dépendans de Belley, à quinze lieues de leur habitation, par cet autre prédéceffeur M. l'abbé *Terrai*, je me jette encore aux pieds de monfieur le contrôleur général, en faveur de ces malheureux qui travaillèrent encore l'an paffé à nos corvées, et qui ont toujours pris leur fel à Gex.

Les gardes viennent de les faifir chargés de quelques
livres de fel achetées à Ferney. J'ai pris la liberté
d'envoyer le procès verbal à monfieur le contrôleur
général.

Nous attendons l'édit des corvées, comme des
forçats attendent la liberté. Vous daignez me propofer, Monfieur, de publier un écrit fur cet objet.
J'y travaillerais fans doute dès ce moment, fi j'avais
vos connaiffances, votre ftyle et votre précifion. Je
fuis fi ignorant fur cette matière, que je ne fais pas
même comment M. *Turgot* s'y eft pris pour détruire
ce cruel abus dans fa province. Si je recevais de vos
bontés quelques inftructions, je pourrais hafarder
de me faire de loin votre fecrétaire, comme je le fuis
de nos états.

Pourriez-vous, Monfieur, pouffer votre extrême
condefcendance jufqu'à me favorifer d'un mot de
réponfe et d'éclairciffement fur les articles de cette
trop longue lettre.

J'ai l'honneur d'être avec refpect et reconnaiffance,
Monfieur, votre &c.

LETTRE XCIV.

A M. BAILLY.

A Ferney, le 9 de février.

Vous faites, Monfieur, comme les miffionnaires qui vont convertir les gens dans les pays dont nous parlons. Dès qu'un pauvre indien eft convenu de la création *ex nihilo*, ils le mènent à toutes les autres vérités fublimes dont il eft ftupéfait. Vous n'êtes pas content de m'avoir appris des vérités long-temps cachées, vous voulez encore que je croye à votre ancien peuple perdu, qui devina l'aftronomie, et qui l'enfeigna aux nations avant de difparaître de la terre; vous m'avez ébranlé et prefque converti.

D'abord je fuis frappé de votre conjecture très-ingénieufe, et même plaufible, que l'aftronomie avait dû naître dans le climat où le plus long jour eft de feize heures, et le plus court de huit; mais ma faibleffe pour les anciens brachmanes, pour les maîtres de *Pythagore*, m'a un peu retenu.

J'avais lu *Bernier* il y a long-temps. Il n'a ni votre fcience, ni votre fagacité, ni votre ftyle. Il me parut qu'il parlait de la philofophie antique de l'Inde, comme un indien parlerait de la nôtre s'il n'avait entretenu que nos bacheliers, au lieu de s'inftruire avec des hommes comme vous. *Bernier* fit un petit voyage à Bénarès, d'accord; mais avait-il converfé avec le petit nombre de brames qui entendent la langue du *Shafta*? Deux directeurs du comptoir anglais de Calcuta, peu éloigné de Bénarès, m'affurèrent, il y

1776.

a quelques années, que les véritables favans brames ne fe communiquaient prefque jamais aux étrangers; et M. *le Gentil*, qui en fait plus qu'eux, avoue que les petits favans de province, qui demeurent dans le voifinage de Pondichéri, ont pour nous le même mépris dont leurs ancêtres honorèrent les Portugais.

Si un *Bernier* indou était venu à Paris ou à Rome entendre un profeffeur de la propagande ou du collége des Cholets, et s'il jugeait de nous par ces deux animaux, ne nous prendrait-il pas tous pour des fous et des imbécilles?

Cependant, Monfieur, il me paraît très-furprenant qu'un peuple, qui certainement avait étudié les mathématiques depuis cinq mille ans, fût tombé dans l'abrutiffement que *Bernier* et d'autres voyageurs lui attribuent. Comment dans la même ville a-t-on pu inventer la géométrie, l'aftronomie, et croire que la lune eft cinquante mille lieues au-delà du foleil? Ce contrafte me fefait de la peine; mais l'aventure de Galilée et de fes juges m'en fefait davantage; et je me difais comme *Arlequin*, *tutto il mondo è fatto come la noftra famiglia.*

Enfuite je me figurais qu'une nation pouvait avoir été autrefois très-inftruite, très-induftrieufe, très-refpectable, et être aujourd'hui très-ignorante à beaucoup d'égards, et peut-être affez méprifable, quoiqu'elle eût beaucoup plus d'écoles qu'autrefois. Si vous alliez aujourd'hui, Monfieur, propofer au facré collége de vous faire une quinquérème, je doute que vous fuffiez auffi bien fervi que du temps d'*Augufte*. Le gouvernement tartare a bien pu produire d'auffi grands changemens dans l'Inde, que les deux clefs de S.t *Pierre* en ont opéré à Rome.

Il faut vous faire ma confeſſion entière. Je remar-
quais qu'autrefois nos nations de la zone tempérée
n'imaginaient pas que la terre fût habitée au-delà
du cinquantième degré de latitude boréale ; et je
feſais encore honneur à mes brachmanes d'avoir
deviné que le plus long jour d'été était double du
plus long jour d'hiver ; je pardonnais aux Grecs
d'avoir placé les ténèbres cimmériennes préciſément
vers le cinquantième degré.

Enfin, Monſieur, pardonnez-moi ſurtout ſi la
faibleſſe de mes organes ne m'avait pas permis de
croire que l'aſtronomie eût pu naître chez les Usbecks
et chez les Kalcas. J'habite depuis près de vingt-
quatre ans un climat couvert de neiges et de frimats,
comme le leur, pendant ſix mois de l'année au moins.
Nos étés nous donnent rarement de beaux jours et
jamais de belles nuits. J'ai eu long-temps chez moi
un tartare fort aimable, envoyé par l'impératrice de
Ruſſie ; il m'a dit que le mont Caucaſe n'eſt pas plus
agréable que le mont Jura ; et je me ſuis imaginé
qu'on n'était guère tenté d'obſerver aſſidument les
étoiles ſous un ciel ſi triſte, ſurtout lorſqu'on man-
quait de tous les ſecours néceſſaires.

Il eſt vrai que l'abbé *Chappe* a obſervé le paſſage
de *Vénus* ſur le ſoleil à Tobolsk, vers le cinquante-
huitième degré, ſur le terrain le plus froid, et ſous
le ciel le plus nébuleux ; mais il était muni de toute
la ſcience de l'Europe, des meilleurs inſtrumens, de
là ſanté la plus robuſte, encore mourut-il bientôt
après de telles fatigues.

J'étais donc toujours perſuadé que le pays des
belles nuits était le ſeul où l'aſtronomie avait pu naître.

1776.

L'idée que notre pauvre globe avait été autrefois plus chaud qu'il n'eſt, et qu'il s'était refroidi par degré, me feſait peu d'impreſſion. Je n'ai jamais lu le feu central de M. de *Mairan*, et depuis qu'on ne croit plus au Tartare et au Phlégethon, il me femblait que le feu central n'avait pas grand crédit.

La fable du phénix ne me paraiſſait pas inventée par les habitans du Caucafe; mais enfin, Monſieur, votre fyſtême me paraît ſoutenu d'une ſi vaſte érudition, et appuyé de ſi grandes probabilités, que je ſacrifierais ſans peine mes doutes à votre torrent de lumières.

Je ne fuis pas digne d'entrer dans l'un des cieux antiques dont vous parlez ſi bien ; mais je vous ſupplierais de m'accorder une place dans le quarante-neuvième degré.

LETTRE XCV.

A M. LE COMTE DE TRESSAN.

11 de février.

JE ne fais pas bien de quoi il s'agit, Monſieur ; mais je vois que l'on commet une injuſtice ridicule et affreuſe. Tout me perfuade qu'il y a un parti pris d'opprimer ceux qui ont la vertueuſe folie de vouloir éclairer les hommes. La petite aventure qu'eſſuya l'année paſſée le pauvre *la Harpe*, me fit naître cette idée, et tout me l'a confirmée depuis. Jugez ſi l'homme qui ſe plaignit à vous d'une épître qu'on lui imputait, avait raifon de ſe plaindre. Vous ſavez qu'il n'y a nul ouvrage qu'on ne puiſſe empoiſonner, et nul homme qu'on ne puiſſe perſécuter.

Je vous prie très-inſtamment de vouloir bien me dire quel eſt l'infortuné qui m'a écrit de chez vous; quel eſt le ſcélérat qui le pourſuit; pourquoi on l'accuſe d'être l'auteur d'un ouvrage qui n'eſt pas ſous ſon nom; quelles procédures on a faites contre ſon ouvrage et contre ſa perſonne. Eſt-il décrété de priſe de corps? eſt-il pourſuivi par le procureur du roi? a-t-il des défenſeurs et des protecteurs? Il faut dans ces affaires en agir comme en temps de peſte, *cito*, *longe*, *tarde*. Fuyez vîte, allez loin, revenez tard.

Pythagore a dit : *Dans la tempête adorez l'écho.* Cela ſignifie, à mon avis, ſi on vous perſécute à la ville, allez-vous-en à la campagne. Votre homme fait fort bien d'adorer l'écho de Franconville; les échos de ma retraite ſaluent très-humblement ceux de la vôtre.

Je vous demande en grâce de m'inſtruire pleinement de tout, ou d'engager votre réfugié à m'inſtruire.

Agréez mes reſpects et mon tendre attachement qui ne finira qu'avec ma vie. *V.*

P. S. à M. Deliſle de Sales.

LE philoſophe qui adore actuellement l'écho de Franconville, pendant le plus ridicule orage du monde, ne doit pas douter du vif intérêt que je prends à lui. Je dois d'ailleurs lui dire, *hodie tibi, cras mihi.* Il peut, en attendant, me donner ſes ordres en ſureté.

LETTRE

LETTRE XCVI.

A M. LE COMTE D'ARGENTAL.

A Ferney, 12 de février.

VOTRE lettre, mon cher ange, eft venue confoler deux pauvres victimes de l'hiver affreux du mont Jura. Vous me rendez la vie, mais j'ai à peine la force de vous le dire. Nous étions trop heureux par les bienfaits inouis dont M. *Turgot* a comblé notre petit coin de terre; mais il ne commande pas aux élémens qui nous perfécutent. Le bufte que vous avez daigné placer chez vous n'en fent rien. L'original reprend toute fa fenfibilité, en apprenant que fon image eft chez vous; et d'ailleurs il eft content de n'y être pas tout nu. De quoi s'eft avifé *Pigal* de me fculpter en *Vénus*? Quoi qu'il en foit, je fuis fûr que mon bufte vous a dit cent fois qu'il vous aimera jufqu'à mon dernier foupir. Il ne vous le dira pas en vers; car affurément il n'en pourrait faire qui approchaffent de ceux de M. l'abbé *Arnaud*, tout prodigieufement exagérés qu'ils font.

Je ne fuis point étonné de ce que vous me dites fur *le Kain*. Il eft le feul acteur qui ait été véritablement tragique. *Baron* n'était que noble et décent; mais il n'avait jamais fu peindre les grands mouvemens de l'ame.

Vous me parlez d'un plus grand acteur, qui joue actuellement le premier rôle, et que le parlement

Correfp. générale. Tome XII. M

—— voudrait bien fiffler, mais auquel il fera forcé d'applaudir tout comme nous.

Je vous fupplie, mon cher ange, de me dire fi vous favez que ce parlement, occupé de fes grandes pièces, a remis à fon fubftitut, le châtelet, le foin de perfécuter les brochures et leurs auteurs.

Savez-vous ce que c'eft qu'un M. *Delifle de Sales*, que le châtelet pourfuit à toute rigueur, pour je ne fais quel livre imprimé et ignoré il y a environ fix ans, intitulé *la Philofophie de la nature*? Il y a tant de livres fur cette pauvre nature, qu'il faut que le châtelet foit bien défœuvré pour rechercher celui-là, et pour intenter un procès criminel à l'auteur. De quoi fe mêle le châtelet? a-t-il l'infpection de la librairie? fe fert-on de cette juridiction fubalterne pour étouffer toutes les connaiffances humaines? y a-t-il un deffein formé contre la liberté de penfer et d'écrire? les réformes qu'on fait en tant de genres s'étendent-elles jufqu'à la preffe? Un de mes amis m'écrit très-tragiquement fur cette aventure. Je vous demande en grâce de me dire ce que vous en favez, et ce que vous en penfez. Cette *Philofophie* prétendue *de la nature* eft fans nom d'auteur. Pourquoi a-t-on déterré ce *Delifle de Sales*? cela m'intéreffe comme ami de la tolérance.

J'aime fort les réformes de M. *Turgot* et de M. de *Saint-Germain;* mais je n'aime point qu'on faffe des procès criminels aux gens, pour avoir raifonné ou déraifonné en métaphyfique. Mon cher ange, j'ai fort à cœur cette aventure de M. *Delifle de Sales*, dont probablement vous ne vous fouciez guère; mais par bonté pour moi tâchez de vous en foucier un peu.

Je mets à l'ombre de vos ailes le vieux pigeon ——
qui grelotte à préfent fans plumes; et je vous dis 1776.
toujours, du fond de ma folitude : Confervez-moi
votre amitié qui fait la confolation de ma vie.

LETTRE XCVII.

A M. DUPONT,

CHEVALIER DE L'ORDRE DE VASA.

A Ferney, 14 de février.

JE fuis pénétré, Monfieur, de tous les fentimens
que je vois dans la lettre dont vous m'honorez de
Verfailles, premier de février; amour du bien public,
par conféquent zèle ardent pour M. de *Sulli-Turgot* ;
et enfin bonté pour moi, en qualité d'homme de votre
religion.

Oferais-je m'adreffer à vous pour vous prier de
me faire avoir ce qu'on a écrit de mieux fur les corvées ?
Mon vieux fang bouillonne dans mes vieilles veines,
quand j'entends dire que les efcarpins de Verfailles
et de Paris s'oppofent à l'extirpation de cette barbare
fervitude deftructive des campagnes.

Nous autres Suiffes de Gex, nous foupirons après
l'édit des corvées, comme nous avons foupiré après
la retraite des armées de la ferme générale; et nous
payerons tous avec allégreffe ce qui fera ordonné.

Nous ne fefons de repréfentations que fur un feul
point. Nous infiftons fur le droit qu'ont tous les

M 2

pays d'états d'affeoir l'impofition. Notre impofition par les états de Gex n'eft autre chofe qu'un don gratuit de nos compatriotes. Nos maîtres horlogers donnaient, par exemple, fix louis d'or aux commis d'un bureau de Saconnay, pour n'être pas fouillés en allant acheter à Genève leur néceffaire, et nous n'acceptons d'eux que fix écus de fix francs pour leur part de la fubvention qu'ils nous offrent. Nous comptons ne prendre qu'un écu de trois livres de tout autre fabricant non poffeffionné. Monfieur le contrôleur général ne permettra-t-il pas que nos états arrêtent le tarif de cette légère contribution qui eft fort au-deffous de ce qu'on nous offre, et que nous n'augmenterons jamais ? Nos fabricans étrangers offrent de nous foulager ; le miniftère s'y oppo- fera-t-il ?

En général, la terre doit tout payer, parce que tout vient de la terre ; mais un horloger qui emploie pour trente fous d'acier et de cuivre formés dans la terre, et qui avec cent écus d'or venus du Pérou, et cent écus de carats venus de Golconde, fait une montre de foixante louis, n'eft-il pas plus en état de payer un petit impôt, qu'un cultivateur dont le terrain lui rend trois épis pour un ? Je parle contre moi, car j'ai raffemblé plus d'horlogers que tous les poffeffeurs des terres n'en ont autour de Genève : mais je vous imite, Monfieur ; je préfère le bien public à mon amour propre.

Vous voulez que je vous parle à cœur ouvert fur M. *Fabry*. Il eft vrai qu'il réunit plufieurs offices qui femblaient peu compatibles. Il eft comme le chien de *la Fontaine*.

Il mangeait plus que trois, mais on ne difait pas
 Qu'il avait auffi triple gueule
 Quand les chiens livraient des combats.

Il travaille en effet plus que trois hommes occupés; et depuis que les états m'ont fait leur commiffionnaire, je ne l'ai trouvé en faute fur rien. Je dirai naïvement la vérité à monfieur le contrôleur général, en toute occafion.

Puifque vous m'avez envoyé les réponfes de ce digne miniftre à mes importunes queftions, permettez que je demande encore fes ordres; j'aime à les recevoir de votre main. Puiffe la fienne, qu'il emploie au foulagement des peuples, n'être plus enflée de la goutte !

LETTRE XCVIII.

A M. TURGOT.

18 de février.

I L n'y a point, Monfeigneur, de malade plus importun que moi. Il faut que je vous ennuye de mon lit autant qu'on vous ennuie à Paris par des remontrances.

J'apprends de mon curé (qui ne me confeffe pourtant point) qu'on trouve mauvais que nos états aient traité avec Berne pour faler notre pot. Je vous affure que nos états n'ont fait aucun traité avec Berne; ils ne font point du corps diplomatique.

Nous manquions abfolument de fel, dès la fin de décembre dernier: on nous en a vendu deux mille

M 3

minots, foit à Nyon dans la Suiffe même, foit à Genève. J'en ai acheté pour ma part huit quintaux; *car fi le fel s'évanouiffait, avec quoi falerait-on ?*

J'ofe vous repréfenter qu'il nous faudrait environ cinq mille minots, parce que nous comptons en donner prodigieufement à tous nos beftiaux, dans la crainte trop bien fondée de l'épizootie, et parce que je compte en femer fur mes champs avec mon blé, pour détruire l'ancien préjugé qui fefait autrefois répandre du fel fur les terrains qu'on voulait frapper de ftérilité. Un peu de fel, au contraire, verfé fur les terres glaifeufes, eft un des meilleurs engrais poffibles : c'eft une expérience de phyfique et de labourage.

Je vous demande en grâce, Monfeigneur, de n'être point fâché contre nos états qui n'ont ni propofé ni figné aucun traité avec perfonne. C'eft de quoi je vous réponds fur ma vie, laquelle ne tient qu'à un filet, et laquelle eft à vous avec refpect et reconnaiffance.

Le vieux malade.

LETTRE XCIX.

A M. L'ABBÉ MORELLET.

23 de février.

Mon cher philosophe, pourquoi n'entreriez-vous pas dans notre académie? Vous n'êtes point prêtre, vous êtes homme; et homme aussi aimable dans la société, qu'utile dans les belles-lettres et dans les affaires.

On me mande que M. *Turgot* ne veut point être des nôtres, et que M. de *la Harpe* ne peut en être. Il me semble que nous avons un besoin extrême de vous et de M. de *Condorcet*. Il ne faut pas que vous abandonniez vos amis, dans leurs nécessités urgentes.

Nous chantons des *Te Deum* tous les dimanches dans notre petit trou de Gex. J'en ferai chanter un dans ma paroisse quand j'apprendrai votre réception.

Mandez-moi, je vous en prie, tout ce que vous savez de l'aventure de M. *Delisle de Sales*, affublé d'un décret de prise de corps, rendu au châtelet contre lui à la réquisition d'un avocat du roi. Le libraire *Saillant* est impliqué dans cette affaire. *Delisle* est en fuite. Il s'agit d'un livre imprimé en 1769, avec permission du lieutenant de police : ce livre est intitulé *La philosophie de la nature*. On prétend qu'il y a un conflit de juridiction entre le parlement et le châtelet, à qui fera brûler le livre et l'auteur.

Les ministres, dit-on, ne veulent se mêler en aucune façon de pareilles affaires; ils les abandonnent

M 4

—— toutes à ce qu'on appelle chez vous la juſtice; et vous ſavez comment cette juſtice eſt faite. On m'aſſure que, dans ſa dernière ſéance, l'aſſemblée du clergé livra au bras ſéculier, par un décret formel, quatre-vingts volumes et quatre-vingts auteurs. Le zèle de la maiſon de Dieu les dévore.

Vous devez être inſtruit de toutes ces facéties en qualité de *ſocius ſorbonicus*. Ecrivez-moi en qualité d'*amicus*, car je ſuis aſſurément votre ami, et rempli pour vous du plus ſincère attachement.

Le vieux malade V.

LETTRE C.

A M. DUPONT.

A Ferney, 23 de février.

JE ſais bien, Monſieur, que je prends mal mon temps, et que notre digne miniſtre a autre choſe à faire qu'à répondre aux hurlemens de quelques bipèdes enſevelis ſous cinq cents pieds de neige, et dépecés par des moines et par des commis des fermes, au milieu des rochers et des précipices; mais c'eſt le cas où M. *Turgot* dira, *homo ſum, humani nihil à me alienum puto*.

Premièrement, je le ſupplie très-inſtamment de m'envoyer par vous ſes réponſes déciſives en marge du dernier mémoire que je lui ai adreſſé; ſigné de nos états.

Secondement, voici un tableau très-fidelle de la

fituation et du bonheur des bipèdes, dont il faut abfolument que je l'entretienne. Tâchez de n'en point frémir.

Au milieu des rochers et des abymes qui bordent le pays de Gex, au revers du mont Jura, au bord d'un torrent nommé la Valferine, eft une habitation d'environ douze cents fpectres, qui appartenaient à la Savoie, et qui font réputés français depuis l'échange fait avec le roi de Sardaigne, en 1760.

Les bernardins font feigneurs de ce terrain; et voici les droits que s'arrogent ces feigneurs, par excès d'humilité et de défintéreffement.

Tous les habitans font efclaves de l'abbaye, et efclaves de corps et de biens. Si j'achetais une toife de terrain dans la cenfive de monfeigneur l'abbé, je deviendrais ferf de monfeigneur, et tout mon bien lui appartiendrait fans difficulté, fût-il fitué à Pondichéri.

Le couvent commence, à ma mort, par mettre le fcellé fur tous mes effets, prend pour lui les meilleures vaches, et chaffe mes parens de la maifon.

Les habitans de ce pays les plus favorifés sèment un peu d'orge et d'avoine, dont ils fe nourriffent, ils payent la dixme, fur le pied de la fixième gerbe, à monfeigneur l'abbé, et on a excommunié ceux qui ont eu l'infolence de prétendre qu'ils ne devaient que la dixième gerbe.

En 1762, le 20 de janvier, le feu roi de Sardaigne abolit dans tous fes Etats cet efclavage chrétien. Il permit à tous ces malheureux d'acheter leur liberté de leurs feigneurs, et prêta même de l'argent à tous les colons qui n'en avaient pas pour fe rédimer.

Ainfi, Monfieur, il eft arrivé que les cultivateurs dont je vous parle, auraient été libres s'ils étaient reftés favoyards jufqu'en 1762, et qu'ils ne font aujourd'hui efclaves de moines que parce qu'ils font français.

Le petit pays dont je vous parle s'appelle Chezery. Monfieur le contrôleur général peut s'attendre que, fi DIEU me prête vie, je viendrai me jeter à fes pieds avec tous les habitans de Chezery, et lui dire, *Domine, perimus, falva nos.* Mais ce qu'il y a de plus admirable et de plus chrétien, c'eft que la France a le bonheur de poffédèr plus de cinquante mille hommes qui font dans le cas de Chezery, et par conféquent immédiatement au-deffous des bœufs qui labourent les terres monacales.

M. de *Sulli-Turgot* verra combien l'hydre qu'il combat a de têtes; mais il verra auffi que tous les cœurs des vrais Français font à lui.

Ayez la bonté, je vous en conjure, de m'envoyer les ordres de monfieur le contrôleur général en marge de mon mémoire, dès que vous le pourrez.

Votre très-humble et très-obéiffant ferviteur, du fond de mon cœur,

Le vieux malade V.

Je ne fais ce que c'eft qu'un reproche qu'on fait à nos petits états, d'avoir traité de couronne à couronne avec la république de Berne pour faler notre pot.

LETTRE C I.

A M. DELISLE DE SALES.

25 de février.

Etant entré, Monfieur, dans ma quatre-vingt-troifième année, et accablé de maladies, j'attends et j'appelle la mort pour n'être pas témoin des horreurs du fanatifme qui va défoler ma patrie. Je vois qu'on a déchaîné les monftres qui étaient auparavant retenus par quelques honnêtes gens. Je ne ferais point étonné que ces fanatiques fiffent une Saint-Barthelemi de philofophes.

Heu ! fuge crudeles terras, fuge littus iniquum !

Le fang des *la Barre* fume encore : notre divine religion n'eft et ne fera foutenue que par des bénéfices de cent mille écus de rente et par des bourreaux. Ce font des marques diftinctives de la vérité.

Si je puis avant ma mort avoir le temps de recevoir quelques ordres de vous, vous n'avez qu'à parler. Vous ne pouvez les donner à quelqu'un plus pénétré que moi d'eftime pour votre perfonne et de refpect pour votre malheur.

LETTRE CII.

A M. DE FARGÈS.

A Ferney, 25 de février.

MONSIEUR,

Puisque vous voulez bien entrer *in judicium cum servo tuo, Domine*, souffrez que je vous dise que, si je pouvais sortir de mon lit, étant entré dans ma quatre-vingt-troisième année, et accablé de maladies, j'irais me jeter aux pieds de monsieur le contrôleur général; et voici comme je radoterais au nom de nos états.

Notre petit pays est pire que la Sologne, pire que les plus mauvais terrains de la Champagne pouilleuse, pire que les plus mauvais des landes de Bordeaux.

Dans notre pauvreté, vingt-huit paroisses ont chanté vingt-huit *Te Deum*, et on a crié vingt-huit fois *Vive le roi et M. Turgot*. Nous payerons avec allégresse trente mille francs à messieurs les soixante sous-rois, parce que nous sommes fort aises de mourir de faim, en étant délivrés de soixante et dix-huit coquins qui nous fesaient mourir de rage.

Nous pensons comme vous qu'auprès de Paris, de Milan et de Naples la terre peut supporter tous les impôts, parce que la terre est bonne; mais chez nous il n'en est pas de même, elle rend trois pour un dans les meilleures années, souvent deux, et quelquefois rien, et il faut six bœufs pour la labourer.

Les mêmes grains ne produifent qu'une fois en
dix ans.

Vous me demanderez de quoi nous fubfiftons? je réponds de pain noir et de pommes de terre, et furtout de la vente des bois que nos payfans coupent dans les forêts, et qu'ils portent à Genève. Cette reffource va leur manquer inceffamment; car tous les bois font dévaftés ici beaucoup plus que dans le refte du royaume.

J'ajoute, en paffant, que le bois manquera bientôt en France, et qu'en dernier lieu on eft allé acheter du bois de chauffage en Pruffe.

Comme il faut tout dire, j'avoue que nous fefons quelques fromages fur quelques montagnes du mont Jura, en juin, juillet et augufte.

Notre principal avantage eft au bout de nos doigts. Nos payfans n'ayant pas de quoi fe nourrir, ont eu l'induftrie de travailler en horlogerie pour les Génevois, lefquels Génevois ont fait un commerce de dix millions par an, en payant fort mal les ouvriers du pays de Gex.

Un vieillard, qui s'eft avifé de s'établir entre la Suiffe et Genève, a formé dans le pays de Gex des fabriques de montres, qui payent très-bien tous les ouvriers du pays, qui en augmentent la population, et qui feront tomber le commerce de l'opulente Genève, s'ils font protégés par le gouvernement; mais ce pauvre vieillard va mourir.

Nous ne vivons donc que d'induftrie. Or je demande fi le fabricant de montres, qui aura gagné dix mille francs par an, qui jouit du bénéfice du fel bien plus que les cultivateurs, ne peut pas aider ces cultivateurs

—— à payer les trente mille francs d'indemnité pour ce fel ?

Je demande fi les gros cabaretiers qui gagnent encore plus que les horlogers, et qui confomment plus de fel, ne doivent pas aider auffi les pauvres poffeffeurs d'un déteftable terrain ?

Les gros manufacturiers, les hôteliers, les bouchers, les boulangers, les marchands, ont fi bien connu l'état miférable du pays, et les bontés du miniftère, qu'ils offrent tous de nous aider d'une légère contribution.

Ou permettez cette contribution, ou diminuez un peu la fomme exorbitante de trente mille livres que les foixante fous-rois exigent de nous.

Voilà un des fous-rois, nommé *Boifemont*, qui vient de mourir, riche, dit-on, de dix-huit millions. Ce drôle-là avait-il befoin que nous fuffions écorchés pour que notre peau lui valût cinq cents livres ?

Voilà, Monfieur, une très-petite partie des doléances que je mettrais aux pieds de monfieur le contrôleur général ; mais je ne dis mot. Je m'en rapporte à vous. Si vous êtes touché de mes raifons, vous daignerez les repréfenter ; fi elles vous paraiffent mauvaifes, vous les fifflerez.

Si j'ai tort en plaidant fort mal pour mon pays, j'ai certainement raifon en vous difant que je fuis pénétré de la plus grande eftime pour vos lumières, de reconnaiffance pour vos bontés ; et du fincère refpect avec lequel j'ai l'honneur d'être, Monfieur, votre, &c.

LETTRE CIII.

A M. DESESSARTS, *avocat*,

Qui lui avait envoyé un mémoire pour deux nègres
qui réclamaient leur liberté contre un juif.

A Ferney, 26 de février.

JE ne fais pas, Monfieur, fi le code noir permet d'écrire le nom d'une négreffe fur un de fes tetons, et celui d'un nègre fur une de fes feffes. Tout ce que je fais, c'eft que fi j'étais juge, j'écrirais fur le front du juif, *homme à pendre*. Il eft à croire du moins que, fi les allégations de vos cliens font prouvées, ils feront déclarés libres.

Au refte, vous faites trop d'honneur à la France de la louer de ne point admettre d'efclaves chez elle. Il y a dans une province de France, qui touche à la Suiffe, et dont je ne fuis féparé que par une montagne, quinze ou feize mille efclaves, beaucoup plus malheureux que les nègres qui font protégés par vous; car fi vos efclaves appartiennent à un juif, ceux dont je vous parle appartiennent à des moines, en dépit de *Louis le Gros*, de *Louis Hutin* et d'*Henri II*. C'eft dans la Comté, nommée franche, que le peuple eft réduit à cet efclavage. Il faut efpérer qu'on détruira un jour cet opprobre infame. En attendant, je me flatte, Monfieur, que vous rendrez la liberté à *Pampy* et à *Aminthe* (*); car il

(*) M. *Defeffarts* a en effet procuré la liberté aux deux nègres qu'il défendait.

se peut en effet qu'il y ait encore quelque vertu sociale, et quelque humanité dans la nation qui s'est rendue coupable de la Saint-Barthelemi, &c. &c. &c.

Vos principes serviront peut-être à corriger un peuple dont une moitié a été si souvent frivole et l'autre barbare.

J'ai l'honneur d'être avec toute l'estime que je vous dois, Monsieur, votre &c. *V.*

LETTRE CIV.

A M. AUDIBERT, *à Marseille.*

A Ferney, le 28 de février.

QUID retribuam domino, pro omnibus quæ retribuit mihi ?

Quoi, Monsieur, c'est au milieu de vos voyages et de vos plus grandes occupations que vous avez la bonté de songer à Ferney, à mon huile, à cette petite rente sur M. le marquis de ***, de laquelle je n'ai obligation qu'à vous seul ! Si les princes et les ducs et pairs étaient aussi généreux et aussi bienfesans que vous, je ne serais pas dans la triste situation où je me trouve. Il est triste d'avoir affaire à des débiteurs grands seigneurs. Leurs chiens, leurs chevaux, leurs catins et leurs usuriers disposent de tout leur argent : il ne leur en reste plus pour payer leurs dettes. Je suis obligé de renoncer à tous les travaux de Ferney, et je suis menacé de mourir misérable, parce que de grands seigneurs vivent à mes depens.

Vous

Vous êtes plus fage que moi ; vous ne mettez point votre fortune entre les mains des princes.

Vous favez peut-être que le parlement de Paris ayant dit au roi, dans une grande députation, que fa Majefté dégraderait la nobleffe de fon royaume en l'invitant à payer les journées de ceux qui travaillent aux chemins de leurs terres, le roi leur a répondu : *J'ai l'honneur d'être gentilhomme auffi, je payerai dans mes domaines la confection des chemins, et je ne me crois point dégradé pour cela.*

Vous favez peut-être auffi que ce parlement ayant fait brûler, par fon bourreau, au pied de fon grand efcalier, un excellent livre en faveur du peuple, compofé par M. de *Boncerf*, premier commis de M. *Turgot*, et ayant décrété l'auteur d'ajournement perfonnel, fa Majefté leur a ordonné de mettre leur décret à néant, et leur a défendu de dénoncer des livres : elle leur a dit que ces dénonciations n'appartenaient qu'à fon procureur général, qui même ne pouvait le faire qu'après avoir pris fes ordres (*).

Voilà des jugemens de *Titus* et de *Marc-Aurèle* ; mais *meffieurs* ne font pas des fénateurs de Rome. Pour M. *Turgot*, il a tout l'air d'un ancien romain.

(*) Cette nouvelle n'eft pas exacte. Il eft très-vrai feulement que le parlement fit brûler ce livre, mais la protection du miniftère fe borna à empêcher de pourfuivre l'auteur. Plufieurs miniftres fomentaient dès lors fous main ces entreprifes du parlement, et s'étaient réunis avec lui pour empêcher M. *Turgot* de fauver la nation.

LETTRE CV.

A M. DE LA HARPE.

1 de mars.

MON cher ami, je vois bien que la deſtinée a ordonné que vous me ſuccéderiez ; cependant je vous aurais encore mieux aimé pour mon confrère que pour mon ſucceſſeur. Vous vivez dans un ſingulier temps, et parmi d'étonnans contraſtes. La raiſon d'un côté, le fanatiſme abſurde de l'autre ; des lauriers à droite, des bûchers à gauche ; d'un côté le temple de la gloire, et de l'autre des préparations pour une Saint-Barthelemi ; un contrôleur général qui a pitié du peuple, et un parlement qui veut l'écraſer ; une guerre civile dans tous les eſprits, des cabales dans tous les tripots... *Sauve qui peut.* Pour moi je ne ſuis pas encore aſſez loin.

S'il y a quelque choſe d'intéreſſant, je vous demande en grâce de m'en inſtruire ſous l'enveloppe de M. de *Vaines* qui penſe comme il faut, et qui vous aime comme il le doit.

LETTRE CVI. ·

A M. DE VAINES.

1 de mars.

Le vieux malade, Monſieur, vous demande bien pardon de vous avoir importuné pour avoir l'édit concernant l'Ecole militaire. Il l'a lu dans un journal ; mais ſa grande paſſion eſt pour les corvées et pour les maîtriſes.

Il vient de lire le factum de Mᵉ la Croix de l'ordre des avocats. Voilà donc M. *Turgot* qui a un procès en parlement ; tandis que le roi en a un autre au ſujet des remontrances. Les voilà tous deux bien payés d'avoir rétabli leurs juges (*). Tous deux doivent être charmés de la reconnaiſſance qu'on leur témoigne.

Ce factum de Mᵉ la Croix paraît très-inſidieux, il écarte toujours avec adreſſe le fond de la queſtion, et le principal objet de M. *Turgot*, qui eſt le ſoulagement du peuple. Il eſt bien clair que toutes ces maîtriſes et toutes ces jurandes n'ont été inventées que pour tirer de l'argent des pauvres ouvriers, pour enrichir des traitans, et pour écraſer la nation. Voilà la première fois qu'on a vu un roi prendre le parti de ſon peuple contre *meſſieurs*.

C'eſt le mémoire de M. *Bigot*, imprimé, dit-on, il y a cinq ou ſix mois, que j'ai une extrême impatience de lire. C'eſt contre ce M. *Bigot* que ce Mᵉ de

(*) M. *Turgot* n'a eu aucune part à ce rétabliſſement.

—— *la Croix* préfente requête au parlement. Heureufement M. *Bigot*, qui était préfident de je ne fais où,
eft mort ; mais le corps du délit fubfifte.

J'ofe vous fupplier, Monfieur, de vouloir bien
m'envoyer ce corps du délit. Je fuis curieux de voir
comment on a eu l'infolence de foutenir qu'un
homme pourrait, à toute force, raccommoder des
fouliers ou recoudre des culottes, fans avoir payé
cent écus aux maîtres jurés.

En un mot, Monfieur, j'implore vos bontés pour
être inftruit·de tout ce qui fe paffe dans ce procès
de *meffieurs* contre le roi et fon peuple ; mais je ne
veux pas abufer de votre temps, il eft trop précieux. Je
vous demande fimplement d'ordonner qu'on m'envoye tout. Il faut avoir pitié d'un vieux folitaire.

J'apprends que les prêtres fe joignent à *meffieurs*,
Dieu foit béni.

Vous ne fauriez croire combien mon cœur eft
pénétré de reconnaiffance pour vous.

LETTRE CVII.

A M. CHRISTIN.

5 de mars.

Mon cher ami, voici bien d'autres nouvelles.
Vous connaiffez ce petit livre qui en vaut bien un
plus gros, cet examen fage et favant, ce code plein
d'humanité intitulé : *les Inconvéniens des droits féodaux* (*). Nous le regardions, vous et moi, comme

(*) Par M. de *Boncerf*.

un préliminaire de la juſtice que le roi pouvait
rendre à ſes ſujets les plus utiles. Nous attendions
en conſéquence le moment de préſenter un mémoire
à M. *Turgot* et à M. de *Malesherbes*. Je vous attendais à Pâques, pour y travailler avec vous. La cour
de parlement, garnie de pairs, vient de faire brûler,
par ſon bourreau, au pied de ſon grand eſcalier,
cet excellent ouvrage des *Inconvéniens des droits féodaux*. Les princes du ſang ont donné leur voix pour
le proſcrire. Je ſuis pétrifié d'étonnement et de
douleur. Il faut abſolument que nous mangions
l'agneau paſcal enſemble. Il faut que vous veniez
le plutôt qu'il vous ſera poſſible, et que la dernière
action de ma vie ſoit de m'unir à vous pour ſecourir
des opprimés.

N. B. Le clergé réuni avec le parlement a laiſſé,
par ſa dernière aſſemblée, quatre-vingts ouvrages à
brûler par ces *meſſieurs*, et quatre-vingts auteurs à
être jetés dans les mêmes flammes.

LETTRE CVIII.

A M. LE COMTE D'ARGENTAL.

6 de mars.

Mon cher ange, je n'ai envoyé Séſoſtris qu'à
vous, parce que vous êtes l'homme de France qui
connaiſſez le mieux la cour d'Egypte, et qui jugez
le mieux des vers égyptiens.

N 3

1776.

Si donc vous trouvez que cette petite plaifanterie peut paffer des bords du Nil à ceux de la Seine, je la mets fous votre protection. Vous n'êtes pas hors de portée de la faire parvenir à M. de *Maurepas*, qui probablement ne me traitera pas cette fois-ci comme un crocodile; et entre nous je ne ferais pas fâché que *Séfoftris* eût quelque bonne opinion de moi. J'en aurais d'autant plus de befoin. que les mêmes barbares, qui perfécutent fi violemment l'ex-oratorien *Delifle de Sales*, ont juré de m'en faire autant.

Une maudite édition faite, non-feulement fans moi, mais malgré moi, à Genève par *Gabriel Cramer*, et par un nommé *Bardin*, ne donne que trop beau jeu aux perfécuteurs. J'apprends que *Panckoucke* s'eft chargé de cette édition très-criminelle en quarante volumes. Je n'ai fu cette manigance que quand elle a été faite, et je ne puis y remédier.

Je demeure, il eft vrai, à une lieue de Genève, mais je n'irai certainement pas intenter un procès dans Genève à un génevois. Je fais toutes les atrocités qu'on prépare à Paris. Je me vois de tous côtés entre l'enclume et le marteau, victime de l'avarice d'un libraire, victime d'une faction de fanatiques à Paris, et près de quitter, dans ma quatre-vingt-troifième année, le château et la ville que j'ai bâtis, les jardins et les forêts que j'ai plantés, les manufactures florif-fantes que j'ai établies, et d'aller mourir ailleurs, loin de toutes mes confolations. Ma fituation eft étrange. Ce *Cramer* a gagné plus de quatre cents mille francs à imprimer mes ouvrages depuis vingt ans. Il finit par une édition dans laquelle il gliffe des

ouvrages beaucoup plus dangereux que ceux de
Spinofa et de *Vanini*, des ouvrages qu'il fait n'être 1776.
pas de moi; et je ne puis faire éclater mes plaintes,
parce que perfonne ne croira jamais qu'on ait fait
une telle entreprife à une lieue de chez moi, fans que
je m'en fois mêlé. *Cramer* n'a point mis fon nom en
tête de l'ouvrage, et à peine a-t-il vendu cette édition
à *Panckoucke*, qu'il a quitté fur le champ la librairie,
et vit dans une très-belle maifon de campagne qu'il
vient d'acheter chèrement. Je ne fais pas encore quel
parti je prendrai; mais il eft clair que je n'en puis
prendre un que fort trifte. Pour la faction des *Clément*
et des *Pafquier*, je fais bien quel parti elle prendra.
Il y a foixante ans que je vis dans l'oppreffion, il
faut mourir comme on a vécu; mais auffi je mourrai
en adorant mon cher ange.

Il y a trois mois que madame de *Saint-Julien* ne
m'a écrit. Je puis envoyer à M. de *Sartine* le rogaton
dont je vous ai parlé; il s'en amufera peut-être,
d'autant plus qu'il y eft un peu queftion de la compagnie des Indes dont il s'eft mêlé avant qu'il fût
miniftre. Mon idée eft donc de lui en envoyer un
exemplaire pour lui, et un pour vous. Je crois d'ailleurs madame de *Saint-Julien* fi occupée de fon procès,
qu'elle ne fe fouciera guère des affaires des Indes
et de la Chine. Au refte, cette bagatelle ne me fait
plus aucun plaifir depuis qu'elle eft imprimée. Toutes
les éditions me font odieufes depuis l'aventure de
Cramer.

J'attends avec bien de l'impatience l'événement
de la querelle entre M. *Turgot* et le parlement. Je
vous avoue que je fuis entièrement pour M. *Turgot*,

parce que fes vues font humaines et patriotiques. Il eft réellement père du peuple, et le parlement veut le paraître. Je dois à ce miniftre la liberté et le bonheur de la petite patrie que je me fuis faite; il fera bien douloureux de la quitter. *V.*

LETTRE CIX.

A M. DE BONCERF,

Auteur du livre intitulé : Les inconvéniens des droits féodaux.

8 de mars.

J'AVAIS lu, Monfieur, l'excellent ouvrage dont vous me faites l'honneur de me parler, et toute ma peine était d'ignorer le nom de l'eftimable patriote que je devais remercier. Il me paraiffait que les vues de l'auteur ne pouvaient que contribuer au bonheur du peuple et à la gloire du roi : j'en étais d'autant plus perfuadé qu'elles font entièrement conformes aux projets et à la conduite du meilleur miniftre que la France ait jamais eu à la tête des finances. Ce grand miniftre venait même d'abolir les corvées dans le petit pays dont j'ai fait ma patrie depuis plus de vingt années. Non-feulement nos cultivateurs étaient délivrés de cet horrible efclavage, mais nous venions d'obtenir la franchife du fel, du tabac, et de l'impôt fur toutes les denrées, moyennant

une fomme modique : toutes nos communautés chan-
taient des *Te Deum;* enfin j'efpérais mourir, à mon
âge de près de quatre-vingt-trois ans, en béniffant
le roi et M. *Turgot.*

Vous m'apprenez, Monfieur, que je me fuis trompé;
que l'idée de faire du bien aux hommes eft abfurde
et criminelle, et que vous avez été juftement puni
de penfer comme M. *Turgot* et comme le roi. Je n'ai
plus qu'à me repentir de vous avoir cru ; et il faut
qu'au lieu de mourir en paix, mes cheveux blancs
defcendent au tombeau avec amertume, comme dit
l'autre.

Cependant j'ai bien peur de mourir dans l'impé-
nitence finale, c'eft-à-dire plein d'eftime et de reconnaiffance pour vous : je pourrai même mourir martyr
de votre héréfie. En ce cas, je me recommande à
vos prières, et je vous fupplie de me regarder comme
un de vos fidelles.

LETTRE CX.

A M. MARMONTEL.

8 de mars.

Mon très-cher confrère, mon ancien et véritable
ami, vous ornez de belles fleurs mon tombeau : je
n'ai jamais été fi malade, mais auffi je n'ai jamais
été fi confolé, ni fi fenfiblement touché qu'en lifant
vos beaux vers récités à l'académie. Quand nos
Frérons, nos *Cléments,* nos *Sabatiers* s'acharnent fur

les reftes de votre ami, vous embaumez ces reftes, et vous les préfervez de la dent de ces monftres. Il n'y a point de mort plus heureux que moi.

Confervez-moi, mon cher ami, une partie de ces fentimens tant que vous vivrez. Je fuis fi bien mort que je ne favais pas que mademoifelle *Clairon* fût à Paris. Je vous trouve bien heureux l'un et l'autre de vous être rapprochés; vous êtes faits l'un pour l'autre. Son mérite eft encore au-deffus de fes talens. Si j'exiftais, je voudrais bien me trouver en tiers avec vous. La littérature et un cœur noble font le véritable charme de la fociété.

J'entends dire que dans Paris tout eft faction, frivolité et méchanceté. Heureux les honnêtes gens qui aiment les arts, et qui s'éloignent du tumulte!

Il faut efpérer que *Séfoftris* diffipera toutes ces cabales affreufes qui perfécutent l'innocence et la vertu. Ce fage égyptien doit écarter les crocodiles. J'apprends que vous en avez un très-grand nombre fur les bords de la Seine; mais vous ne vivez qu'avec vos pareils qui font les cygnes de Mantoue.

Madame *Denis* a eu une maladie de fix mois, et n'eft pas encore parfaitement rétablie. Nos étés font délicieux, mais nos hivers font horribles. Si le canton d'Allemagne, où mademoifelle *Clairon* règne, eft dans un pareil climat, elle a bien fait de le quitter.

Je lui fouhaite comme à vous des jours heureux. Je ne demandais autrefois pour moi que des jours tolérables, qui font très-difficiles à obtenir.

Adieu, mon cher ami; je vous ferre entre mes faibles bras, et ma momie falue très-humblement la figure vivante de mademoifelle *Clairon*.

LETTRE CXI.

A M. L'ABBÉ SPALANZANI.

Le . . . . mars.

Ringazio voftra S. illuftriffima per il bel'regalo del quale io fono veramente indegno. Ma main que quatre-vingt-deux ans font un peu trembler, ne peut écrire, et mes yeux qui ont quatre-vingt-deux ans auffi, peuvent lire à peine.

Cependant j'ai lu avec bien du plaifir le livre utile dans lequel vous m'inftruifez. Vous donnez le dernier coup, Monfieur, aux anguilles du jéfuite *Néedham.* Elles ont beau frétiller, elles font mortes; et M. *Bonnet* ne les reffufcitera pas dans fa *Palingénéfie.* Des animaux nés fans germe ne pouvaient pas vivre long-temps. Ce fera votre livre qui vivra, parce qu'il eft fondé fur l'expérience et fur la raifon.

Il faut rire des anciennes charlataneries et des nouvelles, et de tous les romanciers; *che fi fanno eguali à Dio è creanno un mondo colla parola.*

Si je ne craignais d'abufer de votre temps, je vous demanderais quelques nouvelles de limaçons. Je croyais avoir coupé des têtes à quelques-uns de ces animaux, et que ces têtes étaient revenues; des gens plus adroits que moi, m'ont affuré que je n'avais coupé que des vifages dont la peau feule avait été reproduite. C'eft toujours beaucoup qu'un vifage renaiffe. *Taliacotius* ne reproduifait que des nez. Je

m'en rapporte à vous , Monfieur, fur tous les animaux grands et petits, fur toute la nature et fur
les fyftêmes.

J'ai l'honneur d'être, &c.

LETTRE CXII.

A M. LE CHEVALIER DELISLE.

A Ferney, 14 de mars.

Un officier du régiment de Deux-Ponts, nommé
M. de *Craffy*, mon voifin et mon ami, a mandé ,
Monfieur , que j'avais grand tort ; que vous m'aviez
favorifé de trois lettres , et que vous n'aviez reçu de
moi aucune réponfe. Je vous jure que , depuis le mois
que les Velches appellent *aoust*, je n'ai pas entendu
parler de vous. Il faudrait que je fuffe mort pour être
indifférent. Il eft vrai que je ne fuis guère en vie, et
qu'on peuf même, dans fa quatre - vingt - troifième
année, n'être pas fort exact à écrire, quand on eft
accablé de maladies comme je le fuis; mais, malgré
mon trifte état, ne croyez pas que je vous euffe oublié
un moment. J'avais au contraire un befoin extrême
de vos lettres ; elles auraient fait ma confolation. Il
n'y a que votre préfence qui aurait pu me plaire
davantage.

Je vous avouerai que je ne fuis pas tout-à-fait de
votre avis fur les préfaces des édits (*). Je peux me

(*) M. *Delifle* était attaché à M. de *Choifeul*, dont la cabale s'était
réunie aux ennemis de M. *Turgot*.

tromper ; mais elles m'ont paru fi inſtructives, il m'a paru fi beau qu'un roi rendît raiſon à ſon peuple de toutes ſes réſolutions, j'ai été fi touché de cette nouveauté, que je n'ai pu encore me livrer à la critique. Il faut me pardonner. Le petit coin de terre que j'habite n'a chanté que des *Te Deum* depuis qu'il eſt délivré des corvées, des jurandes, et des commis des fermes. Si notre bonheur nous trompe, et fi notre reconnaiſſance nous aveugle, je me rétracterai ; mais actuellement nous ſommes dans l'ivreſſe du bonheur.

S'il eſt vrai que l'auteur du *Portier des chartreux* ait fait le diſcours du premier préſident (*), il ne s'eſt pas ſouvenu de la règle de Sᵗ *Bruno* qui ordonne aux chartreux le ſilence. Je vous remercie bien fort d'avoir rompu celui que vous gardiez avec moi. J'ai cru être à ce lit de juſtice, en liſant votre lettre.

On m'a mandé qu'il n'y aurait point d'*itératives*, et qu'on s'en tiendrait à l'éloquence du *Portier*, et de l'avocat général *des bord*... Je ne ſais ce qui en eſt, car dans ma ſolitude je ne ſais rien ſinon que vous êtes le plus aimable homme du monde, et moi un des plus vieux.

(*) M. d'*Aligre* prononça au lit de juſtice pour l'aboliſſement des corvées, un diſcours compoſé, diſait-on, par un avocat nommé *Gervaiſe*.

LETTRE CXIII.

A M. VASSELIER, *à Lyon*.

A Ferney, 15 de mars.

JE fuis enchanté des édits fur les corvées et fur les maîtrifes. On a eu bien raifon de nommer le lit de juftice, *le lit de bienfefance*; il faut encore le nommer le lit de l'éloquence digne d'un bon roi. Lorfque Me *Séguier* lui dit qu'il était à craindre que le peuple ne fe révoltât, parce qu'on lui ôtait le plaifir des corvées, et qu'on le délivrait de l'exceffif impôt des maîtrifes, le roi fe mit à fourire, mais d'un fourire très-dédaigneux. Le fiècle d'or vient après un fiècle de fer.

LETTRE CXIV.

A M. LE COMTE DE TRESSAN.

17 de mars.

MON refpectable philofophe, je n'ai pu vous féliciter, vous et M. *Delifle*, auffitôt que je l'aurais voulu. Je favais bien que M. d'*Argental* ne ferait pas inutile à M. de *Sales*; il a été autrefois confeiller au parlement, il y a des amis, il détefte la perfécution et chérit la philofophie. Il me paraît qu'on ne perfécute, dans le moment préfent, que M. *Turgot*. Celui-là fe tirera d'affaire fort aifément; il a du génie et de

la vertu ; fon maître paraît digne d'avoir un tel ⸺
miniftre ; et je ne crois pas que *meffieurs* veuillent faire 1776.
la guerre de la fronde pour des corvées. Je dois à ce
digne miniftre la fuppreffion de toutes les gabelles et de
tous les commis qui défolaient mon petit pays, moitié
français, moitié fuiffe. J'en fouhaite autant aux
citoyens de Franconville et de Pontoife, mais ils
font trop près du centre. On a commencé par notre
chétive frontière pour faire un effai ; c'eft *experimentum
in anima vili*, mais l'expérience eft belle, et eft de la
vraie philofophie.

Celles que vous faites fur l'électricité m'inftruiront
beaucoup. Je me fuis mêlé d'électrifer le tonnerre
dans le jardin que je cultive auprès de ma chaumière.
Il y a long-temps que je regarde cette électricité
comme le feu élémentaire qui eft la fource de la vie.
Je me flatte qu'il n'en fera pas de votre ouvrage comme
de celui de l'éducation que j'ai fi vainement attendu.
Continuez, philofophez dans votre retraite : votre
printemps a été orné de tant de fleurs qu'il faut bien
que votre automne porte beaucoup de fruits. Il n'y a
plus de jouiffance pour moi, qui fuis dans l'extrême
vieilleffe ; mais vous me confolerez, vous me donnerez
des idées, fi je ne puis en produire.

J'ai lu avec beaucoup d'attention l'ouvrage de
M. *Bailly* fur l'ancienne aftronomie. Il y a des vues
bien neuves et bien plaufibles ; je fouhaite que tout
foit auffi vrai qu'ingénieux. Ce livre recule furieufement l'origine du monde, s'il y en a une. Remarquez, en paffant, que le petit peuple juif qui parut
fi tard, eft le feul qui ait parlé d'*Adam* et de fa famille,
abfolument inconnus dans le refte du monde entier.

Adieu, Monfieur ; confervez-moi vos bontés, et ne m'oubliez pas auprès de M. de *Sales* à qui je fais les plus fincères et les plus tendres complimens.

LETTRE CXV.

A M. LE COMTE D'ARGENTAL.

20 de mars.

M ON cher ange, vous fouvenez-vous que lorf-qu'on brûla *Déchauffour* au lieu de l'abbé *Desfontaines*, le feu prit le même jour au collége des jéfuites, et qu'on fit ce petit quatrain honnête ?

> Lorfque Déchauffour on brûla
> Pour le péché philofophique,
> Une étincelle fympathique
> S'étendit jufqu'à Loyola.

Ne foyez donc pas furpris fi un certain homme a fongé à fe mettre à l'abri, lorfqu'on pourfuivait ce M. *Delifle de Sales*, qui a tant d'obligation à vos bons offices, et ce M. de *Boncerf* fi eftimable, et M. de *Condorcet* fi éloquent et fi intrépide, &c. &c.

Voici donc Séfoftris auquel il manque encore une rime ; mais un vieux malade dans fon lit, un peu accablé des intérêts de fa petite province, ne peut pas fonger à tout.

Puifque vous me répondez de M. de *Sartine*, je vais donc lui adreffer les infolentes Lettres chinoifes, indiennes et tartares.

Vous

Vous n'êtes pas au bout, mon cher ange ; je ne suis que dans ma quatre-vingt-troisième année. Vous verrez bien d'autres sottises, quand je serai majeur.

Je n'ai pas reçu un mot de madame de *Saint-Julien.* Mon *Papillon-philosophe* n'est plus que papillon tout court.

Mon cher ange, conservez-moi toutes vos bontés, sans quoi je meurs à la fleur de mon âge. *V.*

LETTRE CXVI.

A M. DUPONT.

A Ferney, 20 de mars.

AYANT vu que nos états n'avaient point encore pu asseoir la contribution nécessaire pour suppléer à l'abolition des corvées ; que la pauvreté du pays rendait cet impôt, et surtout celui de trente mille livres en faveur des fermiers généraux, extrêmement difficile ; que pendant ces délais le grand chemin de Gex à Genève est devenu impraticable en plusieurs endroits, et que ce n'était plus qu'une longue fondrière ; pressé par toutes ces circonstances, j'ai fait assembler la colonie de Ferney. Chacun a offert ou un peu d'argent ou sa peine. On a donné depuis un écu jusqu'à trois sous, et on a fait une liste de tous ceux qui ont donné, et de ceux qui ont travaillé. J'ai fourni mes chariots, mes chevaux, mes bœufs, mes domestiques, mes manœuvres, ma contribution ; tout le monde a travaillé avec allégresse, et en six jours le chemin a été solidement réparé.

Corresp. générale.   Tome XII.   O

J'ai promis que je rendrais l'argent à ceux qui l'ont avancé, quand on ferait la contribution générale pour les corvées. Je propose que chaque seigneur en fasse autant dans sa terre; il est juste que nous contribuions à l'entretien des chemins, puisque nous en jouissons. Tous nos manœuvres demandent à y travailler chacun dans le district dont il dépend.

L'horreur des corvées consiste à faire venir de trois à quatre lieues de pauvres familles sans leur donner ni nourriture ni salaire, et à leur faire perdre plusieurs journées entières, qu'ils emploîraient utilement à cultiver leurs héritages.

Que chacun travaille sur son territoire, tous les ouvrages seront faits avec très-peu de dépense.

Que les habitans de la ville de Gex, qui, au lieu de cultiver la terre, dévastent les forêts, et conduisent trois fois par semaine les bois à Genève sur des charrettes attelées de trois chevaux, réparent du moins les chemins qu'ils détruisent. Le ministère les a délivrés de la gabelle et des employés; ce n'est pas pour s'occuper uniquement de dégrader les forêts du roi, et passer le reste du temps au cabaret. Il faut que le dernier paysan apprenne à aimer le bien public, quand le roi donne l'exemple.

Qu'on leur prêche chaque jour cet évangile, ils le sentiront et ils l'aimeront. Il y a dans l'ame la plus brute un rayon de justice.

Un entrepreneur de tous les chemins de la province voudra y gagner beaucoup. Chaque paroisse, en travaillant séparément, et en payant un peu sous les ordres de monsieur l'intendant, rendra le fardeau insensible. *V.*

LETTRE CXVII.

AU MEME.

23 de mars.

Oui, Monsieur, ce qu'on a jamais écrit de mieux sur les corvées, c'est l'édit des corvées. Je trouve que l'amour du bien public est la plus éloquente de toutes les passions ; mais j'aime bien autant la préface des maîtrises. Béni soit l'article XIV de l'édit qui abolit les confréries ! Si on avait aboli en Languedoc les confréries des pénitens bleus, blancs et gris, le bon homme *Calas* n'aurait pas été roué et jeté dans les flammes. Voici l'âge d'or qui succède à l'âge de fer ; cela donne trop envie de vivre, et cette envie ne me sied point.

Dites-moi donc, je vous prie, Monsieur, si ce beau siècle sera pour nous le siècle du sel, et s'il est vrai que nous aurons deux mille huit cents minots de Peccais ?

Je me trompe fort, ou le père de la nation ne souffrira pas long-temps que des moines aient des sujets du roi pour esclaves. Je vous prierai quelque jour de coopérer à cette bonne œuvre, et de m'avertir quand il sera temps de présenter requête au libérateur de la nation.

Je trouve fort plaisant le discoureur qui a dit au roi que les peuples pourraient bien se révolter, si on les délivrait des corvées et des jurandes. Ma foi, si on se révolte, ce ne sera pas chez nous.

Je vous remercie du fond de mon cœur, Monsieur ; votre, &c.

O 2

LETTRE CXVIII.

A M. DE VAINES.

30 de mars.

Vous me demandez, Monſieur, ce que je penſe ſur le lit qu'on nomme de juſtice et de bienfeſance, le premier lit dans lequel on ait fait coucher le peuple depuis le commencement de la monarchie. Je reſſemble au roi comme deux gouttes d'eau ; je m'affermis dans mon goût pour les édits, par les objections mêmes.

Je me ſouviens que lorſque *Newton*, au commencement du ſiècle, nous montra comment la lumière eſt faite, ce que perſonne n'avait encore vu depuis la création du monde, quelques-uns de nos mathématiciens voulurent faire ſes expériences, et les manquèrent ; de là on jugea qu'un certain ouvrier nommé *Newton*, *artifex quidam nomine Newton*, s'était trompé ; mais bientôt après, les expériences étant mieux faites, on dit, *fiat lux*, *et facta eſt lux*.

J'oſe être perſuadé que la même choſe arrivera au parlement ; il ſentira l'avantage de ces édits, et il les regardera comme le ſalut de l'Etat.

J'oſerais croire que, quand on a cité *Henri IV* qui adopta les impôts ſur les maîtriſes et ſur les corporations, à la fameuſe aſſemblée des notables de Rouen, on n'a pas fait réflexion que toutes les taxes de ce genre, et celle du ſou pour livre, furent l'objet des railleries du duc de *Sulli*. Il fallait,

comme vous favez , condefcendre aux idées de
l'évêque de Paris , *Gondi* , qui fe croyait un grand
financier , parce qu'il avait beaucoup d'argent , et
qu'il n'en dépenfait guère. M. de *Sulli* eut la malice
de partager avec lui le fardeau de l'adminiftration ,
et il le chargea des véritables objets de finance , et
laiffa à l'évêque tous ces petits détails. M. de *Sulli*
réuffit dans tout ce qu'il s'était réfervé , et l'évêque ,
au bout de fix mois , n'ayant pas pu recouvrer un
denier dans fon département , vint remettre au roi
fa moitié de furintendance , et le fupplier de le délivrer d'un poids qu'il ne pouvait porter.

Je vous avoue pourtant, Monfieur, que l'ancienne
propofition renouvelée par M. *Séguier* , de faire travailler les troupes aux grands chemins, m'a fait beaucoup
d'impreffion. La mère du grand *Condé* dit, dans une
requête au parlement , que fon fils avait obtenu de
fes foldats qu'ils travaillaffent fans falaire à aplanir
des chemins qui les conduifirent à des victoires.

M. *Séguier* veut qu'on double leur paye. Je ne
m'y connais point, et ce n'eft pas à moi de juger le
grand *Condé*. Je vous dirai feulement qu'en dernier
lieu, voyant la grande route de Gex à Genève devenue une fondrière affreufe , je me fuis joint à des
gens de bonne volonté pour rendre le chemin pra-
ticable. Il eft jufte que ceux qui profitent le plus de
l'agrément des belles routes , y contribuent. Il eft
encore plus jufte que ceux qui les gâtent, les rac-
commodent. Je vois trois fois par femaine des chariots
chargés de bois qu'on a volé dans les forêts du roi ,
enfoncer le terrain qui mène jufte au bout du royaume.
Je voudrais que les maîtres des charrettes payaffent

—— au moins le dégât, et qu'on fît comme dans tant d'autres pays où l'on a établi des barrières auxquelles les voitures payent le droit de gâter la route ; mais je fuis *Gros-Jean* qui remontre à fon curé. J'aime bien mieux lui demander fa bénédiction ; et je vous remercie tendrement, Monfieur, de m'avoir envoyé fon prône.

LETTRE CXIX.

A M. LE COMTE D'ARGENTAL.

30 de mars.

MON cher ange, vous devez avoir reçu les très-inutiles rogatons envoyés à M. de *Sartine*. Ils confiftent en magots de la Chine, en pagodes des Indes, et en figures tartares. J'ai bien peur que cela ne vous amufe guère ; mais enfin, quand j'y travaillais, c'était pour vous amufer, et vous me faurez gré de l'intention. Les éditeurs y ont joint des pauvretés affez inutiles.

Je ne crois pas que les remontrances d'une province auffi chétive que celle de Gex puiffent faire à Paris une grande fenfation. Je préfume qu'on fe foucie fort peu que nous foyons délivrés des fermes, des corvées et des maîtrifes. Je vous avoue cependant que je ferais bien flatté que la fimple et groffière reconnaiffance d'un petit pays prefque barbare pût parvenir jufqu'à *Séfoftris* et à *Séfoftra*. Peut-être aimerait-on bien autant notre rufticité que la politeffe et l'éloquence touchante de M. *Séguier*.

Peut-être y aura-t-il quelques partifans de l'ancien gouvernement féodal qui trouveront nos remontrances trop populaires. Nous leur répondrons que dans l'ancienne Rome , et même encore à Genève et à Bâle , et dans les petits cantons, ce font les plébifcites qui font les lois.

Je n'ai point vu les remontrances du parlement ; mais j'ai lu avec beaucoup d'attention tous les difcours adreffés au roi dans *le lit de bienfefance.*

Quelqu'un m'avait mandé que les préfaces des édits étaient *très-ignobles.* Il voulait dire apparemment qu'il ne convenait pas à un roi de rendre raifon à fon peuple , et qu'il fallait en ufer comme le parlement qui ne motive jamais fes arrêts. Je fuis perfuadé que vous ne penfez pas ainfi , et que vous trouvez ces préfaces très-nobles et très - paternelles. Il me femble qu'elles font dans le vrai goût chinois , et que ceux qui les condamnent font un peu tartares. Il y a pourtant un endroit du difcours de *Séguier* qui m'a paru humain et politique , deux chofes qui vont rarement enfemble : c'eft le confeil qu'il donne au roi de faire travailler les troupes aux grands chemins , en doublant leur paye pour ces travaux. Le grand *Condé* les y avait accoutumées , et même fans paye ; mais auffi c'était le grand *Condé.*

Quelque parti qu'on prenne , Dieu béniffe le gouvernement! et Dieu béniffe un contrôleur général des finances qui , le premier depuis la fondation de la monarchie , a eu pour paffion dominante l'amour du bien public!

Savez-vous , mon cher ange , que j'ai reçu une invitation d'affifter à l'inhumation de *Catherin Fréron*, et de plus une lettre anonyme d'une femme qui pourrait bien être la veuve? elle me propose de prendre chez moi la fille à *Fréron* et de la marier, puisque, dit-elle, j'ai marié la petite nièce de *Corneille*. J'ai répondu que, si *Fréron* a fait le Cid, Cinna et Polyeucte, je marierai sa fille incontestablement.

Adieu, mon très-cher ange; je suis bien vieux et bien malade. Est-il vrai que M. de *Sainte-Palaye* est tout comme moi?

LETTRE CXX.

A M. DUPONT.

A Ferney, 3 d'avril.

JE crois bien, Monsieur, que le fruit de l'arbre de la liberté n'est pas assez mûr pour être mangé par les habitans de Chezery, et qu'ils auront la consolation d'aller au ciel en mourant de faim dans l'esclavage des moines bernardins.

Vous savez qu'ils ne sont pas les seuls, et que nous avons encore en France plus de quatre-vingts mille esclaves de moines; mais il existe un homme amoureux de la justice, qui sera assez mauvais chrétien pour briser ces fers si pesans et si infames, quand il en sera temps.

Je vous renouvelle, Monsieur, mes remercîmens du second exemplaire des édits que vous avez eu la bonté de m'envoyer. Il m'a paru assez plaisant que, le roi ayant déclaré par ses édits qu'il ne pouvait régner que par l'équité, on lui ait répondu fur le champ : *Sire, la puiſſance royale ne connaît d'autres bornes que celles qu'il lui plaît de ſe donner.*

Cette aventure m'a fait relire avec beaucoup d'application les *Mémoires de Sulli.* C'était un grand miniſtre pour l'économie ; mais il était bien vain, bien brufque, et quelquefois bien chimérique. On dit qu'il y en a un dans l'Europe qui a ſes bonnes qualités, fans avoir ſes défauts.

Si ce n'était pas une indifcrétion de vous parler ici de mon chétif pays, je vous dirais que tout le monde a gagné au marché que monfieur le contrôleur général a daigné faire. La ferme générale y a déjà gagné plus que nous, puifque la recette de ſon bureau nommé Longerey, fur la frontière, a triplé. Si nous avons les deux mille huit cents minots de ſel Peccais, qu'on dit nous être promis, nous ferons auſſi contens que la ferme générale doit l'être. Je crois que c'eſt dans l'opéra d'Atys qu'on chantait :

> O l'heureux temps,
> Où tous les cœurs feront contens !

L'auteur était prophète.

Le vieux malade de Ferney a grande envie de vivre encore un peu pour voir l'accompliſſement de la prophétie.

Il eſt de tout ſon cœur, Monfieur, et avec bien de la reconnaiſſance, &c.

LETTRE CXXI.

A M. DIONIS DU SEJOUR,

CONSEILLER AU PARLEMENT.

6 d'avril.

MONSIEUR,

L'HONNEUR que vous me faites de m'envoyer votre *Saturne* (*) me fait fentir toute votre bonté et toute mon indignité; mais, tout indigne que je fuis de ce beau préfent, il me fait faire bien des réflexions.

Nous avons connu fi tard les lunes et l'anneau de *Saturne*, très-inutilement appelés *les aftres de Louis;* les philofophes de notre chétif globe ont été tant de fiècles fans deviner ce qui fe paffe autour de cette dernière planète, qu'il eft clair qu'elle n'a pas été faite pour nous. Mais en même temps il eft bien beau que de petits animaux de cinq pieds et demi aient enfin calculé des phénomènes fi étonnans, à trois cents trente millions de lieues loin de chez eux.

Quand on fonge que la lumière réfléchie de notre petite planète et de ce gros *Saturne*, eft précifément la même; que la gravitation agit fur fes cinq lunes comme fur la nôtre; que nous pefons fur le foleil auffi bien que *Saturne*, que fes cinq lunes et fon anneau femblent abfolument néceffaires pour l'éclairer

_____

(*) *Effai fur les phénomènes relatifs aux difparitions périodiques de l'anneau de Saturne.*

un peu, on est ravi d'admiration, et l'on s'anéantit. ———
On est obligé d'admettre, avec *Platon*, un éternel 1776.
géomètre.

Ceux qui, comme vous, Monsieur, entrent dans
ce vaste et profond sanctuaire, me paraissent des
êtres bien au-dessus de la nature humaine. Je vous
avoue que je ne conçois pas comment un génie
occupé des lois de l'univers entier, peut descendre
à juger des procès dans un petit coin de ce monde
nommé la Gaule.

Je suis avec le plus sincère respect, &c.

LETTRE CXXII.

A M. DE POMARET, *à Ganges*.

8 d'avril.

Il y a un mois, Monsieur, que je vous dois une
réponse. Pardonnez à mon état très-languissant, si je
n'ai pas rempli mon devoir. J'approche du terme où
tout aboutit, et je finirai ma carrière en regrettant
d'avoir fait tant de chemin sans goûter la consolation
de vous voir. Je mourrai près du pays où mourut le
brave *Zuingle*, qui pensait que les *Numa*, les *Socrate*
et l'*autre* étaient tous de fort honnêtes gens.

On doute beaucoup que les *Lettres de Ganganelli*
soient de lui. Le monde est plein de sorciers qui font
parler les gens après leur mort. Il y a d'autres gens
qui s'érigent en prophètes. On nous avait assuré que
de très-sages ministres d'Etat s'occupaient de réta-
blir une ancienne loi de la nature qui veut qu'un

enfant appartienne légitimement à fon père et à fa mère, foit que le mariage foit une chofe incompréhenfible nommée facrement, foit qu'on ne le regarde que comme une affaire humaine ; mais tout cela eft renvoyé bien loin, et il faut attendre. Bien des gens de votre communion et de celle de mon curé, fe marient comme ils peuvent. La fociété n'en eft point troublée dans ma colonie. C'eft aujourd'hui le jour de Pâques ; les uns chantent chez moi *O filii et filiæ*; les autres ne chantent point, et chacun eft content, fans favoir un mot de ce dont il s'agit. Tout ce que je fais, c'eft qu'il faut vivre en paix, et que je fuis rempli d'eftime pour vous, Monfieur, comme de reconnaiffance pour les fentimens que vous avez la bonté de témoigner à votre &c.

LETTRE CXXIII.

A M. DE CHABANON.

12 d'avril.

Mon cher grec, il y a grande apparence que vous fuccèderez à quelque académicien français ou fuiffe, foit au vieillard de Ferney, foit à *Sainte-Palaye*. Je ne puis vous envoyer la lettre que vous me demandez, par la raifon qu'elle eft pleine de chofes qui n'ont aucun rapport à *Théocrite*, et que fans doute vous ne voulez pas que je divulgue les fecrets d'un ami.

Si, par quelque aventure étrange, vous aviez à recueillir une autre fucceffion que la mienne, et fi

j'avais affez de force pour venir moi-même vous
donner ma voix, foyez sûr que je ferais le voyage;
mais il eft très - probable que je ne voyagerai que
dans l'autre monde. Je vois que dans celui-ci tout
eft plein de cabales et de fottifes. Votre Paris eft partagé en dix mille petites factions dont Verfailles ne
fait jamais rien. Paris eft une grande baffe-cour com-
pofée de coqs-d'inde qui font la roue, et de perroquets
qui répètent des paroles fans les entendre. On leur
envoie de Verfailles leur pâture, ils font bien du
bruit, et Verfailles les laiffe crier.

Les provinces font plus tranquilles et plus fages,
elles rendent juftice à M. *Turgot*, et il eft déjà regardé
comme un grand-homme dans les cours étrangères.

Souvenez-vous quelquefois d'un vieux folitaire qui
vous aimera tant qu'il aura un refte de vie. *V.*

LETTRE CXXIV.

A M. DE VAINES.

13 d'avril.

SIL y a, Monfieur, quelque nouvel édit en faveur
de la nation, quelques remontrances des foi-difant
pères de la nation, quelque folie nouvelle de particuliers qui parlent au nom de la nation, je vous prie
d'ordonner que cela me parvienne contre-figné; car,
dans l'état où je fuis, je n'ai plus de confolation que
celle de lire.

J'ignore fi M. de *Condorcet* eft à la campagne ou à
Paris; j'ignore tout ce qui fe paffe.

On nous parle d'une caiffe d'efcompte dont plufieurs banquiers difent des merveilles : peut-être ce
qui eft bon pour des banquiers, n'eft pas fi bon pour
le public.

J'ai quelques petites difcuffions avec meffieurs les
fermiers généraux. Un particulier n'a pas beau jeu
contre foixante fouverains. Je me garde bien d'inter-
rompre M. *Turgot*, et de l'importuner de mes affaires
particulières avec ces meffieurs. Je frémis quand je
fonge au prodigieux fardeau dont ce miniftre eft
chargé ; mais je frémis bien davantage en voyant
l'obftination de ceux qui veulent avoir l'honneur
d'être fes ennemis, et qui abjurent leurs propres fentimens pour combattre le bien qu'il veut faire.

Confervez vos bontés pour votre &c.

Le vieux malade de Ferney. V.

LETTRE CXXV.

A M. DELISLE DE SALES.

15 d'avril.

IL faut enfin efpérer, Monfieur, que le parlement
vous rendra la juftice que vous n'avez pas obtenue
au châtelet.

Mais ce procès étrange doit vous ruiner. Pourquoi n'ouvrirait-on pas une foufcription pour vous
procurer les moyens de le foutenir ? n'eft-ce pas là
caufe publique que vous défendez ? Laiffez-vous
conduire. Il faut ici du courage, et non une vaine
délicateffe.

Madame la comtesse de *Vidampierre*, qui prend tant d'intérêt à votre fort, pourrait vous servir dans une entreprise si honorable. Ma soûscription doit être prête. Elle est en votre nom, et vous la trouverez chez M. d'*Ailli*, notaire, rue de la Tixeranderie (*). Je ne doute pas que tous les véritables gens de lettres ne s'empressent à vous donner des marques de l'intérêt qu'ils doivent prendre à vous. Le triste état où me réduit ma mauvaise santé, aidée de quatre-vingt-trois ans, me met dans l'impossibilité de vous dire plus au long à quel point j'ai l'honneur d'être, &c.

LETTRE CXXVI.

A MADAME DE SAINT-JULIEN.

17 d'avril.

ENFIN, Madame, M. de *Crassy* m'apporte des consolations, et me rend un peu de courage. Je vois bien que vous avez reçu mes quatre lettres qui en effet ne pouvaient être perdues; mais je vois aussi que votre cœur généreux était un peu piqué de ce que vous n'aviez trouvé dans ces lettres aucune occasion nouvelle de répandre vos bontés accoutumées sur mon petit pays et sur moi.

Je ne vous avais point importunée pour de nouvelles grâces, parce qu'il ne s'agissait plus que de petits détails qui ne concernaient que nos prétendus

(*) Cette soûscription était de cinq cents livres. M. *Delisle* n'a jamais voulu consentir à l'accepter, et M. de *Voltaire* n'a jamais voulu la retirer. On a dû la remettre à ses héritiers.

états, et dont nous n'avons pas fatigué le miniftre. Vous êtes bien perfuadée que, fi j'avais eu quelque chofe à folliciter, je n'aurais pas cherché d'autre protection que la vôtre.

J'ai écrit à la vérité à M. de *Fargès*, mais c'était pour des marchands de cuir, pour des tanneurs, pour des papetiers. Il eft intendant du commerce, et il faut bien qu'il entre dans ces minuties qui font de fon département, tout indignes qu'elles font de l'occuper.

Quand il s'eft agi de rendre la liberté à dix ou douze mille hommes, et de délivrer tout un pays d'un joug infupportable, nous ne nous fommes jamais adreffés qu'à madame de *Saint-Julien*, et c'eft en fon nom que toutes les paroiffes font venues chanter des *Te Deum* dans la nôtre.

J'ai été bien humilié et bien malade de me voir abandonné par vous; mais enfin je me flatte que je ne fuis pas tout-à-fait difgracié dans votre cour. Vous me faites même efpérer que nos dragons et notre artillerie feront encore affez heureux pour vous faire tous les honneurs de la guerre. Je renaîtrai alors, et j'ai grand befoin de renaître, car ma fanté eft affreufe. Quand j'ai un petit moment de relâche, je me crois capable de faire le voyage de Paris; je m'en vante à M. d'*Argental*; mais cette illufion ne dure pas, et je retombe bientôt dans ma mifère.

M. de *Boncerf* n'a pas eu autant de circonfpection que de philofophie et de vertu. Il ne devait pas faire courir ma lettre; mais, après tout, que pourrat-on y avoir vu de fi dangereux? J'ai penfé précifément comme le roi; il n'y a pas là de quoi fe défefpérer.

défefpérer. J'ofe me flatter même que j'ai penfé
comme vous, Madame; car, quoique vous foyez née
de l'ancienne chevalerie, vous ne voulez pas que le
refte du monde foit efclave; on ne doit l'être que
de vos charmes et de la fupériorité de votre efprit.
Ce font-là mes chaînes; je les porterai avec joie
tout le refte de ma vie, malgré les maux que la nature
s'obftine à me faire.

Ne laiffez pas refroidir vos bontés pour le vieux
malade de Ferney, *V.*

LETTRE CXXVII.

A M. DE LA HARPE.

19 d'avril.

Mon cher ami, je fuis fi peu de ce monde que
j'ignorais la nomination de *Colardeau* et fa mort,
auffi-bien que fes ouvrages. Tout ce que je fais,
c'eft que je fouhaitais depuis long-temps de vous
avoir pour confrère, vous et M. de *Condorcet;* car il
faut abfolument réhabiliter l'académie.

Je n'avais jamais entendu parler de *Rigoley de
Juvigni.* Je vous ferai très-obligé de m'apprendre s'il
eft parent de M. *Rigoley d'Ogni*, intendant des poftes.
C'eft fans doute un grand génie, et digne du fiècle.

A l'égard de *Gilles-Piron* qui, à mon avis, n'a
jamais travaillé que pour la foire, je ne crois pas
l'avoir vu trois fois en ma vie. Je ne connais point
du tout fes *Oeuvres pofthumes* ou *mortes;* mais je puis

Correfp. générale.   Tome XII.   P

——— jurer et même parier que je n'ai jamais parlé au roi
de Prusse ni de *Piron*, ni de *Fréron*, ni d'aucun de
ces messieurs-là.

1776.

Je vous suis très-obligé, mon cher ami, de l'avis
que vous me donnez concernant la petite calomnie
absurde dont je suis affligé dans cette édition de *Gilles-Piron*. Voici ma réponse que je vous prie de vouloir
bien faire insérer dans le prochain *Mercure*. (*)

Je vais hasarder de vous envoyer les Lettres chinoi-
ses sous l'enveloppe de M. de *Vaines*. Vous permettrez
que d'abord je lui en envoye un exemplaire pour
lui, car il est juste de lui payer sa commission, et il
y en aura un autre pour vous, la poste d'après : mais
je doute beaucoup que ces paquets arrivent à bon
port. J'en avais adressé un à M. d'*Argental* qu'il n'a
point reçu. Les obstacles et les gênes se multiplient
de tous les côtés. Je vois bien qu'il faut que je renonce
à la littérature, et que je me borne à bâtir des maisons,
en attendant que je forme les quatre ais de ma bière.
Je suis dans ma quatre-vingt-troisième année, quoi
qu'on dise ; il y a environ quatre-vingts ans que je

(*) Vous m'apprenez, Monsieur, qu'on vient d'imprimer les *Ocuvres
posthumes* de feu M. *Piron*, et que l'éditeur ne m'a pas épargné. Il
prétend, dites-vous, que le roi de Prusse m'ayant un jour parlé de cet
auteur *agréable, plein d'esprit et de saillies*, je lui répondis : *Fi donc ! c'est
un homme sans mœurs*.

Je vous conseille, Monsieur, de mettre cette anecdote au nombre des
mensonges imprimés. Elle n'est assurément ni vraie, ni vraisemblable. Je
puis vous attester, et j'ose prendre sa Majesté le roi de Prusse à témoin,
que jamais il ne m'a parlé de *Piron*, et que jamais je ne lui en ai dit
un mot. Je ne crois pas avoir entrevu *Piron* trois fois en ma vie. Je
connais encore moins l'éditeur de ses ouvrages ; mais je suis accoutumé
depuis long-temps à ces petites calomnies qu'il faut réfuter un moment,
et oublier pour toujours.

fuis malade, et j'ai été perfécuté environ foixante.
Voilà à peu-près le fort des gens de lettres.

Portez-vous bien, mon cher ami; écrafez l'envie;
combattez, triomphez, ét aimez-moi.

LETTRE CXXVIII.

A M. LE COMTE D'ARGENTAL.

19 d'avril.

MON cher ange, le gros abbé *Mignot* m'a apporté
des lettres bien confolantes de vous. J'en avais grand
befoin, quand il eft arrivé; car tous mes maux
m'avaient repris. Vos lettres verfent toujours du
baume fur mes bleffures; mais je vous avoue que les
cicatrices font un peu profondes. Tout ce que vous
dites des pères de la patrie eft bien penfé, bien jufte,
bien vrai. Vous avez grande raifon d'être de l'avis
du Pont-neuf qui dit dans la chanfon :

> O, les fichus pères, oh gai !
> O, les fichus pères !

Mais tout fichus pères qu'ils font, en ont-ils moins
répandu le fang du chevalier de *la Barre* et du comte
de *Lalli* ? en ont-ils moins perfécuté les gens de
lettres qui avaient eu la bêtife de prendre leur parti ?
fe font-ils moins déclarés contre le bien que fait le
roi ? ont-ils moins effayé de troubler le miniftère ?
font-ils moins redoutables aux particuliers ? cabalent-

——— ils moins avec ce même clergé qu'ils avaient pour-
1776. suivi avec tant d'acharnement? oppriment-ils moins
quiconque n'eſt pas le parent ou l'ami de leurs gros
bonnets ? font-ils moins ſemblant d'avoir de la
religion ? forcent-ils moins les gens qui penſent à
s'éloigner de leur reſſort? ont-ils moins pourſuivi
M. de *Boncerf*, premier commis de M. *Turgot*, et
ne le pourſuivent-ils pas encore, ſans le nommer,
dans l'arrêt qu'ils ont donné le lendemain du lit de
juſtice? s'ils ſont rois de France, il faut donc quitter
la France et ſe préparer ailleurs un aſile. Perſonne
n'eſt ſûr de ſa vie. Ils ſe vengeront, ſur le premier venu,
de la diſgrâce qu'ils ſe ſont attirée ſous *Louis XV;* et
ils embarraſſeront *Louis XVI* autant qu'ils le pourront.
Le roi ſe défendra bien; mais les ſujets ne peuvent
ſe défendre qu'en fuyant.

Je vous avoue, mon cher ange, que tout cela
empoiſonne les derniers jours de ma vie.

Comme vous mettez à l'ombre de vos ailes toutes
mes petites tribulations, il faut que je vous diſe qu'un
Rigoley de Juvigni, éditeur des œuvres de *Piron*, a
inféré dans ſon édition, que j'avais empêché ce
Gilles - Piron d'être préſenté au roi de Pruſſe, et que
j'avais dit à ce monarque: *Fi donc! ſire, Piron eſt un
homme ſans mœurs.* Ce menſonge imprimé ſerait bien
aiſé à réfuter. Le roi de Pruſſe peut m'être témoin
qu'il ne m'a jamais parlé de *Piron*, et que je ne lui
ai jamais parlé de ce drôle de corps, qui était alors
abſolument inconnu.

Je ne ſais qui eſt ce *Rigoley de Juvigni*. Je me
flatte qu'il n'eſt pas parent de M. *Rigoley d'Ogni* à
qui ma colonie a les plus grandes obligations.

Je ne conçois pas comment vous n'avez pas reçu le petit paquet que je vous ai envoyé fous l'enveloppe de M. de *Sartine*. Il m'a mandé qu'il l'avait reçu, et qu'il allait vous le dépêcher. Vous devez l'avoir à préfent, à moins qu'il ne vous l'ait adreffé dans quelque port de mer.

Vivez toujours heureux, mon cher ange, et je ferai moins trifte.

LETTRE CXXIX.

A M. DE VAINES.

26 d'avril.

EH bien, Monfieur, parmi les nouveaux édits que vous avez eu la bonté de m'envoyer, en voilà encore un de M. *Turgot*, en faveur de la nation. C'eft celui des forêts qui font auprès des falines de Franche-Comté. Ce miniftre fera tant de bien qu'à la fin on confpirera contre lui.

Je l'ai importuné depuis quelque temps avec beaucoup d'indifcrétion ; mais, en qualité de commiffionnaire et de fcribe de nos petits états, je n'ai pu faire autrement. Je n'ai point exigé qu'il me lût. Je mets en marge de mes mémoires, *pays de Gex*. Je le prie feulement qu'on faffe une liaffe de toutes nos requêtes, après quoi il examinera un jour à loifir ce qu'il voudra accorder ou refufer. Cette manière de procéder avec le miniftère me paraît la moins gênante et la plus honnête. Je tâche furtout d'être extrêmement court dans mes demandes ; car il m'a paru que

——— les préfenteurs de requêtes font prefque toujours d'une prolixité infupportable, et s'imaginent qu'un miniftre doit oublier le monde entier pour leur affaire. C'eft peut-être cet ennui qui dégoûte M. de *Malesherbes* de fa place; mais il eft bien trifte qu'il fonge à fe retirer, lorfqu'il peut faire du bien. Il me femble qu'en fe joignant à M. *Turgot* pour refondre cette France qui a tant befoin d'être refondue, ils auraient fait tous deux des miracles.

Je n'ai jamais vu mademoifelle d'*Efpinaffe*, mais tout ce qu'on m'en a dit me la fait bien aimer. Je ferais très-affligé de fa perte. Voici un petit mot pour M. d'*Alembert*, que je mets fous la protection de votre contre-feing.

Je ne peux, Monfieur, vous envoyer que des balivernes, lorfque vous daignez me faire parvenir les ouvrages les plus utiles; mais chacun donne ce qu'il a.

Confervez-moi, Monfieur, vos bontés qui font le charme de ma folitude et de ma vieilleffe. *V.*

LETTRE CXXX.

A M. TURGOT.

A Ferney, 3 de mai.

M. de *Trudaine*, votre digne ami, Monfeigneur, m'a fait voir un édit fur les vins qui vaut bien celui du 14 de feptembre fur les blés. Ces deux pièces, véritablement éloquentes, puifque la raifon et le bien public y parlent à chaque ligne, n'ont qu'à fe joindre

1776.

à l'édit de la caisse de Poissy, et la France est sûre de faire bonne chère. Les aloyaux que les Anglais appellent rost-beef valent bien la poule au pot. Je crois bien que le parlement de Bordeaux sera un peu fâché, mais le parlement de Toulouse sera fort aise.

M. de *Trudaine* est témoin des transports de joie que vous avez causés dans tous les pays qui nous environnent. Nous voyons naître le siècle d'or ; mais il est bien ridicule qu'il y ait tant de gens du siècle de fer dans Paris. On m'assure, pour ma consolation, que vous pouvez compter sur la fermeté de *Sésostris ;* c'était-là mon plus grand souci.

Je n'ose vous supplier de me confirmer cette heureuse anecdote dont dépend la destinée de toute une nation ; mais je vous avoue que je voudrais bien, avant de mourir, être sûr de mon fait, et pouvoir vous excepter du nombre des grands-hommes dont *Horace* a dit :

> *Diram qui contudit hydram,*
> *Comperit invidiam supremo fine domari.*

Quant à notre sel, Monseigneur, je ne vous en importunerai plus, puisque je vois que vous n'oubliez rien.

Quant à la dame *Lobreau*, il est clair que son argent est tout aussi bon que celui des épiciers qui veulent donner la comédie sans avoir d'acteurs.

> *Quisque suam exerceat artem.*

Pour votre art, il est, *cum tot sustineas et tanta negotia solus.* Vous voyez que je passe ma vie entre vos

P 4

ouvrages et ceux d'*Horace* ; je ne peux mieux finir ma carrière.

Madame *Denis* eſt pénétrée de l'honneur de votre ſouvenir, et nous le ſommes tous de vos extrêmes bontés. *V.*

LETTRE CXXXI.

A M. LE BARON DE FAUGERES,

Officier de marine, ſur un monument qu'il propoſe d'ériger aux grands-hommes du ſiècle de Louis XIV, dans la place de Montpellier.

3 de mai.

VOUS propoſez, Monſieur, qu'autour de la ſtatue élevée à Montpellier à *Louis XIV après ſa mort*, on dreſſe des monumens aux grands-hommes qui ont illuſtré ſon ſiècle en tout genre. Ce projet eſt d'autant plus beau que, depuis quelques années, il ſemble qu'on ait formé parmi nous une cabale pour rabaiſſer tout ce qui a fait la gloire de ces temps mémorables. On s'eſt laſſé des chefs-d'œuvre du ſiècle paſſé. On s'efforce de rendre *Louis XIV* petit, et on lui reproche ſurtout d'avoir voulu être grand. La nation, en général, donne la préférence à *Henri IV*, et l'excluſion à tous les autres rois. Je n'examine pas ſi c'eſt juſtice ou inconſtance, ſi notre raiſon perfectionnée connaît mieux le vrai mérite aujourd'hui qu'autrefois, je remarque

feulement que, du temps d'*Henri IV*, elle ne connaiffait
point du tout le mérite, elle ne le fentait point. On ne
me connaît pas, difait ce bon prince au duc de *Sulli*,
on me regrettera. En effet, Monfieur, ne diffimulons
rien ; il était haï et peu refpecté. Le fanatifme, qui le
perfécuta dès fon berceau, confpira cent fois contre
fa vie, et la lui arracha enfin au milieu de fes grands
officiers, par la main d'un ancien moine feuillant
devenu fou, enragé de la rage de la ligue. Nous
lui fefons aujourd'hui amende honorable ; nous le
préférons à tous les rois, quoique nous confervions
encore, et pour long-temps, une grande partie
des préjugés qui ont concouru à l'affaffinat de ce
héros.

Mais fi *Henri IV* fut grand, fon fiècle ne le fut
en aucun genre. Je ne parlerai pas ici de cette foule
de crimes et d'infamies dont la fuperftition et la dif-
corde fouillèrent la France. Je m'arrête aux arts dont
vous voulez éternifer la gloire. Ils étaient ou ignorés
ou très-mal exercés, à commencer par celui de la
guerre. On la fefait depuis quarante ans, et il n'y
eut pas un feul homme qui laiffa la réputation d'un
général habile, pas un que la poftérité ait mis à côté
d'un prince de *Parme*, d'un prince d'*Orange*. Pour
la marine, Monfieur, vous qui vous y êtes diftingué,
vous favez qu'elle n'exiftait pas alors. Les arts de la
paix, qui font le charme de la fociété, qui embelliffent
les villes, qui éclairent l'efprit, qui adouciffent les
mœurs, tout cela nous fut étranger ; tout cela n'eft
né que dans l'âge qui vit naître et mourir *Louis XIV*.

J'ai peine à concevoir l'acharnement avec lequel
on pourfuit aujourd'hui la mémoire du grand *Colbert*

qui contribua tant à faire fleurir tous ces arts, et furtout la marine qui eft un des principaux objets de votre grand deffein. Vous favez, Monfieur, qu'il créa cette marine fi long-temps formidable. La France, deux ans avant fa mort, avait cent quatre-vingts vaiffeaux de guerre et trente galères. Les manufactures, le commerce, les compagnies de négoce, dans l'Orient et dans l'Occident, tout fut fon ouvrage. On peut lui être fupérieur, mais on ne pourra jamais l'éclipfer.

Il en fera de même dans les arts de l'efprit, comme en éloquence, en poëfie, en philofophie et dans les arts où l'efprit conduit la main, comme en architecture, en peinture, en fculpture, en mécanique. Les hommes qui embellirent le fiècle de *Louis XIV* par tous ces talens, ne feront jamais oubliés, quelque foit le mérite de leurs fucceffeurs. Les premiers qui marchent dans une carrière, reftent toujours à la tête des autres dans la poftérité. Il n'y a de gloire que pour les inventeurs, a dit *Newton* dans fa querelle avec *Leibnitz*, et il avait raifon. Il faut regarder comme inventeur un *Pafcal* qui forma en effet un genre d'éloquence nouveau ; un *Péliffon* qui défendit *Fouquet* du même ftyle dont *Cicéron* avait défendu le roi *Déjotarus* devant *Céfar ;* un *Corneille* qui fut parmi nous le créateur de la tragédie, même en copiant le Cid efpagnol ; un *Molière* qui inventa réellement et perfectionna la comédie ; et fi *Defcartes* ne s'était pas écarté, dans fes inventions, de fon guide, la géométrie; fi *Mallebranche* avait fu s'arrêter dans fon vol, quels hommes ils auraient été !

Tout le monde convient que ce grand fiècle paffé

1776.

fut celui du génie ; mais après les hommes qu'on regarde comme inventeurs, viennent fouvent, je ne dis pas des difciples formés dans l'école de leurs maîtres, ce qui ferait louable, mais des finges qui s'efforcent de gâter l'ouvrage de ces maîtres inimitables. Ainfi, après que *Newton* a découvert la nature de la lumière, arrive un *Caftel* qui veut enchérir, et qui propofe un clavecin oculaire.

A peine a-t-on découvert, avec le microfcope, un nouveau monde en petit, que voilà un *Néedham* qui imagine avoir fait une république d'anguilles, lef-quelles accouchent fur le champ d'autres anguilles, le tout dans une goutte de bouillon ou dans une goutte d'eau qui a bouilli avec du blé ergoté. Les animaux, les végétaux font produits fans germe, et pour comble de ridicule, cela eft appelé le fublime de l'hiftoire naturelle.

Sitôt que de vrais philofophes eurent calculé l'action du foleil et de la lune fur le flux et le reflux des mers, des romanciers, au-deffous de *Cyrano de Bergerac*, écrivent l'hiftoire des temps où ces mers couvraient les Alpes et le Caucafe, et où l'univers n'était habité que par des poiffons. Ils nous découvrent enfuite la grande époque dans laquelle les marfouins, nos aïeux, devinrent hommes, et comment leur queue fourchue fe changea en cuiffes et en jambes. C'eft-là le grand fervice que *Téliamed* a rendu depuis peu au genre-humain.

Ainfi, Monfieur ; dans tous les arts, dans toutes les profeffions, les charlatans fuccèdent aux bons maîtres ; et faffe le ciel que nous n'ayons jamais de charlatans plus funeftes !

Puiſſe votre projet être exécuté! puiſſent tous les génies qui ont décoré le ſiècle de *Louis XIV*, reparaître dans la place de Montpellier, autour de la ſtatue de ce roi, et inſpirer aux ſiècles à venir une émulation éternelle! &c.

LETTRE CXXXII.

A M. DE VAINES.

3 de mai.

Puisque vous daignez, Monſieur, admettre dans votre bibliothéque, des facéties chinoiſes, indiennes et tartares, j'ai l'honneur de vous en envoyer un exemplaire; mais je viens de lire une brochure qui me dégoûte de toutes les autres. C'eſt un édit ſur la liberté du commerce des vins. Il fait un beau pendant avec l'édit du 14 de ſeptembre en faveur des blés.

Je conçois qu'il y ait des gens tout étonnés de voir des traités de politique et de morale avec la formule, *car tel eſt notre bon plaiſir;* mais je ne conçois pas que des gens qui ont de la barbe au menton s'effarouchent des vérités qu'on leur démontre. Il me ſemble que je vois les médecins du temps de *Molière* ſoutenir des thèſes contre la circulation du ſang. Il eſt impoſſible que le parti de ceux qui ferment les yeux à la lumière, ſe ſoutienne long-temps. Toutes les nouvelles vérités ſont d'abord mal reçües chez nous. On eſt fâché d'être obligé de retourner à l'école, quand on ſe croit docteur, *et quæ imberbes didicere ſenes perdenda fateri.*

Enfin, Monfieur, ces vins me paraiffent avoir ——
une féve et une force toute nouvelle. Je confeille à 1776.
meffieurs d'en boire largement, au lieu d'en dire du
mal. Ces bons vins de M. *Turgot* font capables de
me ranimer. Mon malheur eft de n'avoir pas long-
temps à en boire.

LETTRE CXXXIII.

A M. LAUS DE BOISSY,

Sur fa réception à l'académie des Arcades de Rome.

A Ferney, 6 de mai.

Si j'ai l'honneur, Monfieur, d'être votre confrère
à Rome, je ne ferais pas moins flatté de l'être à Paris:
j'ambitionne encore un titre plus flatteur, celui de
votre ami : vos lettres m'en ont infpiré le défir autant
que vos ouvrages ont de droit à mon eftime; il eft
vrai que mon âge, mes maladies et ma retraite, ne
me permettent guère de cultiver une liaifon fi flat-
teufe; mais fouffrez que je cherche, dans l'expreffion de mes fentimens pour vous, une confolation
qui m'eft néceffaire. Je crois apercevoir dans tout
ce que vous écrivez, quel eft le charme de votre
fociété. J'ai reçu un peu tard le préfent charmant
dont vous m'honorez; il n'y aurait qu'un *Anacréon*
qui pût mériter une telle galanterie; il aurait chanté
vos couplets; je puis à peine les lire, et je n'ai
d'*Anacréon* que la vieilleffe.

J'ai l'honneur d'être, Monfieur, avec tous les
fentimens que je vous dois, votre &c. *V.*

LETTRE CXXXIV.

A MADAME

LA COMTESSE DE VIDAMPIERRE.

15 de mai.

MADAME,

J'AI peur d'avoir perdu votre adreſſe, mais je ne perdrai jamais le ſouvenir des bontés dont vous m'honorez, et des nobles ſentimens que j'ai admirés dans votre lettre.

Je ne ſuis point inquiet de l'affaire de M. *Deliſle*, puiſque vous le protégez. Vous êtes d'un ſang à qui les belles-lettres et la philoſophie auront une obligation éternelle... Il paraît que le temps des *Anitus* eſt paſſé. Vous contribuerez plus que perſonne, Madame, à faire régner la raiſon ; car on me dit que vous l'ornez de toutes les grâces qui aſſurent ſon triomphe. Les hommes ne ſont gouvernés que par l'opinion, et cette opinion dépend du petit nombre de perſonnes qui vous reſſemblent. C'eſt par leurs charmes et par la force de leur eſprit que le public eſt dirigé, ſans même qu'il s'en aperçoive. Je maintiens qu'il ſuffit de trois ou quatre dames comme vous, pour rendre une nation meilleure et plus aimable. Je ſens combien votre lettre aurait de pouvoir ſur moi, ſi on pouvait ſe réformer à mon âge.

Je ſuis avec un profond reſpect, &c.

LETTRE CXXXV.

A MADAME DE SAINT-JULIEN.

15 de mai.

VOICI, Madame, une aventure toute faite pour ceux qui croiraient aux préfages. L'hôtel la Tour-du-Pin eft tombé tout entier à Ferney. *Racle* s'était avifé de faire une cave en fous-œuvre, prétendant foutenir la maifon avec des étaies : il s'eft trompé ; la maifon s'eft écroulée en un moment, il a démoli le peu qui reftait, et il n'y a pas actuellement le moindre veftige de maifon. Si j'étais fuperftitieux, je prendrais cet accident pour un avertiffement du ciel. Ce ferait un figne évident que vous avez abandonné entière-ment le vieillard de Ferney comme fes mafures ; ce malheur ne me ferait pas arrivé, fi vous aviez daigné continuer à m'écrire. La maifon eft tombée comme moi dans votre difgrâce. Je fuis malheureux de toutes les façons ; tout eft en décadence chez moi. L'hor-reur d'une vieilleffe accablée de maladies eft bien pire que la chute d'une maifon ; mais tout cela, joint au profond oubli dont vous m'honorez, conftitue l'état le plus miférable où un pauvre homme puiffe fe trouver.

Je n'ai rien fu de la perte de cette maifon qui eft très-confidérable, qu'après le départ de M. de *Trudaine*. Il a paffé à Ferney quelques jours avec madame de *Trudaine* et madame d'*Invau*. Il ne fait pas encore que cette grande maifon eft tombée, et que le refte eft dédaigné par vous. Je ne lui en dirai rien dans mes lettres ; il semblerait que je demanderais du secours au ministère, et assurément je suis bien loin de faire une telle indiscrétion.

Au reste, cet accident n'est pas le seul qui me soit arrivé ; il avait été précédé, il y a quelques mois, de la chute d'une maisonnette voisine. Me voilà au milieu des débris de toute espèce. J'y comprends les miens de quatre-vingt-deux ans et demi. Voilà par où il faut que tout finisse. Je souhaite au héros de Chanteloup plus de bonheur dans ses palais. Son ame sera toujours plus inébranlable qu'eux. Je cours à *bride abattue* au dernier moment de ma vie. Je mourrai dans la rage de penser qu'il m'a cru capable d'oublier ses bontés. Cette idée désespérante me poursuit jour et nuit. Je voudrais qu'il sût qu'il n'y a personne en France plus tendrement attaché que moi à sa personne. Je l'ai toujours révéré, et j'ose dire aimé autant que j'ai détesté la vénalité des charges en tout genre.

J'ignore plus que jamais ce qu'on fait et ce qu'on dit à Paris : j'ignore surtout quelles sont vos marches ; si vous allez en Bourgogne voir monsieur votre frère cette année, si vous daignerez vous souvenir de Ferney, si vous viendrez pleurer ou rire avec moi sur les ruines du château la Tour-du-Pin. Tout ce que je fais bien, c'est que je me regarderai comme un de vos sujets, et que je vous serai toujours fidelle, soit que vous me continuiez vos bontés, soit que vous m'accabliez de votre disgrâce. Soyez papillon, soyez aigle, je serai toujours l'admirateur de vos ailes brillantes.

Le triste hibou de Ferney, V.

LETTRE

LETTRE CXXXVI. 1776.

A M. DE VAINES.

17 de mai.

AH! mon Dieu, Monfieur, quelle funefte nouvelle j'apprends (*)! La France aurait été trop heureufe. Que deviendrons-nous? reftez-vous en place? auriez-vous le temps de me raffurer par un mot? puis-je m'adreffer à vous pour faire paffer ce billet? Je fuis atterré et défefpéré.

LETTRE CXXXVII.

A M. DE LA HARPE.

22 de mai.

MON cher ami, il n'y avait que votre promotion au fauteuil qui pût me confoler de la perte que tous les vrais philofophes et tous les bons citoyens viennent de faire.

Vous avez, mon cher confrère, une place que vous rendrez plus confidérable qu'elle ne l'eft par elle-même : tant vaut l'homme, tant vaut l'académie. Les deux bras de votre fauteuil feront ornés de Menzicof et des Barmécides. Vous avez enterré *Fréron*, vous étoufferez les autres infectes dans leur naiffance. C'eft à préfent qu'il y a plaifir à être des quarante.

(*) La retraite de M. *Turgot* du miniftère.

Correfp. générale. Tome XII. Q

Votre profe eſt auſſi bonne que vos vers. Je fais un petit recueil de toutes les feuilles que vous avez daigné inférer dans le *Mercure*, et je jette tout le reſte au feu. C'eſt ainſi que je traite tous les journaux ; ſans cela, on aurait une bibliothéque immenſe de livres inutiles.

Je crois qu'on fait actuellement à Lauſane un recueil de tout ce qu'on a pu raſſembler de vos ouvrages. Ce ſera un livre qui me ſera cher, et que je lirai bien ſouvent.

Je n'ai point eu encore le courage de faire venir le fatras de ce *Gilles*, nommé *Piron* : on ne peut à mon âge ſouffrir les plaiſanteries de la foire. Je vous fais bon gré de n'être jamais deſcendu à la plaiſanterie bouffonne. Vous avez toujours été fait pour le noble et pour l'élégant ; c'eſt votre caractère. La bouffonnerie l'aurait dégradé.

Nous avions beſoin d'un homme tel que vous. Votre nomination fera taire la racaille des petits auteurs ; ils doivent être confondus et rentrer dans le néant.

Si vous voyez M. de *Vaines*, je vous ſupplie, mon cher confrère, de lui dire combien je m'intéreſſe à lui, et à quel point je ſuis affligé. Que dit monſieur d'*Alembert*? où eſt M. de *Condorcet*? aurez-vous le temps de répondre à ces queſtions ? Vous allez travailler à votre diſcours de réception, et vous vous doutez bien que je l'attends avec quelque impatience.

Je vous embraſſe bien tendrement, mon très-cher confrère ; et ce n'eſt pas pour long-temps, car je n'en peux plus. Je crois qu'à la fin je me meurs : *ſupremum quod te alloquor hoc eſt.*

LETTRE CXXXVIII.

A MADAME DE SAINT-JULIEN.

29 de mai.

J'ose me fervir de ma faible main pour remercier enfin mon charmant papillon de s'être reffouvenu de fon hibou. Vous êtes vraiment, Madame, *Papillon-philofophe*. Je vous rends votre titre que vous méritez fi bien. Ce n'eft pas que je me flatte de vous voir voltiger dans nos déferts, et repofer vos belles ailes dans un pays dont vous avez été la protectrice et l'ornement.

Votre hibou fera toujours bien refpectueufement, bien tendrement, bien triftement attaché à fon brillant papillon; mais je péris dans mon corps et dans mon ame. La retraite des deux aigles qui me protégeaient eft un coup qui m'accable.

C'eft pour rire apparemment que vous parlez de donner de l'argent à *Racle*. Je crois vous avoir mandé que la maifon était tombée, parce que *Racle* avait oublié de la foutenir par des étaies, lorfqu'il y creufait une cave en fous-œuvre. Il rebâtit à préfent cette maifon pour un négociant. Elle n'eft plus faite pour loger les grâces et l'efprit. De plus, elle était offufquée par deux bâtimens voifins qu'on vient de conftruire. Pourquoi imaginiez-vous de loger là quand vous viendriez honorer nos chaumières de votre préfence? pourquoi fuir notre château, tout chétif qu'il eft? fongez-vous bien qu'il aurait fallu attendre

—— deux ans avant que votre maiſon fût meublée, et
qu'elle aurait coûté plus de quatre-vingts mille francs
avant que vous euſſiez pu y coucher?

Ne pouvant écrire long-temps de ma main, je
donne la plume à l'ami *Wagnière*; car ma faibleſſe
devient de jour en jour, et d'heure en heure, ſi inſup-
portable, que je ne puis rien faire de tout ce que les
autres hommes font. Le déſaſtre qui nous eſt arrivé,
en nous ôtant les deux appuis ſur leſquels nous
nous repoſions, nous a frappés au milieu des plaiſirs,
comme un coup de tonnerre dans les beaux jours.
Saint-Géran bâtiſſait une ſalle de théâtre et ſes appar-
tenances, tout auprès de la place que vous aviez
choiſie. M. de *Trudaine* venait de prendre des arrangemens pour qu'on pavât notre hameau devenu ville.
Madame d'*Invau* et M. de *Trudaine* ne ſongeaient
qu'à ſe réjouir. M. *Delille* nous récitait de beaux
morceaux de ſa traduction de l'*Enéide*, lorſque tout
à coup nous apprîmes que notre beau rêve était fini.
C'eſt ainſi que les eſpérances ſont toujours trompées
d'un bout du monde à l'autre.

J'avais toujours cru que M. de *Fargès* était intendant du commerce. J'en croyais l'Almanach royal, le
ſeul livre, dit-on, qui contienne des vérités; mais ſi
l'Almanach royal m'a trompé, à qui faudra-t-il jamais
croire? Au reſte, je ne penſe pas que je doive prendre
ce moment pour fatiguer ni les intendans du commerce, ni les intendans des finances, de mes requêtes
en faveur de la colonie. J'ai toujours remarqué que
les prières des rogations n'étaient bonnes à rien,
quand l'année était mauvaiſe. Le meilleur parti eſt
de ſouffrir ſans ſe plaindre. A quoi ſervirait-il d'avoir

vécu quatre-vingt-deux ans, comme j'ai fait, fi je
n'avais pas appris à me réfigner? C'eft ce que je
fouhaite à un de vos amis, jeune homme de quatre-
vingts ans, qui n'a, je crois, de bon parti à prendre
que d'être véritablement philofophe. Cette philofophie, dont on a dit tant de mal, eft pourtant l'unique
confolation pour les efprits bien faits dans les malheurs de cette vie. Il n'y a que vôtre abfence, papillon
refpectable et aimable, dont la philofophie ne peut
confoler. *V.*

LETTRE CXXXIX.

A M. CHRISTIN.

3o de mai.

Vous jugez bien, mon cher ami, de la défolation
où nous fommes. Vous êtes dans un faubourg de
l'enfer et moi dans l'autre. J'avais déjà parlé à M. de
Trudaine de cette main-morte gothe, vifigothe et
vandale. Il penfait abfolument comme nous, et il
répondait de deux miniftres auffi philofophes que
lui, et amoureux comme lui du bien public. Il avait
fait un petit voyage à Lyon, pour y confommer
l'affaire des jurandes et des corvées, et pour établir la
liberté dans toutes les provinces voifines, lorfque tout
d'un coup un courier extraordinaire lui apporta la
fatale nouvelle (*). Il revint fur le champ à la petite
maifon où il avait laiffé madame fa femme, entre

(*) La retraite de M. *Turgot.*

Q 3

Genève et Ferney. Il repartit au bout de deux jours pour Paris, et nous laiſſa dans le déſeſpoir. Le reſte de ma vie, mon cher ami, ne ſera plus que de l'amertume ; et, s'il eſt pour moi quelque conſolation, elle ne peut être que dans votre amitié.

LETTRE CXL.

A M. L'ABBÉ SPALANZANI.

A Ferney, 6 de juin.

VOTRE lettre, du 31 de mai, ranime mes anciens goûts et mes anciennes eſpérances. J'avais renoncé à l'honneur de rendre des têtes à des colimaçons. J'avais la modeſtie de croire que je n'étais point du tout propre à faire des miracles. Je me ſouvenais pourtant très-bien d'avoir vu revenir des têtes aux limaces incoques que j'avais décapitées ; mais de bons naturaliſtes avaient bien rabattu ma vanité, en me perſuadant que je n'étais qu'un mal-adroit, et que je n'avais coupé que des viſages dont la peau revient aiſément. Mais puiſque vous m'aſſurez que vous avez coupé de vraies têtes, et qu'elles ſont revenues, *io ripiglio la mia confidenza*, et je recommence à croire la nature capable de tout.

Ce que vous m'apprenez d'animaux morts depuis long-temps, reſſuſcités par vous, eſt aſſurément un plus grand miracle. Vous paſſez pour le meilleur obſervateur de l'Europe. Toutes vos expériences ont

1776.

été faites avec la plus grande sagacité. Quand un homme tel que vous nous annonce qu'il a ressuscité des morts, il faut l'en croire.

Je ne sais ce que c'est que le *cotifero* et le *tardi grado*, ni comment nos naturalistes nomment ces petits animaux aquatiques; vous les faites réellement mourir en les mettant à sec, et vous les faites revivre longtemps après, en les replongeant dans leur élément.

Après avoir fait, Monsieur, des expériences si prodigieuses, vous descendez jusqu'à me demander mon sentiment sur les ames du *cotifero* et du *tardi grado*; que devient leur ame? est-elle immatérielle? renaît-elle? en reprennent-ils une autre?

Je suis en peine, Monsieur, de toute ame et de la mienne; mais il y a long-temps que je suis persuadé de la puissance immense et inconnue de l'auteur de la nature. J'ai toujours cru qu'il pouvait donner la faculté d'avoir du sentiment, des idées, de la mémoire, à tel être qu'il daignera choisir; qu'il peut ôter ces facultés et les faire renaître; et que nous avons souvent pris pour une substance ce qui est en effet une faculté de cette substance. L'attraction, la gravitation est une qualité, une faculté. Il y a dans le genre animal et dans le végétal mille ressorts pareils, dont l'énergie est sensible, et dont la cause sera ignorée à jamais.

Si le *cotifero* et le *tardi grado* morts et pourris reviennent en vie, reprennent leur mouvement, leurs sensations, engendrent, mangent et digèrent, on ne saura pas plus comment la nature leur a rendu tout cela, qu'on ne saura comment la nature le leur avait donné; et l'un n'est pas plus incompréhensible que

Q 4

1776.

l'autre. J'avoue que je ferais curieux de favoir pourquoi le grand Etre, l'auteur de tout, qui nous fait
vivre et mourir, n'accorde la faculté de reffufciter
qu'au *cotifero* et au *tardi grado*. Les baleines doivent
être bien jaloufes de ces petits poiffons d'eau douce.

Si quelqu'un a droit, Monfieur, d'expliquer ce
myftère, c'eft vous. Il eft bon auffi de favoir fi ces
petits animaux, qui reffufcitent plufieurs fois, ne
meurent pas enfin tout de bon, et fur combien de
réfurrections ils peuvent compter.

C'eft apparemment d'eux que les Grecs apprirent autrefois la réfurrection d'*Athalide*, de *Pélops*,
d'*Hippolyte*, d'*Alcefte*, de *Pirithoüs*. C'eft dommage
que le fecret en foit perdu. Je crois que c'eft monfieur
Bonnet, grand obfervateur, qui a prétendu que nous
reffufciterions avec notre devant, mais fans derrière.
C'eft-là le fin du fin, &c.

LETTRE CXLI.

A M. DE LA HARPE.

10 de juin.

Mon très-cher confrère, quand les préparatifs de
votre réception pourront vous donner un peu plus
de loifir, je vous prierai de m'apprendre fi, dans la
victoire que vous avez remportée, M. *Gaillard* a été
pour vous. Je vous prierai furtout de me dire où eft
l'intrépide philofophe M. de *Condorcet*. Eft-il à Paris?
n'eft-il pas occupé à confoler M. d'*Alembert*? Ni eux

ni moi ne nous confolerons jamais d'avoir vu naître
et périr l'âge d'or que M. *Turgot* nous préparait.

J'ignore encore ce que va devenir mon pauvre
petit pays de Gex, et ce Ferney dont j'avais fait un
féjour charmant. Je ne vois plus que la mort devant
moi, depuis que M. *Turgot* eft hors de place. Je ne
conçois pas comment on a pu le renvoyer. Ce coup
de foudre m'eft tombé fur la cervelle et fur le
cœur.

Oui vraiment M. de *Trudaine* nous fefait l'honneur
d'être à Ferney, et daignait fe propofer de l'embellir,
lorfqu'un courier lui apporta la fatale nouvelle.
Madame de *Trudaine* et madame d'*Invau* avaient
amené notre *Virgile ;* et je ne dirai pas *Virgilium vidi
tantùm ,* car je l'ai entendu, et avec très-grand plaifir.
Ses vers reffemblent aux vôtres. Voilà l'académie qui
fe fortifie. Il faut que M. de *Condorcet* y entre, et vous
ferez bien plus fort. Il faudra que les *Cléments* aillent
fe cacher.

Je vous ferre entre mes deux faibles bras.

LETTRE CXLII.

A M. LE COMTE D'ARGENTAL.

12 de juin.

M ON cher ange, vous avez en moi un correfpon-
dant bien peu digne de vous. Vous êtes fage et
tranquille, et je ne puis parvenir à l'être. J'ai eu
beau chercher la retraite, je me trouve, à l'âge de

quatre-vingt-deux ans, fecoué par des diffipations qui font de véritables fatigues, et qui me forcent à vous importuner vous-même. Il n'eft pas jufte que vous pâtiffiez des frivolités de ma jeuneffe ; cependant il faut que je vous propofe de daigner partager un peu mes faibleffes.

Un directeur de troupes, nommé *Saint-Géran*, fort protégé par madame de *Saint-Julien* et par M. le marquis de *Gouvernet* fon frère, achève actuellement, dans ma colonie, le plus joli théâtre de province. Il demande *le Kain* pour confacrer cette églife immédiatement après le jubilé. Il fe flatte que *le Kain* viendra paffer chez nous tout le mois de juillet, fi M. le maréchal de *Duras* lui en donne la permiffion. C'eft une grâce, mon cher ange, qui ne peut être obtenue que par vous. Voyez fi vous pouvez vous en charger.

On m'affure que le plaifir d'entendre *le Kain* pourra diminuer les fouffrances dont mes maladies continuelles m'accablent. Je vous devrai, non pas ma fanté, car je ne puis efpérer à mon âge ce que je n'ai jamais eu de ma vie, mais du moins quelques heures plus tolérables ; et il me fera bien doux de vous en avoir l'obligation. Mes colons difent qu'il fuffit d'eux pour remplir le fpectacle ; mais ils fe trompent : il me faut Genève, et il n'y a que *le Kain* qui puiffe l'attirer. Il gagnera plus auprès d'une république qu'auprès du roi de Pruffe. J'arrangerai volontiers avec *le Kain* ce que vous m'avez propofé pour Sémiramis et pour Tancrède.

Ce que je vous ai mandé des Lettres chinoifes eft très-vrai. On ne fait, au bout de quinze jours, ce que

deviennent toutes ces petites brochures; cela s'en va
dans les provinces et en Allemagne, et on n'en
entend plus parler. Je vous avoue que je voudrais
souvent qu'on n'eût jamais parlé de moi, et que
j'euffe pu prendre pour ma devife, *qui bene latuit, bene
vixit ;* mais on ne peut fe fouftraire à fa deftinée.

Je fuis toujours inquiet de cette énorme collection
dont *Panckoucke* a eu l'imprudence de fe charger.
Toute ma reffource eft dans l'efpérance qu'il n'en
vendra pas un feul exemplaire. S'il arrivait un
malheur, je fentirais bien vivement la perte de deux
miniftres qui penfaient comme vous, et qui ont
quitté leur place bien mal à propos pour les pauvres
philofophes. Mon ame n'eft point en paix. Je voudrais bien favoir dans quel état eft celle de M. le maréchal de *Richelieu ;* elle doit être ulcérée et bouleverfée.
Il m'avait mandé qu'il comptait publier un réfumé
de toute fon affaire; mais fi ce réfumé eft fait par le
même avocat qu'il avait choifi, il vaudrait mieux, à
mon avis, ne rien écrire. Le public ne pardonne
l'ennui en aucun genre.

Je ne puis finir ma lettre fans vous dire un mot
de l'idée qui était venue à M. de *Thibouville*, de faire
jouer Olimpie. Peut-être que les deux demoifelles
Sainval pourraient repréfenter la mère et la fille ;
et je fais réflexion qu'en ce cas je devrais demander
que cette pièce ne fût reprife qu'au temps de Fontainebleau, fuppofé qu'il y ait un Fontainebleau; car je
ne voudrais pas perdre mon *le Kain* pour le mois de
juillet. Il n'y a que vous au monde, mon cher ange,
à qui j'ofe parler de toutes ces futilités. Vous me les
pardonnez; vous êtes ma confolation dans tous les

1776.

temps et dans toutes mes rêveries. Tous mes chagrins semblent presque s'évanouir, quand je songe
que vous daignez m'aimer. *V.*

LETTRE CXLIII.

A MADAME DE SAINT-JULIEN.

12 de juin.

NOTRE belle bienfaitrice, ce n'est pas moi assurément qui suis le patron du village ; c'est bien vous
qui êtes la vraie patronne de la colonie. Vous comblez
notre architecte de vos bienfaits. Je présume qu'il
vous aura mise au fait de l'état brillant et un peu
équivoque de notre fondation. Il vous aura dit, sans
doute, que votre autre protégé, *Saint-Géran*, est
devenu un de nos citoyens, et que tous deux achèvent
de bâtir et d'embellir un très-joli théâtre sur lequel
on donnera des spectacles dans quinze jours. *Saint-
Géran* même se flattait de faire venir *le Kain* et mademoiselle *Sainval.* Il comptait demander votre protection et celle de M. d'*Argental*, pour faire venir de
Paris ces deux personnes qui auraient donné tant
de gloire à notre pays ; mais j'ai bien peur que de si
grandes espérances ne s'évanouissent.

Pendant que nous bâtissons un cirque comme les
anciens Romains, nous relevons le palais Dauphin
qui était tombé, comme vous savez, et il appartient
à deux de vos vassaux qui sont sous les ordres de
M. le marquis de *Gouvernet* votre frère ; ce sont
de gros négocians de Mâcon.

Tout cela eſt un peu romaneſque. Il y avait à
Lauſane une voyageuſe qui paſſait, chez les gens
qui aiment les grandes aventures, pour être la veuve
du czarovitz aſſaſſiné par ſon père *Pierre I*, héros
du Nord et parricide. Cette dame, quelque temps
après, n'avait été que comteſſe, au lieu d'être impératrice; enſuite on l'a intitulée préſidente. A la fin,
elle eſt venue chez nous ſimple conſeillère : elle eſt
veuve d'un conſeiller de Rouen, nommé *Fauvelles
d'Hacqueville*; et l'ami *Racle* lui bâtit une maiſon,
preſque à côté du château. A peine a-t-elle conclu
ſon marché, qu'elle eſt partie pour l'Angleterre ou
pour la Ruſſie, après nous avoir donné parole de
revenir dès que la maiſon ſerait prête. Nous avons
actuellement dix-huit bâtimens commencés. Cela
reſſemble aux *Mille et une nuits*; et ce qui pourrait
paraître encore plus fabuleux, c'eſt que le vieillard,
qui s'eſt épuiſé dans toutes ces facéties, n'a pas
demandé le moindre ſecours au gouvernement pour
l'établiſſement d'une colonie qui fait un commerce
de cinq ou ſix cents mille francs par an, et qui fait
entrer de l'argent dans le royaume. Il a imploré
ſeulement les bontés de M. de *Trudaine*, pour faire
paver, dans Ferney, deux grandes routes dont la
colonie eſt traverſée. M. de *Trudaine* nous a déjà
accordé une partie de cette grâce, et a donné ſes
ordres pour le reſte. Vous ſavez qu'il était à Ferney
lorſque la fatale nouvelle arriva.

Il y a eu de grands changemens dans ce monde,
depuis que je ſuis retiré entre le mont Jura et les
Alpes. Je porte toujours dans mon cœur le ver
rongeur qui me déchire depuis l'aventure du grand

1776.

Barmécide. Je ne me confole point de l'injuſtice que ce grand-homme m'a faite en me croyant ingrat. C'eſt un crime affreux dont je fuis incapable. J'ai toujours penſé que les places de l'aréopage ne devaient pas être vénales : je l'ai dit cent fois, et je le redis encore plus que jamais. Cela n'a rien de commun avec la générofité de *Barmécide.* Je ne pouvais certainement deviner, dans mes cavernes, que le nouveau chef d'un aréopage de paſſade avait le malheur d'être brouillé avec le plus magnanime de tous les hommes. En un mot, je n'ai jamais difcontinué de brûler mon encens au temple de *Barmécide* le bienfefant. Vous favez quelle a été ma douleur, lorſque j'ai fu qu'il me foupçonnait de l'avoir oublié. J'ai écrit quelquefois à madame *Barmécide* pour me juſtifier; et fi j'étais près de mourir, j'écrirais encore.

Je vous avertis, notre chère protectrice, que je ne ceſſerai jamais de me plaindre à vous. Je vous demanderai toujours en grâce de bien faire voir quelle eſt mon innocence. Je vous importune fouvent fur cet objet; mais les paſſions malheureufes font plaintives : et je vous conjure de dire à cet homme fublime qu'il a fait un infortuné. J'aurais encore quatre pages à écrire, mais je me tais. *V.*

LETTRE CXLIV. 1776.

A M. LE GENTIL.

A Ferney, 14 de juin.

Je ne puis trop vous remercier , Monſieur. Le mémoire que vous avez eu la bonté de m'envoyer eſt ſi inſtructif que je vous prie de m'inſtruire encore. Vous avez deviné la grande énigme des brachmanes ; elle reſſemble à la période julienne de *Scaliger* , qu'on aurait priſe au pied de la lettre , et dont un philoſophe découvrirait la compoſition.

Ou je me trompe , ou les brames attribuent ſix cents mille années à leurs quatre jogues. Peut-être qu'en ſe ſervant de votre méthode , on pourrait découvrir le myſtère de ces ſiècles. La période ſerait curieuſe. Elle ſervirait à faire ſoupçonner du moins pourquoi les Chaldéens , imitateurs des Indiens , prétendirent autrefois avoir des obſervations de plus de quatre mille ſiècles.

Il eſt certain que les Indiens furent les premiers de tous les hommes qui connurent la préceſſion des équinoxes. Ils ne ſe trompèrent que de deux ſecondes par années. Ne ſe pourrait-il pas qu'ils euſſent calculé une période de ſix cents mille ans ſur la révolution réſultante de leur cycle de vingt-quatre mille ans , fondée ſur cette préceſſion des équinoxes.

M. *Holwell* et M. *Dow* prétendent qu'on ne peut tirer aujourd'hui ces ſecrets que du petit nombre de brames qui fouillent à Bénarès dans les ténèbres de

—— leurs antiquités ; mais vous avouez, Monſieur, qu'ils font peu communicatifs, et vous avez la bonne foi de nous faire entendre qu'ils ne méritent guère qu'on aille ſur le Gange pour les interroger. Pour moi, Monſieur, c'eſt à vous ſeul que je prends la liberté de faire des queſtions. Trouvez bon que je vous demande ſi les noms des ſignes de leur zodiaque ont toujours été les mêmes ; et s'il ferait vrai que les grecs, qui voyagèrent autrefois dans l'Inde, y euſſent établi peu à peu les noms et les ſignes que nous avons reçus d'eux. C'eſt un ſavant jéſuite, nommé *Pons*, qui le dit dans ſa lettre au père du *Halde*, tome vingt-ſixième des *Lettres curieuſes.*

Je ne conçois guère comment les brachmanes, qui étaient ſi jaloux de leur ſcience, auraient reçu de quelques grecs un zodiaque étranger qui n'était nullement convenable à leur climat ; car s'il eſt vrai que les Grecs euſſent déſigné leur première dodéca-témorie par le belier, parce que les agneaux naiſſaient d'ordinaire en Gréce au mois de mars ; ſi leur ſecond ſigne avait été un taureau, parce qu'on commençait les labours au mois d'avril ; ſi une fille tenant en ſes mains des épis de blé avait été le ſymbole du ſixième mois, comment des Indiens qui ne connaiſſaient pas le blé auraient-ils pu adopter ces ſignes ?

Mais, ſuppoſé que les Indiens, regardés par les Grecs comme les précepteurs du genre-humain, et chez qui ces Grecs même n'avaient d'abord voyagé que pour s'inſtruire, euſſent pourtant tenu d'eux leur zodiaque, pourquoi les brachmanes auraient-ils ſubſtitué la conſtellation du chien à la conſtellation grecque du belier ? Je vous demanderais encore s'il

n'eſt

n'eſt pas vrai que la mythologie indienne ſoit l'origine
de toutes les mythologies de notre hémiſphère,
et ſi on ne doit pas être convaincu après avoir lu
M. *Holwell* et M. *Dow*? Le gouverneur de la compagnie
des Indes d'Angleterre, que je vis à Ferney l'année
paſſée, m'aſſura que tout ce que ces deux anglais
avaient écrit était très-vrai. Je vous demande pardon,
Monſieur, de vous faire des queſtions ſi frivoles;
mais votre bonté m'a encouragé.

J'ai l'honneur d'être avec l'eſtime la plus reſpectueuſe, Monſieur, votre &c.

1776.

LETTRE CXLV.

A MADAME DE SAINT-JULIEN.

A Ferney, 24 de juin.

Eн bien, Madame, tandis que vous nous abandon-
nez, voilà *Saint-Géran* qui nous donne dans Ferney
le bal et la comédie. Il a fait bâtir une ſalle de ſpectacle
très-ornée, très-bien entendue et très-commode.
Deux choſes me privent de ces plaiſirs; ma déplorable
vieilleſſe et votre abſence. Je me conſole un peu en
vous écrivant de cette main qui eſt bien faible, et qui
fait un effort en étant conduite par mon cœur. J'ai
une grâce à vous demander, et voici ce que c'eſt.

Vous vous ſouvenez du procès de M. de *Morangiés*.
Il y avait dans cette affaire un cocher fort célèbre,
nommé *Gilbert*, qui dépoſa effrontément contre le
comte de *Morangiés*, et qui le fit condamner au

—— bailliage du palais par un poliffon nommé *Pigeon*, et par quelques gens de cette efpèce. La cabale mettait le cocher *Gilbert* au rang des grands-hommes qui fe font immortalifés par la feule vertu.

On me mande aujourd'hui que ce *Caton-Gilbert* a été pris volant dans la poche, qu'il eft convaincu d'être plus fauffaire que madame de *Saint-Vincent* n'eft accufée de l'être, qu'il eft dans les cachots du châtelet, et qu'il va être pendu. Comme je me fuis un peu mêlé de l'affaire de M. de *Morangiés*, je m'intéreffe à celle du cocher *Gilbert ;* et je vous fupplie inftamment, Madame, de me mander ce que vous en aurez pu apprendre. Il eft très-utile de connaître les gens qui fe font fait un grand parti dans la canaille.

Je ne vous parle point de la cour et du miniftère. Je ne fais fi M. *Turgot* eft à la campagne chez madame la ducheffe d'*Enville*. J'attendrai triftement, mais patiemment, ce qu'on décidera de Ferney. Vous ferez toujours la divinité de nos cantons, foit qu'on nous favorife, foit qu'on nous opprime. Nos dragons rouges, nos dragons verts, notre artillerie et nos cœurs feront toujours à vos pieds. *V.*

LETTRE CXLVI.

A M. DE LA HARPE.

A Ferney, 4 de juillet.

LE jour de votre réception, mon très-cher ami, a été un vrai jour de triomphe; car il était précédé de batailles et de victoires. Ceux qui mettent dans la même balance la vie indolente et presque obscure, avec la vie active et glorieuse, ne songent pas qu'il ne faut point comparer *Atticus* avec *César*.

Il me semble que je me serais borné à célébrer vos succès, sans vous donner tant de conseils sur la manière d'en jouir; mais, après tout, ce n'est qu'une nouvelle mode d'ajuster des lauriers sur la tête des triomphateurs. Votre gloire est entière, mon plaisir aussi, ma reconnaissance aussi. Que ne dois-je point à votre amitié courageuse qui partage publiquement avec moi les fleurons de sa couronne, et qui me fait asseoir sur son char, à la face de nos ennemis! C'est-là ce qui est noble, c'est ce qui est véritablement généreux, c'est ce qui déploie toute la fermeté d'un cœur inébranlable.

Je crois qu'en abrégeant beaucoup la *Pharsale*, vous en tirerez un très-bon parti. Vous vous souvenez de la devise qu'on avait faite pour *Philippe III*: *Plus on lui ôte, plus il est grand*.

On m'a dit que vous aviez encore embelli Menzicof et les Barmécides. Abondance de bien ne peut nuire. Une partie de vos succès vient de la Russie. Je

R 2

n'aurais pas deviné autrefois que, du fond de la mer Baltique, on enverrait un jour de belles médailles à mon ami, et des flottes qui brûleraient la flotte ottomane à la vue de Smyrne.

LETTRE CXLVII.

A M. DE POMARET.

4 de juillet.

J'AVAIS de juftes fujets d'efpérance, Monfieur; je voyais deux vrais philofophes dans le miniftère. La tolérance était le premier de leurs principes ; tous deux fe font retirés le même jour, après avoir fait tout le bien qui avait dépendu d'eux, en fi peu de temps.

Nimiùm vobis , ô , galla propago
Vifa potens , fuperi , propria hæc fi dona fuiffent !

M. *Turgot* furtout avait délivré mon petit pays de tous les commis des fermes générales. Ce qui vous furprendra, Monfieur , c'eft que M. *Turgot* avait été bachelier de forbonne, et M. de *Saint-Germain* a été fix ans jéfuite. Vous voyez qu'il y a d'honnêtes gens par-tout.

Je ne fuis point étonné que vous ayez eu affaire en dernier lieu à un docteur de forbonne, qui ne penfe pas en tout comme un philofophe des Cévennes. *Quot capita, tot fenfus.* Moi-même, Monfieur, qui fuis fi d'accord avec vous dans la morale, j'ai le

malheur d'être très-éloigné des fentimens que vous
êtes obligé de profeffer ; mais ce n'eft pour moi qu'une
raifon de plus de vous être très-attaché, et d'être
de tout mon cœur, Monfieur, votre &c.

1776.

LETTRE CXLVIII.

A M. LE COMTE D'ARGENTAL.

19 de juillet.

Mon cher ange, j'apprends que madame de *Saint-
Julien* arrive dans mon défert avec *le Kain*. Si la
chofe eft vraie, j'en fuis tout étonné et tout joyeux ;
mais il faut que je vous dife combien je fuis fâché,
pour l'honneur du tripot, contre un nommé *Tourneur*,
qu'on dit fecrétaire de la librairie, et qui ne me
paraît pas le fecrétaire du bon goût. Auriez-vous lu
deux volumes de ce miférable, dans lefquels il veut
nous faire regarder *Shakefpeare* comme le feul modèle
de la véritable tragédie ? Il l'appelle *le Dieu du théâtre*.
Il facrifie tous les Français, fans exception, à fon
idole, comme on facrifiait autrefois des cochons à
Cérès. Il ne daigne pas même nommer *Corneille* et
Racine ; ces deux grands-hommes font feulement
enveloppés dans la profcription générale, fans que
leurs noms foient prononcés. Il y a déjà deux tomes
imprimés de ce *Shakefpeare*, qu'on prendrait pour
des pièces de la foire, faites il y a deux cents ans.

Ce barbouilleur a trouvé le fecret de faire engager
le roi, la reine et toute la famille royale à foufcrire
à fon ouvrage.

Avez-vous lu fon abominable grimoire, dont il y aura encore cinq volumes ? avez-vous une haine affez vigoureufe contre cet impudent imbécille ? fouffrirez-vous l'affront qu'il fait à la France ? Vous et M. de *Thibouville*, vous êtes trop doux. Il n'y a point en France affez de camouflets, affez de bonnets d'âne, affez de piloris pour un pareil faquin. Le fang pétille dans mes vieilles veines, en vous parlant de lui. S'il ne vous a pas mis en colère, je vous tiens pour un homme impaffible. Ce qu'il y a d'affreux, c'eft que le monftre a un parti en France; et pour comble de calamité et d'horreur, c'eft moi qui autrefois parlai le premier de ce *Shakefpeare*; c'eft moi qui le premier montrai aux Français quelques perles que j'avais trouvées dans fon énorme fumier. Je ne m'attendais pas que je fervirais un jour à fouler aux pieds les couronnes de *Racine* et de *Corneille*, pour en orner le front d'un hiftrion barbare.

Tâchez, je vous prie, d'être auffi en colère que moi; fans quoi je me fens capable de faire un mauvais coup.

Je reviens à *le Kain*. On dit qu'il jouera fix pièces pour les Génevois ou pour moi. J'aimerais mieux qu'il eût joué Olimpie à Paris; mais il n'aime point à figurer dans un rôle, lorfqu'il n'écrafe pas tous les autres.

Je ne fais fi M. de *Richelieu* fait paraître le précis de fon procès, qui fera fon dernier mot. Il m'avait promis de me l'envoyer. Je ne lui ai point affez dit combien il eft important pour lui de ne point ennuyer fon monde. Il avait choifi un avocat qu'il croyait fort grave, et qui n'était que pefant. Il y a beaucoup

1776.

de ces messieurs qui font de grands factums, mais il n'y en a point qui sache écrire.

Quant à mon ami, M. le cocher *Gilbert*, je souhaite qu'il aille au carcan *à bride abattue.*

Si vous voulez, mon cher ange, me guérir de ma mauvaise humeur, daignez m'écrire un petit mot.

LETTRE CXLIX.

A M. DE MEUNIER.

24 de juillet.

PARDONNEZ, Monsieur, si quatre-vingt-deux ans, et presque autant de maladies, ne m'ont pas permis de vous remercier plutôt du très-agréable présent que M. *Panckoucke* m'a fait de votre part (*). Je suis bien étonné qu'étant si jeune, vous ayez eu le temps et la patience de parcourir le monde entier, et de mettre en ordre toutes ses fantaisies et tous ses ridicules. Rien n'est plus amusant que ce tableau mouvant ; il a dû vous en coûter beaucoup de peine, pour nous donner tant de plaisir.

Cet immense tableau du monde moral vaut bien les prodigieux recueils du monde physique ; il est bien plus intéressant : car on ne vit point avec les animaux grands ou petits dont les *Plines* anciens et modernes ont tant parlé, mais on est continuellement exposé à vivre et à traiter avec les hommes de tous les pays. Personne ne sent plus cette vérité que moi

(*) *L'Esprit des usages des différens peuples.*

R 4

qui me trouve placé depuis vingt-cinq ans dans un coin de terre, entre quatre dominations différentes, fur le grand chemin de tous les voyageurs de l'Europe. Agréez, Monfieur, mes remercîmens, &c.

LETTRE CL.

A M. LE COMTE D'ARGENTAL.

30 de juillet.

Mon cher ange, l'abomination de la défolation eft dans le temple du Seigneur. *Le Kain*, auffi en colère que vous l'êtes dans votre lettre du 24, me dit que prefque toute la jeuneffe de Paris eft pour *le Tourneur;* que les échafauds et les b....ls anglais l'emportent fur le théâtre de *Racine* et fur les belles fcènes de *Corneille;* qu'il n'y a plus rien de grand et de décent à Paris que les *Gilles* de Londres; et qu'enfin on va donner une tragédie en profe, où il y a une affemblée de bouchers qui fera un merveilleux effet. J'ai vu finir le règne de la raifon et du goût. Je vais mourir en laiffant la France barbare; mais heureufement vous vivez, et je me flatte que la reine ne laiffera pas fa nouvelle patrie, dont elle fait le charme, en proie à des fauvages et à des monftres. Je me flatte que M. le maréchal de *Duras* ne nous aura pas fait l'honneur d'être de l'académie, pour nous voir mangés par des hottentots. Je me fuis quelquefois plaint des Velches, mais j'ai voulu venger les Français avant de mourir. J'ai envoyé à l'académie un petit écrit, dans lequel j'ai effayé

d'étouffer ma jufte douleur, pour ne laiffer parler
que ma raifon. Ce mémoire eft entre les mains de
M. d'*Alembert*; mais il me femble que je ne dois le
faire imprimer qu'en cas que l'académie y donne une
approbation un peu authentique. Elle n'eft pas malheureufement dans cet ufage. Voilà pourtant le cas
où elle devrait donner des arrêts contre la barbarie.
Je vais tâcher de raffembler les feuilles éparfes de
ma minute, pour vous en faire tenir une copie au
net. Je fais que je vais me faire de cruels ennemis;
mais peut-être un jour la nation me faura gré de
m'être facrifié pour elle.

Secondez ma faibleffe, mon cher ange, et mettez-
moi à l'ombre de vos ailes. *V.*

L E T T R E C L I.

A U M E M E.

A Ferney, 5 d'augufte.

Mon cher ange, vous avez veillé fur le printemps
de ma vie, et vous veillez fur la fin. Il faut que je
vous découvre toute ma misère. On ne doit rien
cacher à fon ange gardien. Vous aurez cru, en jetant
les yeux fur ma lettre à madame la princeffe d'*Hénin*
et fur mes petits verficulets à la reine (*), que j'étais
un vieux fou qui ne refpirait que le plaifir. Le fait
eft qu'au fond, fi j'étais gai, j'étais encore plus trifte;
car je volais un moment à mes douleurs, pour tâcher
d'être plaifant dans ce moment-là.

(*) Lettres en vers et en profe, année 1776.

1776.

Vous favez peut-être qu'un troubadour ambulant, nommé *Saint-Géran*, protégé par madame de *Saint-Julien*, s'étant aperçu que, dans ma drôle de ville à peine bâtie, il y avait un grand magafin dont on pouvait faire une falle de comédie à laquelle il ferait venir tout Genève et toute la Suiffe, a vîte établi fon théâtre (à mes dépens), et a fait fon marché avec *le Kain* pour venir enchanter les Treize cantons. Pendant qu'il négociait avec *le Kain*, et que madame *Denis* regardait cette opération comme la plus belle du royaume, je vous demandai fi vous pouviez obtenir un congé pour *le Kain*; mais je me gardai bien de le demander en mon nom : cette témérité m'aurait paru trop forte. Tout a réuffi beaucoup plus que je n'aurais ofé l'efpérer. *Le Kain* eft venu et a rendu Ferney célèbre. Il a joué fupérieurement, tantôt à Ferney, tantôt à deux lieues de là, fur un autre théâtre appartenant encore au troubadour *Saint-Géran*. Les Treize cantons ont accouru et ont été ravis. Pour moi miférable, à peine ai-je été témoin une fois de ces fêtes. J'étais et je fuis non-feulement dans une crife d'affaires et de chagrins, mais dans l'accablement des maladies qui affiégent ma fin. J'ai manqué *le Kain* deux fois ; par conféquent je fuis mort, pendant qu'on me croit un folâtre qui a difputé *le Kain* à la reine. Vous vous imaginerez peut-être que je ne fuis pas mort, parce que je vous écris de ma faible main ; mais je fuis réellement mort depuis qu'on m'a enlevé M. *Turgot*. Je vois mon pauvre pays défolé, mes *Te Deum* tournés en *De profundis*, mes nouveaux habitans difperfés, cent maifons que j'ai bâties, et qui vont être défertes ;

1776.

tout cela tourne la cervelle et tue fon homme, furtout quand l'homme a quatre-vingt-deux ans. Ce
n'eft pourtant pas d'être mort que je me plains, c'eft
de ce qu'Olimpie ne reffufcite pas. J'aimais cette
Olimpie ; mais à préfent qui puis-je aimer? aucune
de ces guenons-là.

Je vous légue Olimpie, mon cher ange, et à
M. de *Thibouville.* Je me mets *fub umbra alarum tuarum.*

Le vieux malade V.

LETTRE CLII.

A M. DIDEROT.

A Ferney, 14 d'augufte.

N'AYANT pas été affez heureux, Monfieur, pour
vous voir et pour vous entendre, à votre retour de
Pétersbourg, rien ne pouvait mieux m'en confoler
que l'apparition de votre ami M. de *Limon.* Il eft
vrai que ma déteftable vieilleffe, accablée de maladies
continuelles, ne m'a pas permis de jouir de fa fociété
autant qu'il m'en a infpiré la paffion. Je n'ai fait
qu'entrevoir fon extrême mérite, et j'ai fouhaité
qu'il fe trouvât beaucoup de *Platons* femblables
auprès des *Denis.* La faine philofophie gagne du
terrain, depuis Archangel jufqu'à Cadix ; mais nos
ennemis ont toujours pour eux la rofée du ciel, la
graiffe de la terre, la mitre, le coffre-fort, le glaive
et la canaille. Tout ce que nous avons pu faire s'eft
borné à faire dire, dans toute l'Europe, aux honnêtes

gens, que nous avons raiſon, et peut-être à rendre les mœurs un peu plus douces et plus honnêtes. Cependant le ſang du chevalier de *la Barre* fume encore. Le roi de Pruſſe a donné, il eſt vrai, une place d'ingénieur et de capitaine au malheureux ami du chevalier de *la Barre*, compris dans l'exécrable arrêt rendu par des cannibales ; mais l'arrêt ſubſiſte, et les juges ſont en vie. Ce qu'il y a d'affreux, c'eſt que les philoſophes ne ſont point unis, et que les perſécuteurs le ſeront toujours. Il y avait deux ſages à la cour, on a trouvé le ſecret de nous les ôter ; ils n'étaient pas dans leur élément. Le nôtre eſt la retraite ; il y a vingt-cinq ans que je ſuis dans cet abri. J'apprends que vous ne vous communiquez dans Paris qu'à des eſprits dignes de vous connaître : c'eſt le ſeul moyen d'échapper à la rage des fanatiques et des fripons. Vivez long-temps, Monſieur, et puiſſiez-vous porter des coups mortels au monſtre dont je n'ai mordu que les oreilles ! Si jamais vous retournez en Ruſſie, daignez donc paſſer par mon tombeau. *V*.

LETTRE CLIII. 1776.

A M. DE LA HARPE.

15 d'auguſte.

COURAGE, courage, mon cher ami, mon cher confrère; vous allez de victoire en victoire : *Pone inimicos tuos ſcabellum pedum tuorum.* Le *Journal littéraire*, dont *Panckoucke* a le privilége, vous donnera gloire et profit ; car je ſuis bien aiſe de vous dire que perſonne n'écrit mieux que vous en profe.

M. d'*Alembert* et vos autres amis font, ce me ſemble, une œuvre bien patriotique et bien méritoire, d'oſer défendre, en pleine académie, *Sophocle*, *Corneille*, *Euripide* et *Racine* contre *Gilles Shakeſpeare* et *Pierrot le Tourneur*. Il faudra ſe laver les mains, après cette bataille ; car vous aurez combattu contre des gadouards.

Je ne m'attendais pas que la France tomberait un jour dans l'abyme d'ordures où on l'a plongée : voilà l'abomination de la déſolation dans le lieu ſaint.

Je n'ai pas eu le temps, mon très-cher confrère, de donner à mon diſcours patriotique (*) la rondeur et la force dont il a beſoin. Vous avez peut-être entendu dire que je ſuis maçon, et tout le contraire de *Sédaine* : il a quitté la truelle pour la lyre, et moi la lyre pour la truelle. C'eſt en bâtiſſant à la fois plus de maiſons que n'en a le ſoleil, c'eſt au milieu de deux cents ouvriers, c'eſt avec une ſanté déplorable, que j'ai broché ma petite diatribe.

(*) Lettre à l'académie françaiſe ſur *Shakeſpeare*, Mélanges littéraires, tome III.

Ma principale intention et le vrai but de mon travail font que le public foit bien inſtruit de tout l'excès de la turpitude infame qu'on oſe oppoſer à la majeſté de notre théâtre. Il eſt clair qu'on ne peut faire connaître cette infamie qu'en traduiſant littéralement les gros mots du délicat *Shakeſpeare*. Il eſt vrai qu'il ne faut pas prononcer à haute voix, dans le louvre, ce qu'on prononce tous les jours ſi hardiment à Londres. M. d'*Alembert* ne s'abaiſſera pas juſqu'à faire ſonner devant des dames, *la bête à deux dos*, *fils de putain*, *piſſer*, *dépuceler*, &c; mais monſieur d'*Alembert* peut s'arrêter à ces mots ſacramentaux; il peut, en ſupprimant le mot propre, avertir le public qu'il n'oſe pas traduire ce décent *Shakeſpeare* dans toute ſon énergie. Je penſe que cette réticence et cette modeſtie plairont à l'aſſemblée qui entendra beaucoup plus de malice qu'on ne lui en dira.

C'eſt à peu-près ce que j'ai mandé à M. d'*Alembert*; et je vous prie d'obtenir de lui la grâce que je lui demande; après quoi, je pourrai, à tête repoſée, faire un examen plus étendu du théâtre français et de la foire de Londres. Je ſais bien que *Corneille* a de grands défauts; je ne l'ai que trop dit: mais ce ſont les défauts d'un grand-homme, et *Rimer* a eu bien raiſon de dire que *Shakeſpeare* n'était qu'un vilain ſinge.

Adieu, mon cher ami; je finis, car je ſuis trop en colère.

LETTRE CLIV.

A M. * * *.

Sur des queſtions métaphyſiques.

LE ſolitaire à qui vous avez écrit, Monſieur, reçoit ſouvent des lettres de littérateurs ou d'amateurs qu'il n'a pas l'honneur de connaître. Rarement ces lettres valent la peine qu'on y réponde. La vôtre n'eſt pas aſſurément de ce genre ; votre écrit reſpire la plus ſaine métaphyſique ; et ſi vous n'avez rien puiſé dans les livres, cela prouve que vous êtes capable d'en faire un très-bon, ce qui eſt extrêmement rare, ſurtout dans cette matière.

La liberté, telle que pluſieurs ſcolaſtiques l'entendent, eſt en effet une chimère abſurde. Pour peu qu'on écoute la raiſon, et qu'on ne veuille point ſe payer de mots, il eſt clair que tout ce qui exiſte et tout ce qui ſe fait eſt néceſſaire ; car s'il n'était pas néceſſaire, il ſerait inutile. La reſpectable ſecte des ſtoïciens penſait ainſi ; et ce qu'il y a de ſingulier, c'eſt que cette vérité ſe trouve en cent endroits dans *Homère* qui ſoumet *Jupiter* au *Deſtin*.

Il exiſte quelque choſe, donc il eſt un Etre éternel ; cela eſt démontré, ſans quoi il y aurait un effet ſans cauſe : auſſi tous les anciens, ſans en excepter un ſeul, ont cru la matière éternelle.

Il n'en eſt pas de même de l'immenſité ni de la toute-puiſſance. Je ne vois pas pourquoi il eſt néceſſaire que tout l'eſpace ſoit rempli ; et je n'entends

—— nullement ce raifonnement de *Clarke*, *ce qui exiſte néceſſairement en un lieu, doit exiſter néceſſairement en tout lieu.* On lui a fait ſur cela, ce me ſemble, de très-bonnes objections auxquelles il n'a fait que de très-faibles réponſes. Pourquoi ſerait-il impoſſible qu'il y eût ſeulement une certaine quantité d'êtres ? Je conçois bien mieux la nature bornée que je ne conçois la nature infinie.

Je ne puis ſur cet article avoir que des probabilités, et je ne puis que me rendre aux probabilités les plus fortes. Tout ſe correſpondant dans ce que je connais de la nature, j'y aperçois un deſſein ; ce deſſein me fait connaître un moteur ; ce moteur eſt ſans doute très-puiſſant, mais la ſimple philoſophie ne m'apprend point que ce grand artiſan ſoit infiniment puiſſant. Une maiſon de quarante pieds de haut me prouve un architecte ; mais ma ſeule raiſon ne peut m'enfeigner que cet architecte ait pu bâtir une maiſon de dix mille lieues de hauteur. Il était peut-être dans ſa nature de n'en bâtir une que de quarante pieds. Ma ſeule raiſon ne me dit point encore qu'il n'y ait que cet architecte dans l'eſpace ; et ſi un homme me ſoutenait qu'il y a un grand nombre d'architectes ſemblables, je ne vois pas comment je pourrais le convaincre du contraire.

La métaphyſique eſt le champ des doutes, et le roman de l'ame. Nous ſavons bien que plus d'un docteur nous a dit des ſottiſes ; mais nous n'avons guère de vérités à ſubſtituer à leurs innombrables erreurs. Nous nageons dans l'incertitude ; nous avons très-peu d'idées claires ; et cela doit être, puiſque nous ne ſommes que des animaux hauts

d'environ

d'environ cinq pieds et demi, avec un cerveau d'environ quatre pouces cubes. Mon cerveau, Monfieur,
eſt le très-humble ſerviteur du vôtre.

LETTRE CLV.

A M. DEBURE, *père*, *libraire à Paris.*

A Ferney, 19 d'auguſte.

A mon âge, Monſieur, on n'eſt pas bon juge. Le
reſſort de l'ame eſt un peu faible à quatre-vingt-deux
ans. Je crois pourtant avoir ſenti le mérite de votre
ouvrage. Celui que vous combattez (*), m'a paru
plein de déclamations rebattues, et de lieux communs
d'athéiſme : mais à préſent tout eſt lieu commun.
La plupart des auteurs modernes ne ſont que les
fripiers des ſiècles paſſés. Tout l'athéiſme eſt dans
Lucrèce; et tout ce qu'on peut dire ſur la divinité
eſt dans *Cicéron,* qui n'était que le diſciple de *Platon.*

Quant à la lettre du feu lord *Bolingbroke* (**), qui
dit qu'il n'y avait que lui, *Pouilly* et *Pope* qui fuſſent
dignes de régner, je ne crois pas qu'il ait jamais
dit une telle folie; et s'il l'a dite, il ne faut pas
l'imprimer.

J'aime mieux ce que diſait à ſes compagnes la
plus fameuſe catin de Londres: *Mes ſœurs, Bolingbroke*
eſt déclaré aujourd'hui ſecrétaire d'Etat; ſept mille guinées
de rente, mes ſœurs; et tout pour nous!
J'ai l'honneur d'être, &c.

(*) *Le Syſtème de la nature.*
(**) Dans la *Théorie des ſentimens agréables, par de Pouilly.*

LETTRE CLVI.

A M. LE COMTE D'ARGENTAL.

27 d'auguste.

QUE vous dirai-je, mon cher ange, fur votre lettre indulgente et aimable du 19 d'auguste ? je vous dirai que, fi j'étais un peu ingambe, fi je n'avais pas tout-à-fait quatre-vingt-deux ans, je ferais le voyage de Paris pour la reine et pour vous. Je vous avoue que j'ai une furieufe paffion de l'avoir pour ma protectrice. J'avais prefque efpéré qu'Olimpie paraîtrait devant elle. Je regardais cette protection déclarée, dont je me flattais, comme une égide néceffaire qui me défendrait contre des ennemis acharnés, et à l'ombre de laquelle j'achèverais paifiblement ma carrière. Ce petit agrément de faire reparaître Olimpie m'a été refufé. Il faut avouer que *le Kain* n'aime pas les rôles dans lefquels il n'écrafe pas tous les autres. Il nous a donné d'un chevalier *Bayard* à Ferney, dans lequel il n'a eu d'autre fuccès que celui de paraître fur fon lit un demi-quart d'heure. Je ne lui ai point vu jouer ce déteftable ouvrage. Je ne puis fupporter les mauvais vers et les tragédies de collège, qui n'ont que la rareté, la curiofité pour tout mérite. *Le Kain*, pour m'achever, jouera *Scévole* à Fontainebleau. Je fuis perfuadé qu'une jeune reine qui a du goût, ne fera pas trop contente de ce *Scévole*, qui n'eft qu'une vieille déclamation digne du temps de *Hardy*.

1776.

Le Kain ne m'a point rendu compte, comme vous le croyez, des raisons qui font donner la préférence à cette antiquaille; il ne m'a rendu compte de rien; aussi ne lui ai-je demandé aucun compte. Il avait fait son marché avec deux entrepreneurs, pour venir gagner de l'argent auprès de Genève et à Besançon. Il joue actuellement à Besançon; je l'ai reçu de mon mieux quand il a été chez moi; je n'en sais pas davantage.

Je ne sais pas comment mon petit-procès avec le sieur *le Tourneur* aura été jugé le jour de la Saint-Louis. Je n'ai pas eu le temps d'envoyer mon factum tel que je l'ai fait en dernier lieu. Je vais en faire tirer quelques exemplaires pour vous le soumettre. On dit, à la honte de notre nation, qu'il y a un grand parti composé de feseurs de drames et de tragédies en prose, secondé par des velches qui croient être du parlement d'Angleterre. Tous ces messieurs, dit-on, abjurent *Racine*, et m'immolent à leur divinité étrangère. Il n'y a point d'exemple d'un pareil renversement d'esprit, et d'une pareille turpitude. Les *Gilles* et les *Pierrots* de la foire Saint-Germain, il y a cinquante ans, étaient des *Cinna* et des *Polyeucte* en comparaison des personnages de cet ivrogne de *Shakespeare* que M. *le Tourneur* appelle le *Dieu du théâtre*. Je suis si en colère de tout cela, que je ne vous parle point de la décadence affreuse où va retomber mon petit pays. Nous payons bien cher le moment de triomphe que nous avons eu sous M. *Turgot*. Me voilà complétement honni en vers et en prose. Il me faut abandonner toutes les parties que je jouais. Il faut savoir souffrir; c'est un métier

——— que je fais depuis long-temps. J'ai aujourd'hui ma maîtrife.

Je voudrais bien favoir comment M. de *Thibouville* prend la barbarie dans laquelle nous tombons. Il me paraît qu'il n'eft pas affez fâché. Pour vous, mon cher ange, j'ai été fort édifié de votre noble colère contre M. *le Tourneur*.

Je crois que vous aurez bientôt madame *Denis* qui entreprend un voyage bien pénible pour aller confulter M. *Tronchin;* et ce qu'il y a de pis, c'eft qu'elle va le confulter pour une maladie qu'elle n'a pas. Dieu veuille que ce voyage ne lui en donne pas une véritable! Le gros abbé *Mignot* la conduira. Un gentilhomme notre voifin, qui eft du voyage, la ramènera. Pourquoi ne vais-je point avec elle? c'eft que j'ai quatre-vingt-deux ans, quatre-vingts maifons à finir, et quatre-vingts fottifes à faire; c'eft qu'au fond je fuis bien plus malade qu'elle, et même trop malade pour parler à des médecins.

Mon cher ange, tout enfeveli que je fuis fur la frontière de Suiffe, cependant je fens encore que je vis pour vous. *V.*

LETTRE CLVII.

A M. DE VAINES.

7 de septembre.

JE ne fuis, Monfieur, qu'un vieux houfard, mais j'ai combattu tout feul contre une armée entière de pandoures. Je me flatte qu'à la fin il fe trouvera de braves français qui fe joindront à moi, s'il y a des velches qui m'abandonnent. M. de *la Harpe* répondra mieux que moi à M. *le Tourneur* en donnant fon Menzicof et fes Barmécides.

Je fuis très-content de fon journal ; il écrit auffi bien en profe qu'en vers, et affurément les gens de bon goût ne regretteront pas fon prédéceffeur.

Je fuis perfuadé que vous avez été indigné contre l'infolente mauvaife foi d'un fecrétaire de notre librairie, qui a la baffeffe d'immoler la France à l'Angleterre, pour obtenir quelques foufcriptions des anglais qui viennent à Paris. Il eft impoffible qu'un homme, qui n'eft pas abfolument fou, ait pu de fang froid préférer un *Gilles* tel que *Shakefpeare* à *Corneille* et à *Racine.* Cette infamie ne peut avoir été commife que par une fordide avarice qui courait après des guinées.

Je fais que *Garrick* a pu faire illufion par fon jeu qui eft, dit-on, très-pittorefque ; il aura pu repréfenter très-naturellement les paffions que *Shakefpeare* a défigurées en les outrant d'une manière ridicule ; et quelques anglais fe feront imaginés que *Shakefpeare*

S 3

vaut mieux que *Corneille*, parce que *Garrick* eſt ſupérieur à *Molé*.

Voilà peut-être l'origine de la bizarre erreur des
Anglais. Je les abandonne à leur ſens réprouvé,
et je ne me rétracterai pas pour leur plaire.

Je me rétracterai encore moins, Monſieur, ſur un
grand-homme qui ſans doute eſt toujours aimé de
vous, et à qui je vous ſupplie, quand vous le verrez,
de préſenter ma reſpectueuſe et inaltérable admiration. *V.*

LETTRE CLVIII.

A M. LE BARON DE TOTT, *à Paris.*

A Ferney, 22 de ſeptembre.

LA maladie de ma nièce et la mienne, Monſieur,
jointes à mes quatre-vingt-trois ans, ont retardé la
réponſe que je devais à vos bontés. Je ne me flattais
pas que, du Boſphore au pont des Tuileries, vous
daignaſſiez vous ſouvenir de moi. Je fus votre voiſin,
il y a quelques années; ce n'était pas chez dès turcs
que vous étiez alors. Vous avez, depuis ce temps,
fait la guerre à mon autocratrice pour des ſultans
qui ne la valaient pas, et vous avez donné des leçons
à des diſciples qui ne paſſent pas pour être capables
d'en profiter.

Vous avez à Ferney un autre diſciple plus docile
et plus digne de vos inſtructions : c'eſt mon neveu
l'abbé *Mignot*, qui vous remercie de toutes les obligations qu'il vous a. Je vous ai celle d'un beau plan

de la cacade ruffe du Pruth. J'ai vu plufieurs officiers
de mon autocratrice qui ont combattu contre vos
Mufulmans plus heureufement que ceux de *Pierre I;*
mais je n'en ai point vu qui puffent m'inftruire
comme vous.

Je fuis très-fâché que Ferney ne fe foit pas trouvé
fur la route de Conftantinople à Verfailles ; c'eût
été une grande confolation pour moi de vous entendre. C'eft un bonheur que je ne puis efpérer actuellement à mon âge.

Vous ferez, Monfieur, au nombre fort petit des
hommes que je regretterai en mourant de n'avoir pu
voir.

J'ai l'honneur d'être, &c.

LETTRE CLIX.

A M. DE BACQUENCOURT.

4 d'octobre.

MONSIEUR,

S I j'avais foupçonné que les colons de Ferney
demandaffent une injuftice en implorant les grâces
du roi, je n'aurais jamais follicité votre protection
pour eux. Je fais trop qu'il ne vous faut demander que
des chofes juftes ; je vous fupplie de pardonner à la
compaffion qu'ils m'infpirent, fi je vous ai préfenté
leur requête. Ce font pour la plupart des génevois,
des fuiffes, des favoyards qui travaillaient autrefois

à Genève ; ils y étaient fur le pied d'habitans. Ils fe déclarèrent pour les lois que propofait monfieur l'ambaffadeur de France, et que les bourgeois rejetèrent, en 1768. Les bourgeois prirent les armes contre eux, et en tuèrent quelques-uns. Plufieurs familles furent obligées de fortir de la ville. Réfugiées à Ferney, je leur procurai quelques fecours. Elles s'y établirent ; le roi daigna les protéger et leur permettre de travailler avec les mêmes encouragemens qu'elles avaient à Genève avant les troubles. Peu à peu la colonie groffit, et elle compofait, il y a trois mois, une petite ville d'environ douze cents ames.

Vous favez, Monfieur, que fur une frontière des artiftes étrangers ne font pas aifés à retenir, et qu'ils vont en foule porter ailleurs leur induftrie, dès qu'ils craignent de n'être pas favorifés. J'ai perdu, les deux dernières femaines, près de deux cents ouvriers, et je crains de les perdre tous. C'eft dans ces triftes circonftances que j'ai eu recours à vos bontés ; je ne demandais pour eux que la confirmation de la grâce dont ils ont joui pendant plufieurs années. Ils offraient même de payer à l'Etat, pour leurs ouvrages, un impôt qu'ils n'ont jamais payé. Ils offraient de payer vingt fous par montre, en travaillant au même titre que Genève. Les Génevois payent au roi un écu ; et fi la colonie de Ferney était encouragée, il eft clair que les vingt fous de Ferney produiraient à la longue une fomme plus forte que les écus de Genève, puifque les Génevois ne payent que pour une petite partie de leurs montres vendues en France, et que les colons de Ferney payeraient pour toutes les montres qu'ils fourniffent aux pays étrangers.

Je me flattais donc, Monfieur, de demander non-feulement une chofe jufte, mais utile. Si vous la jugez telle, en la confidérant fous ce point de vue, j'ofe encore vous fupplier de la favorifer.

Je ne vous parle point des dépenfes immenfes que j'ai faites pour établir cette colonie, fans y avoir d'autre intérêt que celui de plaire à des ames faites comme la vôtre. Pour peu que vous vouluffiez favo-rifer d'un mot cet établiffement naiffant, auprès de monfieur le contrôleur général, vous le fauveriez de la ruine dont il eft menacé. Vous feriez à la fois le bien d'un petit pays foumis à votre adminiftration, et le bien de tout l'Etat ; et par ce double bienfait vous fatisferiez la plus chère de vos inclinations.

Je vous fupplie de me faire favoir fi vous me per-mettez de vous adreffer une autre requête conçue fur les idées que je viens de vous préfenter.

J'ai l'honneur d'être avec refpect, &c.

LETTRE CLX.

A M. LE MARECHAL DUC DE RICHELIEU.

15 d'octobre.

Vous me grondez toujours, Monfeigneur, de ce que je ne vous envoie pas toutes mes fottifes. Je vous déclare du fond de mon cœur que je ne les ai jamais voulu hafarder devant votre tribunal, non-feulement parce que je les crois très-indignes de vous être préfentées, mais parce que vous les avez tou-jours traitées comme elles le méritent, et qu'elles

—— n'ont jamais obtenu de vous que des plaifanteries dont vous avez accablé votre très-humble ferviteur. Vous favez bien que vous aimez à humilier votre prochain le plus que vous pouvez. Vous avez paffé votre vie à rire fouvent aux dépens d'autrui ; on ne réforme point fon caractère. Vous m'avez intimidé en vous fefant adorer.

Il n'en a pas été de même de ma lettre à l'académie ; c'eft en vérité une chofe très-férieufe. Vous êtes notre doyen, vous êtes le neveu du cardinal de *Richelieu*, et certainement il n'aurait pas fouffert qu'on eût dédié à *Louis XIII* un gros ouvrage dans lequel on aurait immolé la France à l'Angleterre. Il y a plus de quatre-vingts ans que je vois des infolences ridicules ; mais je n'en avais vu aucune de cette force.

C'eft à vous principalement que j'ai dû demander juftice. Vous devez prodiguer vos bons mots fur *Gilles-Shakefpeare*, le dieu de l'Angleterre, et vous moquer de fon jubilé beaucoup plus que de moi.

A l'égard du Commentaire hiftorique fur mes miférables Oeuvres, il a été fait par un homme fage, d'après toutes les pièces juftificatives qui font encore entre fes mains. Cela ne reffemble pas aux lettres du pape *Ganganelli*, compofées par un marquis italien, natif d'un village auprès de Tours. Ce petit ouvrage doit trouver grâce devant vos yeux. Vous avez dû y voir une lettre de M. d'*Argenfon* la bête, ou plutôt de monfieur d'*Argenfon* le philofophe, dans laquelle la bataille de Fontenoi eft très-fidellement décrite, et où l'on vous rend la juftice que vous méritez, en avouant que c'eft à vous qu'on doit le gain de

cette bataille de Fontenoi, que le maréchal de *Saxe*
croyait perdue. Laiffez faire , laiffez dire , ces vérités
parviendront un jour à la poftérité , malgré toutes
vos railleries , malgré toutes vos légéretés , et malgré
madame de *Saint-Vincent.* Et quand même vous perdriez votre procès, ce qui me paraît impoffible; quand
même vous perdriez tout votre crédit à la cour , ce
qui me paraît très-poffible , on n'ôtera rien à votre
gloire.

Je crois que madame de *Saint-Julien* eft encore à
Plombières, et qu'elle va inceffamment à Paris fe
partager entre vous et M. le duc de *Choifeul.*

M. de *la Vie*, qui m'eft venu voir, m'a parlé de ce
livre intitulé *Des erreurs et de la vérité* , que vous
avez lu tout entier. Je ne le connais point ; mais s'il
eft bon , il doit contenir cinquante volumes in-folio
pour la première partie , et une demi-page pour la
feconde.

J'ai réellement bâti une ville , et même une affez
jolie ville, depuis que je n'ai eu l'honneur de vous
faire ma cour à Ferney. Il y a bien là de quoi fe
moquer de moi plus que jamais ; car furement je
demanderai l'aumône à une porte de la ville , fi
jamais il y a une porte. M. de *Trudaine* avait eu la
bonté de faire paver la moitié de cette cité naiffante.
Je doute que votre intendant de Bordeaux donne
de l'argent pour paver le refte. Je n'implore point
votre protection dans mes misères , je les expofe en
foupirant. Confervez-moi gaiement vos bontés au
bord de mon tombeau. *V.*

1776.

LETTRE CLXI.

A M. DE VAINES.

18 d'octobre.

JE vous admire, Monſieur, de continuer à aimer, à cultiver les lettres, au milieu des prodigieux détails d'affaires dont vous devez être chargé; je vous admire encore plus d'avoir ſu conſerver votre chambre, quand le bâtiment s'eſt écroulé; c'eſt que vous avez ſu plaire, et c'eſt aſſurément le premier de tous les talens. Vous n'avez pas eu beſoin des *Moyens* du ſieur *Moncrif*.

Je vous remercie du *Camoëns*, je ne l'avais jamais lu tout entier, et je crois encore que peu de gens le liront tout entier.

J'ai été bien inſpiré de DIEU, en n'envoyant point à M. de *Clugny* des requêtes de ma colonie, dont j'étais chargé; il reſſemblait alors à M. *Turgot* par ſa goutte, et même il l'emportait beaucoup ſur lui; mes requêtes auraient fort mal pris leur temps: je laiſſerai tomber probablement cette colonie qui m'a coûté tant de peines et de dépenſes; je ne dirai point, *urbem præclaram ſtatui, mea mœnia vidi*. Ma conſolation ferait de vous voir dans votre maiſon; mais il n'y a plus moyen de tranſplanter un vieux arbre ſéché, qui n'a plus ni feuilles ni racines.

Permettez que je vous envoye une lettre pour un homme qui eſt auſſi intrépide dans la philoſophie

qu'il eſt doux dans la ſociété ; cet homme-là paraît
tout fait pour vous. Que ne puis-je me trouver entre
vous deux ! je crois y être en vous écrivant. *V.*

LETTRE CLXII.

A M. LE COMTE D'ARGENTAL.

18 d'octobre.

Mon cher ange, je ſoupçonne que vous êtes
actuellement à Fontainebleau avec le véritable marquis *Caraccioli* fort différent du prétendu marquis
Caraccioli , natif d'auprès de Tours, auteur d'une
prétendue *Vie de madame de Pompadour* , et impri-
meur des prétendues lettres de ce pauvre pape
Ganganelli.

Je ſuppoſe qu'en qualité d'ambaſſadeur de famille
vous avez été de la fête de Brunoy, et encore plus
en qualité d'homme de goût. Il faut que je vous
demande des nouvelles de cette fête , car je ne veux
pas en demander à *Monſieur.* Dites-moi, je vous prie,
ſi on y a fait paraître le buſte de la reine.

Cette idée de fêter le buſte de la reine , tandis
qu'on avait ſa perſonne, n'était venue à meſſieurs
de Brunoy que quatre jours avant ce beau ſoupé ; le
ſoupé fut le 7 du mois, et celui qui envoya l'inſcrip-
tion ne fut informé de tout cela que le 10 ; ainſi il
ne put avoir l'honneur de cajoler le beau buſte
d'*Antoinette.* On récita quelques autres mauvais vers
de lui, qui étaient venus auparavant à bon port. (*)

(*) L'Hôte et l'Hoteſſe , volume de Poëmes.

On lui mande que ces petits verſiculets , tout plats qu'ils ſont, n'ont pas été mal reçus de la belle et brillante *Antoinette* et de ſa cour. Il en eſt fort aiſe , quoiqu'il ne ſoit pas courtiſan. Il s'imagine qu'on pourrait aiſément obtenir la protection de cette divine *Antoinette* en faveur d'Olimpie la brûlée. Il s'imagine encore que , dans certaines occaſions , certain vieux amateur de certaines vérités pourrait ſe mettre ſous la ſauve-garde de certaine famille , contre les méchancetés de certains pédans en robe noire , qui ont toujours une dent contre un certain ſolitaire.

Si donc vous êtes à Fontainebleau , mon cher ange , je vous prie de ruminer tout cela dans votre tête très-ſage , et de le confier à votre bon cœur. Un mot placé à propos peut faire beaucoup de bien , et vous ne haïſſez pas d'en faire.

Je ne m'en tiens pas à des inſcriptions pour des buſtes , ni à de petits quatrains ſur le bonheur , qui ont été récités à la fête de Brunoy. Je vous fais de grands diables de vers alexandrins dont vous entendrez parler dans quatre ou cinq mois , ſi DIEU me donne vie. Je ne ſuis pas bien ſûr de cette vie ; c'eſt ce qui fait que je vais me dépêcher ; mais en ſe dépêchant trop on ne fait rien qui vaille.

Je vous écris tout cela de mon lit , où je ſouffre comme un damné , ayant devant moi de beaux jardins , une belle campagne , un beau lac , à ma droite les montagnes de Jura , à ma gauche les glaces éternelles des grandes Alpes , et dans mon corps le diable.

Je me recommande à mon bon ange gardien qui ne m'abandonnera jamais. *V.*

Je vous prie furtout de me mander comment je
dois écrire à M. *Pierre Zaguri*, qui m'écrit de Venife, 1776.
et que je crois être un *favio grande*. Il fe renomme
beaucoup de vous ; et il m'écrit des chofes qui me
confondent et qui me font rougir, en quoi il n'eft
pas *grande favio ;* mais il paraît fort aimable. J'attends,
pour lui répondre, que vous ayez eu la bonté de
m'inftruire.

LETTRE CLXIII.

A MADAME DE SAINT-JULIEN.

30 d'octobre.

JE vous crois à préfent, Madame, à Paris en
bonne fanté. Vous allez reprendre votre train de
bienfaitrice de Ferney, comme nous reprenons nos
chaînes et notre mifère. Les changemens arrivés
dans le miniftère ne nous ont pas été favorables.
Tout s'eft déclaré contre notre pauvre petit pays.
Les fermiers généraux ne nous font point de
grâce ; on nous taxe impitoyablement pour les payer.
On nous tire notre fang felon l'ufage. Nos colons
défertent, nos belles maifons ne feront plus habitées.
J'y avais mis toute ma fortune ; c'eft une ruine entière ;
je me vois fans reffource et fans efpérance. On dit
qu'il faudrait que je vinffe à Paris pour montrer ma
mifère aux miniftres, et faire entendre ma voix
caffée ; mais je n'en ai pas la force, accablé de
quatre-vingt-deux ans et de quatre-vingt-deux maladies. Et d'ailleurs vous favez comme on fe moque, à

la cour et à la ville, des vieux provinciaux qui viennent demander justice ou miséricorde.

L'intendant de qui l'autorité a augmenté dans les
changemens de ministère, nous abandonne à notre
malheur. On est obligé de soutenir des mesures évidemment mal prises. L'ancien usage est de tout
écraser, et c'est cet usage que l'on suit. J'avais espéré
qu'on n'abandonnerait pas entièrement les fabriques
d'horlogerie que j'avais établies dans votre petit
royaume de Ferney. J'avais même obtenu de monseigneur le prince de *Condé* qu'il daignerait appuyer
de sa protection une requête que nous sommes prêts
à présenter. Cette requête devait être portée au conseil du roi; mais il faudrait qu'elle fût motivée par
un mémoire détaillé, et puissamment soutenue par
M. de *Fourqueux* et par M. de *Trudaine* : nous aurions
le malheur de la voir combattue par M. de *Boullogne*,
qui préférera toujours le droit fiscal du marc d'or à
une manufacture établie au bout du royaume.

C'est un nouveau danger pour nous que l'élévation
de M. *Necker*. Les intérêts de la colonie de Ferney
passent pour être opposés aux intérêts de Genève
que M. *Necker* est obligé de soutenir par sa naissance
et par sa place de résident.

Si vous aviez le temps, Madame, de nous favo-
riser encore de vos bontés, au milieu de vos occupations, de vos plaisirs, de vos procès, comment
pourrais-je faire? à qui m'adresserais-je pour vous
faire parvenir la requête et le mémoire dont je vous
parle? J'aimerais bien mieux vous envoyer des papiers
d'une autre espèce, dont vous avez déjà vu un premier acte. Vous en fûtes assez contente; vous ne le
ferez

ferez pas du refte : je ne le fuis pas non plus, et c'eft
ce qui fait que je ne vous l'envoie pas. J'ai bien peur 1776.
que le fujet ne foit pas auffi favorable que nous
l'avions penfé, et que la main d'œuvre ne foit plus
défectueufe encore que le fond de la chofe. En vérité,
cela eft tout auffi difficile à faire qu'une ville à bâtir
dans le pays de Gex. Je ne fuis pas comme *Amphion*
qui les conftruifait au fon du violon. Mon violon
et ma truelle font caffés. Je fuccombe d'ailleurs fous
mes maux, fous mes ennemis, fous les factieux amis
de *Shakefpeare*, fous les dévots, fous tous les barbares, et fous les architectes des maifons qu'il faut
payer.

Vous êtes ma confolation, Madame ; je me mets
à vos pieds.

Le vieux malade V.

P. S. Je dois pourtant vous dire que j'ai toujours
une violente paffion pour la reine ; et comme les
amans font quelquefois des vers pour leur maîtreffe,
j'en ai fait pour fa Majefté, qui ont été récités dans
la fête de Brunoy. Il eft vrai que je ne m'en fou-
viens plus ; mais en voici d'autres dont on n'a pu
faire ufage, parce qu'ils font venus trop tard. On
avait imaginé de faire paraître le bufte de la reine,
porté par des filles qui repréfentaient les Grâces, et
entouré de petits garçons qui figuraient les Amours,
et la compagnie tant répétée des Jeux et des Ris.
J'avais propofé qu'on mît au-deffous du bufte :

Amours, Grâces, Plaifirs, nos fêtes vous admettent :
Regardez ce portrait, vous pouvez l'adorer ;

Correfp. générale. Tome XII. T

Un moment devant lui vous pouvez folâtrer,
Les Vertus vous le permettent.

Ce dernier vers me paraiſſait tout-à-fait dans le caractère de la reine. Que le bon Dieu la prenne ſous ſa ſainte et digne garde ! et vous auſſi, Madame.

LETTRE CLXIV.

A M. GUDIN DE LA BRENELLERIE.

A Ferney, le 1 de novembre.

QUATRE-VINGT-DEUX ans, Monſieur, environ quatre-vingt-deux maladies, quatre-vingt-deux et plus de maiſons bâties dans un cloaque, voiſin d'une ville où je crois que vous êtes né, plus de quatre-vingt-deux injures à moi dites par de bons chrétiens, dans des écrits auxquels on eſt tenté de répondre, et auxquels ils ne faut pas répondre, plus de quatre-vingt-deux petites affaires domeſtiques ; tout cela, Monſieur, a retardé la réponſe que je vous dois depuis environ quinze jours :

> *Vaces oportet, Eutyche, à negotiis,*
> *Ut liber animus ſentiat vim carminis.*

J'ai lu avec bien de l'attention votre Coriolan : c'eſt un ouvrage bien penſé et bien écrit, d'un bout à l'autre. Il mérite l'eſtime de tous les honnêtes gens qui ſentent toutes les difficultés et le mérite de les avoir vaincues. Je ne crois pas qu'il ſoit poſſible de

tirer une tragédie entière d'un fujet qui n'a qu'une ——
fcène , et d'y mieux réuffir. Les gens de l'art furtout 1776.
démêlent cet extrême mérite , quand ils font juftes.
Bérénice , dans laquelle il n'y avait qu'un mot à
dire, *invitus invitam*, était bien plus aifée à traiter,
parce que l'amour eft une fource inépuifable , et
parce que le fpectacle eft toujours rempli de quinze
cents perfonnes qui aiment, ou qui ont aimé , et que
parmi ces quinze cents fpectateurs , il n'y a pas un
ancien romain.

Vous avez , dans votre Coriolan , comme dans
votre *Royaume en interdit* , bien des traits qui décèlent
une philofophie profonde et hardie. Je me flatte que
je trouverai cette philofophie dans votre *Effai fur les
progrès des arts*. Je me doute bien que vous n'avez
pas un privilége en chancellerie ; je vous en félicite,
vous et vos lecteurs. Je n'aime pas plus les maîtrifes
et les jurandes que M. *Turgot :* je ne crois pas qu'on
doive faire vifer fon efprit par un cenfeur royal, et
que les penfées aient befoin de cire jaune.

Ne doutez pas , Monfieur , des fentimens &c.

Le vieux malade de Ferney.

LETTRE CLXV.

A M. LE COMTE D'ARGENTAL.

A Ferney, le 3 de novembre.

MON cher ange, il eſt vrai que, dans ma quatre-vingt-troiſième année, j'avais la folie d'entreprendre un ouvrage au-deſſus de mes forces ; mais c'était uniquement pour vous plaire. Il faut l'abandonner et attendre que je rajeuniſſe. Mon étrange deſtinée, qui m'a conduit de Paris aux frontières de la Suiſſe, et qui m'a forcé de changer un petit cloaque affreux en une jolie ville d'un quart de lieue de long, me perſécute aujourd'hui, et ne me rajeunit point ; elle m'écraſe avec les pierres des maiſons que j'ai élevées. Mon extrême facilité m'a ruiné ; l'ingratitude m'a ſuſcité des procès infiniment déſagréables ; le changement de miniſtère en France a privé ma colonie de tous les avantages que j'avais obtenus pour elle. Tout le bien que j'avais fait à ma nouvelle patrie eſt devenu calamité. J'avais mis juſqu'à la dernière goutte de mon ſang à cet établiſſement très-utile, ſans y avoir d'autre intérêt que celui de bien faire. Mon ſang eſt perdu, et je n'ai plus qu'à mourir étique : voilà une de mes ſituations.

Une autre tout auſſi conſolante eſt une meute de janféniſtes, qui aboie après moi depuis ſi long-temps, qui relaie les jéſuites *Nonotte* et *Patouillet*, qui me relance dans ma tanière, et qui réveille certains *meſſieurs*. Ces chiens me déchirent à mes derniers

momens, et je meurs dévoré par les dogues de
Janfénius, après avoir été mordu par les renards de
Loyola.

Vous m'avouerez, mon cher ange compatiffant,
qu'il eft difficile d'achever un ouvrage de poëfie dans
de pareilles circonftances.

Je vous prie donc de m'excufer auprès de M. de
Thibouville; ainfi que de vous-même. Je vous demande
pardon à tous deux d'être fi vieux, fi malheureux, fi
malade et fi fot; peut-être que tout cela changera.
Je me mets à l'ombre de vos ailes, et je vous embraffe
bien tendrement de mes faibles bras. *V.*

LETTRE CLXVI.

A M. DE VAINES.

6 de novembre.

J E fuis plus fâché que vous, Monfieur. Comment
de malheureux écrivains mercenaires de nouvelles
ofent-ils calomnier votre abdication généreufe ? Je
voudrais que vous demeuraffiez, quand ce ne ferait
que pour les faire taire. La retraite n'eft bonne que
pour des malades inutiles comme moi. Si j'étais à
Paris, j'y mourrais bien vîte de la vie qu'on y mène;
mais, vous qui avez de la fanté, et qui êtes dans la
force de l'âge, vous pourriez refter, ce me femble,
pour être utile à vous et aux autres. On dit que vous
travaillez avec une facilité étonnante; que vous mettez le plus grand ordre et la netteté la plus lumineufe

T 3

dans tout ce que vous faites ; que vous n'avez jamais l'air occupé en vous occupant toujours ; que vous êtes aussi aimable dans la société qu'essentiel en affaires ; je conclus que c'est à vous de rester dans Paris et dans votre place.

J'ai écrit à M. le marquis de *Condorcet*, avant de recevoir votre lettre dont je suis très-touché. Je lui ai demandé la permission d'aimer toujours une belle dame qui est née dans mon voisinage, qui a tant contribué à mettre mon squelette en marbre, et qui est très-bonne et très-estimable. (*)

Je ne sais si un ancien romain, sous le portrait duquel j'ai écrit, *ostendent terris hunc tantum fata*, est à Paris ou à la Roche-Guyon. Quelque part où il soit, je vous supplie de lui faire passer dans l'occasion tout ce que je pense et penserai de lui jusqu'au tombeau.

Conservez - moi, Monsieur, par justice, l'amitié dont vous m'avez gratifié par générosité.

Le vieux malade.

(*) Madame *Necker.*

LETTRE CLXVII.

A M. LE MARQUIS DE VILLEVIEILLE.

10 de novembre.

Il ne faut pas s'étonner, Monfieur, qu'un pauvre homme houfpillé par quatre-vingt-deux ans, par quatre-vingt-deux maladies, et par autant d'affaires défagréables, ait tant tardé à vous répondre. Ma plume n'a pu fuivre mon cœur. Je ne fais à préfent où vous prendre ; mais je préfume que vous pouvez être encore chez vous, puifque vous n'avez point paffé par votre hôtellerie de Ferney, qui eft fur le chemin de Paris. Vous n'auriez pas trouvé la ville de Ferney abfolument bâtie et pavée. Elle ne fait que décroître depuis l'aventure de M. *Turgot*. Les orages de la cour font un peu retombés fur nous ; il a un peu grêlé fur notre perfil. Nous aurions été trop heureux, fi nous avions été toujours ignorés. Notre défaftre ne m'a pas empêché de m'intéreffer à la fête que *Monfieur* a donnée à monfieur fon frère et à fa belle-fœur, et même d'y avoir un peu de part.

On dit que toutes les pièces nouvelles à Fontainebleau ont fait la culbute, excepté celle du jeune *Champfort*. Cela ne m'étonne point ; ce jeune homme a du talent, de la fenfibilité, de la grâce, et fait des vers très-heureux. Il mérite de l'être, et on dit qu'il ne l'eft pas ; mais qui l'eft, au bout du compte ? on dit que c'eft M. *Necker* ; il a l'air en effet d'avoir attrapé le gros lot à la loterie de ce monde.

T 4

Je vous fouhaite bien fincèrement quelqu'un des lots qui viennent immédiatement après. Votre dignité fuifle ne me paraît pas fuffifante pour vous. Voilà encore un gros lot pour M. de *Montbarey*; il eft, dit-on, fecrétaire d'Etat de la guerre; je ne l'affure pas, car on me l'a dit. Si cela eft, tout eft double à Ver-failles, et il y a même bien des cœurs qui le font. Le vôtre n'eft pas de cette efpèce; le mien eft à vous pour ma vie, et ce n'eft pas pour long-temps. *V.*

Madame *Denis* eft bien fenfible aux marques d'ami-tié que vous lui donnez.

LETTRE CLXVIII.

A M. LE MARQUIS D'ARGENCE DE DIRAC.

11 de novembre.

Mon cher ami, votre vieux malade vit encore, et il en eft bien étonné. Il vous aimera tendrement jufqu'à fon dernier jour.

Je fais mon compliment au curé de Jarnac fur fon goupillon (*). Cela eft plus fort que l'aventure du révérend père *Girard*, et ne fera pas tant de bruit. Ce n'eft pas affez d'être exceffivement fou, libertin et fanatique pour fe faire une grande réputation; il faut encore venir à propos. Il faut être janféniste ou jéfuite. Ils font paffés de mode. Les *Gilles* d'aujour-d'hui ne peuvent plus attirer de monde à la foire.

___

(*) Ce curé enfeignait affez drôlement le catéchifme aux petites filles de fa paroiffe.

Joüiffez , mon refpectable ami , d'une vie tranquille et honorée dans votre heureufe retraite. Ferney,
que vous avez vu un vilain hameau, eft devenu une
ville d'un quart de lieue de long. Je ne fais comment
cela s'eft fait ; je fais feulement que cela m'a ruiné ;
mais il eft plaifant qu'un homme auffi chétif que
moi fe foit donné le plaifir de bâtir une ville.

Je vous embraffe de mes faibles bras le plus tendrement du monde. *V.*

LETTRE CLXIX.

A M. LE COMTE DE TRESSAN.

11 de novembre.

Je n'ai fait qu'entrevoir M. de *Toulongeon*. Il m'a
donné, Monfieur, la plus grande envie de jouir de
fa charmante fociété ; mais mon âge et mes maux ne
me l'ont pas permis. Je ne fuis plus de ce monde. Je
m'intérefferai tendrement à vous jufqu'à mon dernier
moment ; mais à quoi cela fert-il ? Je fuis *prenfans
necquicquam umbras et multa volens dicere;* et je fuis
réduit à ne rien dire.

M. de *Toulongeon* m'a paru infiniment aimable et
bien digne de votre amitié. Il a les grâces, la politeffe, les talens que je vous ai connus. Avec tout
cela on n'eft pas toujours heureux. Il y a, comme
vous favez, une diftance immenfe entre être heureux
et être aimable. Je fuis confolé en apprenant que
vous paffez votre vie avec M. de *Saint-Lambert;* mais

—— j'ai peur que l'hiver ne vous fépare. Il n'y a que
1776. nous autres ours des Alpes et du mont Jura, qui
paffions notre vie à la campagne. Les beaux oifeaux
de vos cantons doivent fe retirer à la ville, quand les
feuilles font tombées.

> *Mihi jam non regia Roma,*
> *Sed vacuum Tibur placet aut imbelle Tarentum.*

Je fuis très-touché, Monfieur, de votre fouvenir.
Vos bontés pour moi rappellent mon ancienne fenfibilité; elle ne finira qu'avec mes jours. *Pofthume,*
Pofthume, labuntur anni. J'aime à citer *Horace* à un
homme de fa famille.

Mille tendres refpects. *V.*

LETTRE CLXX.

A MADAME DE SAINT-JULIEN.

15 de novembre.

Nos malheurs, Madame, commencèrent lorfque
vous nous quittâtes, et ils ont redoublé bien cruellement. Nos colons perfécutés et prefque détruits,
ont préfenté une requête au roi, et l'ont envoyée
à monfeigneur le prince de *Condé.* Cette requête
n'eft autre chofe que le cri des gens qu'on écorche.
Le prince a promis de faire donner cette requête
à monfieur le contrôleur général, par monfieur
de *la Touraille,* gentilhomme de fa chambre; mais
fi notre commandant voulait bien lui-même dire
un mot à monfieur le contrôleur général, ce ferait,

je crois, le moyen de nous fauver. Je me borne à demander qu'on ne nous demande rien, d'ici à fix mois. Monfieur le contrôleur général peut bien aifément engager M. de *Boullogne* à ne nous point pourfuivre. Ce petit délai obtenu nous ferait peut-être éviter notre ruine entière. J'ai donné jufqu'à la dernière goutte de mon fang pour conftruire cette ville qui a été honorée un moment d'un hôtel de Saint-Julien. Je vois que tout va être détruit, et que je n'aurai pas de quoi me faire enterrer dans un coin d'une des rues de la ville que j'ai bâtie.

L'intendant de la province femble ne nous pas favorifer. Nous voudrions avoir fon fubdélégué pour protecteur auprès de lui, et nous n'ofons nous en flatter. La moitié des ouvriers étrangers nous quitte, l'autre moitié tremble et eft prête à fuir. On m'accable de procès de tous les côtés : voilà mon état ; mais, fi vous me confervez vos bontés, je mourrai moins défefpéré.

Quelle différence, bon Dieu! entre la fituation où nous étions fous M. le duc de *Choifeul*, et le défaftre que nous éprouvons aujourd'hui ! Son extrême générofité et fes grandes vues s'étendirent fur nous, et nous l'avons attefté à la poftérité, dans l'infcription d'un obélifque que nous élevions à Ferney, et qui lui eft dédié. Il me fuffit qu'il foit inftruit de notre reconnaiffance. Je n'ai jamais ofé lui écrire, parce qu'il m'avait expreffément défendu, par M. de *la Ponce*, de lui écrire dans fa retraite. Le comble de mes chagrins eft de mourir fans favoir s'il daigne encore fe reffouvenir de moi. Ayez la bonté de lui parler du moins de mon obélifque, je vous en

—— conjure. Je fuis, comme j'ai toujours été, entre le lac de Genève et le mont Jura, ayant en perfpective les neiges éternelles des grandes Alpes, ignorant tout ce qui fe fait chez vous, à mon ordinaire. Je ne fais pas plus de nouvelles de la cour fous ce règne que fous l'autre; mais, foit que M. le duc de *Choifeul* tienne fa cour à Chanteloup, foit qu'il la tienne à Paris, je vous demande en grâce de me mettre à fes pieds. Je ne fuis pas plus inftruit du procès de M. de *Richelieu* que de celui de *Beaumarchais*. Je fais feulement, Madame, que je vous fuis très-tendrement, très-refpectueufement dévoué jufqu'au dernier moment de ma vie, et que je vous donne la préférence fur cette madame d'*Hacqueville* qu'on tient toujours pour la grand'tante de la reine, et pour la veuve du fils de *Pierre le grand*. Si vous m'écrivez un petit mot, je ferai confolé; fi vous m'oubliez, je ne me confolerai jamais; mais je ne vous en dirai rien. *V.*

LETTRE CLXXI.

A M. LE MARQUIS DE THIBOUVILLE.

28 de novembre.

VOTRE lettre du 18 de novembre, mon cher Marquis, me donne bien des confolations et bien des encouragemens. Il ne s'agit plus que de rattraper mon repos et ma tête, pour faire ce que vous voulez. Les affaires, les procès, les intérêts de notre petite province font venus augmenter le trouble où était ma

pauvre petite cervelle de quatre-vingt-trois ans. Si ces
orages s'apaifent, je fuis à vous ; s'ils me noient, 1776.
bonfoir, Meffieurs.

Voilà donc mademoifelle *Sainval* une actrice
fublime, fupérieure à mademoifelle *Duménil*. Le rôle
qu'on lui préparait, dans la pièce dont vous me
parlez, ne me paraiffait guère dans un genre digne
d'elle. Il ne vifait pas à l'héroïque et aux grands
mouvemens du théâtre ; et il y avait, ce me femble,
une cataftrophe fort hafardée. Je crois que j'aurais
de la peine à bien traiter ce fujet, fi je n'avais que
trente ans. Jugez donc ce qui m'arrivera à mon âge.

Le feul mérite de cet ouvrage ferait d'être entièrement neuf, et peut-être de n'être pas mal écrit ; mais
une nouveauté froide n'eft pas ce qu'il vous faut :
vous voudriez de grands intérêts, des paffions violentes, et tout le grand attirail de *Melpomène*. Ma foi,
cherchez ailleurs ; je ne crois pas qu'il me refte aucune
de ces étoffes-là dans mon magafin.

Ce que je vous dis là doit être pour M. d'*Argental*
comme pour vous. Je ne puis lui écrire aujourd'hui ;
une demi-douzaine d'affaires très-défagréables me
tiraillent de tous côtés. Voilà ce que c'eft d'avoir eu
l'infolence de bâtir une petite ville dans un endroit
qui n'était fait que pour des grenouilles.

Connaîtriez-vous, par hafard, M. de *Boullogne*,
l'intendant des finances, ou connaîtriez-vous fa
maîtreffe, ou fauriez-vous comment on s'y prend
pour obtenir quelque chofe de lui ? Je vous ferais
très-obligé de lui dire, ou de lui faire dire, qu'il ne
faut pas écrafer une colonie d'étrangers, devenue
très-utile au royaume.

Vous devriez bien me mander pourquoi madame de *Polignac*, accompagnée de madame *Thiéry*, est partie précipitamment de Fontainebleau. Vous me direz que je suis bien curieux; mais j'aime bien mieux encore des nouvelles du tripot. Je n'en peux plus, et je suis pourtant à vos ordres. *V.*

LETTRE CLXXII.

A M. LE CHEVALIER DE CHATELLUX.

4 de décembre.

J'AI toujours dit, Monsieur, qu'il y a de vrais français parmi les Velches. Ce sont ces français-là qui ont mis leur bonheur à lire *la Félicité publique*. Cet ouvrage deviendra le catéchisme de toute la jeunesse de France, qui voudra s'instruire à bien penser et à bien parler. Ce que cet ouvrage surtout a d'utile, c'est qu'on y apprend à connaître le gouvernement et le vrai génie des peuples de l'antiquité, qui valent la peine d'être connus. *Rollin* ne peut servir qu'à former un petit janséniste enthousiaste, ignorant et phrasier: le livre de *la Félicité publique* peut former un homme d'Etat.

Je ne savais pas, Monsieur, qu'on imprimât un supplément à la grande *Encyclopédie*, et je vois, avec douleur, que ce supplément est soumis à la révision de quelques cuistres de la littérature, qui ne seraient pas reçus dans les antichambres de la bonne compagnie de Paris (*). Faut-il qu'il y ait toujours en France un mélange fi bizarre de ce qu'il y a de meilleur au monde, et de plus méprifable? 1776.

Ce qu'on appelle le janfénifme ferait une inondation de barbares, fi on le laiffait faire. C'eft une faction d'énergumènes atroces, encouragée par le prétexte toujours fubfiftant de foutenir les droits de la nation contre les anciennes ufurpations de Rome, et qui, dans le fond, voudrait faire brûler le fens commun en place de Grève.

Les presbytériens d'Angleterre et les anabaptiftes de Munfter, n'ont jamais été fi dangereux que ces marauds-là. Ils font, et ils feront toujours foutenus par quelques pédans en robe, qui ne peuvent avoir un refte de crédit qu'en armant continuellement le fanatifme contre la raifon.

Rien ne peut mieux foutenir cette pauvre raifon qu'un homme de votre nom et de votre génie. Les janféniftes ont trouvé, dans le fiècle paffé, des hommes de confidération qui les ont protégés, uniquement pour avoir le plaifir d'être chefs de parti : le temps d'une ambition plus noble eft venu. Vous êtes appelé à un beau miniftère, celui de rendre fages et heureux les gens qui feront dignes d'être l'un et l'autre.

Continuez, combattez à la tête d'une troupe invincible que le fanatifme peut faire taire quelquefois, mais qu'il ne peut empêcher de penfer. Comptez-

_____

(*) M. de *Chatellux* avait fait, pour le fupplément de l'*Encyclopédie*, l'article *Bonheur public*; il fut rayé à la cenfure, par l'abbé *Foucher*, qui dit que cet article *était rempli de la philofophie moderne, et que le mot de* D I E U *ne s'y trouvait pas une fois.*

—— moi, je vous en prie, Monſieur, parmi les penſeurs
1776. qui vous ſont attachés avec le plus d'eſtime, de reſpect et d'amitié.

LETTRE CLXXIII.

A M. LE COMTE D'ARGENTAL.

4 de décembre.

M̀ON cher ange, depuis votre lettre conſolante,
datée du 19 de novembre, je n'ai pu me mettre à
l'ombre de vos ailes. J'ai été, et je ſuis encore lutiné
par les embarras que me donne ma pauvre province,
par la ruine dont ma colonie me menace, par l'oubli
total de madame de *Saint-Julien* qui renonce à ſes
amis en hiver, et qui ne s'en ſouvient qu'en été.

· Je conviens avec vous que le janſéniſme eſt paſſé
de mode, et que perſonne ne ſe ſoucie ſi les cinq
propoſitions ſont dans le livre d'un ennuyeux fla-
mand ; mais il y a des gens qui ont été autrefois janſéniſtes, qui ont aujourd'hui une petite place à Verſailles, et qui font imprimer des trois volumes contre
les fidelles. Ils ſe déguiſent en juifs, pour nuire aux
meilleurs chrétiens du monde. Leur cabale eſt dangereuſe, et peut faire beaucoup de mal. Vous ſavez
que trois ou quatre vieux janſéniſtes du parlement ont
perſécuté, au commencement de cette année, une
eſpèce de petit philoſophe, nommé *Deliſle*. Les chiens
enragés ne mordent pas toujours, mais ils peuvent
mordre. Je n'ai été que trop mordu dans mon temps,

et

et ces morſures-là laiſſent toujours de profondes
cicatrices.

Au lieu de m'aller baigner dans la mer, j'ai donc
pris le parti de m'amuſer à quelque choſe qu'on ne
fait guère à quatre-vingt-trois ans. Mais quand je
vous montrerai ces facéties, vous me direz que je
ſuis véritablement un enragé qui aï voulu manger
ſans avoir de dents, et danſer ſans avoir de jambes.

M. de *Thibouville* m'a mandé que mademoiſelle
Sainval n'avait point du tout réuſſi dans la *Cléopâtre*
de Rodogune. Notre nation ſerait-elle devenue à la
fin raiſonnable? aurait-on ſenti enfin, au bout de
cent ans, que ce rôle de *Cléopâtre* n'eſt point du tout
dans la nature; que tout ce qu'elle dit, et tout ce
qu'elle fait eſt contre le bon ſens; que c'eſt elle qui
eſt une enragée, qui fait continuellement des confidences inutiles de tous ſes crimes faits et à faire à une
demoiſelle ſuivante qu'elle appelle gaupe et butorde?
Pour moi, je n'ai jamais vu quatre plus mauvais
actes, et la moitié du cinquième, préparer plus déteſ-
tablement une dernière ſcène admirable.

Après vous avoir prononcé ces blaſphêmes, je dois
jeter dans le feu ce que j'avais commencé. Je dois
ſentir qu'il eſt auſſi difficile de faire une bonne tragédie que de raccommoder nos finances. Je ne dois
plus m'occuper que de vous aimer et de ne rien
faire.

Mais que je voudrais être auprès de vous, mon
cher ange! *V.*

LETTRE CLXXIV.

A MADAME DE SAINT-JULIEN.

A Ferney, 5 de décembre.

JE reçois, Madame, votre lettre datée du 22. Si elle parvient à la postérité, les commentateurs disputeront sur le mois et sur l'année; mais notre petite colonie et moi, nous attestons qu'au 22 de novembre 1776, vous nous avez comblés de bontés et de très-bons raisonnemens.

Puisque vous daignez voir la requête assez inutile de nos colons, la voici. Elle a été donnée à M. de *Boullogne*, par MM. de *Fourqueux* et de *Trudaine*. Elle peut avoir été recommandée à monsieur le contrôleur général, par M. le prince de *Condé*. Elle peut avoir été oubliée de tout le monde, surtout dans le temps où l'on était occupé de l'établissement d'un nouveau ministère. Ce qui peut nous arriver actuellement de plus favorable, c'est qu'on nous oublie.

Malheureusement, messieurs les fermiers généraux ne songent que trop à nous. Ils sont très-attentifs à leurs trente mille francs; ce n'est que cinq cents francs par an pour chacun de ces messieurs; mais ils ne négligent rien. La province est sur le point d'être écrasée par un impôt très-lourd et très-inégal dont on la charge. Non-seulement on a travaillé à la répartition de cet impôt, mais à assurer des honoraires à celui qui est principalement chargé d'arranger notre ruine, et qui a seul tous les districts dans sa main. Il n'y avait qu'un moyen de nous sauver, c'était d'obtenir du fel de meffieurs de Berne, et d'emprunter de l'argent de quelque homme de bonne volonté ; au moyen de cet argent emprunté, et du bénéfice de ce fel de Berne, nous allions payer meffieurs des fermes générales fans aucun frais, et la province était libre. J'avais le bonheur de prêter ces dix mille écus, tout ruiné que je fuis, et j'étais d'accord avec nos états. Qu'a-t-on fait pendant ce temps-là ? on a fufcité un homme inconnu, nommé *Rofe*, ci-devant déferteur de la légion de *Condé*, aujourd'hui garde-magafin pour les intérêts du roi, dans les ateliers de *Racle*. Cet homme, employé fecrétement, eft allé à Berne folliciter, en fon propre et privé nom, la conceffion de fix mille quintaux de fel. Il n'avait pas un fou pour les payer, mais il était bien cautionné.

Meffieurs des états fe voyant ainfi fupplantés par un homme fans aveu, fe font plaints au fubdélégué qui eft, comme vous favez, fyndic, maire, tréforier et fermier des terres du roi à Verfoy, &c. &c. Meffieurs, leur a-t-il dit, M. *Rofe* eft un galant homme ; il lui eft permis d'acheter du fel où il voudra, mais cela n'eft pas permis à vous autres. Vous ne pouvez faire un traité avec une puiffance étrangère fans la permiffion du roi. Quoi ! Monfieur, ce qui eft permis à un déferteur ne le ferait pas à une province ? — Non, Meffieurs ; croyez-moi, écrivez au miniftre des finances et au miniftre des affaires étrangères. Les pauvres rats croient *Rominagrobis ;* ils écrivent aux miniftres. Les miniftres tout étonnés confultent les fermiers généraux. Ceux-ci répondent qu'on ne peut demander du fel de Berne que pour le verfer dans les provinces de France limitrophes, et qu'il faut prévenir ce crime de haute trahifon. En conféquence, le miniftère mande à l'ambaffadeur du roi, en Suiffe, d'empêcher que meffieurs de Berne ne donnent un litron de fel à la province de Gex. Ainfi les états ont été privés du fecours fur lequel ils comptaient ; ils fe font eux-mêmes coupé la gorge et la bourfe en croyant *Rominagrobis*, et en demandant au miniftère de France une permiffion qu'ils auraient pu prendre, en vertu de l'édit du roi, fans confulter perfonne. *Rominagrobis* actuellement fe moque d'eux, établit fon impôt, établit fes honoraires, met à part une fomme confidérable pour le receveur général de Berne, Bugey, Valromey et Gex, auquel il faudra porter humblement notre contribution, dont il comptera comme il voudra avec meffieurs de la ferme.

Voilà, belle Emilie, à quel point nous en fommes.

Nous fommes perdus, et il ne faut pas nous plaindre. Si nous crions, on nous enverra foixante bureaux de commis, au lieu de trente que nous avions, et on nous mettra un bâillon à la bouche. Quelques-uns de nos étrangers, qui ont acheté des maifons à Ferney, vont les abandonner, et nous fommes menacés d'une deftruction totale, nous et notre obélifque, et la belle infcription latine que nous voulions y graver pour l'amufement des favans qui vont à Gex.

Si vous voulez, Madame, je vous conterai encore que, lorfque j'étais pétrifié de ces défaftres, j'ai reçu une lettre de M. le duc de *Virtemberg* qui me doit cent mille francs, et qui me mande qu'il ne peut

me payer un fou qu'au commencement de l'année
1778. Il y a, dans ce procédé, je ne fais quoi de $1776.$
digne de la grandeur d'un roi de France ; et ce qu'il
y a de bon, c'est que furement je ferai mort de
vieilleffe et de misère, et ceux qui ont bâti mes maifons feront morts de faim avant l'an de grâce 1778.
M. *Racle* fe tire d'affaire par fon génie, indépendam-
ment des rois et des princes ; il fait des chefs-d'œuvre en grands ouvrages de faïence, et il les vend à
des gens qui payent.

Il y a bien loin de tout cela, Madame, à la petite
drôlerie dont vous avez vu l'efquiffe. Je n'ofe vous
en parler. Il faut avoir vingt-cinq ans pour faire de
ces plaifanteries-là, et j'en ai quatre-vingt-trois. J'en
fuis plus fâché que de toutes les traverfes que j'effuie.
Je me réfugie fous les ailes de mon brillant papillon,
et fous l'égide de ma philofophe, avec le plus tendre
refpect. *V.*

LETTRE CLXXV.

A M. LE MARQUIS DE CONDORCET.

6 de décembre.

JE fuis toujours fâché, Monfieur, quand je vois
que, dans le *Journal* de politique et de littérature,
la politique tient tant de place, et la littérature fi peu.
Je vous avoue que j'aime beaucoup mieux de bons
vers et une pièce d'éloquence, que toutes les nouvelles du Nord et du Midi, qui font détruites le
lendemain par d'autres nouvelles.

V 3

Il eſt vrai que cette partie, qu'on nomme politique, eſt écrite par un homme ſupérieur ; mais permettez-moi de préférer les belles-lettres, qui bercent ma vieilleſſe, aux intérêts des princes auxquels je n'entends rien.

Les diſſertations de M. de *la Harpe* n'ont, à mon gré, qu'un ſeul défaut, c'eſt d'être trop courtes. Je trouve chez lui une choſe bien rare ; c'eſt qu'il a toujours raiſon, c'eſt qu'il a un goût ſûr. Et pourquoi ſe connaît-il ſi bien en vers ? c'eſt qu'il en a fait d'excellens.

Les gens inſtruits, et diſant leur avis, pleuvent de tous côtés ; mais où trouver des hommes de génie qui veuillent bien ſe conſacrer au triſte et dangereux métier d'apprécier le génie des autres ? L'abbé *Desfontaines* n'était pas ſans eſprit et ſans érudition ; mais il avait malheureuſement traduit les pſaumes en vers français. La deſtinée de cet ouvrage, entièrement ignoré, altéra ſon humeur et ſon goût qui devinrent auſſi dépravés que ſes mœurs. L'auteur de Mélanie n'eſt pas dans ce cas. Si *Racine* a laiſſé quelques héritiers de ſon ſtyle, il m'a paru qu'il avait partagé ſa ſucceſſion entre M. de *la Harpe* et M. de *Champfort*.

Je n'ai point vu le *Mouſtapha* de ce dernier, et je ſuis fâché qu'on s'appelle *Mouſtapha ;* mais je me ſouviens d'une *jeune indienne*, qui était une bien jolie petite créature, et qui me parut toute racinienne : car, voyez-vous, ſans *Racine* point de ſalut. Il fut le premier, et long-temps le ſeul, qui alla au cœur par l'oreille. *Componit furtim ſubſequiturque decor.*

A propos, il faut que vous jugiez, entre le duc de *la Rochefoucauld* et *Confucius*, qui des deux a le mieux

défini la gravité. Le feigneur français a dit : *La gravité*
eſt un myſtère de corps inventé pour cacher les défauts de
l'eſprit ; le feigneur chinois a dit : *La gravité n'eſt que*
l'écorce de la fageſſe, mais elle la conſerve.

Je ne veux et je n'oſe avoir un avis que quand
vous m'aurez dit le vôtre.

LETTRE CLXXVI.

A M. DE TRUDAINE.

A Ferney, le 10 de décembre.

MONSIEUR,

IL faut que cette fois-ci je vous amuſe ou vous
ennuye par le récit des tribulations de votre petite
province de Gex. Cette hiſtoriette fera pour M. de
Fourqueux comme pour vous , après quoi je vous
ſupplierai de jeter au feu ma relation.

Dès le commencement de cette année , noſſeigneurs
des états de Gex ſongèrent à faire un fonds qui pût
fournir trente mille francs à noſſeigneurs des fermes
générales , et tremblèrent. Le parlement de Dijon,
dont un membre principal , originaire du pays de
Gex, y avait acheté beaucoup de biens ruraux , avait
en conféquence déterminé le parlement à faire au
roi des remontrances ; et , dans ces remontrances , on
avait ſuppoſé que l'induſtrie du pays de Gex était
d'un rapport infiniment plus grand que le fonds des
terres. Sur ce faux expoſé , le roi avait donné une
déclaration par laquelle l'induſtrie payerait le tiers

V 4

de ce que payeraient les terres, pour compléter la fomme de trente mille francs due à la ferme générale, et pour acquitter d'autres dettes de la province.

Il fallait donc trouver pour dix mille francs d'induftrie dans un pays où il n'y en eut jamais pour dix écus, avant que j'euffe la témérité d'y appeler des artiftes, et d'y bâtir des maifons.

Une partie de mes artiftes effrayés du bruit qui courait qu'on allait les taxer, commença par s'enfuir. On ne trouva, parmi ceux qui reftèrent à Ferney, qu'environ cinq cents livres, et dans le refte de la province prefque rien.

Nos pauvres états étaient extrêmement embarraffés, et tous nos colons mouraient de peur. Ils étaient tout accoutumés à jouir du plaifir de la franchife. Il y avait des cabarets à l'enfeigne de *la franchife;* les femmes commençaient à porter des rubans *à la franchife.*

Pour rendre notre franchife parfaite, un déferteur de la légion de *Condé*, nommé *Rofe*, aujourd'hui votre garde-magafin à Verfoy, s'affocia, il y a deux mois, avec un *Brémond*, commis de M. *Fabry*, maire, fubdélégué, fyndic, tréforier, ayant la pofte de Verfoy. Ces deux affociés tranfigèrent avec la *chambre des fels* à Berne, et en achetèrent fix mille quintaux de fel à bon marché, pour le revendre un peu plus cher à Gex, afin que le pays n'en manquât pas.

Les pauvres gens du pays de Gex, et furtout quelques fyndics, furent effrayés de ce monopole, et ils pouffèrent l'indifcrétion de leurs plaintes jufqu'à fe figurer que M. *Fabry* donnait, dans cette affaire, une protection trop marquée à fon commis.

1776.

Les états alors me firent l'honneur de s'adreffer à moi. Ils me chargèrent d'obtenir pour eux, des états de Berne, la même faveur que le commis et le déferteur avaient obtenue ; et, de plus, de leur prêter dix mille écus pour payer les fermiers généraux.

Ils confultèrent habilement M. *Fabry* qui leur confeilla plus habilement de demander la permiffion au miniftère. Le fruit de tant d'habileté a été que le miniftère a prié meffieurs du confeil de Berne de ne donner de fel ni à *Rofe* ni à nos fyndics, et que je ne leur ai point prêté d'argent, par une raifon péremptoire, c'eft que je n'en ai plus, et que tout eft en pierres de taille, en mortier et en foliveaux. Nos pauvres fyndics font tous confondus. Les fermiers généraux crient que notre petite province de Gex a voulu fe faire contrebandière, et acheter du fel fuiffe pour le revendre en France. Les fyndics difent que c'eft la faute du déferteur *Rofe* et de fon confeil. Tous ont un pied de nez. Nos états de la vafte province de Gex gouverneront mieux une autre fois leurs grandes affaires politiques.

J'ai cru, Monfieur, vous devoir cette relation fidelle de nos fottifes. J'ofe me flatter que vous pardonnerez à la fimplicité de nos fyndics, et à la bavarderie d'un vieillard qui radote. Que ne fuis-je auprès de vous ! que ne puis-je vous faire ma cour, et vous parler de *Shakefpeare* qui radote encore plus que moi !

Agréez, Monfieur, le refpect, la reconnaiffance et l'attachement du vieux malade *Voltaire*.

LETTRE CLXXVII.

A M. LE PRINCE DE LIGNE.

A Ferney, le 13 de décembre.

Un très-vieux hibou, près de mourir dans une mafure, entre le mont Jura et les grandes Alpes, eft extrêmement fenfible aux bontés que lui témoigne un aigle autrichien. L'efprit qui règne dans la lettre de Bruxelles, du 25 de novembre, ranimerait le pauvre hibou, fi quelque chofe pouvait le ranimer. Il fe fouviendra, jufque dans fes derniers momens, d'avoir voyagé autrefois, malgré fes ailes pefantes, vers les domaines de cet aigle charmant qui ne fefait alors que de naître, et qui depuis l'a honoré, de temps en temps, d'un fouvenir qui lui eft bien précieux. Ce bel aigle a vu, en dernier lieu, la nouvelle ménagerie de Fontainebleau, et les nouveaux oifeaux brillans qui décorent cette belle volière. Il juge parfaitement de leurs différens ramages. C'eft à lui d'établir, par fon exemple, une jolie volière à Bruxelles. Il ne faut fouvent qu'un feul homme pour faire régner le bon goût dans le pays qu'il habite ; l'émulation gagne de proche en proche. Il en eft des chofes de l'efprit comme des coiffures des femmes ; il fuffit, dans tout pays, d'une belle dame pour mettre une nouvelle coiffure à la mode : de même, c'eft affez d'un homme fupérieur par fon rang et par fon efprit, pour mettre à la mode les beaux arts et le bon goût. C'eft ce que fait l'aigle dont je parle,

l'aigle que je remercie, et dont je fuis, avec un ⸻
profond refpect, le très-humble et très-obéiffant 1776.
ferviteur.

Le vieux hibou V.

LETTRE CLXXVIII.

A M. LE COMTE D'ARGENTAL.

15 de décembre.

Mon cher ange, il y a environ foixante ans paffés
que vous êtes occupé à me confoler et à m'encourager. Je commence à croire que ni l'ancien ni le
nouveau *Teflament* ne troubleront mes derniers jours,
et qu'on a autre chofe à faire à la cour que de perfécuter un vieux rimailleur pour des fottifes dont
perfonne ne fe foucie.

Je me démêlerai peut-être auffi des affaires très-
embrouillées et très-mal conduites de notre pauvre
petit pays de Gex; mais je ne me tirerai pas fi bien
de l'entreprife dont madame de *Saint-Julien* vous a
donné fi bonne opinion. Si ce n'eft pas elle qui vous
en a parlé, c'eft l'abbé *Mignot*. Le commencement
de l'ouvrage me donnait à moi-même de très-grandes
efpérances, mais je ne vois fur la fin que du ridicule.
J'ai bien peur qu'on ne fe moque d'une femme qui
fe tue de peur de coucher avec le vainqueur et le
meurtrier de fon mari, quand elle n'aime point ce
mari, et qu'elle adore ce meurtrier. Cela reffemble
aux vierges chrétiennes de la *Légende dorée*, qui fe

——— coupaient la langue avec leurs dents, et la jetaient au nez des païens, pour n'être pas violées par eux. Il y a quelque chofe de fi divin dans ces cataftrophes qu'elles en font impertinentes. D'ailleurs, la pièce roulant uniquement fur le remords continuel d'aimer à la fureur le meurtrier de fon mari, ne pouvait comporter cinq actes. J'étais obligé de me réduire à trois, et cela me paraiffait avoir l'air d'un drame de M. *Mercier*. C'eft bien dommage, car il y avait du neuf dans cette bagatelle, et les paffions m'y paraif-faient affez bien traitées; il y avait quelques peintures affez vraies, mais rien ne répare le vice d'un fujet qui n'eft pas dans la nature. Vous ne trouverez pas une femme dans Paris qui fe tue pour n'être pas violée. Bérénice qui eft le plus mince et le plus petit fujet d'une pièce de théâtre, était beaucoup plus fécond que le mien, comme beaucoup plus naturel; cela me fâche et m'humilie. Un père n'eft pas bien aife de fe voir obligé de tordre le cou à fon enfant. Voilà trois mois entiers de perdus, et le temps eft cher à mon âge.

Je reçois, dans ce moment, une lettre de M. de *Thibouville;* il augmente mes regrets. Il me dit fur-tout des chofes fi intéreffantes fur mademoifelle *Sainval*, que je fuis homme à mourir de chagrin de n'avoir pu rien faire qui foit digne d'elle.

Je fuis de votre avis fur Rodogune. Il n'y a pas de fens commun dans toute cette pièce qu'on a regardée comme le chef-d'œuvre de *Corneille*. La dernière fcène même, qui femble demander grâce pour le refte, n'eft nullement vraifemblable; mais il y a tant d'illufion théâtrale, d'un bout à l'autre, que

le public a été féduit. Nous n'avons point une ———
pareille reffource dans une petite pièce qui ne con- 1776.
fifte qu'à dire : J'aime mon amant comme une folle ;
mais je fuis dévote, et j'aime mieux me tuer que de
coucher avec lui.

M. de *Thibouville* m'apprend qu'on va jouer
Orefte, et qu'elle fera très-bien remife au théâtre.
Je crois qu'elle réuffirait, fi nous étions en Gréce ;
mais j'ai peur que des déclamations grecques ne
réuffiffent point à Paris.

Je me mets à l'ombre de vos ailes, mon très-cher
ange. *V.*

LETTRE CLXXIX.

A M. LE MARQUIS DE THIBOUVILLE.

18 de décembre.

Mon cher Marquis, tout ce que vous m'avez
écrit de mademoifelle *Sainval* m'a tourné la tête, et
a échauffé mon cœur ; mais c'eft montrer *Vénus* toute
nue à un caftrat. Ce que j'ai commencé pour elle
m'en paraît fort indigne. J'avoue ma turpitude à
M. d'*Argental*, et je vous fais la même confeffion.
Le fujet eft fi fimple qu'il ne pourrait aller qu'à trois
coups ; il en faut cinq pour mademoifelle *Sainval*.

On vient de m'envoyer un nouveau tome des
Lettres édifiantes et curieufes du révérend père *Patouillet*,
ci-devant jéfuite. Dans ces lettres, qui ne font
ni curieufes ni édifiantes, il s'en trouve une du

révérend père *Bourgeois*, convertiffeur fecret à la Chine, et qu'on dit parent de M. de *Boynes*. Ce maraud raconte qu'il avait baptifé une fille de quinze ans, laquelle était poffédée d'un démon de luxure. Adreffez-vous à la Ste *Vierge*, lui dit le père *Bourgeois*; prions-la de vous faire mourir plutôt que de vous laiffer fuccomber. La fille le crut, et mourut pendant la nuit de la goutte remontée. C'eft précifément le fujet de ma petite drôlerie. C'eft une femme amoureufe à la fureur du meurtrier de fon mari, et qui finit enfin par fe tuer au lieu de fe laiffer violer par fon cher amant. Cela eft fi peu dans la nature, et furtout dans la nature françaife, que je parierais pour les fifflets.

Je me fuis aperçu très-tard de mon mauvais choix. Je peignais des couleurs les plus vives et les plus tendres un tableau qu'il faut jeter dans le feu. J'en fuis bien affligé, car il n'y a pas d'apparence qu'à mon âge je faffe encore des enfans; et celui-là aurait été intéreffant, s'il n'avait pas été ridicule.

Si le déclamateur *Orefte* peut réuffir, je ne manquerai pas de prendre ce prétexte pour écrire à l'ami de madame de *B*..... Je vous remercie du bon confeil que vous m'avez donné. Je vous remercie furtout de vos quatre pages d'écriture; vous n'êtes pas accoutumé à faire de telles faveurs. Je fuis enchanté de vous voir corrigé de votre laconifme. Pardonnez-moi de ne vous écrire que deux pages; c'eft beaucoup pour un malade dans un défert.

Confervez-moi vos bontés. *V.*

LETTRE CLXXX.

A M. DE BACQUENCOURT.

Le 1 de janvier.

MONSIEUR,

Depuis la journée des *Calas*, je vous ai bien des obligations. La plus grande eft celle d'être notre intendant. Je vous remercie furtout de m'avoir inftruit fur la petite patrie que je me fuis choifie, je ne fais comment, et que je connais très-peu.

Il me femble qu'on difputait fans beaucoup s'entendre. Ceux qui accufaient votre fubdélégué de prendre fecrétement le parti de fon commis et de *Rofe*, m'ont paru injuftes. Ceux qui ont accufé nos états de vouloir prendre pour eux le marché de *Rofe*, ne m'ont pas paru plus équitables. Ce que j'ai pu comprendre dans ma folitude, au milieu de mes fouffrances continuelles, c'eft que tout le monde avait raifon en un feul point, celui de s'en rapporter à votre juftice et à votre bonté.

Vous favez, Monfieur, par expérience, qu'on va toujours trop loin, foit quand on foutient fes droits, foit quand on attaque ceux d'autrui. On vous avait d'abord mandé que la colonie de Ferney ne voulait payer aucune taxe, et vous avez bientôt reconnu qu'elle offrait de fe taxer elle-même. On avait perfuadé le confeil que l'induftrie, dans le pays de Gex, produifait plus que la culture des terres; et il s'eft trouvé à l'examen que l'induftrie, laquelle réfide

——— prefque toute entière dans Ferney, ne rapporte pas la dixième partie des biens-fonds.

De même on vous a dit, Monfieur, que nos états voulaient avoir actuellement fix mille quintaux de fel de Berne, ce qui était abfolument impoffible ; et on a reconnu qu'en fefant caffer le marché de *Rofe*, ils ne voulaient que s'affurer pour l'avenir les fecours de Berne, dans des befoins urgens.

Vous mettez tous les difputans d'accord, en leur promettant votre protection dans ce befoin qui ne tardera pas à fe manifefter, et en voulant bien les affurer qu'ils auront du fel de la ferme. Moyennant cette affurance, tout le monde me paraît aujourd'hui très-content; et des deux côtés on doit également vous bénir.

Je voudrais bien que l'affaire des régiffeurs du marc d'or pût s'accommoder auffi aifément avec les horlogers de Ferney. Meffieurs de Genève envoient tous les ans en France trente mille montres d'or à dix-huit carats, et ces régiffeurs ne veulent pas fouffrir que mes pauvres colons en envoyent cinq cents. M. de *Fargès* dit à la régie qu'elle a tort, et que celui qui couperait le cou à la poule aux œufs d'or, fous prétexte qu'elle pondrait à dix-huit carats, ferait un fort mauvais ménager.

J'abufe de votre temps et de vos bontés, Monfieur, en vous parlant de toutes ces mifères. Je vous prie de me pardonner.

> *Ignarofque viæ mecum miferatus agreftes*
> *Ingredere, et votis jam nunc affuefce vocari.*

Je fuis avec refpect, &c.

LETTRE

LETTRE CLXXXI. 1777.

A M. LE COMTE D'ARGENTAL.

1 de janvier.

NE criez pas tant, Meffieurs; il y a long-temps que votre dîné eft prêt (*), mais je n'ai pas ofé le fervir fur table; et même encore aujourd'hui je tremble de vous faire très-mauvaife chère : il n'y a que trois fervices. Je m'étais imaginé qu'en les donnant à dîner, et les trois actes affez plaifans et affez intéreffans, à mon gré, du Droit du feigneur, à fouper, cela pourrait vous amufer quelque jour. Il eft vrai que la peur m'a pris, quand j'ai relu ma drôlerie tragique; et ma peur a été fi grande que je ne voulais pas montrer cet abrégé de tragédie à madame *Denis*. Hier j'ai furmonté mon dégoût et ma crainte; je lui ai donné la pièce à lire; elle a pleuré, et cela m'a raffuré. Quand je dis raffuré, ce n'eft pas auprès du parterre; car vous favez qu'à préfent votre ville eft divifée en factions. J'ai contre moi le parti anglais, le parti juif, le parti dévot, tous les auteurs, tous les journaliftes; et Dieu fait quelle joie quand toute cette canaille fe réunira pour fiffler un vieux fou qui, dans fa quatre-vingt-troifième année, abandonne toutes fes affaires pour donner un embryon de tragédie au public! Je fuis affez fat pour croire que le rôle de mon impératrice eft très-honnête, très-touchant, et même, fi on veut, affez théâtral. Mais où

(*) Irène.

———— mon gros abbé *Mignot* a-t-il pêché que le ſtyle eſt dans le goût de Sémiramis et de Mahomet ? je vous jure qu'il n'en eſt rien. Je ne le crois pas rampant, mais je le crois beaucoup plus approchant du naïf que du ſublime : c'eſt un combat éternel de l'amour et de la vertu. Le fond de l'étoffe eſt agréable, mais elle ne peut pas être nuancée.

Je doute fort, après tout ce qui me revient ſur mademoiſelle *Sainval*, que mon impératrice ſoit digne de ſes talens. Et puis quand cette grande actrice voudrait ſe charger du rôle, quand *le Kain* voudrait jouer le rôle de ce qu'on appelle l'amoureux, quand *Brizard* voudrait jouer le père qui, par paren-thèſe, eſt un moine ; enfin, quand tous les comédiens feraient d'accord, comment pourrait-on s'y prendre pour donner au public cet ouvrage, malgré les lois fondamentales de la comédie, qui veulent que chaque pièce paſſe à ſon rang ? Les comédiens ont, je crois, encore quarante comédies à faire tomber avant moi. Il faudrait que je vécuſſe juſqu'à quatre-vingt-dix ans pour trouver place.

Vous ſentez bien que la perſonne qui m'offre une place dans ſa loge, me fait quelque honneur et quelque plaiſir. Je ne ſuis point ingrat ; je me ſens même beaucoup d'inclination pour cette perſonne ; mais je vous ſupplie de conſidérer que j'ai perdu les yeux, les oreilles, les jambes, les dents, la langue, et qu'il n'y a pas moyen que j'aille me montrer parmi des jeunes gens. Très-férieuſement, mon cher ange, je n'en peux plus. Si je m'allais mettre dans une loge de la comédie, on me prendrait pour un des ſpectres de *Shakeſpeare*. Ne dites point, je vous en prie, que je n'ai que quatre-vingt-deux ans; c'eſt une calomnie cruelle. Quand il ſerait vrai, ſelon un maudit extrait baptiſtère, que je fuſſe né en 1694 au mois de novembre, il faudrait toujours m'accorder que je ſuis dans ma quatre-vingt-troifième année (*). Vous me direz que quatre-vingt-trois ne me ſauveront pas plus que quatre-vingt-deux de la rage des barbares qui me perſécutent; cependant ma remarque ſubſiſte (comme dit *Dacier*). Tout ce que je fais, c'eſt que, ſi j'en avais quatre-vingt-treize, je vous aimerais autant qu'à trente. La lie de mon vin vous appartient comme la mère goutte, et mon cœur eſt tout jeune quand je penſe à vous.

Je vous ſouhaite la bonne année, mon cher ange; les années heureuſes ſont faites pour vous.

LETTRE CLXXXII.

A M. LE MARQUIS DE FLORIAN, *à Autun.*

A Ferney, 6 de janvier.

Le vieux malade, mon cher ami, vous fait ſon compliment ſur la compagnie de cavalerie. Tel oncle, tel neveu.

La puiſſance démocratique de Genève vient de deſtituer trois ſyndics, d'un coup de filet; cela ne

---

(*) M. de *Voltaire* eſt né le 20 de novembre 1694. Il vint au monde ſi faible, et l'on eut ſi peu d'eſpérance de le conſerver, qu'on ſe contenta alors de l'ondoyer. Ce ne fut que neuf mois après qu'il fut baptiſé en bonne forme. Cela peut concilier les médailles et les eſtampes où l'époque de ſa naiſſance eſt fixée tantôt au 20 de février, tantôt au 20 de novembre 1694.

X 2

—— fait nul bruit. Il n'y aura point de guerre civile :

chacun ne songe qu'à mettre des rouleaux de cinquante louis à la loterie de *Necker*.

Le fieur *Bérard*, capitaine de notre vaiffeau l'*Hercule*, et du *Carnatic* que nous avions envoyé aux Indes, et qui était revenu à l'Orient, vient de repartir avec notre argent, fans prendre congé de perfonne, et prend le chemin du Bengale, au lieu de nous payer; mais il n'y a pas moyen d'envoyer après lui la juftice en pleine mer, comme dans les Fourberies de *Scapin*. On dit que le fcélérat comptera avec nous dans cinq ans au plus tard, et que nous ne perdrons, avec ce marin de Normandie, qu'environ quatre-vingt-dix pour cent. Dieu veuille avoir l'ame de *Labat* qui nous avait enjôlés, et qui s'eft tiré d'affaire à nos dépens, avant de mourir !

M. *Foreflier*, médecin, demande une maifon de fix mille francs ; nous la lui donnerons. M. de *Craffy*, de fon côté, en demande une de douze mille pour fes frères. La maifon de madame d'*Hacqueville* eft bâtie, grâce au beau temps ; car nous jouiffons d'un printemps perpétuel depuis le commencement de novembre. Celle de M. de *la Borde* aurait pu l'être, s'il avait voulu fe déterminer ; mais l'argent manque pour toutes ces grandes entreprifes. Je commence à efpérer que la ville fera bâtie avant ma mort. Tout cela pourra vous amufer, furtout fi M. de *la Borde* fe fait vaffal du château de Bijou.

LETTRE CLXXXIII.

A M. LE CHEVALIER DE FLORIAN.

À Ferney , 9 de janvier.

Vous étiez né , Monfieur, pour plaire aux princes,
et pour fervir l'Etat. Vous remplirez votre vocation.
Nous autres habitans des cavernes du mont Jura,
nous partageons les obligations que vous avez à ce
prince fi vertueux et fi aimable, auprès de qui vous
avez le bonheur de vivre (*). Voilà toute votre famille
un peu difperfée : monfieur votre père au fond du
Languedoc, monfieur votre oncle à Autun , et vous
dans les palais enchantés de Seaux et d'Anet. Jouiffez
de votre heureux fort que vous méritez , et agréez les
fincères affurances de tous les fentimens que madame
Denis et moi nous conferverons toujours pour vous.

J'ai l'honneur d'être, Monfieur , votre très-humble
et très-obéiffant ferviteur.

Le vieux malade de Ferney , V.

(*) M. le duc de *Penthièvre.*

X 3

LETTRE CLXXXIV.

A M. DE MIRBECK,

AVOCAT AUX CONSEILS ET SECRETAIRE DU ROI,

Qui lui avait envoyé un exemplaire imprimé de la requéte des habitans du mont Jura, contre les moines de Saint-Claude.

A Ferney, le 9 de janvier.

MONSIEUR,

JE ne puis trop vous remercier du mémoire que vous avez eu la bonté de m'envoyer (*): il me paraît excellent pour le fond et pour la forme. Le commencement eft plein d'une éloquence touchante, et la fin paraît d'une raifon convaincante ; mais vos cliens ont à combattre un ennemi bien plus fort que la raifon et l'éloquence, c'eft l'intérêt; et ce qu'il y a de pis, c'eft que cet intérêt eft mal entendu. Il eft certain que les moines, chanoines de Saint-Claude, pourraient gagner bien davantage avec de bons fermiers qu'avec des efclaves : mais ni les moines, ni les feigneurs féculiers qui les imitent, ni les juges qui ont tous des main-mortables, ne veulent renoncer à leur tyrannie. Les uns la croient de droit

(*) Pour les habitans du mont Jura, contre les chanoines de Saint-Claude.

divin, les autres de droit naturel. Je ne verrai point
la fin de ce procès; je vais inceſſamment dans un
pays où on ne trouve ni eſclaves ni tyrans.

J'ai l'honneur d'être avec l'eſtime reſpectueuſe que
je vous dois, &c. V.

LETTRE CLXXXV.

A S. A. S. Mᴳᴿ LE PRINCE DE CONDÉ.

A Ferney, 17 de janvier.

MONSEIGNEUR,

Que votre Alteſſe féréniſſime daigne agréer mes
remercîmens, comme elle a bien voulu favoriſer mes
prières. Quelque petit que ſoit le pays de Gex, il
devient conſidérable, puiſqu'il eſt dans votre province
et ſous votre protection. Il n'attend que de vos bontés,
Monſeigneur, la continuation de ſon exiſtence. Je n'ai
d'autre intérêt, dans cette affaire, que celui d'avoir
dépenſé ſix cents mille francs à fournir au roi de
nouveaux ſujets et des colons induſtrieux. C'eſt auprès
de monſieur l'intendant de Bourgogne que j'oſe
demander principalement la faveur de votre Alteſſe
féréniſſime. S'il ne conſidère que les droits du fiſc
et les uſages établis dans le royaume, la colonie eſt
perdue, parce qu'elle eſt compoſée d'étrangers en
faveur de qui on a dérogé, depuis 1770, aux droits
du fiſc et aux règlemens ordinaires. On leur feſait
la grâce de ne les point inquiéter; ils étaient oubliés,
et ils demandent uniquement à l'être encore, juſqu'à

X 4

ce que le gouvernement ait pris un parti fur cet établiffement.

Il ferait dur de voir, dans un défert, un chétif hameau changé en une ville floriffante, détruit tout à coup par des commis du marc d'or, de la marque des fers et de la marque des cuirs. La plupart de nos ouvriers étant des allemands qui n'entendaient point le français, font partis dans la feule crainte d'être rançonnés; les autres nous abandonnent tous les jours; et de douze cents pères de famille utiles que j'avais raffemblés, il ne m'en refte pas à préfent la moitié.

La feule grâce que je demande aujourd'hui à monfieur l'intendant de votre province, eft qu'il veuille bien empêcher, jufqu'à nouvel ordre, que les commis ne viennent, par des faifies, diffiper ce qui refte d'artiftes raffemblés de fi loin et à fi grands frais. Je prendrais enfuite toutes les mefures que monfieur l'intendant me prefcrirait, pour conferver ce qui refte de cette malheureufe colonie. Si votre Alteffe féréniffime daignait lui envoyer la lettre que j'ai l'honneur de vous écrire, votre recommandation fervirait du moins à retarder quelque temps notre ruine entière; et à l'âge de quatre-vingt-trois ans, je mourrais avec moins de douleur, étant confolé par vos bontés.

Je fuis avec un profond refpect, et une reconnaiffance infinie,

Monfeigneur,

de votre Alteffe féréniffime,

le très-humble et très-obéiffant ferviteur, *Voltaire.*

LETTRE CLXXXVI. 1777.

A M. DUTERTRE, *notaire à Paris.*

18 de janvier.

JE vous suis très-obligé, Monsieur, de m'avoir mis au fait de toutes mes misères. Vous êtes un bon médecin qui non-seulement connaît les maladies, mais qui les guérit.

Je ne profiterai plus de la bonté qu'avait M. de *la Borde* de me faire toucher mille écus par mois, pour la dépense de ma maison. Je vivrai comme je pourrai. Vous n'aurez rien à rembourser par cette économie; et s'il faut en user de même pour le mois de mars, je me priverai encore du nécessaire. Peut-être que, dans cet intervalle, nous pourrons fléchir nos illustres et injustes débiteurs, le duc de *Bouillon* et le maréchal de *Richelieu*.

M. d'*Ailli* m'a fait signer avec M. le duc de *Bouillon* un acte qui doit être entre vos mains, par lequel je devais être payé sur son gouvernement d'Auvergne. Je croyais la chose en règle. Ma créance était originairement homologuée à la chambre des comptes, et ne devait pas péricliter; mais il me paraît que M. le duc de *Bouillon* ne peut trouver mauvais que je me joigne aux autres créanciers qui ont fait valoir leurs droits judiciairement. Je vous supplie, Monsieur, d'en charger le fondé de procuration que vous employez dans ces affaires.

J'espère que vos bons offices pourront à la fin me

—— tirer de l'embarras où je fuis avec la fucceffion de

M. de *Laleu*. Il eft clair que, fi j'étais payé de M. le duc de *Bouillon*, je ne devrais plus rien à perfonne dans Paris.

J'avais fondé une colonie affez floriffante; mais les malheurs qui me font arrivés coup fur coup, précipitent la deftruction de cet établiffement. J'ai des fommes immenfes à payer au mois de juin : et des princes fouverains, qui me doivent beaucoup d'argent, me laiffent fans fecours; de façon qu'avec un revenu confidérable, je fuis à la veille de manquer, et menacé de mourir chargé de dettes.

Je vois que le peu qui me refte à Paris ne pourra fuffire, cette année 1777, à m'acquitter de ce que je dois à Ferney pour les maifons que j'ai fait bâtir. Il faudra donc que mes neveux attendent, comme moi, le débrouillement de mes affaires, et qu'ils ne foient payés qu'à la fin de 1778, de la petite penfion qu'ils ont bien voulu accepter. Ils recevront alors deux années; et fi je meurs dans l'intervalle, ils trouveront dans ma fucceffion de quoi fe dédommager.

A l'égard de M. *Marchand*, s'il ne paye pas les deux mille francs par mois qu'il a promis fur fa parole d'honneur, il faudra faifir aux fermes générales, fans difficulté, et ne donner fon défiftement que quand il aura payé tout ce qu'il doit.

Je crois avoir répondu, Monfieur, à tous les articles de votre lettre; mais je ne vous ai pas affez remercié du bon office que vous me rendez, en me fefant connaître mes affaires. Je ne puis y remédier qu'en preffant mes débiteurs.

Je vous réitère mes fenfibles remercîmens, &c.

LETTRE CLXXXVII.

A M. LE MARECHAL DUC DE RICHELIEU.

A Ferney, 20 de janvier.

J'AI recours à vous, Monseigneur ; après soixante ans de bontés, vous ne m'abandonnerez certainement pas. Je suis ruiné, et ce n'est pas ma faute. J'ai entrepris, depuis cinq ou six ans, de bâtir une ville, et d'y établir plus d'une manufacture utile à l'Etat. J'avais été protégé sous le ministère de M. le duc de *Choiseul*. Je n'ai pas aujourd'hui le même avantage. Il ne me reste que la satisfaction d'avoir tout fait à mes dépens, sans avoir le moindre intérêt dans l'entreprise ; mais je ne veux point mourir banqueroutier à l'âge de quatre-vingt-trois ans. Vous me devez plus de dix-sept mille francs d'arrérages. Je vous demande en grâce de m'en faire payer neuf mille, pour apaiser des créanciers auxquels il faut du pain. Toutes les autres ressources m'ont manqué tout à coup. Je vous conjure de ne me pas rebuter dans la détresse extrême où je me trouve. Pardonnez à une importunité qui coûte assez à mon cœur.

LETTRE CLXXXVIII.

A M. LE COMTE DE LA TOURAILLE.

A Ferney, 1 de février.

Il eſt bien juſte, Monſieur, que, ma colonie et moi, nous vous préſentions nos remercîmens. Nous vous devons la protection de monſeigneur le prince de *Condé*, et la lettre de monſieur le contrôleur général, qui a diſſipé les craintes de tous les artiſtes. Je ne dois plus à préſent implorer le ſecours des grands *Condé* que contre les Anglais.

J'eſpère qu'on ne ſouffrira pas au Palais-Bourbon que *Gilles-Shakeſpeare* l'emporte ſur le grand *Corneille*. On dit que vous allez décider inceſſamment entre *Lulli*, *Piccini*, *Gluck* et *Grétry* : ce ſera là une très-jolie guerre. Je m'intéreſſe de loin à tous vos plaiſirs. Ne me prenez plus mon titre de vieux malade, et conſervez-moi vos bontés. *V.*

LETTRE CLXXXIX.

A S. A. S. MGR LE PRINCE DE CONDÉ.

Le 1 de février.

MONSEIGNEUR,

L'AUTRE grand *Condé* n'aurait peut-être jamais daigné entrer avec tant de bonté dans les intérêts de fes vaffaux. Je me mets avec eux aux pieds de votre Alteffe féréniffime. La lettre dont elle m'honore, et la réponfe de monfieur le contrôleur général fuffiront pour faire fleurir la colonie. Elle était bien digne d'être protégée par vos bontés; car elle a été fondée à coups de fufil. Ce fut d'abord en 1770 qu'une partie des habitans de Genève, chaffée par l'autre dans un combat fanglant, vint fe réfugier dans votre province. Il fuffira qu'on fache qu'elle a trouvé en vous un protecteur, pour qu'elle foit ménagée par tous les prépofés aux recettes du roi.

Je fuis avec le plus profond refpect et la plus vive reconnaiffance, &c.

LETTRE CXC.

A M. LE COMTE D'ARGENTAL.

4 de février.

Mon cher ange, votre lettre du 27 de janvier me prouve que votre providence bienfefante a toujours les yeux ouverts fur mes misères. Je n'ai point reçu de vers de M. *Sélis* dont vous me parlez, ni de lettre de M. l'abbé *Pezzana*, ni d'eftampe de la part du graveur *Henriquez*. J'ai reçu feulement, par un libraire de Genève, la nouvelle édition de l'*Ariofte*, et j'en ai remercié M. l'abbé *Pezzana*, par une lettre adreffée à l'hôtel garni, nommé l'Ile d'amour, où il demeurait il y a plufieurs mois, lorfqu'il m'écrivit.

Vous croyez, vous et M. de *Thibouville*, que je ne vous ai invités qu'à un petit fouper de trois fervices; il faut que je vous avoue que j'en prépare un autre de cinq. Le rôti eft déjà à la broche, mais le menu m'embarraffe. Je crains bien de n'être qu'un vieux cuifinier dont le goût eft abfolument dépravé. Vous êtes le plus indulgent des convives; mais il y a tant de gens qui s'empreffent à vous donner à fouper; j'ai tant de rivaux qui me traiteront de gargotier, que je tremble de vous donner mes deux repas. Je vois évidemment qu'il faut remettre cette partie à une faifon plus favorable. Il fuffirait qu'il y eût un ragoût manqué, pour que tout le monde, jufqu'aux valets de l'auberge, me traitât de vieil empoifonneur. Il viendra peut-être un temps où l'on aura plus

d'indulgence. Il faut d'ailleurs que je préfente quelques rafraîchiffemens à fix juifs et à leur aumônier,
M. l'abbé *Guenée*, qui me paraiffent un peu échauffés,
et qui tirent la langue d'un pied de long.

Il réfulte de tout cela, mon cher ange, que je ne
pourrai vous rien envoyer qu'au mois de mars. Vous
me pardonnerez fans doute, quand vous faurez le
trifte état où je fuis. Ma colonie me prend prefque
tout mon temps. Des débiteurs très-grands feigneurs,
comme MM. les ducs de *Bouillon* et de *Richelieu*, et
M. le duc de *Virtemberg*, m'ont manqué tous à la
fois, et me laiffent dans l'impoffibilité de continuer
ma fondation. Il n'y a pas jufqu'à un fermier général
qui ne me laiffe fans fecours. Ils difent tous que j'ai
vécu trop long-temps pour être payé; ils me regardent
comme un homme mort; et ce qui me paraît très-
défagréable, c'eft qu'ils auront bientôt raifon. Or,
jugez fi, dans de telles circonftances, je puis hafarder
de vous donner à fouper, furtout quand je fuis
prefque fûr de vous faire une chère déteftable.

Vous me parlez de madame *du Deffant*, vous fentez
bien que la multitude énorme des fardeaux dont j'ai
chargé ma faibleffe, et des embarras dont je fuis
environné, ne me permet guère d'agacer les jeunes
dames de Paris; *fufficit diei malacia fua*. Songez que
j'ai prefque autant de maladies que d'années, et
prefque autant de chagrins et d'occupations inquié-
tantes que de maladies. Ayez donc un peu pitié de
moi, mon très-cher ange; portez-vous bien, réjouif-
fez-vous et aimez-moi : vous ferez toujours ma confolation. *V.*

LETTRE CXCI.

A M. DE POMARET.

A Ferney, 7 de février.

LE vieillard qui va bientôt finir sa carrière, Monsieur, a encore assez de vie pour être très-touché de
votre souvenir, ainsi que de votre mérite et de tous
vos sentimens. Mon état ne m'ayant pas permis,
depuis quelque temps, de cultiver le peu d'amis qui
me restaient à Paris, je ne sais rien de ce qui s'y
passe. Je vois seulement que le nombre des hommes
d'Etat éclairés et tolérans augmente tous les jours,
qu'on adoucit par-tout dans le commerce de la vie
des lois trop sévères, qu'on souffre ou qu'on autorise
les mariages entre les personnes de l'ancienne secte
et de la nouvelle. Je me réjouis avec vous de ce
progrès de la raison, et j'en remercie le DIEU de
toutes les sectes et de tous les êtres.

LETTRE CXCII.

1777.

A M. LE COMTE DE LAMBERT,

Auteur du mémorial d'un mondain.

7 de février.

MONSIEUR,

Un vieillard de quatre-vingt-trois ans, qui fera bientôt délivré des fouffrances de toute efpèce auxquelles il faut fe foumettre dans cette vie, et qui conferve encore un peu de goût pour tout ce qui peut éclairer l'efprit et lui plaire, eft très-confolé par l'honneur que vous lui avez fait en lui envoyant vos amufantes obfervations.

Mon état très-douloureux ne me permet pas de vous remercier avec la même gaieté que vous écrivez ; fi les maladies qui me perfécutent me donnaient un peu de relâche, j'aurais la confolation de m'entretenir avec un très-aimable mondain, de tous les perfonnages que j'ai connus et dont il parle fi judicieufement dans fon livre. La colonie du vieux malade de Ferney eft auffi malade que lui ; il faudrait un homme tel que vous pour lui rendre la vie.

Pendent opera interrupta minæque
Murorum tenues, æquataque mænia fimo.

Le fondateur entouré de ruines et de maux, vous préfente, Monfieur, fes très-humbles refpects. *V.*

LETTRE CXCIII.

A M. HENRIQUEZ, *graveur*.

A Ferney, le 7 de février.

Vous avez, Monsieur, parmi vos chefs-d'œuvre de gravure, envoyé à un vieillard de quatre-vingt-trois ans, très-malade, son portrait qui n'était pas digne de vos grands talens. Les trois autres estampes (*) dont vous l'avez gratifié, méritaient un burin tel que le vôtre. Je suis honteux de me trouver dans une si bonne compagnie; mais je n'en suis que plus reconnaissant. L'état de ma santé m'approche du terme où il ne restera plus de moi que votre estampe. Pardonnez aux maladies qui m'accablent, si l'expression de mes remercîmens est si courte et si faible.

J'ai l'honneur d'être avec toute l'estime et la reconnaissance que je vous dois, Monsieur, votre &c.

(*) C'était les portraits de MM. de *Montesquieu*, d'*Alembert* et *Diderot*.

LETTRE CXCIV.

A M. DE MIRBECK. (*)

10 de février.

Vous défendez, Monsieur, toutes les causes aux-quelles je m'intéresse. Je me joins à tous ceux qui achètent, vendent et mettent en œuvre des cuirs. J'ai établi des tanneries dans ma petite colonie, au bout du royaume, dans un coin de terre réputé étranger par un édit du roi ; et l'on nous y persécute, on nous y ruine, comme si nous étions Français. Ni les grandes Alpes ni le mont Jura ne peuvent nous servir de barrière. Les commis font comme les vautours de nos montagnes : ils volent au-dessus des roches et des précipices, pour venir manger nos volailles.

Je vous remercie bien sensiblement du soin que vous prenez de leur rogner le bec et les ongles. Les malheureux habitans dont je suis entouré, n'ont la permission de vivre qu'à de bien tristes conditions. Je vois à ma droite douze mille pères de famille, esclaves de vingt prêtres ; et à ma gauche, une foule d'artistes écrasés par des commis. Puisse votre éloquence et votre raison supérieure briser tant d'odieuses chaînes !

Agréez, Monsieur, les sincères complimens et la reconnaissance d'un vieillard qui cessera bientôt d'être témoin des injustices de ce monde.

(*) Sur un mémoire qu'il avait composé pour la liberté du commerce des cuirs, et contre les tyrannies qui le ruinent.

Y 2

LETTRE CXCV.

A M. CHRISTIN.

10 de février.

Mon cher ami, je doute fort que M. *Turgot* ait dit : *Il ne connaît pas ses forces.* Cet homme sage sait trop bien quelle est ma faiblesse : il n'a que trop éprouvé que la plus grande réputation est écrasée par le pouvoir. M. le prince de *Montbarey* rapportera l'affaire au conseil. Vous savez comme il pense ; et vous n'ignorez pas que le conseil a proscrit toutes ces pièces extrajudiciaires dont le public était inondé. J'ai été cruellement désigné dans le factum de votre adverse partie, et je sais qu'on a proposé de décréter l'auteur du *Curé.* M. le prince de *Montbarey* ne pardonnera pas à un homme qui, sans être autorisé, se déclarera imprudemment contre lui. Je crois qu'il ne faut point sortir du port dans un temps d'orage.

Je vous embrasse de tout mon cœur, avec autant d'amitié que de tristesse. *V.*

LETTRE CXCVI.

A M. PANCKOUCKE.

15 de février.

Oui, oui, je ferai tout ce qu'il vous plaira, car vous m'avez gagné le cœur, et je suis toujours amoureux de madame *Suard* votre sœur (si je suis en vie, s'entend, car je ne réponds de rien). Tant qu'il me restera un peu de force et un peu d'huile, je suis à votre service.

Il me paraît que le Journal de M. de *la Harpe* reprend beaucoup de faveur auprès des honnêtes gens et de ceux qui ont du goût. Ils dirigent, à la longue, le jugement des autres ; et, en tout genre, la Phèdre de *Racine* anéantit la Phèdre de *Pradon*. Si votre débit n'est pas aussi considérable qu'il devrait l'être, n'imputez point ce désagrément passager au prétendu mécontentement du public, fâché de voir M. de *la Harpe* succéder à son ennemi (*). Le public se soucie peu des querelles des gens de lettres ; on se borne à s'en amuser et à en rire pour son argent. La véritable raison qui fait que vous vendez moins votre très-bon Journal, c'est que vous avez quarante ou cinquante concurrens. S'il n'y avait qu'un pâtissier dans Paris, il ferait une fortune immense : quand il y en a mille, les profits se partagent.

Je n'ai point reçu le *Tristram shandi* en français, ni le livre de l'*Homme* dont vous me parlez. On est en état

(*) M. *Linguet*.

—— de travailler aux extraits dont M. de *la Harpe* ne voudra pas fe charger. Tout ce qu'on demande, c'eft d'être entièrement ignoré, et que M. de *la Harpe* foit content de ce travail qui n'eft entrepris que pour le foulager, parce qu'on fait bien qu'il a d'autres occupations. On le prie de vouloir bien fe donner la peine de corriger tout ce qui ne paraîtra pas convenable. Deux traits de plume peuvent adoucir l'article où l'on donne la préférence à la *Félicité publique* fur l'*Efprit des lois*, quoiqu'on foit perfuadé que le fameux ouvrage de *Montefquieu* n'eft que de l'*efprit fur les lois*, comme l'a très-bien dit madame *du Deffant*.

LETTRE CXCVII.

A M. LE COMTE D'ARGENTAL.

16 de février.

Vous êtes bien bon, mon cher ange ; mais je vous jure, encore une fois, que je n'ai point entendu parler de M. *Sélis*. J'ai fait la revue de tous mes papiers, je n'ai trouvé ni vers ni profe de fa part. Quant à M. l'abbé *Pezzana*, c'eft moi qui lui ai écrit, encore une fois, à l'Ile d'amour. Je ne favais pas qu'il y eût une auffi jolie auberge dans Paris.

Il eft vrai que quelquefois mon grand âge, mes maladies, les chagrins dont on m'accable, et les travaux qui me confolent, m'empêchent de répondre à de fatigantes lettres d'inconnus ; mais ce n'eft point ici le cas de M. *Sélis* et de M. *Pezzana*.

S'il y a quelqu'un à qui on puiffe reprocher de ne point écrire, c'eft madame *Papillon-philofophe*. Je comptais fur elle, je me flattais de l'honneur de fon amitié, j'imaginais même qu'elle pourrait dire un mot à M. de *Richelieu*, et employer fon éloquence auprès du miniftère pour ma petite colonie. Je n'ai eu d'elle aucune nouvelle, et je n'ai perfonne dont je puiffe implorer le fecours. Paris eft devenu pour moi une ville auffi étrangère que Pékin. Il eft vrai qu'on écrit également contre moi dans ces deux villes. Les jéfuites miffionnaires, qui font encore à la Chine, et qui prennent hardiment le nom de jéfuites, dans ce feul endroit du monde, me tympanifent un peu dans leurs *Lettres édifiantes*, et j'ai toujours à combattre, dans Paris, l'illuftre famille des *Fréron*, celle des *Clément* et celle des dévots. Les anciens ennemis de M. de *Richelieu*, affez mal inftruits pour me croire fon favori, me puniffent des bontés qu'ils lui fuppofent pour moi.

Mon cher ange, j'ai cru trouver le repos dans la folitude; il n'eft nulle part pour les hommes qui ont eu le malheur de fe confacrer au public, en quelque genre que ce puiffe être. Il n'y a qu'un moyen pour obtenir la paix de l'ame, c'eft de mourir. Il eft bien trifte, mon cher ange, de finir fa vie loin de vous. Votre amitié me foutient un peu dans mes derniers jours; j'abandonnerai fans regret tout le refte. J'oublierai furtout les plates et ridicules mifères dont toute la littérature eft infectée aujourd'hui. Adieu, mon cher ange, mon confolateur. *V.*

1777.

Y 4

LETTRE CXCVIII.

A M. BAILLY.

A Ferney, 27 de février.

Tradidit mundum disputationi eorum.

JE ne difpute point contre vous, je ne cherche qu'à m'inftruire. Je fuis un vieil aveugle qui vous demande le chemin. Perfonne n'eft plus capable que vous de rectifier mes idées fur les brachmanes.

Je fuis étonné qu'aucun de nos français n'ait eu la curiofité d'apprendre à Bénarès l'ancienne langue facrée, comme ont fait M. *Holwel* et M. *Dow*.

1°. Le livre du *Shafta*, écrit il y a près de cinq mille ans, n'eft-il pas affez fublime pour nous laiffer croire que les auteurs avaient du génie et de la fcience ?

2°. Eft-il bien vrai que les brames d'aujourd'hui n'ont ni fcience ni génie ?

3°. S'ils ont dégénéré fous la tyrannie des defcen-dans de *Tamerlan*, n'eft-ce pas l'effet naturel de ce que nous voyons dans Rome et dans la Gréce ?

4°. *Zoroaftre* et *Pythagore* auraient-ils fait un voyage fi long pour aller les confulter, s'ils n'avaient pas eu la réputation d'être les plus éclairés des hommes ?

5°. Leurs trois vice-dieux ou fous-dieux, *Brama*, *Vifnou* et *Routren*, le formateur, le reftaurateur, l'exterminateur, ne font-ils pas l'origine des trois

Parques, *Clotho colum retinet, Lachefis net, Atropos ———
occat?* La guerre de *Moïfazor* et des anges rebelles, 1777.
contre l'Eternel, n'eft-elle pas évidemment le modèle
de la guerre de *Briarée* et des autres géans contre
Jupiter?

6°. N'eft-il donc pas à croire que ces inventeurs
avaient inventé auffi l'aftronomie dans leur beau
climat, puifqu'ils avaient bien plus befoin de cette
aftronomie pour régler leurs travaux et leurs fêtes,
qu'ils n'avaient befoin de fables pour gouverner les
hommes?

7°. Si c'était une nation étrangère qui eût enfeigné
l'Inde, ne refterait-il pas à Bénarès quelques traces
de cet ancien événement? MM. *Holwel* et *Dow* n'en
ont point parlé.

8°. Je conçois qu'il eft poffible qu'un ancien peuple ait inftruit les Indiens; mais n'eft-il pas permis
d'en douter, quand on n'a nulle nouvelle de cet
ancien peuple?

9°. Voilà, Monfieur, à peu-près le précis des
doutes que j'ai eus fur la philofophie des brachmanes,
et que j'ai foumis à votre décifion. Je vous avoue
que je n'avais jamais lu le fyftême de M. de *Mairan*,
fur la chaleur interne de la terre; comparée avec
celle que produit le foleil en été. J'étais feulement
très-perfuadé qu'il y a par-tout du feu. *Ignis ubique
latet, naturam amplectitur omnem.*

Les artichauts et les afperges que nous avons
mangés cette année, au mois de janvier, au milieu
des glaces et des neiges, et qui ont été produits fans
qu'un feul rayon du foleil s'en foit mêlé, et fans
aucun feu artificiel, me prouvaient affez que la terre

—— posfède une chaleur intrinsèque très-forte. Ce que vous en dites, dans votre neuvième lettre, m'a beaucoup plus inftruit que mon potager.

Vos deux livres, Monfieur, font deux tréfors de la plus profonde érudition, et des conjectures les plus ingénieufes, ornées d'un ftyle véritablement éloquent, qui eft toujours convenable au fujet.

Je vous remercie furtout de votre dernier volume. On me croira digne de vous avoir eu pour maître, puifque c'eft à moi que vous adreffez des lettres où tout le monde peut s'inftruire.

Agréez la reconnaiffance et la refpectueufe eftime de votre très-humble et très-obéiffant ferviteur.

Le vieux malade de Ferney, puer
centum annorum.

LETTRE CXCIX.

A M. LE MARECHAL DUC DE RICHELIEU.

3 de mars.

J'AI reçu, Monfeigneur, votre lettre du 19 de février ; je fuis toujours étonné d'écrire en 1777. Vous rafraîchiffez mes faibles fens, en me difant que mon neveu d'*Ornoi* ou *Dampierre* ne s'eft pas mal conduit. Je vous réponds qu'il n'eft en aucune façon du parti des fanatiques ; il fonge même à fe tirer de cette cohue.

J'ai pris vingt fois la plume pour ofer dire mon avis publiquement fur les injuftices que vous effuyez.

J'ai été retenu par la crainte de vous compromettre
fans vous fervir. Je ne peux pas m'imaginer qu'à la
fin vous ne triomphiez pas. Plus les affaires fe pro-
longent, et plus elles donnent le temps au public
de revenir à la raifon ; c'eft toujours mon avis.

Vous m'étonnez par vos *deux-furies.* Je voudrais
bien les connaître. J'ai vu le temps où il n'y aurait
pas eu deux femmes en France capables de fe déclarer
contre vous.

Je ne fais plus où eft madame de *Saint-Julien*, ni
ce qu'elle fait, ni ce qu'elle penfe, ni où elle demeure.
Elle ne m'a écrit qu'une feule fois, depuis qu'elle a
quitté ma retraite. Je la quitterai bientôt moi-même
pour aller mourir dans mon voifinage en Suiffe.

Vous favez fans doute que M. de *la Borde*, l'ancien
valet de chambre du roi, veut faire connaître cette
Suiffe à vos Parifiens, par une defcription qu'il en
fait, accompagnée de mille eftampes, pour lefquelles
toute la famille royale a foufcrit. Il m'avait propofé
de prendre une petite maifon dans ma colonie, pour
être plus à portée de fon ouvrage ; mais il a changé
d'avis : c'était une idée bien fingulière pour un fermier général.

J'ofe croire que la requête du jeune *Lalli*, pour
faire revoir le procès de fon père, ne fervira pas peu à
rendre la faine partie du parlement plus circonfpecte
que jamais dans fes décifions.

Le jeune homme ne peut qu'être approuvé du
public ; il a de l'efprit, de la valeur, de l'opiniâtreté ;
il veut venger le fang de fon père ; le public fera
pour lui. Il m'engagea, il y a trois ou quatre ans, à
dire ce que je penfais de la cataftrophe du général

———— *Lalli*, dans un de mes fatras. Le rapporteur de cet
1777. étrange procès m'écrivit que j'étais mal informé, et
que toutes les procédures qu'il conferve font fa juftification. On dit à préfent qu'il fera imprimer toutes
ces pièces, fi la requête du jeune *Tolendal-Lalli* eft
admife.

Cela va faire une terrible diverfion à votre affaire.
On me mande que monfieur le premier préfident eft
allé parler au roi, pour prévenir cette révifion. Je
doute en effet qu'elle foit obtenue. La famille de *Thou*
demanda en vain une révifion pareille.

Je crains de vous écrire trop indifcrétement; je
m'arrête en vous renouvelant mon tendre et inviolable refpect, et les regrets qui me dévorent d'être fi
loin de vous. *V.*

LETTRE CC.

A M. DE CHABANON.

5 de mars.

JE remercie le *Théocrite* français et non françois qui
va être mon fucceffeur à l'académie. *Montagne* dit
quelque part : Croyez-vous qu'un vieillard rechigné
et cacochyme fe plaife beaucoup à lire *Théocrite* et
Tibulle? Je réponds : Oui, quand ils font traduits par
M. de *Chabanon*. Vous rendez un vrai fervice au
public, en nous donnant de véritables ouvrages de
littérature, dans un temps où on nous accable de
fottifes et de pauvretés qui rendent notre nation
méprifable à toute l'Europe.

Je vous répète, du fond de mon cœur, que je vous ——
aime autant que je vous eſtime. Ce ſont les dernières 1777.
volontés, et peut-être les dernières paroles du vieux
malade de Ferney, V.

LETTRE CCI.

A M. GUDIN DE LA BREŃELLERIE.

A Ferney, 7 de mars.

J'AI reçu, Monſieur, du directeur de l'imprimerie
des Deux-Ponts, un livre (*) dont je viens de faire la
lecture avec madame *Denis* et quelques amis. Nous
admirions la multitude des connaiſſances de l'auteur,
cette philoſophie hardie à la fois et circonſpecte qui
règne dans l'ouvrage, et ce ſtyle ſi clair, ſi noble, ſi ſimple,
ſi éloigné de l'affectation, de l'obſcurité, de la violence
qui caractériſe aujourd'hui l'eſprit du ſiècle. Nous
diſions unanimement que ce ſiècle aurait d'éternelles
obligations à l'auteur. Nous avons craint ſeulement
que ſon extrême indulgence, pour deux ou trois
perſonnages vivans, ne fît un peu de tort à ſon goût.
C'eſt ainſi que j'ai penſé, quoique je fuſſe pénétré
d'eſtime et de reconnaiſſance pour l'auteur inconnu.
Nous cherchions à le deviner, lorſqu'une lettre de
M. d'*Argental* nous a appris ſon nom. Je ſais enfin
qui je dois remercier, et qui mérite les applaudiſſe-
mens de la nation. Ce livre ſera chéri de quiconque
aime les beaux arts; il encouragera ces arts plus que
ne peut faire la protection des rois.

(*) *Aux mânes de Louis XV.*

Je vais bientôt quitter, Monfieur, le fiècle et la patrie que vous rendez célèbres. Je mourrai en les aimant mieux, mais furtout avec les fentimens que je vous dois; j'en fuis pénétré; madame *Denis* les partage de tout fon cœur.

Le vieux malade de Ferney, V.

LETTRE CCII.

A M. LE COMTE D'ARGENTAL.

7 de mars.

Mon cher ange, j'ai reçu une lettre du 28 de février, écrite fi menu, et d'un encre fi blanc ou fi blanche, que mes vieux yeux ont pu à peine la lire.

Si vous voyez *Papillon-philofophe*, je vous fupplie de lui dire que l'autre papillon (*) eft le feul dont je fois content; il s'eft arrangé avec moi. Il a payé moitié, c'eft beaucoup; les fouverains n'en font pas tant.

Les ides de mars font venues, je fuis tué. Je viens de revoir mes deux enfans nouveaux-nés. Je les ai trouvés contrefaits, et privés de tous les organes nécef-faires à la vie. Il faut les regarder comme morts-nés. J'en fuis honteux, mais je me confole; je fuis jeune, j'en aurai d'autres; je les mettrai un jour fous votre protection; et, s'ils perdaient leur père, vous auriez la bonté de les élever.

Je ne vois pas qu'aujourd'hui les autres pères de famille réuffiffent mieux que moi. La génération

(*) M. le maréchal de *Richelieu.*

s'affaiblit beaucoup, quoi qu'en dife M. *Gudin.* Je fuis
plein de reconnaiffance pour lui ; mais je n'en fens
pas moins mon indignité. Je vous avoue que je fuis
encore plus indigné qu'il ait ofé mettre ce déteftable
Emile de *Jean-Jacques* au-deffus du *Télémaque.* Paffe
encore s'il s'en était tenu à cinq ou fix pages du
Vicaire favoyard. Je ne fuis pas comme le dieu jaloux
qui ne veut pas qu'on encenfe d'autres dieux ; mais
je ne puis fouffrir qu'on foit en même temps à DIEU
et à *Belzébuth.* L'ouvrage fera goûté, il fera du bruit,
mais il fera du mal ; car il encouragera les talens
médiocres.

On m'a envoyé un chevalier *Déon*, gravé en
Minerve, accompagné d'un prétendu brevet du roi,
qui donne douze mille livres de penfion à cette ama-
zone, et qui lui ordonne le filence refpectueux,
comme on l'ordonnait autrefois aux janféniftes. Cela
fera un beau problême dans l'hiftoire. Quelque académie des infcriptions prouvera que c'eft un des
monumens les plus authentiques. *Déon* fera une
pucelle d'Orléans qui n'aura pas été brûlée. On verra
combien nos mœurs fe font adoucies.

Je ronge mon frein et mon ame bien triftement
loin de mon cher ange. *V.*

LETTRE CCIII.

A M. LE MARECHAL DE NOAILLES.

A Ferney, 30 de mars.

MONSEIGNEUR,

DANS l'état un peu fâcheux où la nature vient de
me réduire, c'eft une grande confolation pour moi
d'être au moins capable de regarder le monument
que vous venez d'ériger à la gloire de feu monfieur
le maréchal votre père et à la vôtre. Votre maifon
eft chère à la nation; je lui ai été bien refpectueufement attaché. Un petit avertiffement que j'ai reçu ces
jours-ci, de venir faire ma cour à vos ancêtres, m'a
laiffé affez de force pour lire le livre le plus intéreffant,
le plus vrai et le plus plein qu'on ait écrit fur les
règnes de *Louis XIV* et de *Louis XV*. Ce qui m'a fait
le plus de plaifir, c'eft que j'ai cru y découvrir beaucoup de traits qui ne peuvent être que de vous. Cet
ouvrage doit inftruire les citoyens et les rois.

Je ne puis, Monfeigneur, vous exprimer les remercîmens que je vous dois. Je me fuis mêlé autrefois de
célébrer des héros; mais je vois bien qu'il n'appartient
qu'aux maîtres de parler de leur profeffion. Après
avoir lu vos mémoires, je n'ai autre chofe à faire
qu'à les relire. Ils feront mon occupation, pour le peu
de temps que j'ai encore à vivre. Je vous fouhaite,
du fond de mon cœur, une vie plus longue que celle
du grand-homme dont vous avez les dignités et le
mérite.

mérite. A peine ai-je éu le bonheur de vous faire ma
cour ; c'eſt une conſolation à laquelle il faut que je   1777.
renonce, mais je ferai pénétré juſqu'à mon dernier
moment de l'honneur et du plaiſir que vous daignez
me faire.

Je ſuis avec un profond reſpect et une juſte reconnaiſſance, Monſeigneur, votre &c. *V.*

LETTRE CCIV.

A MADAME DE SAINT-JULIEN.

6 d'avril.

JE ſuis obligé d'avouer à notre protectrice et à mon
Papillon-philoſophe que j'ai reçu de la nature un décret
d'ajournement perſonnel, qui me forcera de paraître
bientôt devant elle en aſſez mauvaiſe poſture. Pardonnez-moi cette figure de rhétorique tirée du barreau.
Il faut bien que je parle cette langue, puiſque j'ai un
procès dans votre commandement de Dijon. Je fais
qu'on s'adreſſe à notre protectrice pour toutes les
mauvaiſes affaires qu'on a dans la province. Tantôt
c'eſt pour du ſel gris, tantôt pour du ſel blanc ;
c'eſt M. *Racle* qui demande à être payé de ce que le
roi lui doit ; c'eſt M. de *Florian* qui vous demande
des recommandations pour ſa femme, laquelle eſt
pourſuivie par le procureur du roi de Sémur auprès
du procureur du roi de Dijon, pour une tracaſſerie
qui ne peut faire de ſenſation que dans une petite
ville de province ; enfin, c'eſt madame *Denis* et moi
qui nous adreſſons à la protectrice.

Correſp. générale.   Tome XII.   Z

L'affaire de madame de *Florian* n'eſt rien, et la nôtre eſt conſidérable. On nous demande quinze mille francs, et les frais iront au-delà.

Vous nous avez déjà favoriſés, Madame, auprès de M. de *Richelieu ;* voyez ſi vous pouvez nous protéger encore auprès de M. *Quirot de Poligny*, conſeiller au parlement, notre rapporteur : c'eſt-à-dire, ſouvenez-vous ſi vous avez à Dijon quelque commiſſionnaire, quelque homme qui exécute vos ordres, et qui puiſſe dire à M. de *Poligny* que vous daignez vous intéreſſer à notre bon droit.

Il y a des temps malheureux où l'on eſt forcé d'importuner de ſes miſères les *Papillon-philoſophe* qui ont un cœur compatiſſant et généreux. Je me ſuis trouvé à la fois aſſailli ou abandonné de tous côtés. La ville de Ferney ne s'en trouve pas mieux. Il a fallu renoncer aux maiſons qu'on avait commencées ; et je tombe moi-même en ruine, quand je ſuis entouré de celles de ma colonie. Il me ſemble que je ſuis réformé à la ſuite de M. le duc de *Choiſeul*. Ferney eſt dans un état bien plus déplorable que Verſoy.

Je ne vous cache point, ma protectrice, que je penſe toujours au jour fatal où l'on m'annonça qu'on allait ne s'occuper plus que de Chanteloup. J'étais ſi mal informé alors de tout ce qui ſe paſſait, que j'avais cru qu'il ne s'agiſſait que de diminuer le reſſort du parlement de Paris, et de ne plus obliger les pauvres provinciaux de courir deux cents lieues pour aller ſe ruiner et ſe morfondre dans l'antichambre d'un conſeiller au parlement.

Je me flattais encore qu'on ne perſécuterait plus les malheureux philoſophes, et qu'on ne mettrait

plus en prifon douze mille volumes de l'*Encyclopédie ;* ——
qu'on refpirerait enfiu fous des lois plus tolérables. Je 1777.
vis bientôt à quel point je m'étais trompé. Je fus au
défefpoir, j'y fuis encore, j'y ferai jufqu'au dernier
moment de ma vie. C'eft-là ce qui dévore mon cœur
du foir au matin ; c'eft ce qui m'a valu enfin l'efpèce
d'apoplexie, ou quelque chofe de pis, qui va bientôt finir ma ridicule carrière.

Je vous demanderai à genoux une très-grande
grâce, en prenant mon congé, c'eft d'affurer le grand-
homme vis-à-vis lequel vous demeurez, que je
pars de ce monde en n'y connaiffant point de plus
belle ame que la fienne ; j'entends les ames des
hommes, car pour celles des dames, je n'en connais
point de plus noble et de plus charmante que la
vôtre.

Voilà mes dernières volontés, et je vous fupplierai
très-inflamment, dès que je ferai inhumé dans un
petit coin de la Suiffe, de me mettre aux pieds du
feigneur de Chanteloup comme aux vôtres. *V.*

P. S. Le procès que nous avons à Dijon eft au
nom de madame *Denis*, et non pas au mien. Il fuffirait que votre mandataire, fi vous en avez un, recom-
mandât à M. de *Poligny* l'affaire de madame *Denis*
en général.

LETTRE CCV.

A M. LE COMTE D'ARGENTAL.

7 d'avril.

Mon cher ange, il n'y a que vous à qui j'ose écrire, dans l'état assez désagréable où je suis. J'ai reçu, comme vous savez, un petit avertissement de la nature qui m'a fait souvenir que j'avais quatre-vingt-trois ans, et que ce n'était pas le temps de faire l'amour à *Melpomène*. Vous vous souvenez peut-être du petit souper à trois services que je préparais pour elle, pour vous et pour M. de *Thibouville*. La nouvelle de cette petite fête que je vous préparais avait transpiré chez quelques cuisiniers qui préparaient de pareils repas de plus haut goût que le mien. Cette concurrence m'avait intimidé, et je vous destinais un autre souper à cinq services. Peut-être les fourneaux ont trop échauffé ma tête, et je serai obligé de renoncer à mon métier de *Martialo*.

Si vous étiez voisin des eaux de Bourbonne, au lieu d'être près des Tuileries, je vous demanderais la permission de porter mon souper chez vous, ou plutôt mes deux soupers : celui qui est à cinq services me paraît assez honnête, si j'ose le dire. C'est un repas de santé ; mais cela ne suffit pas. On dit qu'il faut actuellement des entrées recherchées, et des nouveautés dont on n'aurait pas mangé autrefois. Il semble que je suis du bon vieux temps, et que la nouvelle cuisine n'est point faite pour moi.

J'ai bien la mine d'être obligé de prendre congé dé
la compagnie, avant d'être en état de vous confulter. 1777.
Cependant vous m'avouerez que ce ferait une chofe
affez plaifante, fi ma petite fête pouvait un jour
réuffir, et fi même j'étais affez heurcux pour venir
quelque jour dans un petit coin vous faire toutes
mes confidences. C'eft une idée que je roule fouvent
dans ma tête, et qui me confole ;

> Et cette illufion pour quelque temps répare
> Le défaut des vrais biens que la nature avare
> N'a pas accordés aux humains.

Il faut que je vous confie mes fcrupules fur les
Incas que mon confrère de l'académie et en hiftorio-
grapherie m'a fait parvenir. J'efpérais que ces *Incas*
m'amuferaient beaucoup dans ma convalefcence; je
vous avoue que j'ai été bien trompé. Il y a des fujets
auxquels il ne faut rien changer. Le grand intérêt
eft dans le fimple récit. Celui qui ajouterait des
fictions aux batailles d'Arbelle et de Pharfale glace-
rait le lecteur, au lieu de l'échauffer. Perfonne ne
m'a parlé des *Incas*, excepté l'auteur. J'ai été étonné
de ce filence, après le bruit qu'avait fait l'ouvrage.
Serait-il arrivé la même chofe aux *Manes de Louis XV*?
ce titre un peu faftueux ne promet-il pas trop ? et ne
peut-il pas fe faire que l'encens qu'il prodigue à tout
le monde n'ait plu à perfonne ? Cependant le ftyle en
eft noble, et ne reffemble point au ftyle infupporta-
table qui règne aujourd'hui. L'auteur paraît réunir
l'éloquence à la philofophie et à beaucoup de connaiffances. Je vous aurai bien de l'obligation, mon.

Z 3

—— divin ange, fi vous voulez bien m'apprendre comment ces deux ouvrages réuffiffent à Paris. Il me paraît que ce font deux pièces dont la fcène eft l'univers entier. Pour moi, qui fuis obligé de quitter le théâtre, je vous demande votre avis du fond d'une loge grillée. Que ne puis-je en effet, avant de mourir, me cacher derrière vous dans quelque loge, et entendre notre ami *le Kain !* Faut-il que je fois féparé de vous pour jamais? c'eft une privation que je ne puis fupporter. J'ai bien des chagrins, mais celui d'être fi loin de vous m'eft affurément le plus fenfible. Je baife le bout de vos ailes de ma bouche pâle et mourante. *V.*

LETTRE CCVI.

A M. DE LA HARPE.

8 d'avril.

LE petit avertiffement que j'ai reçu de la nature, d'aller trouver *Horace*, au nom de qui vous m'écrivîtes une fi jolie lettre, m'a empêché, mon très-cher confrère, de répondre plutôt à celle que j'ai reçue de vous, il y a trois femaines. Soyez perfuadé qu'il n'y a perfonne, dans la littérature, d'affez vil et d'affez infenfé pour vous attribuer jamais ces *Anecdotes* fur feu *Zoïle-Fréron*. Il n'y a qu'un colporteur qui puiffe les avoir écrites, et ce n'eft pas à l'auteur de Warvick et de Mélanie qu'on pourra jamais attribuer de pareilles misères. *Thiriot* difait que c'était des vérités très-connues, mais tirées de la fange.

Soyez encore bien perfuadé que je voulais m'amu- ——
fer à Ferney, mais que je n'étais pas affez infenfé 1777.
pour faire paffer mes amufemens jufqu'à Paris. Ce
n'eft pas à mon âge qu'on a la témérité de faire de
pareilles tentatives. *Phryné* et *Ninon* n'allaient pas au
bal à quatre-vingt-trois ans. Hélas ! j'ai même
renoncé à voir les opéra comiques qu'on joue fur le
théâtre de la colonie de Ferney. La furdité s'eft jointe
à mes autres privations.

Si vous avez quelque chofe à mander à *Jean
Racine*, dont vous avez le ftyle, preffez-vous, je vous
prie. Je vous fais mes adieux d'avance, et je vous
fouhaite, du fond de mon cœur, tous les avantages
et tous les fuccès qui font dus à vos grands talens,
à votre goût épuré, à votre amour du vrai, et à votre
courage.

LETTRE CCVII.

A M. MARMONTEL.

8 d'avril.

L'ACCIDENT qui m'eft arrivé, mon cher ami,
ne m'a pas tellement affaibli que je n'aye été en état
de faire le voyage du Mexique et du Pérou. Je l'ai
fait dans votre beau vaiffeau, et je ne faurais affez
vous en témoigner ma reconnaiffance.

Je n'entends point dire que la forbonne ait pris le
parti du révérend père inquifiteur qui lut en latin
cette bulle du pape à l'inca *Atabalipa*, et qui fit

Z 4

——— pendre et brûler fur le champ notre inca pour n'avoir pas entendu la langue latine ; mais j'apprends que meffieurs du châtelet foutiennent bien mieux notre fainte religion que meffieurs les forboniqueurs. On me mande qu'ils ont condamné au banniffement per- pétuel ce pauvre *Delifle de Sales*, auteur de fix volu- mes fur la nature, dans lefquels il a mis tout ce qu'il a jamais lu. Cette abomination eft révoltante ; elle eft du quatorzième fiècle. On prétend même que le parlement en eft indigné, et qu'il va réformer la fentence du châtelet.

Auriez-vous lu cette *Philofophie de la nature* ? je vois que toute philofophie court de grands rifques. C'eft un méchant métier que celui d'inftruire les hommes : ceux qui les trompent et qui les volent, font plus adroits que nous ; ils font mieux récom- penfés ; et ni vous ni moi ne voudrions pourtant être à leur place.

Adieu, mon cher confrère, mon cher ami ; je vous avoue que je fuis fâché de mourir fans vous avoir revu.

LETTRE CCVIII.　

A M. LE CHEVALIER DE CHATELLUX.

9 d'avril.

MONSIEUR,

LA nature venait de me faire une niche fort ridicule, lorfque j'ai reçu ma félicité dans le beau préfent
de *la Félicité publique.* Il n'appartenait pas à un homme
auffi maigre que moi d'être accufé d'une attaque
d'apoplexie : ce ne devait pas être là mon genre.
Cependant on prétend que telle a été ma deftinée ; et
il faut bien qu'en effet j'aye effuyé cette plaifanterie,
puifque tout le monde me le dit , et puifque j'ai été
fi long-temps fans pouvoir vous écrire et vous
remercier ; mais enfin je peux lire, et c'eft-là ma
félicité dont je vous remercie.

Je vois que vous avez bien étendu et bien embelli
votre ouvrage. Les *Vues ultérieures* et l'*Appendix fur
les dettes publiques* font des morceaux très-inftructifs.
Vos remarques fur les efclaves font d'autant plus
belles que vous aviez des efclaves autrefois , et
actuellement ce font des moines de Bourgogne et de
Franche-Comté qui en ont. Il y a mille traits nouveaux qui intéreffent et qui inftruifent le lecteur.

Vous favez , Monfieur, que j'avais été charmé de
la première édition , et que je ne pouvais être fufpect
de flatterie : j'ignorais l'auteur. Je puis actuellement
lui rendre les grâces que je lui dois ; mais dans l'état

1777.

—— où je fuis, je ne dois pas hafarder une trop-longue lettre; un malade de mon âge doit fe taire. Agréez fa très-tendre et très-refpectueufe reconnaiffance. Continuez à faire le bonheur de vos amis, en regrettant celle que vous avez perdue.

Je ne fais que des adieux. Madame *Denis* compte bien vous remercier un jour à Paris de l'honneur de votre fouvenir.

LETTRE CCIX.

A M. PANCKOUCKE, *libraire à Paris.*

A Ferney, 30 d'avril.

ON vous envoie, Monfieur, fous l'enveloppe de M. le comte de *Vergennes*, un extrait affez intéreffant des *Mémoires Noailles-Millot.* On fouhaite paffionnément que ces petits amufemens vous foient de quelque utilité. J'avais déjà ces *Mémoires* dans ma petite bibliothèque, et l'on vient de m'en apporter un nouvel exemplaire par la voie de M. *Luneau de Boisgermain.* Il eft accompagné du fatras le plus favant et le plus impertinent que j'aye jamais lû; c'eft l'*Hiftoire véritable des temps fabuleux.* Si j'étais plaifant, il y aurait un plaifant extrait à faire de ce déplaifant galimatias. Je n'ai pas envie de rire, cependant je m'égayerai à dire un mot de ce pédant en *us*, nommé *Guérin du Rocher*, prêtre.

Je fuis bien en peine de l'affaire de M. *Delifle de Sales.* Son livre affurément ne méritait pas ce vacarme.

Je ne peux pas dire qu'il ait été de tous les hommes ———
le plus cruellement perfécuté, car il y a dix ans il
exiftait un chevalier de *la Barre*, petit-fils d'un lieutenant général des armées du roi. Les Français feront
toujours moitié tigres et moitié finges. Ils fe réjoui-
ront également à la Grève et aux grands danfeurs
de corde du boulevard.

Mes très-humbles complimens, je vous en prie,
à M. et à madame *Suard*, et à tous nos amis.

LETTRE CCX.

A M. LE MARQUIS DE VILLEVIEILLE.

3o d'avril.

Mon très-aimable feigneur fuiffe, le vieux malade
qui fe meurt fur les frontières de la Suiffe, vous
remercie de votre lettre du mardi 22 d'avril. Il a ri
comme un fou des *Horaces* et des *Curiaces*, quoique
fon état ne lui donne pas envie de rire; mais il pleure
cette pauvre philofophie qu'on perfécute fi cruellement.

J'ai lu les fix volumes de *Noailles-Millot;* je vous
avoue que j'avais déjà été un peu fâché pour le duc
de *Bourgogne* qu'il eût écrit à madame de *Maintenon*
contre le duc de *Vendôme*, et qu'il fe fût amufé à
détraquer une montre avant la bataille d'Oudenarde.
J'aime mieux le marquis de *Villette* qui veut bien
commander une montre de Ferney; il n'a qu'à me
donner fes ordres. La veut-il avec des diamans au

—— pouffoir, au bouton et aux aiguilles ? la veut-il à
1777. fecondes ? il fera fervi fur le champ ; vous favez
combien je l'aime. Je fuis enchanté qu'il ne m'ait pas
oublié.

On dit que j'ai eu une attaque d'apoplexie ; ce
font mes ennemis qui font courir ces mauvais bruits.
J'avoue pourtant que j'ai eu un accident qui lui
reffemblait fort. Cela eft fort ridicule à un homme
auffi maigre que moi ; mais il faut que je paffe par
toutes les épreuves. Ce petit avertiffement me dit
que je ne vous fuis pas attaché encore pour long-
temps, mais ce fera avec la plus refpectueufe tendreffe.

LETTRE CCXI.

A M. DELISLE DE SALES.

6 de mai.

. . . .

Oui, c'eft au ridicule, et non à leurs remords,
qu'il faut livrer tous ces inquifiteurs, foit de Goa,
foit de Paris, foit d'Efpagne. Tout ce que peut vous
ajouter un homme de quatre-vingt-trois ans, mourant des fuites d'une attaque d'apoplexie, c'eft que
fi les grands chirurgiens vous font des incifions auffi
profondes que les fraters fubalternes vous en ont
fait, vous ferez très-bien de venir prendre les eaux
chez le mourant. Comme vous avez paffé votre jeuneffe dans l'Oratoire, vous n'avez pas oublié la façon

d'exhorter les gens à la mort. Venez chez un ami ———
digne de vous eſtimer : nous aimerons DIEU enſemble, 1777.
et nous déteſterons les injuſtices des hommes.

. . . .

Je préſente mes très - humbles remercîmens à
M. l'abbé... , et je le prie d'embraſſer pour moi ſon
priſonnier qui , je crois , eſt actuellement délivré.

LETTRE CCXII.

A M. DE CROIX,

SECRETAIRE DU ROI, ANCIEN TRESORIER DE FRANCE, A LILLE.

A Ferney, le 12 de mai.

ON n'a rendu, Monſieur, que depuis très-peu de
jours au vieillard moribond, dont vous embraſſez
généreuſement la défenſe, la lettre et l'ouvrage que
vous avez daigné lui faire tenir (*). Il les a lus avec
une extrême ſenſibilité ; mais le déplorable état où il
ſe voit réduit, le prive du plaiſir de vous remercier de
ſa main. Il fut atteint, le 8 de mars dernier, à l'âge
de quatre-vingt-trois ans, d'un coup d'apoplexie qui
augmente prodigieuſement la ſomme de ſes ſouffran-
ces, et qui, ſans doute, ne tardera guère à la réduire
à zéro. Dans l'impoſſibilité où il eſt d'écrire, il vous
prie d'agréer ſes excuſes, et de ne pas douter de ſon
eſtime et de ſa reconnaiſſance.

(*) L'Ami des arts.

LETTRE CCXIII.

A M. SELIS,

PROFESSEUR AU COLLEGE D'HARCOURT.

A Ferney, le . . mai.

MONSIEUR,

UN peintre des Gobelins eſt venu dans ma ſolitude le 28 de mai, et m'a apporté une lettre dont vous m'honorez, du 17 d'avril, accompagnée d'une traduction des ſatires de *Perſe* et de très-jolis vers français. M. d'*Argental* m'avait déjà prévenu de toutes vos bontés pour moi, mais je ne les avais pas encore reçues. Mon grand âge et ma déplorable ſanté ne m'ont point empêché de lire déjà votre très-judicieuſe préface et la traduction de la première ſatire. Je vois que vos notes éclairciſſent beaucoup le texte, et que ceux qui veulent faire quelque progrès dans la langue latine, doivent vous lire et vous étudier. J'éprouve par moi-même qu'on peut apprendre à tout âge, et c'eſt avec reconnaiſſance que j'ai l'honneur d'être,

Monſieur, votre &c.

LETTRE CCXIV.

A M. LE COMTE D'ARGENTAL.

Ferney, le 2 de juin.

Je suis indigné contre moi-même, mon cher ange, de n'avoir pas depuis si long-temps tendu les bras à vos ailes qui m'ont toujours couvert de leur ombre. Hélas, ce n'est pas ma faute ; je n'ai eu ni bras ni pieds, ni tête depuis quelques mois. Je vous écris aujourd'hui d'une main qui n'est pas celle dont je me sers ordinairement, mais c'est toujours le même cœur qui dicte. Je vous parlerai d'abord de l'ambigu à cinq services, qui probablement sera servi bien froid, ou plutôt qu'on n'osera jamais servir. Ce n'est pas que le repas ne soit régulier, et qu'il n'y ait des plats assez extraordinaires qui pourraient être de haut goût ; mais malheureusement madame de *Saint-Julien* avait parlé, il y a plusieurs mois, de notre souper ; le bruit s'en était répandu dans Paris. Je crois fermement que ce souper ne valait rien du tout, et que le cuisinier a très-bien fait de le supprimer : l'autre est meilleur ; mais il faudrait que le cuisinier fût à Paris, qu'il jouât le rôle de maître - d'hôtel, et que les gourmets n'eussent pas le goût aussi égaré qu'ils l'ont depuis quelques années. J'ai vu le menu d'un nouveau traiteur de l'Amérique, qui a été servi vingt fois sur table, et dont en vérité je n'aurais jamais voulu manger un morceau. Si quelques jours la fantaisie pouvait vous prendre de tâter du vieux cuisinier que vous favez, quand ce ne ferait que pour la rareté du fait, ce vieux cuifinier ferait capable de faire le voyage auprès de vous, et de fe loger dans quelque gargote bien obfcure et bien ignorée. Qui fait même fi cette aventure ne pourrait pas arriver l'année mil fept cent foixante et dix-huit! je me berce de cette chimère, parce qu'elle m'entretient de vous. Le préalable ferait qu'alors M. le duc de *Duras* vous donnât fa parole d'honneur de fe mettre avec vous à table, et même de manger avec appétit; mais il eft plaifant, entre nous, qu'on ait tant mangé de Zuma, et qu'on n'ait pas feulement effayé de tâter du Don Pèdre; le hafard gouverne ce monde.

Mon cher ange, le hafard m'a bien maltraité depuis quelques mois. Ce hafard eft compofé de la nature et de la fortune, des chances horribles font forties du cornet contre moi. Ma colonie eft auffi délabrée que l'ont été Pondichéri et Quebec. Je me fuis trouvé ruiné tout d'un coup, fans favoir comment, et je me fuis enfin aperçu qu'il n'appartenait qu'à *Théfée*, *Romulus* et M. *Dupleix*, de bâtir une ville.

Portez-vous bien, mon cher ange; aimez-moi encore, tout chimérique et tout infortuné que je fuis. Ma tendre amitié n'eft pas du moins une chimère; elle eft la confolation très-réelle du refte de mes jours. *V.*

LETTRE

LETTRE CCXV.

A M. DE LA HARPE.

4 de juin.

Mon cher confrère, j'ai reçu presqu'à la fois deux lettres de vous, et la religieuse. Cette très-attendriffante religieufe était bien, et elle eft beaucoup mieux. Je regarde cet ouvrage comme un des meilleurs que nous ayons dans notre langue.

Pour votre journal, il eft le feul que je puiffe lire, et nous en avons cinquante. J'avais cédé aux inftances de l'ami *Panckoucke* qui voulait abfolument que je combattiffe quelquefois fous vos étendards, et qui m'affurait que vous le trouveriez fort bon ; mais auffi il m'avait promis le plus inviolable fecret. Il ne me l'a point gardé, il m'a décélé très-mal à propos, et m'a beaucoup plus expofé qu'il ne penfe.

Je vous prie, mon cher confrère, de lui dire bien réfolument qu'il ne mette jamais rien fous mon nom : je ne fuis pas en état de faire la guerre. Ce n'eft pas que je manque de courage ni de bonnes raifons pour la faire ; mais il faut de la fanté, même pour la guerre de plume. J'ai befoin de repos, après mon accident que vous appellerez comme il vous plaira, mais dont les fuites font bien défagréables. L'indifcrétion de *Panckoucke* avec fon *V...* me fait une peine mortelle. Il accoutume le public à croire que non-feulement je me porte bien, mais que j'abufe de ma fanté jufqu'à écrire des lettres un peu impudentes.

1777. On m'accufe, dit-on, d'avoir écrit à meffieurs les juges du châtelet une philippique un peu forte fur le procès ridicule qu'ils ont fait à ce pauvre *Delifle*, et fur le jugement atroce qu'ils ont rendu. Vous devez bien favoir comme je penfe fur le livre et fur la fentence ; mais affurément je ferais plus fanatique que ces meffieurs, et cent fois plus répréhenfible qu'eux, fi je leur avais écrit fur cette affaire. Je ne connais point cette prétendue lettre, et je veux croire qu'elle n'exifte pas.

Je fuis en peine de la fanté de M. d'*Alembert*. Pour la mienne, elle eft bien déplorable ; mais il y a environ quatre-vingt-trois ans que je fuis accoutumé à fouffrir.

Je vous embraffe de tout mon cœur.

LETTRE CCXVI.

A M. DE VAINES.

4 de juin.

JE fuis bien fenfible, Monfieur, à la bonté avec laquelle vous vous êtes fouvenu de moi ; car je penfe fouvent à vous, et à l'homme unique avec lequel vous avez travaillé, et dont vous ferez toujours l'ami. Mon âge et mes maladies me forcent de renoncer un peu au monde ; mais je regretterai toujours de n'avoir pu vivre avec un homme de votre mérite, et je ferai bien fâché de mourir fans avoir eu la confolation de vous embraffer.

1777.

Des gens qui fe croient bien inftruits, et qui peut-
être ne le font point du tout, me difent qu'un homme
chez qui vous avez été à la campagne, il y a quelque
temps, fera bientôt auffi puiffant dans la ville qu'il
y eft aimé et refpecté. Je fouhaite paffionnément que
cette prédiction foit véritable; mais c'eft à condition
qu'il en arrive autant à votre autre ami. Je crois que
la France ne s'en trouverait pas plus mal, fi ces deux
hommes-là étaient à leur véritable place.

Je ne fais fi vous avez vu l'*Eloge de Pafcal*, avec
fes *Penfées*, mifes en meilleur ordre, et relevées par
des notes qui valent bien le texte. L'éditeur eft, ce
me femble, un homme égal à *Pafcal* pour le génie,
et fupérieur par la raifon. Il eft trifte, à mon gré,
pour le genre-humain, qu'un homme comme *Pafcal*
ait été un fanatique; ce qui me confole, c'eft que
St *Auguftin* l'était tout autant.

Je m'aperçois que mon petit billet eft un peu
indifcret, mais je n'écris pas à un docteur de forbonne. *V.*

LETTRE CCXVII.

A M. LE MARECHAL DUC DE RICHELIEU.

A Ferney, 6 de juin.

Eh, mon Dieu, Monſeigneur, vous accuſez un mourant de ne s'être pas battu dans votre armée. Il y a plus d'un an que, madame *Denis* et moi, nous foutenons à Dijon, preſque ſans ſortir de notre lit, le procès le plus déſagréable et le plus ruineux. Malgré ce fardeau qui nous accable, je me ſuis ſouvent plus occupé de l'injuſtice qu'on vous feſait, que de toutes celles que j'eſſuie. Je vous ai ſupplié vingt fois de daigner m'envoyer tout ce qui paraiſſait dans votre affaire, vous n'avez jamais voulu me répondre ſur cet article. Quand j'eus le bonheur de ſervir M. de *Morangiés*, quand j'affrontai la canaille des petits patriciens de Paris, qui ſe croient des *Cicérons*, M. de *Morangiés* m'avait envoyé tous ſes papiers, ſans en excepter un ſeul.

Je ne ſais d'ailleurs ſi une petite anecdote de MM. *Clément*, conſeillers au parlement, ſerait parvenue juſqu'à vous. Ces meſſieurs voulaient m'impliquer dans la plate et chétive, mais dangereuſe affaire d'un jeune homme ſorti de l'Oratoire, nommé *Deliſle*, lequel a été jugé immédiatement après vous. Ces chiens de Saint-Médard, ces reſtes de convulſionnaires aboyaient d'une gueule ſi fanatique, que je pris le parti, à l'âge de quatre-vingt-trois ans, de

me ménager une petite retraite fur un coteau méri-
dional de la Suiffe, à quatre lieues de chez moi.

Vous voyez que la grêle tombe fur les plus miférables arbriffeaux comme fur les plus hauts chênes.
Tout fouffre dans ce monde ; mais, dans la foule des
affligés, peu de perfonnes ont vos reffources. Quelques envieux que vous ayez, vous êtes à l'abri de
tout, parce que vous êtes au-deffus de tout. Il eft
certain que, dans cette maudite affaire fufcitée par
la plus infigne friponnerie, et reconnue pour telle
par tous les gens fenfés de l'Europe, vous n'avez pu
perdre que de l'argent. Vos fervices, vos dignités,
votre confidération, votre gloire, ne font point
effleurées. Vous ferez bientôt dans la première place
de l'Etat qui repréfente le connétable.

Que n'avez-vous pu aimer, du moins pendant
quelques mois, cette belle retraite de Richelieu, où je
vous ai fait ma cour il y a tant d'années ! que n'ai-je
pu vous y fuivre encore une fois ! J'envifage avec la
douleur de l'impuiffance les montagnes des Alpes et
du Jura qui me féparent de vous. *Job* fur fon fumier,
près du lac de Genève, vous crie : Confervez vos
anciennes bontés pour un ancien malheureux. Buvez
encore avec plaifir les derniers verres du vin trop
mélangé de cette vie. Soyez heureux, fi on peut
l'être ; vous aurez toujours de belles heures, et il
ne me faut que de la pitié.

Agréez, je vous en conjure, mon très-tendre
refpect. *V.*

LETTRE CCXVIII.

A M. LE CHEVALIER DE CHATELLUX.

7 de juin.

J'AI trop tardé, Monfieur, à vous remercier de vos remercîmens. Si le trifte état où j'ai été peut me laiffer encore de la force et du loifir, je crois qu'avant de mourir je ferai une campagne fous vos drapeaux. Je ne vous fers pas comme font les Suiffes, à qui il eft très-indifférent de fe battre pour l'Allemagne ou pour la France, pourvu qu'ils aient une bonne capitulation ; je ne fuis pas même un volontaire qui fait une campagne pour fon plaifir : je fuis une efpèce d'enthoufiafte qui prend les armes pour la bonne caufe.

Il eft vrai que je ne fais pas quel eft le chevalier de la *Pofte du foir* (*) qui croit m'avoir abattu de fa lance enchantée. Il ferait bon de favoir à qui on a affaire ; mais quel qu'il foit, fi nous étions aux prifes, je lui ferais bien voir que fon héros eft un charlatan qui en a impofé au public. Je lui démontrerais que ce charlatan, devenu fi fameux, n'a pas mis une citation dans fon ouvrage, qui ne foit fauffe ou qui ne dife précifément tout le contraire de ce qu'il avance.

Je prouverais à tous les gens raifonnables que fes raifonnemens et fes fyftèmes font auffi faux que fes citations ; que des plaifanteries et des peintures brillantes ne font pas des raifons, et qu'un homme

(*) Le Journal de Paris.

qui n'a regardé la nature humaine que d'un côté ⸺
ridicule, ne vaut pas celui qui lui fait fentir fa dignité 1777.
et fon bonheur.

Voilà ce qui m'occupe à préfent, Monfieur; mais
pour remplir mon projet, j'ai befoin d'un long travail
qui me mette à portée de citer plus jufte que l'auteur
de l'*Efprit des lois*; et furtout je voudrais favoir quel
eft le bel efprit de la *Pofte du foir*, contre lequel je
veux me battre.

Serait-ce abufer de vos bontés de vous demander
des nouvelles de la noble entreprife du jeune comte
de *Lalli* de faire rendre juftice à la mémoire de
fon père ?

Confervez vos bontés, Monfieur, pour votre très-
attaché et très-refpectueux ferviteur *V*.

LETTRE CCXIX.

A M. DE VAINES.

11 de juin.

JE vous remercie, Monfieur, de la lettre que vous
m'avez envoyée de cet homme illuftre avec lequel
vous avez travaillé trop peu de temps, et qui fera
toujours cher aux bons citoyens amateurs de la vertu
et des grands talens.

Comme j'imagine que vous avez actuellement
quelque loifir, j'en abufe peut-être en vous priant
de jeter les yeux fur le manufcrit que j'ai l'honneur
de vous envoyer. Il s'agit d'un grand nombre de
vérités qui combattent l'opinion publique fi fouvent

——— hafardée , et reçue fans examen. Si les nombreufes erreurs qu'on me force de relever dans l'*Efprit des lois* , vous font la même impreffion qu'elles m'ont faite, je vous fupplie , Monfieur , de vouloir bien envoyer au fieur *Panckoucke* le manufcrit cacheté avec la lettre pour lui ci-jointe.

Je fais bien que ma hardieffe augmentera le nombre de mes ennemis ; mais je fuis comme M. de *la Harpe* , né pour combattre , et j'ai raifon, papiers fur table. Pour peu que vous foyez de mon avis , je croirai avoir remporté la victoire.

Le *Pafcal* de M. de *Condorcet* m'a donné un peu d'humeur contre les réputations ufurpées. C'eft bien dommage que cet ouvrage ne foit pas entre les mains de tout le monde. Il faudrait que chacun eût dans fa poche ce préfervatif contre le fanatifme.

Je vous prie inftamment, Monfieur, de conferver un peu de bonté pour le vieux malade *V.*

LETTRE CCXX.

A M. LE COMTE D'ARGENTAL.

27 de juin.

VOTRE vieux cuifinier, mon cher ange , eft bien loin de vous faire bonne chère. Il eft réduit aux apothicaires , et très-étonné d'être encore en vie : cependant il ne voudrait pas mourir fans vous envoyer les cinq pâtés qu'il vous a promis , et qu'il n'a faits que pour vous. Je ne fais s'ils font de l'ancienne cuifine ou de la nouvelle. Je ne peux manger d'aucun des nouveaux plats qu'on m'a envoyés de Paris ; mais mon dégoût ne prouve point que j'aye mieux réuſſi que les jeunes cuiſiniers du temps préſent.

Je cède enfin à l'envie extrême de vous montrer ce que je fais encore faire. Jurez-moi , mon cher ange, que perſonne au monde , hors M. de *Thibouville*, ne verra mes petits pâtés. Jurez-moi de me les renvoyer dès que vous en aurez mangé un petit morceau. Vous verrez, après cet eſſai, ſi je peux me mettre au rang des pâtiſſiers modernes qui empoiſonnent le public. Le point principal eſt de vous plaire. Commencez par me faire ſerment de ne point laiſſer ſortir les pâtés de vos mains , et de me les renvoyer en m'apprenant ſi j'y ai mis trop ou trop peu de poivre, et ſi le goût qui règne aujourd'hui eſt plus dépravé que le mien.

Le fond de mes petits pâtés n'eſt pas fait pour une monarchie ; mais vous m'avez appris qu'on avait ſervi du Brutus, il y a quelque temps, devant M. le comte de *Falkenſtein* (*) , et que les convives ne s'étaient pourtant pas levés de table.

En un mot, mon cher ange , il me paraît ſi comique de faire encore la cuiſine à mon âge, et je vous confie tous mes ridicules avec tant de bonne foi, que je les tiens pour pardonnés. Votre amitié , mon cher ange , me conſole de tout ; mais je ne demande point votre indulgence : je veux ſavoir ſi mes pâtés ne vous écorcheront pas le goſier. *V.*

(*) L'empereur *Joſeph II* , dans ſon ſéjour à Paris.

LETTRE CCXXI.

A M. DUTERTRE, *notaire à Paris.*

16 de juillet.

AYANT encore, Monfieur, le ridicule de n'être point mort, je vous envoie, fi vous le trouvez bon, mon certificat de vie, qui fervira de ce qu'il pourra. Dieu merci, je n'entends rien du tout à mes affaires ; vous avez eu la bonté de vous en charger, et c'eft ma feule confolation. M. le duc de *Bouillon*, Alteffe féréniffime, a daigné m'écrire des lettres pleines de bienveillance ; mais il m'a déclaré que ce n'était point à lui à me payer les vingt-deux ou vingt-trois mille francs qui me font dus par fon Alteffe féréniffime monfeigneur fon père.

Son Alteffe féréniffime monfeigneur le duc de *Virtemberg*, qui me doit auffi beaucoup d'argent, me paye en politeffes. Mes maçons, mes charpentiers et mon boucher, qui ne font pas fi polis, me feraient mettre en prifon pour être payés, fi DIEU ne m'avait pas accordé le bénéfice d'âge de quatre-vingt-trois ans.

Je préfume, Monfieur, que dans ma détreffe vous avez eu pitié de moi, et que vous avez fatisfait la fucceffion de M. de *Laleu*. C'eft une chofe bien étonnante qu'il ait mieux aimé me prêter vingt - deux mille francs de fa caiffe, que de me les faire payer par feu M. le duc de *Bouillon*. Il eft encore plus étonnant que M. d'*Ailli* m'ait fait perdre l'hypothèque

privilégiée que j'avais fur tous les biens de ce prince : ——
c'eft un malheur irréparable.

Je n'ai d'efpérance et de reffource que dans votre
fageffe, dans votre exactitude et dans l'amitié dont
vous m'avez déjà donné des marques. Je viendrais
vous en remercier, fi mon âge, ma fanté et ma
bourfe me permettaient de faire le voyage. Je prendrais quelque petit appartement dans votre voifinage,
pour apprendre, pendant quelques jours, à connaître un peu cette ville que je n'ai vue depuis trente
années.

J'ai l'honneur d'être, &c.

LETTRE CCXXII.

A M. DE MESSANCE,

RECEVEUR DES TAILLES EN FOREZ,

*Qui lui avait envoyé fes calculs fur les probabilités de
la durée de la vie.*

A Ferney.

J'AI reçu, Monfieur, ma condamnation par livres,
fous et deniers, que vous avez eu la patience de
faire, et la bonté de m'envoyer. J'admire votre fagacité,
et je me foumets à mon arrêt fans aucun murmure.
Tout le monde meurt au même âge ; car il eft abfolument égal, quand on en eft là, d'avoir vécu vingt
heures ou vingt mille fiècles. M. l'abbé *Terrai* avait

—— fans doute notre néant devant les yeux, quand il a
1777. établi fes rentes viagères. J'ai fait mettre au chevet
de mon lit mon compte final, dont je vous ai beaucoup d'obligations. Rien n'eft plus propre à me
confoler des misères de cette vie, que de fonger
continuellement que tout eft zéro. Ce qui eft très-
réel, c'eft l'exactitude de votre travail, fon utilité
et la reconnaiffance que je vous dois. Ce font les
fentimens avec lefquels j'ai l'honneur d'être, &c.

LETTRE CCXXIII.

A M. LE COMTE DE TRESSAN.

4 d'augufte.

J'AI jugé, Monfieur, que vous n'aviez point reçu
une lettre que je vous avais écrite pour vous remercier d'un préfent très-précieux pour moi, dont vous
m'aviez honoré. Il y a quelquefois dans les bureaux
des gens un peu trop curieux.

Je prends aujourd'hui le parti de ne me confier
qu'au confeffeur et martyr M. *Delifle*, qui prend fon
plus long pour retourner à Paris. Il eft impoffible
de ne pas s'intéreffer à lui, dès qu'on a le bonheur
de le connaître. Si ceux qui l'ont perfécuté avaient
pu vivre quelques jours avec lui, ils feraient devenus
fes plus ardens défenfeurs.

Je penfe qu'à préfent il n'a rien de mieux à
faire que de tâcher d'avoir une place auprès d'un
fouverain qui me paraît avoir befoin d'un homme

comme lui. M. d'*Alembert* peut le fervir très-effica- ──────
cement, et je ne m'y épargnerai pas : car fi je fuis
rentré en grâce auprès de ce prince, fi connu en
Europe par fes armes victorieufes, par fon coffre-
fort, et par fa manière de penfer, je dois faire ufage
de ce petit moment de bonne fortune pour fervir
votre ami, et, j'ofe dire, à préfent le mien.

Il eft vrai que les agrémens de fa fociété font plus
faits pour la France que pour l'Allemagne ; mais je
ne vois à préfent de porte ouverte pour lui que
celle que je propofe. Il trouvera dans Paris des foupers, des plaifanteries, des amis intimes d'un quart
d'heure, des efpérances trompeufes, et du temps perdu.
Peu de perfonnes favent comme vous confoler leurs
amis par des fervices toujours conftans.

Si vous approuvez mon idée, vous l'appuierez
fans doute auprès de M. d'*Alembert*, et nous parvien-
drons à la faire réuffir.

Que puis-je à préfent vous fouhaiter de mieux,
Monfieur, après que vous avez fait du bien ? Jouiffez
de vous-même, de votre repos, de vos amis, de votre
réputation et de tous les amufemens qui rendent la
vie tolérable. Mes montagnes chargées de neiges
éternelles faluent de loin votre belle vallée de Mont-
morenci, et ma décrépite vieilleffe s'incline pro-
fondément devant vous avec le refpect le plus tendre.

LETTRE CCXXIV.

A M. LE COMTE D'ARGENTAL.

4 d'auguste.

MON cher ange, il y a plus de soixante ans que vous voulez bien m'aimer un peu. Il faut que je fasse à mon ange un petit croquis de ma situation, quoiqu'il soit défendu de parler de soi-même, et quoiqu'on ait joué l'égoïsme bien ou mal, dans votre tripot de Paris.

J'ai quatre-vingt-trois ans, comme vous savez, et il y en a environ soixante et six que je travaille. Tous les gens de lettres en France, hors moi, jouissent des faveurs de la cour; et on m'a ôté, je ne sais comment, du moins on ne me paye plus une pension de deux mille livres que j'avais avant que *Louis XV* fût sacré.

Je suis retiré depuis trente ans, ou environ, sur la frontière de la Suisse. Je n'avais qu'un protecteur en France, c'était M. *Turgot*, on me l'a ôté; il me restait M. de *Trudaine*, on me l'ôte encore.

J'avais eu l'impudence de bâtir une ville; cette noble sottise m'a ruiné.

J'avais repris mon ancien métier de cuisine pour me consoler; je ne sens que trop, toute réflexion faite, que je n'entends rien à la nouvelle cuisine, et que l'ancienne est hors de mode.

Le chagrin s'est emparé de moi, et m'a fait perdre la tête. Je suis devenu imbécille au point que j'ai pris pour une chose sérieuse la plaisanterie de M. de *Thibouville* qui me demandait des pastilles d'épine-

vinette. J'ai eu la bêtise de ne pas entendre ce logo-
gryphe; j'ai cru me ressouvenir qu'on fesait autrefois
des pastilles d'épine-vinette à Dijon, et j'en ai fait
tenir une petite boîte à votre voisin, au lieu de vous
envoyer le mauvais pâté que je vous avais promis.

Ce pâté est bien froid; cependant il partira à l'adresse
que vous m'avez donnée, à condition que vous n'en
mangerez qu'avec M. de *Thibouville*, et que vous me
le renverrez, tel qu'il est, partagé en cinq morceaux.

Je ne vous dirai point combien tous les pâtés qu'on
m'a envoyés de votre nouvelle cuisine, m'ont paru
dégoûtans; mon extrême aversion pour ce mauvais
goût ne rendra pas mon pâté meilleur. Peut-être qu'en
le fesant réchauffer, on pourrait le servir sur table
dans deux ou trois ans; mais il faudrait surtout qu'il
fût servi par les mains d'une jeune personne de dix-
huit à vingt ans, qui sût faire les honneurs d'un
pâté, comme mademoiselle *Adrienne* les fesait à trente
ans passés. Il nous faudrait aussi un maître d'hôtel
tel que celui qui est le chef de la cuisine ancienne,
et qui vous fait sa cour quelquefois; et avec toutes
ces précautions, je doute encore que ce pâté, qui
n'est pas assez épicé, fût bien reçu. Quoi qu'il en soit,
goûtez-en un petit moment, mon cher ange, et
renvoyez-le-moi subitò, subitò.

Je ne vous parle point du voyageur (*) que vous
prétendiez devoir passer chez moi. Je ne sais si vous
savez qu'il a été assez mécontent de la ville qui a été
représentée quelques années par un grand-homme de
finances, et que cette ville a été encore plus mécon-
tente de lui. Quoi qu'il en soit, je ne l'ai point vu,

(*) L'empereur *Joseph II.*

—— et je ne compte point cette difgrâce parmi les mille
1777. et une infortunes que je vous ai étalées au commencement de mon épître chagrine.

Le réfultat de tout ce bavardage, c'eft que j'aimerai
mon cher ange, et que je me mettrai à l'ombre de
fes ailes, jufqu'au dernier moment de ma ridicule
vie. *V.*

L E T T R E C C X X V.

A M. D E V A I N E S.

5 d'augufte.

IL vous eft échappé, Monfieur, une fois de me
flatter de l'efpérance d'une certaine apparition dans
le mois d'augufte, vulgairement *août* dans la langue
des Velches. Plus je me fens indigne d'une telle vifite,
et plus je la défire. Je fais bien qu'un pauvre vieillard
n'eft point fait pour les fociétés les plus aimables,
mais il ne les aime pas moins. J'ignore encore fi les
affaires publiques vous permettront de vous écarter
de Paris. J'ignore ce que font vos anciens amis;
j'ignore tout dans ma folitude profonde. Je fuis dans
une efpèce de tombeau, entre le mont Jura et les
grandes Alpes, livré aux fouffrances compagnes de
la vieilleffe, et me repentant, comme tant d'autres,
d'avoir très-mal employé ma jeuneffe. Si vous voulez
venir me reffufciter, vous ferez une très-bonne
action.

Permettez du moins que je vous adreffe ce petit
paquet pour M. *d'Argental*; il eft affez bon pour

m'aimer

m'aimer depuis foixante et dix ans, et c'eft le feul ——
ami qui me refte dans Paris. Vous me faites fentir 1777.
combien il ferait doux d'en avoir deux. Je ne crois
pas commettre une indifcrétion, en vous adreffant
un fi gros paquet; vous avez bien voulu depuis
long-temps m'accoutumer à prendre avec vous ces
libertés.

Agréez, Monfieur, tous les fentimens qui m'attachent à vous. Tout le monde m'affure qu'ils feraient
bien plus forts, fi j'avais eu l'honneur de vous voir,
comme j'ai eu celui de recevoir de vos lettres. *V.*

LETTRE CCXXVI.

AU MEME.

12 d'aufte.

LA mort de M. de *Trudaine*, Monfieur, comble
mon défefpoir, et achève ma vie. J'ai vécu, c'eft-à-
dire fouffert trop long-temps. Si j'ai le bonheur de
vous voir à Ferney, je mourrai moins malheureux;
il eft vrai que vous ne verrez à Ferney qu'un hôpital
dans une folitude. Votre voyage fera une belle action
de charité; vous ferez entre une malade et un mourant. Si je ne favais que M. de *Trudaine* était malade
depuis long-temps, je croirais que le chagrin a avancé
fes jours. On m'a dit que M. de *Condorcet* a remis la
place qu'il avait acceptée de M. *Turgot.* Je vous prie
de préfenter mes tendres refpects à ces deux grands-
hommes, et de recevoir les miens, puifque vous
penfez comme eux. *V.*

Corresp. générale. Tome XII. B b

LETTRE CCXXVII.

A M. LE COMTE D'ARGENTAL.

15 d'augufte.

LES voilà enfin ces cinq pâtés trop froids et trop
infipides, qui ne font point du tout faits pour votre
pays, et que je ne vous envoie, mon divin ange,
que par pure obéiffance. Je vous demande bien
pardon d'obéir. Renvoyez-moi, par la même voie,
ces cinq pièces de four, qui ne doivent être fervies
fur aucune table. Ne les montrez à perfonne. Ayez
pitié de votre ancienne créature qui a perdu la tête,
et à qui il ne refte que fon cœur.

LETTRE CCXXVIII.

A M. LE COMTE DE LA TOURAILLE.

A Ferney, 18 d'augufte.

SI *Charles IX*, dont vous me parlez, Monfieur,
était allé près de la maifon de *Ronfard*, et s'il eût
trouvé un petit officier étranger qui n'eût point
défemparé de la portière de fon carroffe, et qui l'eût
regardé fous le nez ; fi le moment d'après deux
génevois, habitués dans le village de *Ronfard*, fe
fuffent préfentés à *Charles IX*, étant ivres, et lui
euffent demandé familièrement où il allait, *Charles IX*,

à mon avis, eût très-bien fait de se fâcher, et de ne point aller chez *Ronsard*.

C'est ce qui est arrivé au grand voyageur dont vous me parlez, sur la route de Genève. Il trouva ces jeunes gens un peu trop familiers, et il eut raison. Il ne soupa et ne coucha ni à Genève ni chez *Ronsard*. Il ne vit personne. Le résident de France se présenta devant lui, et il ne lui parla point. Il fut de très-mauvaise humeur sur toute la route, depuis Lyon.

Je conçois que le héros de Chantilli est plus affable, et que la vie est plus agréable dans ce beau séjour. Si vous êtes actuellement dans le Palais-Bourbon, vous avez passé d'un ciel dans un autre.

Vraiment, je crierai à M. le prince de *Condé*, du fond de mon purgatoire, si on persécute ma colonie,

Lettre de M. le comte de la Touraille.

Au Palais-Bourbon, le 6 d'auguste.

On nous dit, Monsieur, qu'*Auguste* et *Mécène* ont quelquefois été boire du vin de Falerne chez *Horace*; cet honneur ne l'aurait pas immortalisé, si ses talens ne l'avaient seuls rendu digne des hommages de la postérité. En reculant les époques de ces royales familiarités que donne et reçoit souvent l'orgueil, j'ose croire, Monsieur, que feu monsieur *Jupiter*, qui était plus grand seigneur qu'*Auguste*, donna plus d'embarras que de vanité à *Baucis* et à *Philémon*, quand, pour s'amuser, il fut, selon *Chaulieu*, manger un plat d'asperges dans leur pauvre taudis.

Charles IX voulant combler de joie son bon ami *Ronsard*, avait formé le dessein de l'aller voir *dans sa maison des champs*. Cette marque de protection me serait glorieuse, dit le poëte, mais ne rendrait pas mes vers meilleurs.

D'après cela, Monsieur, doit-on s'affliger de n'avoir pas vu l'empereur (*) dans sa maison? Je ne fais d'ailleurs que vous rendre les

_____

(*) A la sollicitation des prêtres, il avait promis à sa mère de ne point voir M. de *Voltaire* dans son voyage.

—— et je vous adrefferai mes plaintes; mais actuellement je ne puis crier que des maux que la nature me fait fouffrir. Je fuis affurément votre fupérieur en fait de tourmens, comme je fuis votre doyen. Je fuis à vos pieds en tout le refte, pénétré de vos bontés et de vos grâces, me recommandant d'ailleurs à DIEU dans ma mifère, et rempli pour vous du plus refpectueux attachement.

opinions des gens fenfés de ce pays-ci, qui s'intéreffent à votre fatisfaction, fans avoir affurément la moindre idée de manquer de refpect aux Dieux et aux fouvèrains.

M. le prince de *Condé*, Monfieur, fera toujours difpofé à feconder votre amour paternel en faveur de votre colonie, et vous pouvez, de votre côté, compter fur l'affidu bienfaiteur des Bourguignons. Il en eft, comme vous le dites, le *Titus* adoré.

Je quitte les fuperbes fêtes de Chantilli pour rentrer fans regret dans ma quiète folitude du Palais-Bourbon, où j'ignore affez fouvent s'il y a dans le monde des gens plus riches et plus heureux que moi. Je fuis un peu comme ce payfan du mont Saint-Gothard à qui on vantait les richeffes du roi de France : Je parie, dit-il, qu'il n'a pas de fi belles vaches que les miennes.

Recevez, Monfieur, l'hommage de ma fincère et conftante vénération.

LETTRE CCXXIX.

A M. LE MARECHAL DUC DE RICHELIEU.

27 d'auguste.

Un peu volé, dans de femblables occafions, fignifie beaucoup volé. C'eft la figure que les Grecs appelaient *euphémie*, ce qui fignifie adouciffement, ménagement. Un doyen d'académie fait ces chofes-là mieux que moi, quoiqu'il ne foit pas extrêmement pédant. Or, extrêmement pédant veut dire qu'il n'eft point pédant du tout.

Après cette difcuffion académique, je viens, Monfeigneur, à la morale. Je conçois très-bien qu'un efprit comme le vôtre eft au-deffus de toutes les petites misères, de toutes les tracafferies inévitables dans le pays où vous vivez, et de tous les accidens de la vie. Quand on a été élevé dans fon berceau par madame de *Maintenon*, quand on a vu *Louis XIV* et la régence, on eft fans doute accoutumé à tout; et le maréchal de France, poffeffeur du palais de Richelieu, peut jouir du foir ferein d'un jour mêlé d'orages et de très-belles heures. Je ne fuis pas au-deffus de *Saint-Evremond* comme vous êtes au-deffus du comte de *Grammont*, mais je voudrais repaffer avec vous toute votre brillante et fingulière vie. Il me paraît que la Providence m'avait réfervé pour cette dernière befogne. Cette Providence a changé d'avis; elle me jette à cent trente lieues de vous, et j'achève mes derniers jours dans mon lit de deux pieds et demi de large, entre les Alpes et le mont Jura.

B b 3

———— Mille grâces vous foient rendues pour la bonté
1777. avec laquelle vous voulez bien me parler de mon
chétif fquelette qui n'a jamais été bien étoffé, et qui
eft actuellement réduit à rien ; mais dans lequel il y
a encore je ne fais quel être fentant et penfant, et
tout-à-fait attaché à votre grand être. Il eft vrai que,
dans l'antre où je végète, j'ai mis des pierres à côté
les unes des autres ; mais ces pierres-là me retombent
fur le nez, et m'écrafent. J'ai des procès tout comme
un grand feigneur, et je ne fais pas les foutenir auffi
gaiement que mon héros a foutenu le fien.

Mon grand chagrin, mon ver rongeur eft d'être fi
loin de vous, et de me voir dans l'impuiffance de
venir encore vous faire ma cour, de vous renouveler
mon très-tendre et très-vieux refpect, et de jouir de
vos bontés. *V.*

LETTRE CCXXX.

A M. LE COMTE D'ARGENTAL.

31 d'augufte.

MON cher ange, il n'y a plus moyen de vous
parler en figure, depuis que vous êtes un peu content
de ce que je vous ai envoyé. Vous m'avez rendu le
courage et l'efpérance ; mais comment vous ferai-je
tenir l'ouvrage que vous prenez fous votre protection (*) ? vous favez que M. de *Vaines* ne peut venir
dans mon hôpital folitaire. J'ignore encore fi on lui

(*) Agathocle.

confervera fa place. Je n'ai eu l'honneur de voir
M. le duc de *Villequier* qu'un moment ; c'était un
de mes plus mauvais jours ; je me trouvai mal
devant lui, et il prit le parti de s'en aller au lieu de
dîner. Les contre-temps les plus funeftes ont fuivi
ce défagrément. M. de *Villequier* avait oublié une
lettre de M. de *Malesherbes*, écrite de Montigny, au
mois de juillet ; il ne me l'a renvoyée qu'hier, du
fond de la Suiffe.

La mort de M. de *Trudaine*, chez qui M. de
Malesherbes m'écrivait, a mis le comble à toutes les
contradictions que j'éprouve. Figurez-vous qu'au
milieu des embarras et de la ruine de ma colonie,
entouré de créanciers preffans et de débiteurs infol-
vables, j'ai entrepris deux ouvrages d'un genre bien
différent de la tragédie, et peut-être beaucoup plus
intéreffans et plus utiles. Tant de fardeaux à mon
âge ne font pas aifés à fupporter avec les maladies
qui me défolent et qui me privent de la confolation
de venir vous embraffer. Il faut combattre, jufqu'au
dernier moment, la nature et la fortune, et ne jamais
défefpérer de rien, jufqu'à ce qu'on foit bien mort.
Commençons par mes Syracufains ; voyons comment
je pourrai vous les envoyer ; tout le refte fera mon
affaire. La vôtre, mon cher ange, fera d'être le
plénipotentiaire de Syracufe auffi-bien que de Parme.

Madame de *Saint-Julien* m'avait obligé de me
réfugier en Sicile, en difant mon fecret de Conftantinople. Serais-je affez heureux pour que vous enga-
geaffiez M. le duc d'*Aumont* à faire fon affaire de cette
Sicile que vous femblez aimer, et de la faire paraître
à Paris fous fa protection ?

Je fuis perfuadé que vos confeils et ceux de M. de Thibouville fuffiraient pour faire repréfenter l'ouvrage de manière à lui affurer quelque fuccès; et que peut-être même la fingularité d'une pareille entreprife, à mon âge, défarmerait la cabale, et contribuerait à me faire mourir en paix. J'ofe dire que c'eft à vous et à M. de *Thibouville*, l'élève de *Baron*, à ramener le bon goût dans Paris. Mes derniers jours feraient trop heureux, fi j'avais quelque part à une telle victoire. Il me femble qu'il ferait digne de M. le duc d'*Aumont* de fe joindre à vous. Vous êtes tous trois très-capables d'ajouter le plaifir du fecret à celui de conduire cette affaire dont le fuccès ferait pour moi de la plus grande importance. Cette importance tient à des chofes que vous devinez bien, et dont je vous parlerais, fi j'avais affez de force pour faire un tour à Paris. Et je l'aurai cette force, mon cher ange, fi vous avez celle de réuffir dans la négociation que je vous propofe. Oui, vous y réuffirez ; car vous êtes et vous ferez mon ange gardien jufqu'au moment où j'irai, comme de raifon, à tous les diables.

LETTRE CCXXXI.

AU MEME.

5 de septembre.

MESSIEURS du comité de Syracufe, vous me prenez trop à votre avantage. Je ne fuis guère en état, dans le chaos de mes affaires, dans la multiplicité de mes années et de mes maladies, et dans l'affaibliffement total de mes fibres penfantes, de remplir fitôt la tâche très-difficile que vous me donnez. Vous avez le commandement beau ; mais, pour que j'exécute vos ordres, il faut que vous ayez la bonté de m'ôter une trentaine d'années, et de me donner de nouveaux talens. Vous devez fentir qu'il n'eft pas aifé de bien dire ce qu'on ne voulait pas dire, et de changer tout d'un coup la figure et l'attitude d'une ftatue qu'on a jetée en moule. J'avais voulu peindre un ftoïcien, et vous me propofez de le changer contre un fibarite, ou du moins contre un grec élevé à la françaife, et accoutumé, fur le théâtre de Paris, à parler de fon amour à fon inutile confident, et à lui marquer la tendre crainte qu'il a de déplaire à fa chère maîtreffe, en lui fefant fa déclaration amoureufe. Ces fadeurs n'ont pu jamais être embellies que par *Racine.* Il eft le feul qui ait pu faire paffer des églogues fur le théâtre, à la faveur de fon ftyle enchanteur ; mais j'ai bien peur que ce qui devient chez lui une beauté, ne fût infupportable chez quiconque n'aurait pas l'avantage de s'exprimer comme lui.

Voudriez-vous qu'un héros fauvage et philofophe combattît fon amour, comme *Titus* combat le fien? voudriez-vous même qu'il fongeât s'il eft amoureux? ou bien voudriez-vous que ce philofophe, fils d'un potier devenu roi, craignît de déroger en aimant la fille d'un vieux capitaine de dragons? ou bien craindrait-il de donner un mauvais exemple à fon frère? quels fcrupules aurait-il à combattre? Il eft beau de voir un homme lutter contre fa paffion, quand cette paffion eft criminelle et funefte; mais hors de là le combat eft ridicule, il eft d'un froid infoutenable.

Quand on a jeté fa ftatue en moule, il faut l'embellir, la polir avec le burin; mais il ne faut pas vouloir faire d'un fatyre un *Apollon*. Chaque chofe doit refter dans fon caractère, fans quoi tout eft perdu. De plus, foyez très-perfuadés qu'on écrit toujours très-mal ce qu'on écrit à contre-cœur.

L'ouvrage n'a pas, fans doute, le mérite continu dont il a befoin pour obtenir un jour un fuccès véritable, fuccès fi rare, et qui dépend de mille circonftances étrangères. Il faut beaucoup de travail et de loifir; il faut furtout de la fanté et des momens heureux; mais, dans l'état où je fuis, je n'ai que l'envie de vous plaire.

En vérité, je me meurs. J'ai bien peur de ne pouvoir pas achever cette petite befogne que vous commenciez à favorifer.

Je me meurs, mon cher ange. *V.*

LETTRE CCXXXII.

AU MEME.

20 de feptembre.

Vous ne m'avez jamais dit, mon cher ange, quelle eft la dame, ou la demoifelle aimable et refpectable, ou l'une et l'autre, qui vous prête fa main quand vous avez la bonté de m'écrire.

Vous ne m'avez jamais appris le fecret du gouvernement de votre maifon. Les miniftres des princes font difcrets, et un vieux malade, entre le mont Jura et les grandes Alpes, n'a pas le don de deviner. Je ne puis que remercier au hafard la jolie main qui veut bien m'avertir quelquefois que vous êtes encore mon ange gardien, quoique j'aye la mine d'être bientôt damné.

S'il y a encore dans Paris quelques honnêtes gens qui n'aient pas abjuré le bon goût introduit en France pour quelque temps par nos maîtres; fi on pouvait retrouver quelque étincelle de ce goût, dans l'ouvrage dont le fond ne vous a pas déplu; fi cet ouvrage retravaillé avec foin pouvait trouver place au milieu des enchantemens des boulevards et des foupers où l'on mange des cœurs avec une fauce de fang; alors peut-être une pièce honnête, approuvée par vous, ferait reffouvenir les Français qu'ils ont eu autrefois un bon fiècle.

Plus nous attendrons, et plus cette pièce mériterait de l'indulgence. La fingularité d'un tel ouvrage donné à quatre-vingt-quatre ans, pourrait adoucir la critique des ennemis irréconciliables , et infpirer même de l'intérêt au petit nombre qui regrette le temps paffé. J'aimerais mieux même hafarder la chofe à quatre-vingt-dix ans qu'à quatre-vingt-quatre , pourvu que je la viffe jouer auprès de vous, dans une loge, affifté de quelques *Mathufalems*.

Cette idée me paraît affez plaifante ; mais malheureufement le temps coule, la dernière heure fonne. M. de *Thibouville* dit qu'il eft malade. Je tâcherai de profiter de vos réflexions et des fiennes ; mais fongez que des réflexions qui peuvent faire corriger des fautes, ne donnent jamais de génie. Ayez pitié de ma décadence, et rendez juftice à un cœur qui vous chérira jufqu'à fon dernier moment.

Je n'écris point aujourd'hui à M. de *Thibouville*. Je m'intéreffe vivement à fa fanté ; je compte que ma lettre eft pour vous deux.

N. B. Je reçois dans l'inftant la lettre de mon divin ange ; je crois y avoir répondu. J'y répondrai mieux en travaillant felon vos vues , fi Dieu m'en donne la force.

LETTRE CCXXXIII.

A M. LE MARECHAL DUC DE RICHELIEU.

22 de feptembre.

JE ne fais, Monfeigneur, ce qui m'eft arrivé depuis que vous m'avez flatté que je vous ferais ma cour à cent cinquante ans, et que je ferais témoin de vos amours avec l'abbeffe de Rennes ; mais j'ai été tout près d'aller demander là-bas un congé à *Lucifer*. Il m'envoie quelquefois de fes gardes pour me faire comparaître devant lui, et me fait fentir qu'il n'appartient pas à un pauvre homme comme moi d'ofer marcher fur vos pas.

J'ai vu dans ma retraite un homme qui a été, je crois, autrefois votre neveu ; c'eft M. le prince de *Beauvau* qui m'a fait cet honneur-là. J'aurais bien voulu que fon oncle m'en eût fait autant, quand même il ne m'aurait pas amené madame l'abbeffe de Rennes. Vous croyez bien que j'ai été tenté cent fois d'aller à Paris ; mais comme mes jambes, ma tête et mon eftomac m'ont refufé le fervice, j'ai pris le parti d'attendre tout doucement ma deftinée. Je crois que vous gouvernez très-bien la vôtre, et que vous vous êtes mis abfolument au-deffus d'elle. La plupart des autres hommes font au-deffous. Vous avez été grand acteur fur le théâtre de ce monde ; vous êtes le fpectateur le plus clair-voyant. Les décorations font changées ; le nouveau fpectacle attire tous les regards. Je n'entrevois tout cela, du fond de ma caverne, qu'avec de bien mauvaises lunettes. Je suis un pauvre suisse mort et oublié en France; mais je ne puis m'empêcher de vous dire que, par un effet singulier de la sympathie, le roi de Prusse est la seule correspondance qui me soit restée. Ce mot de sympathie doit vous paraître bien impertinent. Je ne crois pas que j'aye rien de commun avec le vainqueur de Rosbac, pas plus qu'avec le vainqueur de Minorque : cependant il y a une certaine façon de penser qui a rapproché de moi chétif ce héros du Nord ; comme il y a eu dans vous une certaine bonté, une certaine indulgence qui vous a toujours empêché de m'oublier totalement. Je vous dirai même que depuis peu le roi de Prusse m'a donné des marques solides de sa protection, dans un temps où mes affaires étaient horriblement délabrées. Je ne me serais pas attendu à cette générosité, lorsque je me brouillai si impudemment avec lui, il y a trente ans. Cela ne démontre-t-il pas qu'il ne faut jamais désespérer de rien ?

Je me souviens que je vous écrivis plusieurs fois sur la catastrophe de cet infortuné *Lalli*. Je vous demandai votre avis ; vous eûtes la discrétion de ne me jamais répondre ; mais enfin *Lalli* trouve un vengeur dans son fils, qui me paraît avoir le courage et le caractère de son père. Il poursuit la révision du procès avec une chaleur et une fermeté qui paraissent mériter l'applaudissement universel. Il a beaucoup d'esprit ; son style est vigoureux comme son ame ; le parlement ne lui met pas un bâillon dans la bouche. Je me flatte que vous n'en mettrez pas un dans la vôtre, et que vous daignerez me dire s'il est vrai que la requête en cassation soit admise. Je suis bien perfuadé qu'elle doit l'être. L'horrible aventure du chevalier de *la Barre* et de d'*Etallonde* méritait bien auffi qu'on fe pourvût en caffation. L'un de ces deux martyrs eft vivant, et eft un très-bon et très-brave officier. J'ai obtenu pour lui une place auprès du roi de Pruffe; il eft fon ingénieur. Qui fait s'il ne viendra pas un jour affiéger Abbeville, quand vous commanderez une armée en Picardie? J'attends cet événement dans cinquante ans. En attendant, je me meurs, malgré toutes vos plaifanteries. Je ne fors point de mon lit, et je vous demande un *Requiem. V.*

LETTRE CCXXXIV.

A M. LE MARQUIS DE VILLETTE.

24 de feptembre.

QUAND l'abbé de *Chaulieu* et le marquis de *la Fare* s'écrivaient des billets en vers, foit pour aller fouper au Temple ou à Saint-Maur, on n'imprimait point leurs billets dans le *Mercure galant;* les cafés de Paris ne devenaient point les confidens et les juges de leurs amufemens; enfin on ne les expofait point aux impertinens difcours de la canaille de la littérature, plus infolente et plus dangereufe que la canaille des halles. Il eût été à fouhaiter que M. le marquis de *Villette*, qui écrit comme les *Chaulieu* et les *la Fare* dans leur bon temps, n'eût pas prodigué fa charmante facilité à un public toujours très-malin, très-injufte, et dont il faut fe garder comme de la morfure des finges.

1777.   Un pauvre vieillard de quatre-vingt-trois ans, alité depuis deux mois, mourant, et ne devant écrire que son testament, ayant eu la faiblesse et la hardiesse de répondre aux vers charmans de M. le marquis de *Villette*, sur les mêmes rimes (*), et non pas avec le même agrément, ne devait pas être puni et être condamné au *Mercure*.

Ce *Mercure*, tout *Mercure* qu'il est, est feuilleté par les dames de la cour comme par les dames de la rue Saint-Denis. Le petit mot, *je ne crains point qu'une coquine*, est relevé dans les deux tripots avec toute la charité qu'on y connaît. Il y a des conjonctures où ces petites méchancetés sont très à craindre, et malheureusement ce vieux malade est dans le cas.

La chose est faite; il n'y a plus de remède. La seule pénitence est de venir chez le bon homme avec le marquis de *Villevieille*, d'assister à son extrême-onction, et de lui dire un *De profundis* en *ine* aussi joli que la charmante lettre.

(*) Volume d'Epîtres, page 286.

LETTRE

LETTRE CCXXXV.

A M. SAURIN.

26 de septembre.

VOTRE lettre, mon cher confrère, me console de tous les maux que mes quatre-vingt-trois ans me font souffrir.

Je commence par répondre à l'article qui vous regarde, parce que c'est celui qui m'intéresse le plus. Je ne sais pas quel est l'homme, ou très-méchant ou très-mal-avisé, qui a pu consigner un si sot mensonge dans un livre qui est regardé comme une partie des archives de la nation. Ce n'est pas assez de l'avoir réfuté dans un journal bientôt effacé par les journaux suivans. Il serait juste et nécessaire que le coupable se rétractât dans le livre même où il a inséré cette calomnie. Elle fut inventée par *Fréron major*, et sera répétée par *Fréron minor*. J'ai un chien gros comme un mulet, qu'on appelle *Fr..*, parce qu'il aboie toujours. Je ferai dévorer *Fr...minor* par mon chien, s'il ose jamais répéter l'impertinence imprimée dans le gros livre du père *le Long*.

Ces prétendues anecdotes font la ressource de la canaille de la littérature, qui veut briller dans le *Mercure galant*. Il court actuellement, parmi les pédans d'Allemagne, une calomnie aussi affreuse qu'absurde sur M. de *la Harpe*, que ses ennemis ont envoyée à tous les princes qu'ils fournissent de nouvelles. Il y a dans Paris plus de cent bureaux de menfonges littéraires et politiques. Ils feront recueillis un jour par quelque favant en *us*, qui fe croira dépofitaire de tous les fecrets de la cour de *Louis XVI*.

Je vous fais bien bon gré, mon cher confrère, de regretter M. de *Trudaine*; c'était le feul homme d'Etat dans Paris fur qui je pouvais compter. Nous avons fait tous deux une grande perte ; je me prépare à l'aller retrouver. L'Agathocle dont vous a parlé M. d'*Argental*, eft une témérité qui n'eft pas faite pour être publique. J'ai un théâtre à Ferney, et je me fuis amufé à faire jouer cette rapfodie, uniquement pour quelques amis. Il faudrait travailler deux ans, pour mettre cette pièce en état d'être fifflée à Paris. Je n'en aurai affurément ni le temps ni la force. Si je fefais encore des vers, je voudrais en faire de pareils à

> La loi de l'univers eft malheur aux vaincus....
> Et le droit d'opprimer n'émane point des cieux....
> Il rougit de fa gloire, &c. &c. &c. (*)

Adieu, mon très-cher confrère. *V.*

(*) Vers de Spartacus, tragédie de M. *Saurin*.

LETTRE CCXXXVI.

A M. LE COMTE D'ARGENTAL.

A Ferney, 3 d'octobre.

Vous me plongez, Messieurs, dans le plus grand embarras où je puisse me trouver. M. *Saurin* et M. de *la Harpe* m'écrivent que vous m'avez vu en Sicile; ils me disent même du bien d'Agathocle. Voilà mon secret connu, et tout ce que j'osais espérer de cet Agathocle renversé.

Vous n'ignorez plus le grand nombre d'ennemis implacables qui me persécutent, et qui me poursuivront jusqu'à la mort. Peut-être le succès d'un ouvrage honnête, dans un âge si avancé, aurait pu, non pas désarmer des ennemis acharnés, mais émousser un peu la pointe du poignard qu'ils aiguisent depuis si long-temps contre moi. Je comptais ne me découvrir qu'après que j'aurais rendu, à force de soins, cet ouvrage un peu digne de votre approbation et de celle du public. Me voilà forcé par vous-mêmes à m'exposer à toute la méchanceté de mes ennemis, à tout le ridicule d'un vieillard qui veut faire le jeune homme, et à tous les chagrins qui peuvent suivre un tel désagrément.

Je n'ai d'autre parti à prendre, sur le bord du précipice où je suis, que de m'y jeter aveuglément en comptant que votre amitié me soutiendra et m'empêchera d'aller au fond.

Je crois avoir fait le seul usage que je pouvais faire

de vos remarques, et je fens même qu'il m'eft impoffible de prendre un autre tour ; je m'en rapporte à
vous.

Je vous envoie donc mon ficilien ; et je vous
demande en grâce , au nom de votre ancienne amitié,
d'infpirer à M. le duc d'*Aumont* autant de bienveillance pour moi que vous en avez.

Le temps n'eft pas favorable , mais je fuis forcé à
combattre dans la faifon qui fe préfente. Si M. le duc
d'*Aumont* eft content de l'ouvrage , et s'il vous promet
de le protéger d'une manière efficace , je lui écrirai
fans doute, et de la manière dont je dois lui écrire ;
mais je ne me hafarderai certainement pas à l'importuner pour un ouvrage qui ne lui plairait point.

Je vous avoue que je fuis dans une crife violente.
Vous m'y avez mis, c'eft à vous de m'en tirer. Mon
cher ange ne voudrait pas me faire mourir de chagrin.

LETTRE CCXXXVII.

A M. DE VAINES.

A Ferney, 3 d'octobre.

Je vous crois, Monfieur, toujours adminiftrateur
des poftes, et toujours ami de M. d'*Argental ;* car je
fais, par mon expérience, que quand on l'aime c'eft
pour la vie.

Je prends donc la liberté de vous adreffer ce petit
paquet pour lui.

Je ne me confole point d'avoir vu votre pélerinage
manqué. Ce fera un grand hafard fi je fuis en état

1777.

de vous recevoir l'année qui vient. Je voudrais moi-même vous épargner le chemin, et vous aller rendre ma vifite ; mais à quoi fervent les fouhaits ? à fentir nos befoins, et non pas à les foulager. J'ai réellement befoin de vous voir ; il me femble que j'aurais bien des chofes à vous dire fur ce monde-ci, avant de le quitter.

Je viens de lire, avec une extrême fatisfaction, le l'*Hôpital* de M. de *Condorcet*. Tout ce qu'il fait eft marqué au coin d'un homme fupérieur. Que ne puis-je paffer quelques jours entre vous et lui !

Mes refpects et mes regrets à madame de *Vaines. V.*

LETTRE CCXXXVIII.

A M. DE LA HARPE.

6 d'octobre.

VOTRE lettre, mon très-cher confrère, m'a été rendue par M. *Panckoucke*. Elle m'apprend dans mes limbes ce qui fe paffe dans votre brillant paradis de Paris.

Je rends mille grâces à M. *Marmontel* de m'avoir fourré dans fes caquets d'une manière fi agréable, et de m'honorer des fons les plus flatteurs de fa lyre, quand il donne à d'autres des coups d'archet fur les doigts.

Oui, fans doute, j'ai lu ce que vous dites de M. de *Condorcet* dans votre *Journal;* et c'eft le feul que je life. Vous êtes, par ma foi, le légiflateur du goût et

—— de la raifon. C'eſt ce que M. le prince de *Beauvau*
1777. et M. de *Villette*, qui ont paſſé l'un après l'autre dans
ma tanière, avouent hautement.

Continuez, ne vous laſſez pas. Nous avons un
extrême befoin de vous, pour ne pas devenir des
barbares fubfiſtant uniquement de muſique italienne
et allemande. Voyez ce qui eſt arrivé aux Italiens
après le fiècle des *Médicis :* ils n'ont eu que des doubles croches.

M. d'*Argental* eſt un petit indifcret volage, qui a
pris férieufement un petit divertiſſement ridicule,
dont nous nous fommes amufés à Ferney, felon
notre ufage, c'eſt-à-dire en vous regrettant et en ne
vous remplaçant point.

Je fais bien bon gré à M. de *Saint-Lambert* d'avoir
foutenu *Racine* et *Boileau* en pleine académie. Si vous
êtes aſſez fages et aſſez heureux pour élire M. de
Condorcet, je ne défefpère plus du fiècle ; mais, fi
vous ne frappez pas ce grand coup, je donne le fiècle
à tous les diables.

LETTRE CCXXXIX. 1777.

A M. LE COMTE D'ARGENTAL.

A Ferney, 22 d'octobre.

MESSIEURS et anges, je vous jure, encore une fois, qu'aucun mortel ne favait de quoi il était queſtion. Ma folie eſt à préſent publique. C'eſt à votre fageſſe et à vos bontés à la conduire. J'aurais voulu que cette folie eût été plus tendre, et eût pu faire verſer quelques larmes ; mais ce fera pour une autre fois. Je ſuis occupé actuellement d'une nouvelle extravagance à faire pleurer. Il y a je ne fais quoi de trop philoſophique dans celle que vous protégez. Cela eſt attachant, cela n'eſt pas mal écrit ; mais élégance et raiſon ne ſuffiſent pas. Ce n'eſt pas aſſez d'un intérêt de curioſité, il faut un intérêt déchirant. Je crois que la pièce eſt ſage ; mais qui n'eſt que ſage n'eſt pas grand'choſe. Tirez-vous de là comme vous pourrez.

On dit que les acteurs, excepté *le Kain* et ceux ou celles que vous voudrez honorer de vos conſeils, ſont ſupérieurement plats. On dit que la plupart de ces meſſieurs débitent des vers comme on lit la gazette.

Je vous prierai donc, Meſſieurs, dans l'occaſion, d'empêcher qu'on ne m'eſtropie et qu'on ne me barbariſe.

Je viens d'écrire à M. le maréchal de *Duras*, comme vous me l'avez ordonné. Je lui ai dit, avec raiſon,

C c 4

que la confolation de la fin de mes jours dépendait de lui. Car, meffieurs mes anges, fachez que je ne puis avoir le bonheur de vous revoir qu'en Sicile. Sachez que, fi je vivais affez pour aller jufqu'à Conftantinople, je ne pourrais faire ce fecond voyage qu'après avoir paffé par Syracufe.

Je n'ai point dit à M. le maréchal de *Duras* de quoi il s'agiffait précifément. Je l'ai feulement prévenu que vous lui montreriez quelque chofe qui avait un grand befoin de fa protection. Je me fuis bien donné de garde de lui dire que vous lui laifferiez ce quelque chofe entre les mains. Je fuis bien fûr que ma Syracufe ne fortira pas des vôtres; tout ferait perdu fi elle en fortait; autant vaudrait jeter *Agathocle* et *Idace* dans le gouffre du mont Etna. Pour moi, j'ai bien l'air de me jeter, la tête la première, dans le lac de Genève, fi vous ne réuffiffez pas dans ce que vous entreprenez. Nous avons eu deux filles qui fe font noyées ces jours paffés; j'irai les trouver, au lieu de venir me mettre à l'ombre de vos ailes: mais je n'ai que faire de me tuer; mon âge, mes travaux forcés, mes maux infupportables, et la Sicile, et Conftantinople, me tuent affez; et fi je meurs, c'eft en me recommandant à meffieurs et anges.

LETTRE CCXL.

A M. DE LA HARPE.

25 d'octobre.

MON cher confrère, vous avez toujours raison, excepté quand vous dites un peu trop de bien de moi, de quoi je fuis bien loin de me fâcher.

L'anecdote qu'on vous a contée de Mérope et de *la Noue*, eft comme bien d'autres anecdotes : il n'y a pas un mot de vrai.

J'ai quelque chofe à vous envoyer, et je ne fais comment m'y prendre. J'ignore fi l'on peut encore s'adreffer à M. de *Vaines*. Tout change dans votre pays, à chaque quartier de lune.

Il eft plaifant que M. *Luneau de Boifgermain* puiffe envoyer par la pofte tous les livres qu'il veut, et qu'on ne puiffe pas faire parvenir quatre feuilles d'impreffion à fon ami, fans courir le rifque de la confifcation.

Un poliffon qui fait des nouvelles à la main, écrit que l'intention de la cour eft de caffer l'académie françaife, et de la joindre avec l'académie des infcriptions. Cela eft abfurde, mais cela n'eft pas impoffible : *verum quia abfurdum ; credo quia impoffibile.* En ce cas-là, vous n'auriez donc pas le plaifir de vous trouver confrère de M. de *Condorcet*, du rival de *Pafcal*, plus grand géomètre affurément, meilleur philofophe, et homme beaucoup plus raifonnable. On m'avait

—— mandé qu'il allait être des vôtres ; c'était une acqui-
1777. fition admirable. Apparemment quelques faints perfonnages s'y font oppofés. On craint les penfeurs.

On m'affurait que vous ne les craigniez point, parce
que vous penfez mieux qu'eux. Pouvez-vous me
mander s'il y a quelque apparence à tous ces contes
que l'on m'a faits ? je vous garderai le fecret, et je vous
aurai grande obligation.

Dites, je vous prie, à M. d'*Alembert* que M. *Delifle*,
qui a paffé deux mois chez moi, et qui s'était chargé
de quelques lettres, ne m'a point écrit depuis qu'il
eft de retour à Paris : apparemment qu'il eft occupé
à ajouter un *nouveau* tome aux fix volumes qu'il
nous a donnés.

Bonfoir, mon très-cher confrère ; continuez, ne
craignez jamais rien, prenez toujours le parti du bon
goût. Tout le monde, à la fin, y reviendra.

LETTRE CCXLI.

A M. DE VAINES.

A Ferney, 25 d'octobre.

SI vous n'avez pas, Monfieur, la place d'adminiftrateur des poftes, il faut bien pourtant que vous
adminiftriez quelque chofe, et ce ne fera pas les
facremens. Je fuis homme à en avoir bientôt befoin.
Je vous fupplie, en attendant, d'avoir la bonté de
faire rendre ce paquet à M. d'*Argental*, votre ami ;
mais ayez furtout celle de m'inftruire de ce qu'on
fait pour vous. Dites-moi quel pofte vous occupez ;

parlez-moi de vos jouiffances, ou du moins de vos
efpérances. Je m'intéreffe à vous comme fi je vous
avais vu tous les jours. Il y a eu des gens devenus
amoureux fur des portraits; je le fuis de votre
caractère et de votre efprit : nous voilà bien éloignés
l'un de l'autre. Nous ne nous verrons probablement
jamais ; il n'y a point de plus malheureufe paffion
que la mienne. *V.*

1777.

LETTRE CCXLII.

A M. LE COMTE D'ARGENTAL.

25 d'octobre.

MESSIEURS et anges, laiffez là votre Agathocle;
cela n'eft bon qu'à être joué aux jeux olympiques,
dans quelque école de platoniciens. Je vous envoie
quelque chofe de plus paffionné, de plus théâtral
et de plus intéreffant. Point de falut au théâtre fans
la fureur des paffions. On dit qu'*Alexis* eft ce que j'ai
fait de moins plat et de moins indigne de vous, fi
on ne me trompe pas. Si cela déchire l'ame d'un bout
à l'autre, comme on me l'affure, c'eft donc pour
Alexis que je vous implore; c'eft ma dernière volonté,
c'eft mon teftament; il eft plus vrai que celui qui
m'a été imputé par l'avocat *Marchand*. Je vous fupplie donc, Meffieurs et anges, d'être mes exécuteurs
teftamentaires et les protecteurs de mon dernier
enfant : tâchez que M. le maréchal de *Duras* faffe fa
fortune. *Agathocle* pourra un jour paraître et être
fouffert en faveur de fon frère *Alexis;* mais à préfent,

—— mes chers anges, il n'y a qu'*Alexis* qui puiſſe me
1777. procurer le bonheur de venir paſſer quelques jours
avec vous, de vous ſerrer dans mes bras, et de
pouvoir m'y conſoler.

M. de *Villette*, votre voiſin, qui eſt à Ferney depuis
quelques jours, et qui a été témoin de la naiſſance
d'*Alexis*, prétend que le nom de *Baſile* eſt très-dangereux, depuis qu'il y a eu un *Baſile* dans le Barbier
de Séville. Il dit que le parterre crie quelquefois:
Baſile, allez vous coucher, et qu'il ne faut avec des
velches qu'une pareille plaiſanterie pour faire tomber
la meilleure pièce du monde. Je crois que M. de
Villette a raiſon. Il n'y aura qu'à faire mettre *Léonce*
au lieu de *Baſile*, par le copiſte de la comédie,
ſuppoſé que ce copiſte puiſſe être employé. Heureuſement le nom de *Baſile* ne ſe trouve jamais à la fin
d'un vers, et *Léonce* peut ſuppléer par-tout. Voilà,
je crois, le ſeul embarras que cette pièce pourrait
donner. Il y a peut-être quelques vers qu'on pourrait
ſoupçonner d'héréſie; mais, ſi quelques théologiens
s'en ſcandaliſent, je les rendrai orthodoxes par un
tour de main. Je me jette entre vos bras comme
un homme qui revient d'un voyage de long cours,
n'ayant d'autre reſſource que dans votre amitié. Si
vous ne prenez pas cette affaire avec vivacité, avec
emportement, avec rage, je ſuis perdu.

Je me mets, mon cher ange, bien ſérieuſement
à l'ombre de vos ailes. J'envoie le manuſcrit de
Conſtantinople au quai d'Orſay, par M. de *Vaines*.
On m'a dit qu'il était encore en place juſqu'au mois
de janvier. Faites-vous rendre le paquet, et ayez
pitié de *V.*

LETTRE CCXLIII.

A M. LE MARQUIS D'ARGENCE DE DIRAC.

A Ferney, 30 d'octobre.

J'AI eu l'honneur, Monfieur, de voir monfieur votre fils, qui eft digne de fon père. J'aurais bien voulu le mieux recevoir, mais il a bien voulu pardonner à un vieillard qui n'a plus que la cendre du feu que vous allumiez autrefois par votre converfation toujours brillante et toujours intéreffante. Madame *Denis* lui a fait mieux que moi les honneurs de la maifon, mais non pas de meilleur cœur. Ce cœur eft tout ce qui me refte. J'ai perdu l'imagination et la penfée, comme j'ai perdu les cheveux et les dents. Il faut que tout déloge, pièce à pièce, jufqu'à ce qu'on retombe dans l'état où l'on était avant de naître. Les arbres qu'on a plantés demeurent, et nous nous en allons. Tout ce que je demanderais à la nature, c'eft de partir fans douleur; mais il n'y a pas d'apparence qu'elle me faffe cette grâce, après m'avoir fait fouffrir pendant près de quatre-vingt-quatre ans. Encore faut-il que je la remercie de m'avoir donné l'exiftence, et de m'avoir procuré la confolation de vous voir dans ma chaumière. Mon feul bonheur à préfent eft de me flatter que vous vous fouvenez de moi. *V.*

LETTRE CCXLIV.

A M. DELISLE DE SALES.

A Ferney, 2 de novembre.

Soyez le bien venu dans Babylone, Monſieur. Vous croyez bien que je n'ai pu ni vous lire ni vous entendre ſans m'intéreſſer tendrement à vous. Je vois qu'il eſt temps que vous preniez un parti, et que vous ſongiez à vivre heureux autant qu'à être célèbre. Le roi de Pruſſe me paraît favorablement diſpoſé pour vous. Voyez ſi vous avez quelque choſe de meilleur à eſpérer à Paris. S'il ne ſe préſente rien qui vous convienne dans cette Babylone, nous allons travailler à vous faire un ſort en Pruſſe. M. d'*Alembert* et moi, nous tâcherons de vous y introduire.

> *Si quid noviſti rectiùs iſtis,*
> *Candidus, imperti, ſi non his utere prudens.*

Quelque choſe qui arrive, il ne me paraît guère poſſible qu'un homme de votre mérite demeure abandonné. Je ſouhaite paſſionnément que vous ayez à choiſir entre Babylone et Sans-ſouci.

M. de *Villette* eſt chez moi. Il eſt aſſurément plus puiſſant que moi; il peut vous ſervir mieux, mais non avec plus de zèle. Madame *Denis* penſe comme nous, et vous eſt très-attachée.

J'ajoute à ma lettre que M. de *Villette* épouſe cette demoiſelle de *Varicourt* que vous avez vue chez nous.

Il la préfère aux partis les plus brillans et les plus riches qu'on lui a propofés ; et quoiqu'elle n'ait précifément rien, elle mérite cette préférence. M. de *Villette* fait un très-bon marché en époufant une fille qui a autant de bon fens que d'innocence, qui eft née vertueufe et prudente, comme elle eft née belle, qui le fauvera de tous les piéges de Babylone, et de la ruine qui en eft la fuite. Nous jouiffons, madame *Denis* et moi, du bonheur de faire deux heureux.

LETTRE CCXLV.

A MADAME DU BOCAGE.

A Ferney, 2 de novembre.

GENIE vous-même, Madame ; je fuis un pauvre vieillard, moitié poëte, moitié philofophe, et qui n'eft pas à moitié perfécuté, quoiqu'il ne dût être qu'un objet de pitié, étant furchargé de quatre-vingt-quatre ans et de quatre-vingt-quatre maladies, et étant très près, par conféquent, d'aller voir mes anciens maîtres que j'ai bien mal imités, les *Socrate* et les *Sophocle*. Quand je verrai *Corinne*, je lui foutiendrai hardiment qu'elle ne vous valait pas, foit qu'elle voulût briller dans la fociété, foit qu'elle voulût l'emporter fur les hommes dans l'art d'écrire.

Je ne fuis point étonné qu'*Alzire* m'ait valu votre lettre qui m'a infiniment touché. Vous vous êtes retrouvée dans le pays que vous aviez embelli. Vous, Madame, et les infurgens, me rendez l'Amérique précieufe.

1777.

Madame *Denis* eft auffi fenfible à votre fouvenir qu'elle eft loin de jouer encore *Alzire*. Elle a été pref-que auffi malade que moi, et c'eft beaucoup dire. S'il me reftait la force de défirer, je défirerais d'être à Paris, pour jouir de l'honneur de votre fociété auffi fouvent que vous me le permettriez, pour aimer ce naturel charmant, cette égalité et cette fimplicité qui relèvent vos talens; et pour vous dire avec la même fimplicité que je ferai du fond de mon cœur, avec le plus fincère refpect,

Madame,

Votre très-humble et très-obéiffant ferviteur,
jufqu'au dernier moment de ma vie.
Le vieux malade de Ferney.

LETTRE CCXLVI.

A M. LE COMTE DE SCHOMBERG.

Ferney, 2 de novembre.

MONSIEUR,

IL faut d'abord vous dire que j'ai reçu la lettre dont vous m'aviez honoré de Strasbourg, du 13 de feptembre, fept ou huit jours après que vous eûtes, à notre grand regret, quitté Ferney.

Je vous remercie aujourd'hui de celle du 19 d'octobre. Elle a été d'une grande confolation pour moi, dans les fouffrances continuelles qui perfécutent la fin de ma vie. Je n'ai quelquefois qu'un peu de gaieté naturelle à oppofer à ces tribulations, ainfi

qu'aux

qu'aux fix juifs qui m'ont traité comme un amalécite, ——
et aux chrétiens qui me traitent comme un juif. Je
fuis un peu aguerri au mal. J'avais contre moi tous
les mufulmans, dans la dernière guerre de la Ruffie
contre les Turcs.

Je fuis bien de votre avis, Monfieur, fur le miniftre
dont vous me parlez (*); il eft gai, donc le fond du
cœur eft bon. Il ne m'aime pas, parce qu'il m'a cru
ame damnée de **M.** de *Richelieu*. Il eft bien vrai que
je ferai damné et lui auffi ; mais il fe trompait très-
fort en croyant dans ce temps-là que je me mêlais
d'autre chofe que de mon plaifir. Je lui pardonne
de tout mon cœur de s'être trompé ; mais je ne lui
pardonne pas s'il veut un peu de mal à notre académie,
parce qu'elle eft libre. Le cardinal de *Richelieu* l'a
créée avec cette liberté, comme D I E U créa l'homme.
Il faut lui laiffer fon libre arbitre dont elle n'a jamais
abufé. C'eft un corps plus utile qu'on ne penfe, en
ne fefant rien, parce qu'il fera toujours le dépôt du
bon goût qui fe perd totalement en France. Il faut
le laiffer fubfifter comme ces anciens monumens
qui ne fervaient qu'à montrer le chemin.

Je m'attendais à voir chez moi le chevalier ou la
chevalière *Déon* dont vous me parlez. Un gentilhomme anglais, qui était à Londres fon intime ami,
et qui n'avait vu en lui que mademoifelle *Déon*,
m'avait leurré de cette efpérance. J'ai été privé de cette
amphibie. Quand on a eu l'honneur de faire fa cour
à madame de *Blot* et à madame d'*Ennery*, on ne
défire point de voir des êtres chimériques. Je me
flatte que vous voudrez bien me mettre à leurs pieds,

(*) M. de *Maurepas*.

Correfp. générale.   Tome XII.   D d

comme je leur demanderai votre protection auprès de vous. Je suis pénétré de l'honneur qu'elles me font de se souvenir de moi.

Je ne croyais pas que M. de *Foncemagne* fût mon aîné. Je le respectais assez déjà, sans y joindre encore ce droit d'aînesse. Je lui recommande l'académie, si sa santé lui permet d'aller encore aux assemblées. C'est un des meilleurs esprits que j'aye jamais connus, quoiqu'il ait fait semblant de croire que le cardinal de *Richelieu* avait au moins quelque part à son malheureux *Testament*. Il voulut plaire à feu madame la duchesse d'*Aiguillon*, et cela est bien pardonnable.

Conservez-moi vos bontés, Monsieur, si vous voulez faire passer quelques momens heureux au vieux malade de Ferney, qui vous est attaché avec le plus tendre respect.

LETTRE CCXLVII.

A M. LE MARQUIS DE THIBOUVILLE.

10 de novembre.

DE mes deux anges il y en a donc un qui est devenu l'ange exterminateur. Il extermine en effet ma pauvre *Irène* : il prétend qu'elle sera traînée à la morgue, et pendue par les pieds, parce qu'elle s'est tuée étant chrétienne. L'ange exterminateur aurait raison, si l'impératrice de Constantinople prétendait avoir bien fait en se tuant ; mais elle en demande pardon à DIEU, elle lui dit :

Dieu ! prends soin d'Alexis, et pardonne ma mort.

Elle ajoute même en fefant un dernier effort :

Pardonne, j'ai vaincu ma paffion cruelle ;
Je meurs pour t'obéir : mourrais-je criminelle !

fon dernier mot étant un acte de contrition, il eft
clair qu'elle eft fauvée.

Vous jugez bien que, pendant qu'elle prononce
ces dernières paroles avec des foupirs entrecoupés,
fon père et fon amant font à genoux à fes côtés, et
mouillent fes mains mourantes de leurs larmes. Je
crois fermement que tous les gens de bien pleureront
auffi.

J'ai adreffé, je crois, à l'ange exterminateur quelques petites corrections qui m'ont paru néceffaires ;
mais elles ne font pas en affez grand nombre. Je me
fuis dépêché, craignant que M. le maréchal de *Duras*
ne fût revenu. On ne fait rien de bien quand on
fe preffe.

Nous allons effayer Irène pour les noces de madame
de *Villette* ; on la jouera derrière des paravents, au
coin du feu : et nous verrons l'effet tout auffi bien
que fi nous étions dans une falle de fpectacle.

J'avoue à monfieur *Baron* que je penfe comme lui.
Je crois cette tragédie vraiment tragique, et peut-
être la plus favorable aux acteurs qui ait jamais paru.
Je penfe que les paffages fréquens de la paffion aux
remords, et de l'efpérance au défefpoir, fourniffent à
la déclamation toutes les reffources poffibles. J'oferais
même dire que le théâtre a befoin de ce nouveau genre,
fi on veut le tirer de l'aviliffement où il commence
à être plongé, et de la barbarie dans laquelle on
voudrait le jeter.

Dd 2

Je n'ai point dit à M. le maréchal de *Duras* de quoi il s'agiffait. Je ne veux point non plus effuyer, à mon âge, les caprices et les impertinences de quelques comédiens.

Si je vous ai un peu amufés, Meffieurs, je me tiens payé de mes peines. Il eft vrai que je n'aurais pas été fâché d'être un peu bien reçu à Paris à la fuite d'Irène ; mais je crains bien de mourir fans avoir tâté de cette confolation.

J'ajoute encore un petit mot fur Irène : c'eft que M. *Baron* a la plus grande raifon du monde de dire qu'il n'y aura pas un homme dans le parterre qui examinera fi le fuicide eft chrétien ou non. De plus, il eft bon de dire à l'ange exterminateur que le fuicide n'eft défendu dans aucun endroit de l'ancien ni du nouveau *Teftament*. Il y a une loi de *Marc-Aurèle* qui ordonne de ne point confifquer les biens de ceux qui fe font tués. Je me flatte que, fi nous fommes barbares au châtelet, nous ne le fommes point au théâtre.

LETTRE CCXLVIII.

A M. FRANÇOIS DE NEUFCHATEAU,

*Qui lui avait envoyé une copie de son Difcours fur les
dégoûts de la littérature, et qui l'avait confulté
fur le projet d'une édition de fes œuvres.*

Le 18 de novembre.

JE n'ai reçu, Monfieur, que le 18 de novembre
votre paquet du 12 d'octobre. J'ai fait lire à M. le
marquis de *Villette*, et à quelques amis qui paffent
le refte de l'automne dans ma chaumière, l'ouvrage
plein d'efprit, de beaux vers et de vérités, dont vous
m'avez gratifié : je ne compte point pour des vérités
les politeffes que vous me faites dans cet écrit fi
agréable.

Vous ne trouverez pas, Monfieur, beaucoup de
fecours pour votre édition. Parmi les libraires de
Suiffe et de Genève, il y en a de riches qui n'impri-
ment que de gros livres de bibliothèque ; il y en a de
pauvres qui ne débitent que des almanachs.

Vous ne trouverez nulle reffource pour vos œuvres
dans toute la librairie de ces pays-là. Il y a bientôt
trente ans que j'y fuis ; vous pourrez dire de moi :

In qua fcribebat barbara terra fuit.

Vous jouiffez d'un fort contraire, quand vous
avez le bonheur d'être chez M. *Dupaty*. Il daigna

D d 3

autrefois honorer ma retraite de fa préfence, lorfqu'il était un peu victime de fon éloquence et de fon courage: c'eft un homme d'un rare mérite, et qui eft fait pour fentir le vôtre. Je vous fupplie, Monfieur, de vouloir bien lui dire combien nous fommes flattés, ma nièce et moi, de fon fouvenir. Je lui envie le plaifir qu'il a de vous poffeder chez lui. Je voudrais pouvoir partager vos peines, et goûter avec vous tous les plaifirs de l'efprit; mais j'ai quatre-vingt-quatre ans, je fuis accablé de fouffrances de toute efpèce, et je n'ai plus qu'à mourir.

Le vieux malade de Ferney.

LETTRE CCXLIX.

A M. LE COMTE DE SCHOMBERG.

Ferney, le 15 de novembre.

MONSIEUR,

PENDANT que M. de *Villette* fe marie chez moi à la fille d'un officier, dont l'unique dot eft de la bonté et de la vertu; pendant qu'on prépare la noce, je fuis affez près d'aller habiter mon cimetière, pour mettre un peu de variété dans la fcène de ce monde.

J'ai lu, pendant ma maladie, le monument attendriffant que vous élevez à la mémoire de votre ami : j'ai vu par-tout l'éloquence du cœur et de la vérité. Si j'étais dans un âge où l'on peut travailler encore, je me garderais bien d'ofer toucher à votre ouvrage.

Il eſt plein d'intérêt, il eſt écrit avec ſageſſe, on y
devine des vérités que vous avez l'art de laiſſer
entrevoir. Il y a d'autres vérités que vous développez
en homme qui connaît les nations, et qui fait les
peindre ; entre autres le portrait des Français et des
Anglais eſt de main de maître. Si vous avez montré
cet écrit à M. de *Foncemagne*, il vous aura ſans doute
conſeillé de le faire imprimer : ce ſera une conſolation
pour madame de *Blot*, et pour madame d'*Ennery*.
Cette eſpèce d'oraiſon funèbre, faite par l'amitié, ſera
éternellement chère aux îles de l'Amérique où elle
parviendra bientôt. L'accablement où je ſuis ne me
permet pas de vous en dire davantage. Il me ſerait
difficile de vous bien exprimer le plaiſir que j'ai eu
en liſant ce beau morceau, et l'eſtime reſpectueuſe
que je conſerverai pour l'auteur juſqu'au moment
où j'achèverai ma languiſſante vie.

LETTRE CCL.

A M. DE LA HARPE.

19 de novembre.

VOTRE lettre du 12 de novembre, mon très-cher
confrère, m'apprend les petites perſécutions que
notre compagnie eſſuie. J'ai d'ailleurs été informé des
petites tracaſſeries qu'on m'a faites auprès de M. de
Chabanon. On a voulu le rendre mon ennemi, en le
rendant mon confrère, lui que j'ai toujours reçu chez
moi avec la plus tendre amitié : cela eſt bien injuſte ;

——— mais peut-on attendre des hommes autre chofe que des injuftices ?

Songez à vous, mon cher confrère : mettez les derniers fleurons à vos couronnes par les Barmécides et les Menzicof. Pour moi, j'ai la folie de faire jouer à Ferney des tragédies de province, faites par un vieillard de quatre-vingt-quatre ans. Cela nous amufe un moment par la rareté du fait : *Dulce eft defipere in loco.* C'eft le mariage de M. de *Villette*, très-connu de vous, qui nous vaut ces bouffonneries. Il eft venu nous voir, et nous l'avons marié, pour lui faire les honneurs de la maifon. Il époufe une jeune et belle demoifelle, fille d'un officier des gardes, que nous avions chez nous. Cette demoifelle n'a d'autre dot que fa beauté et fa fageffe. M. de *Villette*, qui pofsède cinquante mille écus de rente, fait un très-bon marché. Pour moi, je refte feul dans mon lit, et j'y radote en vers et en profe.

Je vous envoie un ouvrage plus férieux (*) que nos drames de Ferney. Vous devez vous y intéreffer, mon cher confrère, non pas en qualité d'académicien, mais en qualité de fuiffe du pays de Vaud ; car enfin vous êtes mon compatriote. Je fuis membre d'une fociété de Berne. Un des membres de la fociété a donné cinquante louis, et moi cinquante autres pour un prix qui fera adjugé à celui qui aura fourni la meilleure méthode de corriger l'abominable loi criminelle reçue en France et dans plufieurs états de l'Allemagne. Nous venons au fecours de l'humanité et de la raifon bien cruellement traitées.

Si vous connaiffez quelque jeune candidat de la

(*) Le prix de la juftice et de l'humanité ; Politique et légiflation, t. **I.**

chicane à qui vous vous intéreffiez, et à qui vous
vouliez faire gagner cent louis d'or, donnez-lui ce
programme à lire, et faites-lui gagner le prix, à moins
que vous ne vouliez nous faire l'honneur de le gagner
vous-même. Vous verrez dans ce programme des
chofes que vous connaiffez, et qui doivent faire
dreffer les cheveux à la tête de tous les honnêtes
gens.

Je voudrais que les grands juges de toutes chofes,
les d'*Alembert* et les *Condorcet*, euffent le temps de
lire notre programme bernois.

Adieu, mon cher confrère; combattez, triomphez
et profpérez.

LETTRE CCLI.

A M. LE MARQUIS DE THIBOUVILLE.

26 de novembre.

Je dois autant de reconnaiffance que d'eftime au
vrai *Baron* plus connaiffeur que *Baron*. Nous fommes
encore bien loin de livrer Irène aux bêtes féroces du
parterre de Paris; mais j'ai eu le temps de remédier
aux très-grands défauts que vous aviez trouvés au
fecond acte, quand on vient annoncer au prince
Alexis Comnène, en préfence d'*Irène*, qu'il eft mandé
par l'empereur. C'eft affurément un coup de théâtre
qui méritait qu'*Alexis* en parlât avec plus d'étendue.
Je n'ai pas manqué d'envoyer cette addition à l'ange
exterminateur, redevenu l'ange fauveur.

Permettez-moi de réfifter obftinément aux autres critiques qui font trop contraires à l'efprit dans lequel j'ai fait Irène. J'avais tenté d'abord de rendre fon mari tout-à-fait odieux, afin de la juftifier. Je m'aperçus bien vîte qu'alors elle devenait ridicule de s'obftiner à être fidelle, et de fe tuer très-fottement pour ne pas manquer à la mémoire d'un méchant homme. J'ai vu évidemment qu'il faut avoir quelques reproches à fe faire, pour qu'on foit bien reçu à fe tuer entre fon père et fon amant.

A l'égard de la cataftrophe, il faut bien fe donner de garde de l'alonger. Le parterre s'en va dès que l'héroïne eft morte. Il ne faut que le fpectacle attendriffant de l'amant et du père qui difent chacun deux mots aux genoux de la mourante. *Omne fupervacuum pleno de pectore manat.*

L'afcendant d'un vieillard fanatique fur une enfant, c'eft-à-dire fur une fille et non pas fur un garçon, ne peut fournir aucune allufion. Vous favez bien qu'il n'y a, dans votre pays, aucun fanatique qui gouverne fa fille enfant.

Mon imagination décrépite eft d'ailleurs aux ordres de votre critique judicieufe, et mon cœur eft encore plus aux ordres de votre cœur. Vous vous êtes heureufement corrigé de l'habitude affreufe de m'écrire deux fois par an quatre mots indéchiffrables qui ne fignifiaient rien. Cela eft bon pour la petite pofte de Paris, pour avertir un homme oifif qu'il eft prié à fouper chez une femme oifive, avec des gens qui n'ont rien à faire ni à dire. Je n'ai pas un moment à moi dans la journée : je fuis accablé de travaux incroyables, de maladies et d'années ; et cependant je trouve

encore des momens pour raifonner avec vous, pour ———
vous dire que je vous aime tendrement, furtout 1777·
quand vous fecouez avec moi votre pareffe; et que
je viendrai vous voir, fi je puis jamais fupporter le
voyage, et fi je ne meurs point en chemin : mais la
deftinée m'a toujours contredit. Nous formons des
projets avec madame *Denis*, avec M. et madame de
Villette ; nous arrangeons ces projets à midi, et nous
en découvrons toutes les impoffibilités à deux heures.
Cette madame *Denis* vous écrit à la fin; vous voyez
bien qu'on n'eft pas incorrigible. Pour moi, je tâche
de me corriger, moi et mes ouvrages, dans un âge
où l'on prétend qu'on eft incapable de tout.

Je n'en crois rien. Si j'avais fait une faute à cent
ans, je voudrais la réparer à cent et un. Adieu; fi
j'avais tort de vous aimer, je ne m'en corrigerais
pas. *V.*

LETTRE CCLII.

A M. LE COMTE D'ARGENTAL.

A Ferney, 6 de décembre.

JE ne vous parlerai pas aujourd'hui, mon cher ange,
des deux enfans que j'ai faits dans ma quatre-vingt-
quatrième année. Vous les nourrirez, s'ils vous
plaifent; vous les laifferez mourir, s'ils font contrefaits. Mais je veux abfolument vous parler d'un autre
monftre; c'eft de cet animal amphibie qui n'eft ni
fille ni garçon; qui eft, dit-on, habillé actuellement

—— en fille ; qui porte la croix de Saint-Louis fur fon
corfet, et qui a comme vous douze mille francs de
penfion. Tout cela eft-il bien vrai ? je ne crois pas
que vous foyez de fes amis s'il eft de votre fexe,
ni de fes amans s'il eft de l'autre. Vous êtes à portée
plus que perfonne de m'expliquer ce myftère. Il ou
elle m'avait fait dire, par un anglais de mes amis,
qu'il ou elle viendrait à Ferney, et j'en fuis très-
embarraffé.

Je vous demande en grâce de me dire le mot de
cette énigme.

Je ne fais point de nouvelle de la fanté de M. de
Thibouville ; vous croyez bien que je m'y intéreffe. La
mienne eft bien déplorable ; vous favez que je n'ai
pas befoin d'un fort hiver.

Je remercie de loin votre très-aimable fecrétaire
qui a bien voulu raccommoder les langes de mon
dernier enfant. Savez-vous bien que je vous en
enverrais encore un autre, fi celui-là ne mourait pas
en nourrice ? Il eft plaifant que je fois fi prolifique,
en étant continuellement à la mort.

Avez-vous mis en nourrice mon conftantinopo-
litain chez M. le maréchal de *Duras* ? Je ne vous fais
cette queftion, mon cher ange, que pour vous
remercier de vos bontés, car je ne fuis preffé de rien.
Si j'avais des paffions vives, ce ferait de venir me
mettre à Paris fous les ailes de mon ange. Je me
recommande à M. de *Thibouville. V.*

LETTRE CCLIII.

A M. DE LAUNAY,

MAITRE DES REQUETES.

8 de décembre.

Le vieux malade très-mortel , au brillant et folide auteur du Panégyrique de la pitié.

Oui, la pitié eft un don de DIEU : oui, fon pané-gyrifte a raifon, et d'autant plus qu'il eft très-éloquent ; car s'il ne l'était pas, à quoi fervirait-il d'avoir raifon ?

Oui, la pitié eft le contre-poifon de tous les fléaux de ce monde. Voilà pourquoi *Jean Racine* prit pour fa devife, dans l'édition de fes tragédies : *phobos kai éléos , crainte et pitié ;* voilà pourquoi on dit à notre meffe latine le *Kyrie eleïfon* des Grecs. Tous les prédi-cateurs cherchent à infpirer la pitié pour les pauvres et pour les malheureux ; et la plupart de ces orateurs même font pitié.

L'illuftre maître de l'affemblée littéraire et frater-nelle fera toujours plutôt envie que pitié.

Si je pouvais, dans mon trifte état, faire un voyage à Paris, mon plus grand défir ferait que le panégyrifte de la pitié en eût un peu pour moi.

Pour M. de *Villette*, il eft fans pitié pour fa nou-velle conquête, et ne lui donne pas le temps de refpirer.

LETTRE CCLIV.

A M. LE COMTE D'ARGENTAL.

16 de décembre.

Messieurs mes anges, il ne faut qu'une critique vraisemblable, faite par un homme d'esprit et imposant, pour séduire quelquefois les esprits les plus éclairés, et les cœurs les plus sensibles. Nous sommes tous dans notre retraite d'un avis absolument contraire au vôtre. Soyez juges entre vous et nous. On pense ici unanimement que, si *Alexis* n'était pas coupable, *Irène* ne serait qu'une dévote impertinente qui se tuerait par piété.

On pense, et il est très-vrai, que l'exemple de *Massinisse*, dans la Sophonisbe, n'a rien de commun avec *Alexis*. Autrefois Sophonisbe réussit en Italie et en France. Ce fut même notre première tragédie régulière ; et la Sophonisbe de *Mairet* l'emporta toujours sur la Sophonisbe de *Corneille*. Les esprits sont devenus depuis beaucoup plus raffinés, et moins naturels. La Sophonisbe de *Mairet*, quoique corrigée avec le plus grand soin, a déplu à une nation qui ne veut point voir un roi traité comme un esclave par un romain, obligé par ce romain de quitter sa femme, et se déshonorant par la mort de cette femme même, pour n'être point déshonoré en la voyant traîner en triomphe à la queue de la charrette du vainqueur.

C'eſt ici tout le contraire. Je vous prie, Meſſieurs
les anges, de bien peſer cette vérité ; je vous prie de
bien ſentir que toute la tragédie d'Irène eſt d'amour,
et d'amour effréné. La mort de *Nicéphore* n'en eſt
que l'occaſion, et n'en eſt point le ſujet. Le cœur ne
raiſonne point, et une critique de réflexion, quelque
plauſible qu'elle puiſſe être, ne détruit jamais le
ſentiment.

Certainement l'amour d'*Irène* doit faire cent fois
plus d'effet, ſi ce rôle eſt joué par une actrice paſſion-
née, que l'amour de ma petite *Idace*, laquelle, au
bout du compte, n'eſt qu'une *Agnès* tragique. *Idace*
eſt très-honnête ; mais *Irène* eſt déchirante, ou je
ſuis fort trompé.

Voici des vers qui m'ont paru néceſſaires à cette
pièce, et qui ſemblent ſatisfaire, autant qu'il m'eſt
poſſible, à la critique qui s'eſt élevée chez vous. Ils
ſe reſſentent peut-être de ma vieilleſſe et des douleurs qui me tourmentent. Je les ai faits dans mon
lit dont je ne ſors point ; mais s'ils ne ſont pas beaux,
ils ſont du moins raiſonnables. J'avoue qu'ils ne
détruiront jamais la cenſure. On dira toujours
qu'*Alexis* a tort de vouloir épouſer *Irène* immédiatement après avoir tué ſon mari. Je dirai comme les
autres qu'il a grand tort, et que c'eſt ce tort inexcu-
ſable que j'ai voulu mettre ſur le théâtre. Je dirai
que j'ai voulu peindre un homme enivré de ſa paſſion,
et non pas un homme raiſonnable.

Il y a dans la pièce un raiſonneur, c'eſt bien aſſez ;
et ce raiſonneur fait, ce me ſemble, un aſſez beau
contraſte avec le fougueux, l'écervelé et le tendre
Alexis. C'eſt un rôle que je voudrais jouer ſur mon

petit théâtre de campagne, fi j'avais vingt-quatre ans, au lieu de quatre-vingt-quatre.

Ce qui eft sûr, mon cher ange, c'eft que je vous aime dans ma vieilleffe comme je vous aimais quand j'étais mineur.

LETTRE CCLV.

AU MEME.

19 de décembre.

M ON cher ange, pardon de tant de vers. Je vous en ai dépêché plufieurs, auffi-bien qu'à M. de *Thibouville*. Je vous afflige encore d'un nouvel envoi. Je demande pardon au très-aimable fecrétaire, de fatiguer à ce point fa belle main que je fuppofe faite pour des emplois plus agréables ; mais enfin, mon cher ange, tous ces nouveaux vers étaient néceffaires pour juftifier pleinement *Alexis*, et pour fermer la bouche aux détracteurs. Tout ce que je crains à préfent, c'eft qu'*Alexis* ne paraiffe trop innocent, et qu'*Irène* ne foit regardée comme une bégueule de dévote, qui aime mieux fe tuer pour plaire à DIEU que de coucher avec fon amant.

Je ne fais pas fi mademoifelle *Déon* couchera avec le fien. Je ne puis croire que ce ou cette *Déon*, ayant le menton garni d'une barbe noire très-épaiffe et très-piquante, foit une femme. Je fuis tenté de croire qu'il a voulu pouffer la fingularité de fes aventures jufqu'à prétendre changer de fexe pour fe

dérober

dérober à la vengeance de la maison de *Guerchy*, ——
comme *Pourceaugnac* s'habillait en femme pour se 1777.
dérober à la justice et aux apothicaires.

Toute cette aventure me confond. Je ne puis concevoir ni *Déon*, ni le ministère de son temps, ni les
démarches de *Louis XV*, ni celles qu'on fait aujour-
d'hui. Je ne connais rien à ce monde. Je mets sous
vos ailes Byzance et ses faubourgs ; je m'y mets
surtout moi-même. *V.*

LETTRE CCLVI.

A M. CHRISTIN.

23 de décembre.

LE vieux malade a écrit à M. le chevalier de
Chatellux; mais j'avertis mon très-cher correspondant,
le protecteur des persécutés, que M. d'*Aguesseau* n'a
jamais voulu lire le livre de *la Félicité publique;* qu'il
n'en a jamais dit un mot à l'auteur, quoique son
neveu, et que le grand-oncle de *la Félicité publique*
est un homme un peu difficile en affaires.

Je souhaite à mon cher défenseur des infortunés
tout le succès que sa constance mérite. J'avoue que
je crains toujours ces vingt-quatre personnages qui
déclarèrent leur communauté esclave par-devant
notaire. Je n'ai pas de peine à croire que ce notaire
était un étranger, un mal vivant et un ivrogne. Je
viens d'avoir affaire à un procureur qui est tout cela,
et cependant j'ai perdu mon procès. Que ne suis-je

—— à portée d'intéreffer M. *Necker* dans cette affaire ! il
1777. eft, je crois, le feul qui pourrait engager M. de
Maurepas à fignaler fon miniftère par l'abolition de la
fervitude, en imitant le roi de Sardaigne.

J'embraffe bien tendrement mon très-cher ami,
le maire de Saint-Claude, qui mériterait d'être le
maire de Londres. *V.*

LETTRE CCLVII.

A M. DE LA HARPE.

14 de janvier.

—— Mon très-cher confrère, je fuis fâché et honteux
1778. qu'on ait montré au falon de la comédie françaife
l'efquiffe dont j'aurais pu faire un tableau, fi j'avais
été à portée de vous confulter. Mon deffein n'était
point du tout que ce pauvre enfant de ma vieilleffe
eût à Paris cette célébrité. *Théophrafte*, à cent ans,
difait qu'il apprenait tous les jours ; et moi je dis, à
quatre-vingt-quatre, qu'on peut encore fe corriger.

La pièce n'avait été faite que pour les noces de
votre ami ; mais puifqu'il s'agit aujourd'hui du
public, ceci devient une affaire férieufe. Je ne veux
point combattre l'hydre du parterre, fans être armé
de pied en cap.

De plus, j'aurais bien mauvaife grâce à vouloir
paffer avant vous. Rien ne ferait plus injufte et plus
mal-adroit. C'eft à vous, s'il vous plaît, à vous
expofer aux bêtes le premier, parce que vous êtes

un excellent gladiateur ; mais j'ai peur que vous ne
foyez dégoûté vous-même de cette impertinente arène **1778.**
dans laquelle on eft jugé par la plus effrénée canaille
qui ne veut plus que des pièces qui lui reffemblent.

Il me femble que notre chère nation tourne furieufement, depuis quelques années, à l'opprobre et au
ridicule, en plus d'un genre. J'ai vu la fin du fiècle
d'*Augufte*, et je fuis déjà dans le Bas-empire. Vous
qui êtes *fpes altera Romæ*, faites revivre le bon goût ;
combattez hardiment en vers et en profe. Menez les
Français tantôt en Sibérie, tantôt dans Babylone ; ils
trouveront des fleurs par-tout où vous les conduirez.

Je vous parle très - férieufement ; je ne pafferai
point avant vous, quoique je fois votre ancien.

M. de *Villette* eft très-fenfible à tout ce que vous
lui dites de flatteur dans votre lettre. J'efpère bien
qu'il fera toujours fidelle à fa tendreffe pour fa
femme, et à fon amitié pour vous. Vous méritez
bien l'un et l'autre qu'on vous aime, et je vous
affure que j'en fais bien mon devoir.

J'attends avec impatience la fuite de votre réponfe
à cette *Montagu* la shakefpéarienne. Je vous avoue
que la barbarie de *du Belloi* et confors m'eft prefque
auffi infupportable que la barbarie de *Shakefpeare.*
Du Belloi eft cent fois plus inexcufable, puifqu'il avait
des modèles, et que le *Gilles* anglais n'en avait pas.

Je ne parlerais pas fi librement à d'autres qu'à
vous ; mais nous fommes tous deux de la même
religion, et nous ne devons pas nous cacher nos
myftères.

Adieu, mon cher confrère ; je vous embraffe de
tout mon cœur. *V.*

LETTRE CCLVIII.

A M. LE COMTE D'ARGENTAL.

Le 14 de janvier.

MON cher ange, M. de *la Harpe* m'a mandé qu'on avait lu Irène au tripot. Je ferais bien fâché qu'elle fût repréfentée dans l'état où elle eft ; c'eft une efquiffe qui n'eft pas encore digne de vous et de la partie éclairée du public, fans laquelle il n'y a jamais de véritable fuccès. Je fuis honteux d'avoir donné tant de peine à votre aimable fecrétaire. Je vais faire tranfcrire bientôt la pièce entière que je foumettrai en dernier reffort à votre juridiction.

Vous fentez combien il eft difficile de nuancer tellement les chofes qu'*Alexis* foit intéreffant en étant pourtant un peu coupable, et que *Nicéphore* ne foit point odieux, afin qu'ils fervent l'un et l'autre à augmenter la pitié qu'on doit avoir pour *Irène*.

Ce mélange de couleurs n'eft pas aifé à faifir par un pinceau de quatre-vingt-quatre ans ; mais j'ai toujours penfé qu'on pouvait fe corriger à tout âge, et que fi *Mathufalem* avait fait des vers médiocres, il aurait dû les refaire à neuf cents ans paffés.

Je vous demande en grâce d'être mon ange gardien jufqu'à mon dernier jour ; de garder mon efquiffe jufqu'à ce que je puiffe vous envoyer le tableau. Je vous fupplie de ne montrer la pièce à perfonne. Je me flatte que les comédiens n'en ont point de copie ; j'en ferais défefpéré, et je conjurerais M. de *Thibouville*

de la retirer de leurs mains. Ce ferait bien alors
qu'il faudrait employer la protection et les ordres de
M. le maréchal de *Duras.*

Soyez sûr que je n'ai travaillé à cet ouvrage, et que
je n'y travaille encore, que pour avoir une occafion
de venir à Paris jouir, après trente ans d'abfence,
de la bonté que vous avez de m'aimer toujours:
c'eft-là le véritable dénouement de la pièce. Il eft
trifte d'être preffé et de n'avoir pas long - temps à
vivre. Ce font deux chofes plus difficiles à concilier
que les rôles de *Nicéphore* et d'*Alexis.*

Sub umbra alarum tuarum plus que jamais. J'en dis
autant à M. de *Thibouville* que je mets dans votre
hiérarchie.

LETTRE CCLIX.

AU MEME.

A Ferney, le 20 de janvier.

MON cher ange, en voici bien d'une autre! il faut
pour le coup que je me jette entre les bras de votre
providence, de votre fageffe et de cette conftante
amitié qui fait la confolation de ma vie. Je fuis trop
jeune, je ne fais pas me conduire, à moins que je ne
fois toujours à l'ombre de vos ailes.

J'ai cru qu'il était de mon devoir de vous envoyer
la lettre que je reçois d'un de vos protégés, et la
réponfe que je lui fais. Je ne doute pas que vous
n'engagiez votre ami M. de *Thibouville* à mettre fous

ſes piéds cet oubli de toutes les bienſéances. Je lui mande qu'autrefois M. de *Fériol*, votre oncle l'ambaſſadeur à Conſtantinople, diſait, s'il m'en ſouvient, qu'*il n'y avait d'honneur ni à gagner ni à perdre avec les Turcs.*

Si vous trouvez ma réponſe à votre ancien protégé convenable et meſurée, puis-je vous ſupplier de la lui faire tenir auſſi-bien que celles que j'ai dû écrire à M. *Suard* et à madame *Veſtris*, et à un M. *Monvel*, qu'on dit avoir beaucoup d'eſprit, beaucoup de ſenſibilité et beaucoup de talens, avec très-peu de poitrine?

Une choſe encore bien importante pour moi, c'eſt de demander très-humblement pardon à madame votre ſecrétaire de lui avoir fait écrire des choſes qui certainement ne ſubſiſteront pas, car tout ne ſera fini que vers Pâques; et c'eſt vers ce ſaint temps que je compte vous apparaître comme *Lazare* ſortant de ſon tombeau.

Je vous conjure encore plus que jamais de faire retirer la copie qui eſt peut-être au tripot, et les rôles qui peuvent être chez les tripoteurs et les tripoteuſes. Je ſuis réellement perdu, s'il reſte dans le monde le moindre lambeau de ces haillons. Vous ſentez que la publicité de ces miſères eſt très à craindre : elle arrêterait tout à coup un jeune homme dans le commencement de ſa carrière; mais, ſoit au commencement, ſoit à la fin, il eſt certain que cela me ferait un tort irréparable.

Songez, mon divin ange, que je paſſe les jours et les nuits à remplir la tâche très-difficile, mais très-néceſſaire, que vous m'avez donnée. Songez que je marche fur des charbons ardens. J'ofe efpérer que je ne me brûlerai pas la plante des pieds, parce que je vous invoquerai en fubiffant une épreuve qui furpaffe mes forces.

Vous favez de plus combien il y avait de vers faibles à fortifier, de nuances à obferver, d'expref-fions familières à fupprimer, de petites chofes à préparer pour les faire fervir à de plus grandes; enfin combien l'efquiffe était indigne de vous. Vous avez été trop bon; mais vous m'avez rendu difficile contre moi-même. J'ai deux mois, au moins, par devant moi, et je vais les employer à vous plaire; mais. fuis-je fûr de deux mois de vie?

Sub umbra alarum tuarum.

LETTRE CCLX.

A M. DE CROIX,

SECRETAIRE DU ROI, TRESORIER DE FRANCE, A LILLE.

A Ferney, le 23 de janvier.

*J*E *ne fais, Monfieur, ce que vous avez fait à ce* grand *pontife des Mufes qui nous a bénis* (*) ; *mais il eft entré chez madame Denis en chantant vos louanges. Je n'ai donc pas héfité de lui propofer la folution d'un problème qu'il n'appartient qu'à lui de réfoudre.*

(1) Ces premières lignes font de M. le marquis de *Villette*, à qui l'on avait demandé le fentiment de M. de *Voltaire* fur les plus célèbres acteurs tragiques français.

E e 4

M. le marquis de *Villette*, Monſieur, n'a point vu comme moi le vieux *Baron*, ni *Beaubourg*, ni même *Dufreſne*. Ce *Dufreſne* n'avait qu'une belle voix et un beau viſage ; *Beaubourg* était un énergumène, *Baron* était plein de nobleſſe, de grâces et de fineſſe ; *le Kain* ſeul a été véritablement tragique.

Mais je dois vous parler de choſes plus intéreſſantes. Je ne puis vous exprimer les obligations que nous vous avons, madame *Denis* et moi. Vous nous envoyez des armes pour nous défendre contre une troupe de coquins qui ſont venus, du bout de la Flandre aux portes de Genève, pour nous voler et pour nous faire un procès ruineux. Je me flatte qu'au moyen des pièces que vous avez la bonté de nous faire tenir, nous ſerons enfin délivrés de la vexation de ces ſcélérats.

J'ai l'honneur d'être avec toute la reconnaiſſance que je vous dois, &c. *V.*

LETTRE CCLXI.

A M. LE MARQUIS D'ARGENCE DE DIRAC.

23 de janvier.

JE vous dois des remercîmens, Monſieur, pour votre pâté de perdrix ; mais madame *Denis* et les dames qui paſſent l'hiver avec nous, vous en doivent bien davantage, car elles s'en ſont crevées, et il ne m'eſt pas permis d'en manger. Je ſuis réduit en tout genre à n'être que témoin du plaiſir de mon prochain.

Nous avions, il y a quelque temps, dans notre château, un M. le comte de *Sainte-Aldegonde*, qui aurait cru faire un grand crime, s'il avait touché à une perdrix venue d'Angoulême au lac de Genève. Je crois que c'eft le feul pythagoricien qui refte dans les Gaules. Sa vie eft la condamnation de notre gourmandife. Mes quatre-vingt-quatre ans et mon extrême faibleffe me rendent encore plus pythagoricien que lui ; mais je ferai, jufqu'au dernier moment, de la fecte des pyrrhoniens et de celle de vos amis.

Pardonnez à un pauvre malade qui peut à peine vous envoyer quatre lignes de remercîmens pour quatre perdrix ; mon cœur eft à vous, et mes faibles mains vous embraffent. *V.*

LETTRE CCLXII.

A M. LE MARECHAL DUC DE RICHELIEU.

A Ferney, le 25 de janvier.

MONSEIGNEUR,

LA dernière lettre que vous avez bien voulu m'écrire m'a été d'une grande confolation, et en même temps m'a donné bien des regrets. Je vois que vous daignez m'aimer encore. Vous me plaignez fans doute de mourir loin de vous ; mais vous me plaindriez bien davantage de me voir réduit, par les maux qu'amène la décrépitude, à l'incapacité de vous faire ma cour. J'ai gémi de ne pouvoir vous marquer tous mes fentimens, lorfque vous fuiviez ce procès fi étrange et fi étrangement jugé. Si j'avais pu approcher de vous fecrétement, je vous aurais bien convaincu alors que j'étais perfécuté à votre fuite. Vous auriez vu que, fi j'avais élevé ma faible voix comme j'en avais tant d'envie, je vous aurais beaucoup plus nui que fervi. Vous connaiffiez affez les horreurs d'un parti ridiculement acharné, mais peut-être n'étiez-vous pas defcendu jufqu'à connaître la mauvaife foi et la fcélérateffe de la canaille de la littérature.

Je penfe que vous voyez d'un œil de pitié la faibleffe que j'ai eue d'envoyer à M. de *Thibouville* une tragédie à l'âge de quatre-vingt-quatre ans, et de m'expofer à voir le cadavre de ma réputation déchiré par ces bêtes puantes dont je vous parle. J'ai eu trèsgrand tort. Vous êtes fupérieur à votre âge, et moi je radote au mien; mais nous nous étions amufés de cette pièce dans Ferney avec M. de *Villette* et fa jeune femme. M. de *Thibouville* demeure à Paris dans la maifon de M. de *Villette*. Il aime paffionnément le théâtre et la déclamation; il s'y connaît parfaitement; il devait jouer dans cette pièce en fociété, s'il avait eu de la fanté. Tout cela n'était qu'un projet d'amufement qui ne devait pas être public.

Malheureufement MM. de *Villette* et de *Thibouville* ont cru que ce dangereux public pourrait être auffi indulgent qu'eux. Ils ont imaginé qu'on pardonnerait à ma vieilleffe; leur amitié les a trompés.

Je n'ai pas ofé affurément vous adreffer ce radotage de mes quatre-vingt-quatre ans. Je n'ai pas voulu renouveler le ridicule de ce vieux fou de *Crébillon*. Je vois trop comme vous m'auriez traité, de quelles

plaifanteries vous auriez égayé mon agonie, et vous
auriez eu raifon. 1778.

Pour goûter les vers ou la mufique, il faut avoir
l'efprit tranquille et du loifir. Je doute que vos
affaires et vôtre fituation vous laiffent l'un et l'autre.
Si vous aviez quelques heures à perdre, et fi vous
me commandiez abfolument de vous envoyer la
pauvre fotte Irène, je la retravaillerais de toutes mes
forces; je tâcherais de la rendre moins indigne d'un
maréchal de France, vainqueur des Anglais; je la
mettrais à vos pieds. Je vous fupplierais de ne la
point montrer, comme vous avez montré la lettre où
je vous parlais de mademoifelle *Raucourt.* Je vous
conjurerais de m'épargner les ridicules qui peuvent
n'être qu'amufans dans la fociété, mais qui font
mortels quand on eft expofé à ce public cruel. Je
fuis fi honteux de mon énorme fottife, à mon âge,
que je tremble en vous en parlant. Je ne devrais
avoir que deux objets, de mourir ou d'achever auprès
de vous quelques jours qui me refteraient encore, et
de les paffer à vous témoigner la très-refpectueufe
et tendre reconnaiffance que je conferverai pour vous
jufqu'à mon dernier foupir. *V.*

LETTRE CCLXIII.

A M. COLINI, *à Manheim*.

Ferney, le 26 de janvier.

LE vieux malade, mon cher ami, n'a pas été en état de vous répondre au commencement de cet hiver. La nature a donné à mon ame un étui très-faible et très-mauvais, qui ne peut guère soutenir, à l'âge de quatre-vingt-quatre ans, le voisinage des Alpes, et les inondations de neige. Ma décrépitude est accablée de plus d'une manière; je n'en suis pas moins sensible à votre souvenir et à votre amitié.

Je vous fais mon compliment sur le bonheur que vous avez de servir un maître dont la tête est actuellement ornée de deux belles couronnes électorales.

La nouvelle des trente mille autrichiens campés à Straubingen, alarme nos pacifiques Suisses. Je ne puis m'imaginer que l'empereur veuille, pour son coup d'essai, vous faire la guerre. On dit qu'il ne s'agit que d'un passage; mais ne peut-on point passer sans avoir trente mille hommes à sa suite? Je ne suis pas politique; je me borne, mon cher ami, à vous souhaiter de la paix et du bonheur.

Je vous embrasse de tout mon cœur.

LETTRE CCLXIV. 1778.

A M. LE COMTE D'ARGENTAL.

Le 30 de janvier.

Mon cher ange, vous ne m'abandonnerez pas
fans doute dans le déplorable état où je fuis. Vous
devez avoir reçu le paquet que j'ai envoyé à M. de
Montfauge, adminiftrateur des poftes, pour vous être
rendu par M. de *Vaines*. Il contient la lettre de *le Kain*,
et ma réponfe, avec d'autres lettres que je vous
fuppliais de vouloir bien faire tenir à leurs adreffes,
en cas que vous les approuvaffiez.

Je travaille depuis près d'un mois, jour et nuit,
à profiter, autant que le permet ma faibleffe, de
toutes les fages critiques que vous m'avez faites. Je
demande, encore une fois, pardon à votre aimable
fecrétaire de toutes les peines inutiles que ma préci-
pitation lui a données. Vous fentez qu'à mon âge il
faut du temps pour rendre un pareil ouvrage un peu
moins indigne de vous et du public. Je n'en ai, dans
le moment préfent, ni le temps ni la force. J'ai cru,
ces jours paffés, que j'allais mourir non-feulement de
vieilleffe, mais des efforts que j'ai faits, et du chagrin
que tout cela me caufe. Les critiques font déjà
publiques ; trente perfonnes ont vu l'ouvrage, et
toutes en ont fait des cenfures contradictoires. Les uns
ont dit que les premiers actes ne pafferaient point,
les autres que le dernier était d'une froideur infupportable. *Le Kain* a foutenu que fon rôle ne pouvait pas

—— être fouffert, et que c'eft par cette raifon qu'il l'avait refufé.

Ce ferait abfolument vouloir me tuer que de me forcer à donner Irène dans des conjonctures fi humiliantes. Il ferait plus honnête de me laiffer mourir de ma belle mort. Tout ce que je vous demande actuellement, à vous, mon cher ange, et à M. de *Thibouville*, c'eft qu'il ne foit plus queftion de cette malheureufe Irène jufqu'à ce que je l'aye finie et que vous en foyez contens. Il faut abfolument jeter dans le feu l'exemplaire et tous les rôles, parce que tous feront changés. Je vous demande jufqu'à Pâques. Peut-être, malgré l'état horrible où je fuis, aurai-je pu alors trouver quelque moyen de me rendre moins ridicule, et de vous faire moins de honte. *Crébillon* donna fon Catilina à quatre-vingts ans, mais il l'avait commencé à quarante; et moi j'ai commencé Irène à quatre-vingt-deux paffés, et je la finis dans ma quatre-vingt-quatrième année. Quand je demande fix femaines pour achever ma befogne, et pour affronter les fiffleurs du parterre, ce n'eft pas trop affurément.

M. de *Thibouville* a un empreffement inconcevable; il ne me parle que de madame la ducheffe de *Bourbon* et de la reine; il veut qu'on m'immole ce carême, pour les amufer. Je dois répondre comme *Molière* aux empreffés qui lui criaient, *le roi attend; il eft le maître,* dit-il, *qu'il attende.*

Je fais fort bien que toute cette aventure fait du fracas dans votre Paris où le beau monde veut des nouveautés, et où la canaille immenfe des écrivains fubalternes attend ces mêmes nouveautés pour les décrier, pour rire, pour faire rire, et pour gagner un écu. Je vois tout l'excès du ridicule où je me jette à mon âge, la fyndérèfe dans le cœur, et la mort entre les dents, ou du moins entre les gencives, car de dents je n'en ai plus; mais il faut mourir comme j'ai vécu, en fefant des fottifes.

Etendez bien vos ailes, afin que je me cache deffous. Perfonne n'eft jamais mort plus fingulièrement que moi. Tout ce que je demande, c'eft qu'on ne me faffe pas mourir ce carême, et qu'on attende le jour de la Quafimodo. Je fuis perfécuté aujourd'hui par des procès; je perds mon bien, la fanté et la vie. De bonne foi, n'eft-ce pas affez? mon ange n'a-t-il pas pris fous fa protection une drôle de créature?

Miferere meî.

LETTRE CCLXV.

A M. DE VAINES.

2 de février.

Je voudrais, Monfieur, que vous euffiez le contre-feing pour toute votre vie, pourvu que ce fût le contre-feing d'un directeur général des finances, et non d'un adminiftrateur des poftes. Vous me parlez de voyages; vous m'attendriffez et vous faites treffaillir mon cœur. Mais j'ai bien peur de ne faire inceffamment que le petit voyage de l'éternité; car je fuis roué, et mon corps eft en lambeaux pour avoir été ces jours paffés à Syracufe et à Conftantinople : j'ai été fi horriblement cahoté que je ne peux plus remuer.

J'ai fait autrefois un voyage à Paris. Je ne crois pas avoir jamais demeuré trois ans de suite dans cette ville ; je ne la connais que comme un allemand qui a fait son tour de l'Europe. Je me souviens que le roi de France, à qui on dit que je parlais bon français, me donna une place de palefrenier ordinaire de sa chambre, me permit ensuite de la vendre, et m'en conserva toutes les fonctions et toutes les prérogatives. J'eus aussi une place de copiste de gazettes sur les charniers Saints-Innocens. Je jouis encore de toutes ces grandes dignités.

Il y a peut-être quelques sacristains qui pensent qu'un étranger aussi étrange que moi n'oserait, à l'âge de quatre-vingt-quatre ans, venir boire de l'eau de la Seine ; parce qu'ils soupçonnent que, dans mes voyages à Constantinople et à Pétersbourg, j'ai donné la préférence à l'Eglise grecque sur l'Eglise latine. Quelques habitués de paroisse ont même débité qu'il y avait contre moi, dans je ne sais quel bureau, une paperasse qu'on appelle *littera sigilli ;* je puis vous assurer qu'il n'y en a point, et que ces sacristains ne disent jamais un mot de vérité ; mais je sais que ces messieurs expédieraient contre moi très-volontiers *litteras proscriptionis.*

Franchement, je suis pénétré de reconnaissance pour tout ce que vous me dites, et pour ce que vous me proposez. Je vous dirai même que j'en profiterais vers la Saint-Jean, ou même vers la *Quasimodo geniti infantes,* si j'étais en vie dans ce temps-là.

Le vieux solitaire vous remercie tendrement, et salue madame de *Vaines. V.*

LETTRE

LETTRE CCLXVI.

A M. LE COMTE D'ARGENTAL.

Mardi matin, 3 de février.

Mon cher ange, c'eſt moi qui vous écris aujour-
d'hui, ce n'eſt pas madame *Denis;* c'eſt moi qui ſuis
déſeſpéré de ne pas accompagner nos voyageurs. J'ai
eu la force de faire dix actes, et je n'ai pas celle de
faire cent lieues. L'ame ſupporte des fatigues que le
corps ne ſoutient pas; mais avec le temps on vient à
bout de tout, et quand les cent lieues mènent dans
votre voiſinage, on les fait gaiement. Je ne ſuis pourtant pas trop gai. Un homme de mon âge, qui vient
de bâtir quatre-vingt-quatorze maiſons, qui eſt ruiné,
qui a dix procès et dix actes de tragédie ſur le corps,
n'a pas de quoi rire.

Quand eſt-ce donc que ce pauvre écloppé aura le
bonheur de vous embraſſer, vous et votre aimable
ſecrétaire? Je vais accompagner madame *Denis* juſqu'à
la première poſte. Je n'ai pas le temps d'écrire à M. de
Thibouville; ces dames lui parleront plus éloquemment
que moi, et elles arriveront avant ma lettre.

LETTRE CCLXVII.

A M. LE KAIN. (*)

A Ferney, 19 janvier.

JE vous avais prévenu, Monfieur. Il eft vrai que j'avais envoyé à des amis que je refpecte, l'efquiffe d'un ouvrage qui ne convenait guère à mon âge, mais qui après avoir été fini, et furtout corrigé par un travail affidu, d'après les fages critiques de ces mêmes perfonnes dont l'amitié m'eft fi précieufe, aurait pu rendre les derniers jours qui me reftent un peu moins défagréables.

J'y travaillais nuit et jour, malgré ma mauvaife fanté, et j'efpérais qu'à Pâques j'aurais pu par ma docilité, et ma déférence à leurs lumières, rendre la pièce moins indigne de vous. Je me flattais même que vous pourriez jouer le rôle de *Léonce*, qui n'eft pas fatigant, et que vous auriez rendu très-impofant par vos talens fublimes.

Les amis refpectables dont je vous parle, n'ont fait lire à l'affemblée de meffieurs vos camarades, cette efquiffe encore informe que pour avoir vos avis et les leurs, pour m'en inftruire, et pour que tout fût prêt à Pâques.

Il convient fans doute qu'on remette la pièce et les rôles entre les mains de ceux qui ont bien voulu m'honorer de leur bienveillance dans cette occafion, et qui ont daigné entrer dans les détails de cette affaire.

(*) Il mourut le 8 février de cette année, âgé de 49 ans.

Les papiers publics difent que vous vous rema-
riez. Je vous en fais mon compliment très-fincère ;
je doute de ce mariage, puifque vous n'avez pas
daigné m'en inftruire.

Si la chofe était vraie, je penfe que la fatigue de
vos noces ne vous mettrait pas dans l'incapacité de
jouer l'hermite *Léonce* qui n'a pas de ces paffions
qui ruinent la poitrine, et qui parle de la vertu
d'une manière qui femble être affez dans votre goût.
Si vous aviez donné ce rôle à un autre, je crain-
drais de m'y oppofer, car je fuis très-sûr que vous
auriez bien choifi.

J'ai toujours compté fur votre amitié depuis le
jour où je vous ai connu dans votre jeuneffe. Le
temps a fortifié tous les fentimens qui m'attachent à
vous. Vous favez trop combien madame *Denis* et
moi nous vous fommes dévoués pour que nous nous
fervions ici de la formule ordinaire qui n'a jamais
été dictée par le cœur.

Le vieux malade V.

LETTRE CCLXVIII.

A M. LE COMTE D'ARGENTAL.

A Paris , le 19 de février.

M. le maréchal de *Richelieu* fort de chez moi ; il eft
touché des larmes de M. *Molé;* il m'a affuré que
madame *Molé* n'était pas abfolument déteftable. Il a
tant dit, il a tant fait que j'ai été obligé d'envoyer le
rôle de *Zoé* à madame *Molé.* On m'affure qu'on peut

donner encore ce rôle à une autre; que le rôle de *Zoé*, au cinquième acte, eft de la plus grande importance; que le tableau qu'elle fait de l'état d'*Irène* eft un morceau principal qui exige une grande actrice, et que ce ferait une chofe effentielle d'obtenir de mademoifelle *Sainval* qu'elle daignât le jouer, comme mademoifelle *Clairon* débita le récit de *Mérope*; que cela feul pourrait faire réuffir la pièce, et que M. *Molé* ne devrait point s'y oppofer, puifque *Zoé* n'eft point une fimple confidente, mais une princeffe favorite de l'impératrice; et que c'eft en effet madame *Molé* qui ôterait le rôle à mademoifelle *Sainval*.

Voilà donc, mon cher ange, à quel point nous en fommes.

J'ai befoin plus que jamais de vos bontés et de vos ordres.

Dudit jour, à dix heures et demie du foir.

MADEMOISELLE *Arnoult* revient de chez mademoifelle *Sainval* la cadette qui lui a promis de jouer *Zoé*. Il ne s'agit plus que d'obtenir de M. *Molé* de convertir fa femme à laquelle on promet un rôle fait pour elle dans le Droit du feigneur, qui eft entièrement changé, et qu'on pourrait jouer à la fuite d'Irène, fi cette Irène avait un peu de fuccès; finon je dirai comme *Sofie* :

O jufte ciel! j'ai fait une belle ambaffade!

LETTRE CCLXIX.

A M. DE LA DIXMERIE,

Qui lui avait adreſſé des vers ſur ſon retour à Paris.

A Paris , 19 de février.

Sı on pouvait rajeunir, le vieillard que M. de *la Dixmerie* honore d'une épître ſi flatteuſe, rajeunirait à cette lecture. Il eſt arrivé extrêmement malade. M. *Tronchin* lui défend d'écrire ; mais il ne lui défend pas de ſentir, avec la plus extrême reconnaiſſance, les bontés que M. de *la Dixmerie* lui témoigne avec tant d'eſprit.

LETTRE CCLXX.

A M. LE COMTE D'ARGENTAL.

Mars.

PARDON, mon cher ange, ma tête de quatre-vingt-quatre ans n'en a que quinze ; mais vous devez avoir pitié d'un homme bleſſé qui crie, ne pouvant parler. Songez que je meurs, ſongez qu'en mourant j'ai achevé Irène, Agathocle, le Droit du ſeigneur, et fait quatre actes d'Atrée. Songez que *Molé* m'a mutilé indignement, ſottement et inſolemment ; qu'il ne veut point jouer ſon rôle dans le Droit du ſeigneur, &c. Je

F f 3

fuis mort, et il faut que je coure chez les premiers gentilshommes de la chambre ; voyez s'il ne m'eſt pas permis de crier : cependant j'avoue que je ne devrais pas crier ſi fort.

Je ſuis à vous, mon ange, à toute heure.

LETTRE CCLXXI.

A M. LE MARQUIS DE FLORIAN,
à Bijou-Ferney.

A Paris, 15 de mars.

Le vieux malade n'a pu encore écrire à M. et à madame de *Florian*. Il a été à la mort pendant plus de quinze jours, depuis ſon accident. Il a fallu paſſer par toutes les horreurs qui accompagnent cet état. Il ſaiſit un moment où il ſouffre un peu moins, pour dire à M. et madame de *Florian* qu'il ſerait mort en les aimant de tout ſon cœur, et en comptant ſur leur ſouvenir.

Vous ſavez que tout parle guerre à Paris ; que le roi a déclaré, par ſon ambaſſadeur à Londres, qu'il veut la paix ; mais qu'il fera reſpecter ſon pavillon et le commerce de ſes ſujets. Le traité avec les Américains eſt public. J'ai vu M. *Franklin* chez moi étant très-malade : il a voulu que je donnaſſe ma bénédiction à ſon petit-fils. Je la lui ai donnée, en diſant : DIEU *et la liberté*, en préſence de vingt perſonnes qui étaient dans ma chambre.

L'ambaſſadeur d'Angleterre arriva une heure après. Tout ce que j'ai éprouvé de bontés de la cour et de

la ville, a été bien au-delà de mes efpérances et
même de mes fouhaits ; mais je ne crois pas que ce **1778.**
temps-ci puiffe être convenable pour demander des
grâces pécuniaires en faveur de ma colonie. Le roi
eft trop endetté. Les flottes ont coûté un argent
immenfe. Les billets de la loterie de M. *Necker*
perdent chacun quatre-vingts fur mille. Il y en a cinq
mille à prendre, dont perfonne ne veut. Il n'eft plus
queftion d'économie, il ne s'agit plus que de vengeance. M. d'*Eftaing* commande une efcadre formidable, M. de *la Motte-Piquet* une autre.

Vous favez que M. *Dupuits* eft à Paris, et qu'il
efpère être employé. Il eft à croire que, fans guerre
déclarée, il y aura des coups donnés. Pour moi,
qui fuis très-pacifique, je ne fonge qu'à être défait
de tous les póliffons qui me parlent de *Shakefpeare*,
de *faxhall*, de *Roftbif*, de fauteurs anglais et de
milords anglais.

Je demande bien pardon à M. de *Florian* d'entrer
dans ces détails. J'aimerais bien mieux faire paver
devant fa maifon ; mais je vois qu'il eft plus aifé de
guérir d'un vomiffement de fang que d'obtenir de
l'argent d'un gouvernement obéré, qui n'a pas même
le moyen de payer le pauvre *Racle*. Il y a ici un luxe
révoltant et une mifère affreufe. Paris eft le rendez-
vous de toutes les folies, de toutes les fottifes et de
toutes les horreurs poffibles.

Quand pourrai-je revoir Ferney, et embraffer
tendrement le feigneur et la dame de Bijou !

F f 4

LETTRE CCLXXII.

A M. DE VAINES.

A Paris, famedi à quatre heures, avril.

OUI, fans doute, Monfieur, les premiers *Pafcal-Condorcet* qui viendront du pays étranger feront pour vous. Ce font deux grands-hommes ; mais le premier était un fanatique, et le fecond eft un fage. Celui-ci eft fait pour vous. Je me confole dans mes douleurs, en vous fouhaitant un bon voyage. *V.*

LETTRE CCLXXIII.

A M. LE COMTE DE ROCHEFORT, *à Verfailles.*

A Paris, 16 d'avril.

JE demande bien pardon à madame *Dixneufans* de lui avoir écrit en cérémonie. Je pourrais avoir bien plus de tort avec vous, Monfieur, en vous remerciant fi tard de votre très-agréable lettre ; mais j'ai eu ces derniers jours une fièvre affez violente, fuite de deux maladies mortelles dont je fuis réchappé.

Je crois que M. l'abbé de *Beauregard*, prédicateur de Verfailles, foi-difant ci-devant jéfuite, m'aurait volontiers refufé la fépulture ; ce qui eft fort injufte : car on dit que je ne demanderais pas mieux que de l'enterrer ; et il me devait, ce me femble, la même politeffe.

Je ne crois point que le maître et la maîtresse de la
maison se soient moqués de cet abbé *Beauregard* :
c'est bien assez qu'ils ne se livrent pas à la fureur
de son zèle, et c'est à quoi tous les honnêtes gens se
bornent.

Il est permis à ces pauvres ex-jésuites de haïr tel
homme qui les força, il n'y a pas long-temps, à
restituer à sept enfans mineurs, tous au service du
roi, leur bien de patrimoine dont ces bons pères
s'étaient emparés. Ce sont de ces sacriléges que les
dévots ne pardonnent jamais. J'ai fait rentrer dans
leur bien six jeunes officiers dépouillés par eux. Il
est vrai que je n'ai point prêché de carême ; mais ,
en vérité, j'ai observé ce carême plus rigoureusement
que tous les moines de l'Europe ; aussi je suis plus
diaphane et plus maigre qu'aucun des anciens dis-
ciples de *Loyola* : je ressemble au *Lazare* sortant de
sa niche.

Je me flatte, Monsieur, que votre santé est bonne,
et que vos affaires sont arrangées. Je m'intéresserai ,
jusqu'au dernier jour de ma vie, à tout ce qui peut
vous toucher.

Conservez-moi des bontés qui font la consolation
de mes derniers jours.

LETTRE CCLXXIV.

A M. LE COMTE D'ARGENTAL.

Le 20 d'avril.

MON cher ange, vous m'avez ordonné de dépouiller le quatre pour habiller le cinq. Depuis cinq heures du matin, je déshabille fort aifément ce quatre, mais je crains d'être un mauvais tailleur pour le cinq.

La généreufe fecrétaire eft priée de corriger au fecond acte un petit couplet d'*Argide*, qui me paraît un peu trop brutal pour un prince auffi noble et auffi vertueux que lui. Il faudrait, je crois, tourner ainfi cet endroit :

Ne t'énorgueillis point d'être né de fon fang ;
Souviens-toi de la fange où le ciel le fit naître.
Il a fu la couvrir par les vertus d'un maître ;
Et les excès affreux qui l'ont trop démenti,
Te rendront au limon dont il était forti.

Je crois que *la Rive* et *Molé* joueront bien les rôles des enfans d'*Agathocle*, qu'*Idafan* convient fort à *Monvel*, que les cheveux blancs et la voix de *Brizard* fuffiront pour *Agathocle*, et que le rôle d'*Idace* eft beaucoup plus dans le caractère de madame *Veftris* que celui d'*Irène*, pourvu qu'elle fe défaffe de l'énorme multitude de fes geftes.

Enfin il me femble qu'Agathocle fera beaucoup mieux joué qu'Irène, de laquelle Irène je fuis bien cruellement mécontent.

Je me jette entre les bras de mon cher ange pour
ma confolation. Je ne demande que deux repréfentations d'Irène à la rentrée, pour égaler la gloire de
M. *Barthe*. Il faut que je parte dans quinze jours,
fans quoi tout périt à Ferney. J'efpère, au mois de
feptembre, ne plus fortir de deffous les ailes de
mon ange. (*a*)

1778.

(*a*) NOTICE *fur M. le comte d'*ARGENTAL*; Extrait du
Journal de Paris, du 16 de janvier* 1788.

Par M. de LA HARPE.

MONSIEUR le comte d'*Argental* fut pendant cinquante ans (*) l'ami de
M. de *Voltaire :* fa mort ne faurait être indifférente à ceux qui ont aimé
ce grand-homme. Un autre grand-homme a dit : Il y a quelque chofe de
facré dans les longs attachemens, *eft aliquid facri in antiquis neceffitudinibus*
(*Cicéron*) ; et fans doute ils font encore plus refpectables quand le génie
eft à côté de l'amitié. Le plus intime ami de l'écrivain le plus célèbre de
fon fiècle eft, en quelque forte, un homme public ; et c'eft à ce titre que
j'ai cru que vous pouviez, Meffieurs, placer dans vos feuilles quelques
lignes confacrées à fa mémoire ; car, d'ailleurs, j'ai toujours penfé que
celui qui a été affez heureux pour n'avoir à remplir que les devoirs d'une
vie privée, ne doit guère recevoir d'autres tributs après fa mort que les
regrets et le témoignage de ceux qui l'ont connu et chéri ; tributs beaucoup plus honorables que ces notices nécrologiques, aujourd'hui fi mul-
tipliées, bien moins par le défir d'honorer les morts que par la petite
vanité de figner quelques phrafes imprimées, et pour parler au public, à
qui tout le monde veut parler.

Je n'ai point eu l'honneur d'être l'ami particulier de M. le comte
d'*Argental ;* j'ai eu celui de vivre affez long-temps dans fa fociété et avec
les perfonnes qui lui ont été les plus chères. Ce que j'ai à dire de lui
n'eft que l'expreffion des fentimens qu'il a laiffés dans leur cœur, et le
langage unanime de tous ceux qui l'ont approché. Les uns n'en parlent
qu'avec les larmes de la reconnaiffance et de la douleur, les autres qu'avec
la plus affectueufe eftime. Son commerce plaifait à tout le monde, et fon
caractère le fefait chérir de fes amis.

(*) Et même pendant foixante et dix ans ; et cette longue amitié ne fut
jamais troublée par le moindre nuage.

Il paraît que M. d'*Argental* a été un des hommes les plus heureusement nés pour eux comme pour les autres. Passé les premières années de sa jeunesse, où l'on sacrifie plus ou moins aux passions de cet âge, il n'a eu que des inclinations douces et des plaisirs tranquilles. Il cultivait l'amitié, les lettres et la société : ce fut-là sa vie entière. Elle a toujours été la même, sans aucune altération, jusqu'à l'âge de quatre-vingt-huit ans.

Engagé quelque temps dans la magistrature, il en remplit les devoirs souvent pénibles et gênans, avec une exactitude qui semblait ne lui rien coûter. Par une tournure d'esprit aussi heureuse que rare, tout ce qui était pour lui une obligation, était au nombre de ses plaisirs. Devenu depuis ministre d'une cour étrangère, les correspondances régulières qu'il entretenait avec elle, et qui pouvaient être un assez grand travail dans un âge fait pour le repos, devinrent le principal objet de ses soins, et parurent entrer dans ses goûts. Le premier de tous et le plus vif fut toujours celui des lettres. Il fut lié avec tout ce que la France a eu de plus célèbre en ce genre, mais surtout avec *Voltaire*. On peut dire que son amitié pour lui fut sa passion dominante : c'était une espèce de culte. L'amitié est la seule où la superstition soit sans danger ; elle n'a d'autre effet que d'agrandir à nos yeux celui que nous aimons ; et si c'est un excès, il n'est pas contagieux : d'ailleurs, qui jamais eut plus que *Voltaire* le droit de le justifier ?

M. d'*Argental* n'était point un de ces prôneurs charlatans qui s'énorgueillissent sous l'enseigne d'un grand nom. Son admiration pour *Voltaire* était un sentiment vrai et sans aucune ostentation ; il adorait ses talens comme il aimait sa personne, avec la plus grande sincérité. Il jouissait véritablement de ses confidences et de ses succès ; il n'en était pas vain, il en était heureux, et de si bonne foi, que tous ceux qui le voyaient lui savaient gré de ce bonheur. En effet, cette espèce de bonheur dont nous jouissons dans autrui, a quelque chose de si intéressant, que c'est peut-être le seul qui ne puisse exciter l'envie.

Avec beaucoup de douceur dans les mœurs, il n'avait pas moins de fermeté dans ses principes, deux choses qui ne s'allient pas communément ; et c'étaient surtout ses principes qui déterminaient ses affections. Il en donna une preuve remarquable et qui mérite d'être rapportée. Il était lié depuis long-temps, par une correspondance journalière, avec un homme tout-puissant dans cette même cour, dont lui-même était ici le ministre. Cet homme éprouva la plus éclatante disgrâce, et fut obligé de quitter son pays. Il vint à Paris, et dans des circonstances si délicates, où tout autre aurait pu craindre de s'exposer soi-même en paraissant attaché à un proscrit, M. le comte d'*Argental*, qui ne le connaissait que par ses lettres, ne permit pas qu'il eût d'autre maison que la sienne, et se montra publiquement et constamment son ami et son défenseur, au risque de perdre une place qui fesait alors la plus grande partie de sa fortune. Rien n'est si commun aujourd'hui que de fe vanter d'avoir *du caractère* ; mais on n'a pas coutume de le prouver de cette façon-là.

M. d'*Argental* ne fe preffait pas non plus de parler de *fenfibilité* ; mais il avait en effet une ame très-fenfible et un cœur aimant, et il n'attendait pas pour le montrer les grandes occafions, qui font affez rares. Il avait cette fenfibilité qui fe montre dans tous les momens : il favait que, dans l'amitié, les petites chofes font d'un grand prix, parce qu'elles font de tous les jours. Perfonne n'eut plus que lui de ces attentions délicates et continuelles qui font le charme de la fociété intime. Souvent fes parens, fes amis étaient agréablement furpris de tout ce qu'il imaginait pour leur faire voir combien il s'occupait d'eux : le défir de leur plaire et de les voir heureux, était une de fes penfées habituelles dans un âge où le plus fouvent l'on n'eft pas plus fatisfait des autres que de foi-même ; et ceux qui vivaient avec lui racontent à ce fujet des détails qu'on n'entend pas fans attendriffement.

Dans un accès de fièvre, qui fut le commencement de la maladie dont il eft mort au bout de trois jours, il fit des vers pour une dame qui depuis bien des années était fon amie intime, et dont l'amitié eft faite pour honorer tous ceux qui peuvent la mériter (*). Il en fefait peu, quoiqu'il les aimât infiniment ; et l'on trouve encore dans fes derniers vers un fentiment aimable délicatement exprimé.

Il n'eft pas néceffaire de dire que l'ami de *Voltaire*, et le premier dépofitaire de toutes fes penfées et de tous fes écrits, avait un goût naturellement jufte et un efprit orné, nourri de la politeffe de ce beau fiècle de *Louis XIV*, dont il avait vu la fin. Ce goût devait le rendre un peu févère fur celui d'aujourd'hui ; mais il aima toujours les vrais talens en tout genre ; et notre grand acteur *le Kain* trouva en lui un protecteur auffi conftant qu'affectionné.

Une longue vieilleffe fans douleur, fans dégoûts et prefque fans infirmités, devait être la récompenfe d'un efprit doux, d'un bon cœur et d'un caractère aimable. Sans ambition, fans cupidité, fans orgueil, M. d'*Argental* conferva jufqu'à la fin de fes jours les mêmes goûts, les mêmes plaifirs, les mêmes amis. Sa vie fut égale comme fon humeur. Sa tête n'éprouva aucun affaibliffement. Spectacles, littérature, événemens publics, il s'intéreffait à tout autant que ceux qui pouvaient voir devant eux un long avenir. Sa fanté même était affez bonne pour qu'on dût fe flatter que fa carrière pouvait fe prolonger encore. Une fièvre foporeufe le conduifit au tombeau en peu de jours, auffi doucement qu'il avait vécu ; et l'on peut dire qu'il s'eft endormi dans la mort. Ceux qui le pleurent ont défiré que je rendiffe à fa mémoire ce trifte hommage dont ils fe feraient acquittés mieux que moi, puifqu'ils ont mieux connu celui que je regrette avec eux.

(*) Madame de *Courteille*.

LETTRE CCLXXV.

A M. LE COMTE DE LALLI, *fils du général,*

Qui avait annoncé à l'auteur la caffation de l'arrêt du parlement qui avait condamné fon père à la mort. (*)

Le 26 de mai.

Le mourant reffufcite en apprenant cette grande nouvelle; il embraffe bien tendrement M. de *Lalli;* il voit que le roi eft le défenfeur de la juftice; il mourra content.

(*) M. de *Voltaire* était au lit de la mort quand on lui fit part de cet événement; il fembla fe ranimer pour écrire ce billet qui peut être regardé comme les derniers foupirs de ce grand-homme; il retomba, après l'avoir écrit, dans l'accablement dont il n'eft plus forti, et expira le 30 de mai 1778, âgé de quatre-vingt-quatre ans et quelques mois.

Fin du Tome douzième et dernier.

TABLE ALPHABETIQUE

DES LETTRES

CONTENUES DANS CE VOLUME.

A.

TABLE

LETTRE

Corresp. générale.   Tome XII.   G g

D.

Gg 3

L.

M.

V.

Fin de la Table du tome douzième et dernier.